儿子们

[美] 赛珍珠······ 著

王晋华······ 译

民主与建设出版社
·北京·

图书在版编目（CIP）数据

儿子们 /（美）赛珍珠著；王晋华译. -- 北京：
民主与建设出版社，2025. 3. -- ISBN 978-7-5139-4898-2

Ⅰ . I712.45

中国国家版本馆CIP数据核字第202550XS61号

儿子们
ERZI MEN

著　　者	［美］赛珍珠
译　　者	王晋华
责任编辑	唐　睿
特约策划	向春婷
封面设计	海　凝
出版发行	民主与建设出版社有限责任公司
电　　话	（010）59417749　59419778
社　　址	北京市朝阳区宏泰东街远洋万和南区伍号公馆4层
邮　　编	100102
印　　刷	三河市同力彩印有限公司
版　　次	2025年3月第1版
印　　次	2025年5月第1次印刷
开　　本	880毫米×1230毫米　1/32
印　　张	12
字　　数	302千字
书　　号	ISBN 978-7-5139-4898-2
定　　价	49.80元

注：如有印、装质量问题，请与出版社联系。

译者序

赛珍珠（1892—1973），原名为珀尔·康福特·赛登斯特里克，赛珍珠是她给自己起的中文名字。赛珍珠生于美国西弗吉尼亚州，出生三个月后便被身为传教士的双亲带到中国。

她在江苏镇江度过了童年和青少年时代，十八岁时回到美国西弗吉尼亚州林奇堡市的一所女子学院读书。在那里学习四年后，赛珍珠又返回中国来照顾患病的母亲。

赛珍珠前前后后在中国生活了近四十年，为此她把中文称为她的"第一语言"，把镇江称为她的"中国故乡"，就是在这里她写下了描写中国农民生活的长篇小说《大地》。1932年，她因《大地》获得了美国普利策小说奖，紧接着出版了《大地》的续篇《儿子们》。1935年，又出版了《分家》，至此她完成了《大地》三部曲的创作。1938年，她因此获得了诺贝尔文学奖。

《儿子们》主要讲述了王龙的三个儿子在父亲去世后的不同命运，主要的关注点集中在三儿子王虎身上。王龙的三个儿子性格迥异，各自有着不同的人生追求和命运轨迹。王老大个性软弱怠惰，喜好女色却又惧内，一味贪图享乐和安逸，对土地和家业的未来漠不关心。王老二从小被送入粮行当伙计，有着敏锐的商业头脑，在城里，他逐渐成为有名的大掌柜，掌握着大量的财富。而王龙原本最期待接下农务的三儿子王虎，却因为一个丫鬟与父亲决裂，毅然投身军旅。

王虎谨慎、不近女色、不滥杀无辜，在军阀混战间历经荣辱浮沉，凭借着自己的勇气和智慧，逐渐在军队中崭露头角，攻占了一些地盘，成了一个小军阀，站稳了脚跟。

20世纪二三十年代的中国，军阀割据，土匪猖獗。国内存在着众多的军阀派系，这些军阀往往拥有自己的私人军队，并占据一定的地盘，实行个人专制。这些军阀派系之间为了争夺地盘和权力，经常爆发战争，导致社会动荡不安。这些战争不仅消耗了大量的人力、物力和财力，还导致了大量的平民伤亡，百姓流离失所。在军阀割据的局势下，中央政府的权威被严重削弱，各军阀派系往往各自为政，不服从中央政府的统一领导。

　　这使得中央政府难以有效地维护国家的统一和稳定，加剧了社会的动荡。由于社会动荡不安和军阀混战频繁，土匪数量激增。这些土匪往往由失业的农民、士兵和无业游民组成，他们通过抢劫、绑架和勒索等手段获取财物。土匪的活动范围广泛，不仅在城市周边地区频繁出没，还深入农村地区进行抢劫和破坏。他们的行为给当地人民带来了巨大的威胁和痛苦，导致社会治安严重恶化。由于土匪数量众多，政府剿匪面临着巨大的困难。当时的政府往往缺乏足够的兵力和财力来有效地打击土匪，这使得土匪问题长期得不到解决。此外，一些地方政府官员还与土匪勾结，共同欺压百姓，加剧了土匪问题的严重性。

　　这一严重的社会问题引起了赛珍珠的关注，她通过王虎的军旅生涯把这一社会问题生动形象地呈现在读者面前，深刻地揭露了当时社会的动荡和百姓艰难的生活，可以说，《儿子们》是一部生动的历史教材，是值得每个人阅读的用心之作。

王晋华

中北大学人文社会科学学院

2025 年 1 月 1 日

目 录

第一章

　　王龙已经奄奄一息了，他躺在自己田间那狭小、黑暗又老旧的房子里，身下的床正是他新婚之夜睡过的。王龙在城里还有一幢房子，他的儿孙们现在就住在那儿。乡下的这间不及他城里那座宅邸中一个厨房的面积大。反正迟早都是一死，能死在自己的土地上他觉得满足了。这是他父辈留下的老房子，土屋里的桌子和板凳做工粗糙，连油漆都没刷过，床上吊着一顶蓝色棉布的帐子。

　　王龙知道他的命数到了，他看着守在自己身边的两个儿子，知道他们在等着他咽气，他也的确快要死了。他们请来城里最好的大夫，大夫们带着针和草药，给他号了脉，看了他的舌苔，可最终又都把药收了起来，临走的时候说："他年纪到了，谁也没有回天之术啊。"

　　之后，王龙听见两个儿子在窃窃私语，他俩是专门回老屋来陪他，给他送终的。他们以为他睡着了，但他们的话其实他都听到了。兄弟俩这时正凝重地看着彼此。老大说："咱得派人把老三从南方找回来，老三毕竟也是他的儿子啊！"

　　老二回答说："可不是嘛，咱得立刻派人去找，谁知道这阵子他跟着他那个将军在哪儿漂着呢？"

　　听了这话，王龙知道他的两个儿子在为他准备后事了。

　　王龙的棺材就放在他床的旁边，是儿子们买来放在跟前让他安心的。棺材很大，是用一棵木质坚硬的楠木树做的。这口棺材让这间狭小的屋子显得更加逼仄了，进出的人只能侧着身子绕着棺材挤过去。棺材花了近六百两银子，但这一回连老二都没抱怨上一声，尽管他平时管钱管得紧，花出去的钱永远没有进来的钱多。确实，两个儿子这一回都没有心疼银子，因为这口上好的棺材令王龙得到了莫大的安慰，他有气力的时候，时不时地就会伸出自己虚弱、蜡黄的手去抚摸那抛得锃亮的黑色棺材。棺材里面还套了一口内棺，内棺像黄绸缎一样光滑，两层棺材镶嵌得很合适，就像灵魂在人的肉体里那般。这口棺材足以宽慰任何人。

　　尽管如此，王龙并没有像他父亲那样利落地死去。他的灵魂六七次都做好了上路的准备，可他那衰老却又强壮的身体每次都执拗地拖住了他的后腿，这一天又结束了，在灵魂与肉体的搏斗开始之时，他感受到了自己身上这场灵与肉的可怖的交战。此前，他一直都是身体强于灵魂，壮年时身体强健、精力充沛，他不能轻易地让肉体死去，当他感受到自己的灵魂正在悄悄地溜走时，他很害怕，发出一阵沙哑的呻吟声，像是孩童在哭泣。

　　每次他发出这种声音的时候，他的小妾，整日守在他身边的梨花，就会伸出自己尚且娇嫩的手拂在他衰老的手上，两个儿子也会急忙凑上前去安慰他，给他讲着将要为他举办的隆重葬礼，一遍遍地重复着他们宏大的安排。大儿子俯下他那穿着一身绸缎的硕大身体，凑到王龙瘦小、衰老、垂死的身体跟前，对着他的耳朵喊："给你送葬的队伍会超过一里路，我们都会去，你的妻妾们会为你号哭，你的儿孙们会给你披麻戴孝，还有村民们和你的佃户们也会参加葬礼。走在最前面的是你的魂轿，里面放着我们找画师给你画的像，紧跟着的是你气派的大棺材，我们给你备好了新袍子，你躺在里面就像皇帝一样，我们还租了顶好看的绣花棺罩，红色的底，金边的花纹，棺罩盖在整个棺材上，抬着它走过大街时，镇上的人都能看到！"

他就这么喊着，直到自己满脸通红，上气不接下气，因为他很胖，当他站起身要大口喘气时，王龙的二儿子继续往下讲。二儿子身材矮小，肤色发黄，人很精明。他的声音从鼻子里发出来，听上去又细又低，他说道："我们还会请和尚给你念经，超度你的灵魂升入天堂。我们也会雇一些哭丧和抬棺的人，他们会穿着红色和黄色的袍子，拿着我们给你准备的等你升天后需要用到的各种东西。堂屋里放着两个糊好的纸房子，一个像这间土屋，另一个像咱们城里的房子，里面有纸做的家具、仆人、一顶轿子和一匹马，您要用的东西应有尽有。这些纸扎做得很精致，安葬了你以后，我们会在你的坟前把这些东西都烧了给你用，我发誓，再没有谁糊的纸人、纸马像你的这么精致了，这些东西都会由送葬的人抬着，让所有的人都看到！祈祷葬礼举行的那天是个好天气！"

这时，老人家非常高兴，他喘着气说："我想——整个镇子的人——都会去的！"

"没错，整个镇子的人！"大儿子喊，他伸出自己又白又嫩的手做了个大大的手势，"街道两边会站满看葬礼的人，因为以前从没有过这么壮观的场面，从黄家鼎盛时期开始到现在，都没有过。"

"啊——"王龙说道，他感到特别欣慰，再次忘了自己就要死了，顿时又沉入酣睡中了。

可这样的安慰只能暂时抚慰这位病危的老人，第六日早晨，他死了。两个儿子不习惯住在这破旧的房子里，他们从小时候起就不在这儿住了。父亲这几天的折腾已经把他们耗得筋疲力尽，所以他们早早就去内院睡了。内院是很早以前王龙娶他的第一个姨太太荷花时修建的，当时正值他人生的鼎盛时期。天一黑，他们就交代梨花，如果他们的父亲再次突然出现死亡的征兆，要赶快去喊醒他们。说完他们就去歇息了，王龙的大儿子睡的那张床，在王龙眼里曾经非常金贵，那是他享受了多次鱼水之欢的卧榻，但大儿子却嫌它太硬，而且年份太久，床已经有点摇晃了。大儿子还抱怨都春天了，屋子里还是又冷又阴。可等身子一挨着床边，他便呼呼地睡着了，短促的呼吸卡在粗壮的喉咙里，发出了嘶嘶声。二儿子则躺在墙边一张不大的竹床上，他睡得很轻，像只猫一样。

唯有梨花一晚上没合眼。她一整夜都安静地守在王龙跟前，一动不动地倚在一个小竹凳上，她的身子和脸都和老人贴得很近，她把老人那枯瘦的手捧在自己柔软温暖的手中。她尚年轻，都可以做王龙的女儿了；但因为她脸上有股沉稳的劲，做事情也颇有耐心，因此看上去显得比她实际的年龄要大。她坐在这个一直待她很好的老人的身边，没有哭泣，他比其他任何人都更像她的父亲。她沉静地一个小时又一个小时地望着他将死的面庞，老人则沉睡着，像死了一样。

突然间，就在夜晚最黑、黎明将至的时刻，王龙睁开了眼睛，他感到无比虚弱，好似自己的灵魂已经离开了躯壳。他微微转动了一下眼珠，看到梨花坐在那里。他很虚弱，开始感到恐惧，他的呼吸卡在了喉咙里，从牙缝里发出声来："孩子——这就是死亡吗？"

"不，不，老爷——您好多了，您不会死的！"

"你——确定？"他再次低声说，她那安详的声音让他感到宽慰，他的眼睛盯着她的脸看。

梨花意识到苗头不对，她感到自己的心跳加快，她站起身来，身子俯向他，用她那一贯轻柔的嗓音说："我从没骗过您吧，老爷，您看，我抓着您的手呢，您的手这么暖和、结实——我觉得您越来越好了呢。您这么健康，老爷！您不用担心——不，什么都不要怕——您好多了——好多了——"

她不断地安抚着他，紧紧地握着他的手。他躺在那里，朝她笑着，眼神暗淡却坚定，嘴唇逐渐变得僵硬，耳朵费劲地捕捉着她潺潺的语声。之后，看到他确实要死了，她靠得更近了，提高嗓音清脆而又大声地喊："您好多了——好多了！您不会死的，老爷——您不会死的！"

她就这样安慰着他，尽管他听到她的声音后，费尽力气地跳了一下心跳，最后还是咽气了。他死得并不平静，一点儿也不，当他的灵魂从身体中挣脱出来时，他抽搐的身体使劲地弹了一下，他的胳膊和腿同时张开，力气如此之大，以至于在他那瘦骨嶙峋的手往上甩时，一下子重重地打在了正俯身靠近他的梨花的脸上，这一击很重，她把他的手放在自己的脸上，嘴里低声说着："老爷，您可从来没有打过我啊！"

王龙没有回应。她随即往下看去，看到他的身体蜷缩在一起，吐了最后一口气，之后便一动不动了。她把他衰老的躯干抚直，又把被子抚平，给他盖严实了。接着，又用她细嫩的手合上了他睁着的眼睛，尽管他再也看不见她了。她对着他的笑容舒了口气，那是在她说他不会死时他流露出的笑。

做完这一切，她清楚自己必须喊他的儿子们过来。然而，她却再次坐在了那个矮凳子上。她抓着那只打她的手，把她的头深深地埋了下去，就这样独自坐在那儿，无声地抹了几把眼泪。此时的她感觉很奇怪，自己原本是很伤心的，却又没像其他女人那样通过大哭来发泄情绪，因为她的眼泪从来不能带给她任何慰藉……所以，她没坐多久，就起身去叫他的两个儿子了，她喊道："你们不用着急过来，因为他已经咽气了。"

他们应了一声，急忙跑了出来，大儿子穿着睡袍，因为睡觉衣服上面被压出了褶皱，他的头发乱蓬蓬的。两人立刻来到父亲身旁，王龙躺在那里，还是梨花整理过的样子，两个儿子盯着父亲，好像从未见过他一样，又好像有些害怕他。随后，就像屋里有陌生人似的，大儿子压低声音说："他走得痛苦吗？"

梨花静静地答道："他是在无意识中死去的。"

之后，二儿子说："他躺着的样子仿佛是睡着了，根本不像是死了。"

两个儿子盯着死去的父亲看了一会儿，他们有种说不出的恐惧，因为他就躺在那里，任由他们看着。梨花察觉到了他们的恐惧，轻声说："还有很多要为他操办的事情呢。"

被人提醒活着的人要做的事，兄弟俩都舒了一口气。于是，大儿子匆忙地整理了一下自己的袍子，用手在脸上摸了一把，声音沙哑地说："没错——没错——我们得操办他的葬礼——"随即他们匆匆地离开了父亲病逝的屋子。

第二章

　　王龙在世的时候，有一天他叮嘱儿子们把装他尸体的棺材就停放在这个土屋里，一直在这儿等到下葬的日子。但真到了儿子们为他准备葬礼的时候，他们得从城里的房子大老远地跑过来，一想到在下葬之前还得等上七七四十九天，他们就觉得既然父亲已经死了，他们便没法遵从父亲的遗嘱了。因为对他们来说，很多事情都不方便，城里寺庙的和尚抱怨说，他们得大老远地过来诵经，给王龙擦洗身子，穿寿衣寿袍，将他入殓。给王龙封棺的人也向他们索要了双倍的工钱，开价之高令老二咋舌。

　　兄弟俩相互望着对方，在老父亲的棺材旁，他们都心照不宣地琢磨着同一件事，反正死人是没法开口讲话了。就这样，他们喊来王龙的佃户，把他的棺材抬到了城里他曾居住过的那个房子里。尽管梨花反对他们这么做，但她也劝服不了他们。当她意识到自己说了也没用时，她平静地说道："我曾以为我和傻子再也不会踏进城里的那座房子了，可既然要把装老爷的棺材抬过去，那我们也得跟过去了。"于是她带着傻子，也就是王龙的大女儿，跟着王龙的棺材，沿着乡村的路出发了。傻子已是个年龄不小的女人了，但一直还是孩童时那傻乎乎的样子，她一边走，一边不时地大声笑着，也许是因为那天春光颇暖，阳光明媚吧。

就这样，梨花再次来到了她和王龙曾经住过的房子里。就是在这个房子里，王龙将她纳为小妾，尽管当时他已一把年纪了，可仍是热血沸腾，情感奔放，在这个大院里，他当时倍感孤独。现在庭院里静悄悄的，偌大的院子中每扇门上的红联都被撕了下来，这意味着要办丧事了。朝着街道的几扇大门已经贴上了白纸，这是家里死了人的标志。梨花就住在她和王龙以前住的那间屋子里，睡在棺材旁。

一天，她像平时一样守在王龙的棺材旁，一个丫鬟迈进了院门，走在她身边的是荷花——王龙的大姨太太，她之前捎话来说自己必须来好好祭拜一下已经死去的老爷。按礼数，梨花必须得礼貌地回个话，她也这么做了。虽然她讨厌这个曾是她主子的女人，但她还是起身候着，把棺材边上的几个烛台移动了一下。

这是自荷花知道老爷把梨花收了房之后，第一次看见梨花。当时荷花知道这件事后，捎话给王龙说她再也不想见到梨花了，因为她特别生气，老爷竟然收了一个从孩子时起就给自己做丫鬟的姑娘为妾。她特别嫉妒又愤恨，假装自己根本不在乎梨花的死活。然而事实是她很好奇，现在王龙死了，她对她的丫鬟杜鹃说："唉，老爷死了，她和我也就没什么好争吵的了，我倒要去看看她现在成什么样子了。"带着满心的好奇，她在丫鬟的搀扶下，摇摇晃晃地走出了自己的院子。她来得较早，这时和尚们还没到，不在棺材前念经。

她进了屋子，梨花正在候着，为了显得体面些，荷花带了香烛来，让仆人把这些在棺材前点上了。仆人点香烛的时候，荷花的眼睛一直盯着梨花，她特别想要看看梨花到底有多大的改变，看看她有没有变老了一些。是的，尽管荷花脚上穿着吊丧的白鞋子，身上穿着孝服，脸上却没有一丝悲伤的表情，她冲着梨花喊道："哎哟，你还是以前那个苍白的小东西，没什么变化。真不知道老爷到底看上你什么了！"瞧着梨花那么瘦小，面无血色，也没什么明显的动人之处，荷花心里舒服多了。

梨花站在棺材跟前，她低着头，一直沉默不语。但她心里充斥着一股强烈的厌恶之情，这吓着她了，她意识到了自己的邪恶之心，奇怪自己竟会如此记恨以前的女主人。而荷花却是个生性多变的女子，她脑子里的仇恨并不会持续太久，她盯着梨花看够了以后，又转身去瞧棺材，嘴里咕哝着："他那两个儿子可是花了不少银子啊！"她笨重地站起身，走到棺材跟前摸了摸，这么评论道。

梨花无法忍受了，她一直悉心照看的棺材竟被人这么粗鲁地随意摸着，这让她不禁大声呵斥道："不许摸！"她的两只小手紧紧地攥在胸前，牙齿咬住了下嘴唇。

看梨花这副模样，荷花笑出声来，大声喊道："什么——你对他仍这么深情吗？"她的笑里带着明显的轻蔑，她坐在那里看着蜡烛噼噼啪啪地燃着，很快就厌倦了，于是起身出了屋门准备离开。但她还是好奇地到处瞧着，当看到坐在阳光下的傻子时，她不禁叫了起来："什么——那东西还活着？"

看到这场景，梨花走过去站到了傻子身旁。她心里仍然充满了厌恶，差点就忍不住了，荷花刚一离开，她就找了块布，一遍又一遍地擦着荷花用手触碰过的地方。她给了傻子一块蛋糕，傻子高兴地接了过去，傻子没想到自己会得到蛋糕，开心地笑着，吃了蛋糕。梨花悲伤地看了她一会儿，最后叹了口气说："你是唯一对我好，不把我当仆人看的人。"但是傻子只顾吃着蛋糕，既不说话，也理解不了别人跟她说的话。

梨花就这样等着，直到出殡的那一天。在等待的日子里，除了和尚来诵经的那几个时辰，院子里都安静极了。因为即便是王龙的儿子们，若非必要，也绝不会靠近他的。在那个大院子里，他们都有点不自在，有点害怕，因为死人有尘世的灵魂，而且因为王龙曾是个结实而健壮的人，他的七魂不可能那么轻易地就离开了他的身体。他的七魂的确还未曾离开。因为房间里好像充斥着陌生而又奇怪的声音，仆人们吵着半夜有冷风直钻进他们的被褥里，把他们的头发弄得乱七八糟，他们要么有人听到窗格上有诡异的咯吱声，要么厨子手里的锅突然被打翻了，要么仆人上菜时手里的碗碟莫名其妙地就掉到地上了。

儿子和儿媳妇们听到下人们的这些议论，假装一笑了之，觉得是下人们愚昧无知，但他们其实也感到很不自在。荷花听闻这些事后，不禁嚷道："他一直都是个固执的老人！"

可杜鹃说："太太，死人爱怎么着就怎么着吧，在他下葬前，还是多讲点他的好吧！"

唯独梨花不害怕，她一个人和王龙住在一起，就像他在世时那样。只有当她看到穿着黄色袈裟的和尚来了，才会起身去到自己的房间，坐在那里听着和尚们敲击出的有节奏的木鱼声和略带伤感的诵经声。

慢慢地，死人的七魂释放了出来。这当中，每过七天，领头的和尚就会跟王龙的两个儿子说："又有一个魂从他身体里飞出来了。"每次和尚过来这么说的时候，儿子们就会给他赏银。

日子就这么一天天地过去，七七四十九天后，葬礼临近了。

眼下整个镇子的人都知道了风水先生给王龙这个大人物选定的安葬日，葬礼这天，春意浓浓，夏天即将到了。母亲们催着孩子快点吃早饭，他们不能磨蹭，不然就耽误去瞧葬礼了。田里劳作的男人们也丢下了手里的农活，店铺里的伙计和学徒们琢磨着站在哪里才能清楚地看到经过的送葬队伍。乡下和城里的人都认识王龙，知道他是如何从一个穷困潦倒、与别人没有什么两样的农民一步步发迹，变成了拥有了鳞次栉比的房屋和院落、给儿子们留下了万贯家财的人。每个穷人都渴望观看他的葬礼，想沾点儿他的运气，毕竟这么一个和自己一样穷的人，死的时候却能如此富有。每个富人也都想看看这场面，因为他们知道王龙的儿子们财大气粗，所以也都愿意表示一下对这位了不起的老人的悼念之情。

但是在王龙自己的院子里，葬礼当天却十分混乱和嘈杂，因为很难把这大规模的葬礼安排得井然有序，王龙的大儿子不断被各种事务分心，因为他是一家之主，得掌管几百号人，要确保每个人的丧服都按辈分备好，还得给太太和孩子们雇好抬轿子的人。他不断地受到干扰，但他也为自己的重要性感到自豪，人们都跑到他跟前，喊着问他这个事那个事怎么处理，他激动地忙这忙那，汗水从他脸上流下来，犹如在炎炎盛夏。忙碌中他的眼睛忽然落到了老二身上，老二淡定地站在那里，这种冷漠激怒了满头是汗的老大，他大声喊道："你把这些都丢给我，连你老婆孩子该穿什么、脸有没有洗都不管！"

老二脸上浮现出一丝不易察觉的鄙夷，他不紧不慢地说："你只对自己做的事感到满意，那别人何苦还要去忙活呢？我和我老婆很清楚，你和你老婆对这类事情最热衷，我们俩首先考虑的还是要令你们二人满意才行！"

即便在王龙的葬礼上，王龙的两个儿子也在互相争吵，因为他们的弟弟依旧没有回来，他们私下里都有点儿心烦意乱，两人因为这一延误都在责备对方。老大埋怨老二没给捎信的人足够的钱跑这趟远差找老三，老二则抱怨老大没能早一两天打发捎信的人上路。

葬礼这天，整个院子里，只有一个人是平静的，那便是梨花。她穿着麻质的孝服，这样从她的孝服和荷花的孝服来看，她的身份只比荷花低一点儿。她坐在王龙的遗体旁，静静地等着。她早早就穿好了孝服，也给傻子穿好了孝服，只是可怜的傻子对正在发生的一切毫无感觉，还时不时地大笑，觉得自己穿着的这身衣服很不舒服，企图把它们脱下来。梨花给了她一个蛋糕吃，还允许她继续玩手里的那块红布，免得她不高兴哭闹起来。

荷花从没有像葬礼这天这样烦躁过。她穿着厚重的孝服，普通的轿子坐不下，她试了一顶又一顶抬到她跟前的轿子，全都不行，她尖声叫着，不明白为什么现在的轿子都做得这么小了。她哭了起来，生怕没法加入为丈夫送葬的队伍中。当她看到连傻子都穿好了孝服时，她把自己的怒火一股脑儿发在了傻子身上，她对着王龙的大儿子嚷道："什么——那玩意儿也要去送葬？"她抱怨说，"这种公众场合，傻子就该留在家里。"

可梨花温柔而又肯定地说："不行，老爷嘱咐过我无论什么时候也不能把这个可怜的孩子单独留下。我会让她乖的，因为她听我的话，我们不会烦到别人的。"

于是王龙的大儿子就让这事儿这么过去了，因为他手头还有一堆要处理的事，已经很累了，再说还有几百号人等着葬礼开始呢。看他这么焦躁，抬轿子的人趁机坐地起价，跟他索要更多的钱，抬棺材的人也抱怨说棺材重，而且王龙家的坟地又远。佃户和镇上的闲杂人等都拥进了院子，分散坐在各个角落，他们没能帮上半点忙，张着嘴巴等着看热闹。这还不够，王龙大儿子的老婆还来添乱，一直抱怨这个那个没安排到位，所以在这过程中，王龙的大儿子尽管汗流浃背地跑前跑后，嗓子都喊哑了，却没几个人真正听他的。

谁都不清楚那天的葬礼到底能否顺利进行，但清楚的是有件特别巧的事情发生了，那就是王龙的三儿子突然从南方回来了。的确，在这关键时刻，他真的出现在了人们的视线当中。老三离开家乡已经十年了。自从王龙把梨花收了房的那天起，人们就再没有见过老三，就在那一天他带着一股莫名的怒气走了，此后再也没有回来过。他走时还是个有点野性、带着愤怒的毛头小子，又粗又黑的眉毛几乎盖住了他的眼睛，他带着对父亲的愤恨出走了。如今他已是个成年人，三兄弟中数他个头最高、容貌变化最大，要不是因为他仍保留着他那皱眉头的习惯和阴沉的嘴角，否则没人能认出他来。

他一身戎装，迈进大门，那可不是普通士兵穿的军服。大衣和裤子都是上好的深色料子，大衣的扣子是镀金的，他的皮带上还佩着一把剑。他身后跟着四个士兵，肩上扛着枪，都挺精神，除了一个人是豁嘴，不过豁嘴的那个人也和其他三个一样，健壮结实。

他们几个刚走进高大的院门，院子里瞬间就安静了下来，人们都转过去看王老三，不敢出声，因为他看上去很严厉，一副惯于发号施令的架势。他迈步穿过围着看热闹的佃农、和尚和闲杂人等，大声喊着："我两个哥哥在哪里？"

早已有人跑去告诉两个哥哥他们的兄弟回来了，两人走了出来，不知道该怎么迎接他，是该对他毕恭毕敬，还是当他是个离家出走的弟弟？可当他们看到弟弟和他身后四个随时听他指挥的士兵时，他们马上变得毕恭毕敬了，就像接待一个陌生的客人那样。他们向他深深地鞠了一躬，颇为悲哀地重重地叹了口气。老三也礼貌地给哥哥们行了礼，然后他左右看了看问道："父亲在哪里？"

两个哥哥把他领进内院，王龙躺在棺材里，上面盖着绣了金色图案的棺罩。老三命令他的卫兵待在院子里，自己进了房间。梨花听到皮鞋踏在石头上的咔嗒声，匆忙抬眼看是谁进来了，看清来人之后，她迅速把脸冲向了墙，就这么一直对着墙站着。

不知道老三有没有注意到她或是认出她，反正他面上没有表现出来。他在棺材前鞠了一躬，要来了为他准备好的孝服，穿上后发现太短了，两个哥哥没想到他竟然长这么高了。不过，他还是凑合着穿上了，又点上两支买来的蜡烛，还让人拿来新鲜的肉，作为父亲棺材前的供品。

做完这些，他跪在地上磕了三个头，规规矩矩地喊了声："啊，我的爹啊！"而梨花依旧对着墙站着，压根没有转过头来看他一眼。

老三礼毕之后站起身来，用他那短促利落的声音说道："如果都准备好了的话，就开始吧！"

奇怪的是，原本你喊我叫的乱哄哄的场面立刻安静了，人们也都愿意听从指挥了。好像老三和几个士兵的出现就是权威，轿夫们方才冲着老大抱怨的蛮横劲儿全没了，他们的声音变得温和，语气一下子变得恳切，提的要求也合理了。即使这样，老三还是眉头紧锁，瞪着轿夫们说："干好你们的事，这家人绝不会亏待你们的！"轿夫们不敢再吱声，顺从地站到轿子前，好像那士兵和枪支有什么魔力似的。

每个人都就位了，那口大棺材终于被抬到了院子里，棺材上和底部都缠着麻绳，像小树一样的杆子穿过了绳子，抬棺材的人把杆子放在了他们的肩膀上。还有一顶抬着王龙魂魄的轿子，里面放着他的一些个人物品：他抽了多年的烟杆子，一件他生前穿过的衣服，还有他生病后请画师给他画的像，在这之前他没有过一张画像。没错，画像并不像王龙本人，看着只是某个上了年纪的圣贤的样子，但画家确实已经尽力了，他把眉毛和胡须都画得很浓密，还画了不少皱纹——很多老年人都会长的那种皱纹。

紧接着，送葬的队伍出发了，女人们开始哭丧，其中声音最大的是荷花。她把头发捋到一边，手里拿着一条白色的新手帕捂在眼睛上，一会捂着这只眼睛，一会又捂着那只眼睛，大声地抽噎着："哎呀，我的靠山走了啊——就这么走了啊——"

马路两边站满了人，他们挤在一起想看王龙的棺材经过这里，他们看到荷花的时候，嘴里嘀咕着，对她哭的样子颇为赞同："真是个不错的女人，看她哭她男人哭得多伤心啊！"有的人凑上前去，看到她这么胖，哭得又如此大声、悲伤，便说道："她得多有钱才能把自己吃成这么胖啊？"人们都很羡慕王龙有万贯家财。

王龙的儿媳妇们，都按照自己的方式哭着。王家老大的太太哭得比较体面，按她的身份，她应该那么哭，她用手绢来回擦着眼睛，要是她哭得比荷花还伤心，那就不合适了。她丈夫的姨太太是个颇为丰满的女人，才纳进门一年，姨太太看着大太太，大太太哭她就跟着哭。而王家老二的乡下老婆却忘了要哭丧，因为这是她头一次坐在被男人们用肩膀抬着的轿子里穿过这条街，而且看着自己四周成百上千的男男女女和孩子们拥挤地靠在墙上，还挤进了门道里，她就很难哭出来，她想起来的时候就哭一下，把手放在眼睛上，透过指缝偷瞄外面，然后又忘记了要哭。

古时有个说法，所有女人的哭可以分为三类。那些抬高声音眼泪就跟着涌出来的，可以称为真哭；那些发出悲号声但不流泪的，可以称为号哭；那些只流眼泪却不发出声的，可以称为哭泣。在所有跟着王龙棺材的人中，他的姨太太们、他的儿媳妇们、他的丫鬟们、他的长工们，还有雇来哭丧的人中，只有一个真正哭泣的人，那就是梨花。她坐在轿子里，拉下了帘子，在里面独自默默地啜泣。甚至到最后壮观的葬礼结束了，王龙被安葬了，纸扎的仆人和马都被烧成了灰烬，点着的香慢慢燃了起来，王龙的儿子们也结束了鞠躬磕头，雇来哭丧的人哭够时间也拿钱走了，当这一切都结束了的时候——新坟上添了高高的土，已没有人哭泣，因为再哭也没意义了——梨花还在默默地淌着眼泪。

她不愿再住回城里的房子。她去了乡下的土屋，当老大催着她和他们一起回到城中的房子，劝她和家人一起生活，至少住到等遗产分配完以后再走时，她还是摇头拒绝了。

"不了，我在乡下和他住的时间最久，我在那儿过得最舒心，他还留下这个可怜的孩子要我照顾。要是我们回到城里，她会惹大太太生气的，大太太也不待见我，所以我们俩就继续待在老爷的老房子里吧。你们也别来打扰我们，我需要什么东西的话，会问你们要的，但我需要的东西很少。我们会跟老佃农和他的妻子一起住在村里，很安全，这样我也能照顾你们的妹妹，完成老爷给我的嘱托。"

"好吧，你想这么着的话，也行，"老大说道，听起来他像是不太情愿的样子。

但其实他很开心，因为他的太太也说过傻子不好，说她最好别在院子里来回跑，尤其是当院子里有怀着孩子的女人时，而且现在王龙也不在了，荷花可能会比他活着的时候更加放肆，那样的话，麻烦就大了，所以他还是同意了梨花的办法。就这样，梨花拉着傻子的手回到了土屋，她曾在那里伺候了老年的王龙。现在她要住在那里，继续照顾他的傻女儿，王龙的墓地便是她足迹踏到的最远的地方了。

是的，从此以后，常常到王龙坟头的唯有梨花一人，因为荷花只在遗孀必须出现在丈夫墓地的时候她才会去，而且还是挑在大家都能看到的时候。梨花则总是悄悄地去，每当她觉得孤独，想念王龙了，她就忍不住要去；她经常晚上去，那时人们都待在家里，有的已经睡了，或是选在白天大家都在地里忙农活的时候去。她去的时候领着傻子一起，周围一片寂静，很少有人会打扰到她们。

只是她去了墓地也不会大声哭，她把头斜靠在王龙的坟上，偶尔低声说上一句："啊，老爷啊，父亲啊，我唯一的父亲啊！"

第 三 章

现在即便这位颇有威望的老人已经死了，且长眠于自己的坟地里，人们却还是没有忘记他。因为他的儿子们还要为他守孝三年。王龙的大儿子现在是一家之主了，他小心谨慎地确保每件事都按规矩办得体体面面的。如果他不确定是否合适，就去问老婆。因为王家老大从小就是个乡下小伙子，在田间和村里长大，直到父亲得了好运，再加上他的聪明才智，才给他们一大家子在城里购置了这么大的房子。当他去老婆那里征求意见时，她的回答总是冷冰冰的，好像因为他不懂这些事情而有些瞧不起他似的，不过，她回答得倒是很仔细，因为作为大儿媳妇的她不想在这个家里丢了脸面。

"要是他的牌位就立在堂屋，那就把供品装在碗里，放在牌位前，我们就在那里祭奠他——"

她还告诉他每件事该怎么操办，老大听了后便把她的意思当作自己的命令传达下去。她把家人们的第二套孝服也安排好了，买了布，还请了裁缝。三个儿子一百天内都要穿白鞋，之后可以穿浅灰色或者色彩不鲜艳的鞋子，但绝不能穿任何绸缎衣服，直到三年守孝期满。安置了王龙的牌位，等牌位上的字刻好，将牌位和祖宗的牌位放在一起了，穿着才能恢复正常。

就这样，按照老大的意思，家里的男人、女人还有孙子辈的孝服都准备妥当了。现在他每次说话，声音都很响亮，因为他是一家之主了，他行使着这一权力，和兄弟们在一起时，无论在哪个屋子里他都要坐上座。两个弟弟都得听他讲话，老二的小瘪嘴总是一抽一抽的，好像心里在笑，因为私底下他一直觉得自己比老大聪明。王龙一直把出租田地的事交给老二管理，只有老二心里清楚有多少佃户，田里每个季节能收多少钱，懂得这些似乎给了他其他两个兄弟没有的特权，至少他心里这么觉得。老三听老大发号施令的时候有自己的一套，该听的时候听一下，却又有些心不在焉，像是急着要离开。

其实三个儿子都盼着分家产的那一刻，因为他们达成了协议，同意分家。他们都想按照自己的意愿分得一份家产，老二和老三不希望土地都归了老大，因为这么一来，他们就得依靠老大了。三兄弟都有自己的想法，老大想知道自己能分得多少，分到手的家产究竟够不够用，他有两个老婆、一堆孩子，还有一些他不得不支付的私下里的开销。老二盼着分家产，因为他有很大的粮食销售市场，还有往外放高利贷的渠道，他希望自己分得的家产能够让他拓宽赚钱的路子。至于老三，他脾气古怪，沉默寡言，没人知道他究竟是怎么想的，从他那张阴沉的脸上也看不出个所以然来。可他显得有些焦躁不安，至少能看出他想快点离开，尽管谁都不知道他要家产做什么，也没人敢问他。他是三兄弟中最小的，但大家都怕他，每次他一声喊，无论男女仆人都会快速地做出回应。而仆人们对老大的吩咐总是慢吞吞的，尽管他声音大，还摆着老爷的架子。

王龙是他那一辈人中最后一个死的，他不但活得长，身体也好，除了他的一个远方表亲，他那辈已经没人在世了。表亲是个游手好闲的兵痞，兄弟们没人知道他在哪，因为他不过是一个四处打游击的队伍的小队长，他所在的部队也是半兵半匪，哪个将军给的钱多，就投靠哪一个，要是自己出去抢是个更好的路子，他们就谁也不投靠。三兄弟很是庆幸，他们都不知道自己父亲的这个表亲到底身在何方。

因为他们没有上一辈的亲戚，按常理他们得在街坊邻居中找个德高望重的人，再找来一些贤达人士，为他们当面主持分家事宜。有天晚上，在他们讨论请谁来主持这件事的时候，老二说："要论谁跟我们关系好又可靠，就数米铺的刘掌柜了，我曾是他的学徒，他女儿是大哥你的夫人。我们让他来主持分家吧，因为他是个公道人，自己也有钱，不会眼红我们的。"

老大听到这话，心里暗自有点不悦，因为他没有先想到这个人，于是他郑重其事地回应道："老二，要是你没这么嘴快就好了，我刚想说咱们请我岳父来给咱们分家。既然你这么说了，那就这么安排吧，我们就请他来。其实我自己本来差点就要这么说了，你总是嘴巴太快，还没轮到你说话，你就急着开口。"

老大一边责怪老二，一边狠狠地瞪他，大口地喘着粗气，厚嘴唇都气歪了。老二嘴一撇，想笑却没笑出来。随即老大的目光转向了三弟，说："三弟，你觉得怎么样？"

老三抬起头，一副傲慢又半睡半醒的样子："我无所谓！不管怎么办，快点儿办就行。"

老大站起身，一副干脆利落的样子，但是他人过中年后，想快也快不起来了，即便想走快，手脚也不听使唤了。

这事最终定下来了，刘掌柜也愿意，他一向敬重王龙，认为他是个精明能干的人。三兄弟还请了一些有身份的邻里，还有城里一些官位稳定又富裕的人家，这些人都在指定的日子来到王龙宅邸的大厅，按照身份地位依次就了座。

当刘掌柜喊老二讲述一下所有要分的土地和钱财的情况时，老二起

身把写好的单子递给了老大，老大又交给了刘掌柜，刘掌柜收下了。他
先把一副黄铜边的眼镜架在鼻梁上，咕哝着把账目念了一遍，大家都静
静地等着。之后他又大声诵读了一遍，这样在场的每个人都清楚地知道
王龙死的时候已是拥有八百顷地的大地主了。在他们那一带，鲜少有人
听说过一个人名下能有这么多田地的，就是一个家族的名下都没有过，
甚至在黄家鼎盛时期也没有过。这一切老二心里一清二楚，所以他并不
惊讶，但其他人的惊讶之情却无法掩饰，尽管他们为了不致失态而尽力
地板着脸，保持面上的平静。只有老三仍是满不在乎的样子，还像往常
那样坐着，心不在焉，迫不及待地等着这一切尽快结束，他好回到自己
心之所向的地方去。

　　除了这么多土地，王龙还留下了两座院子，一座是乡下的，一座是
城里的老宅，老宅是他从黄老爷那里买下的，当时黄老爷人快不行了，
房子也年久失修，黄家的儿子们早已各奔东西。此外，还有借出去的
钱、投在粮食买卖上的资金、几袋闲置的秘密藏着的大洋，仅这些钱就
抵得上土地一半的价格了。

　　不过，在三兄弟分家产之前，有几笔款项得先扣除，除了给几个佃
户和生意上的人一些小额款项外，最主要的是王龙的两个姨太太该分得
的那部分：一个是王龙迷恋其美貌将其从茶馆里赎出来的荷花，当时王
龙乡下的老婆已令他厌倦，他想获得更多情欲上的满足；另一个是梨
花，梨花原是他院子里的丫鬟，是他娶来慰藉自己老年生活的。这两人
都不是真正意义上的老婆，只是姜室，要是姜室还年轻，在主人死后，
另觅他人，旁人是不好多苛责的。不过，兄弟们也都清楚，如果她们不
想另嫁他人，那他们就得供她们吃穿，她们在有生之年也有权利待在这
个家里。荷花其实没机会另嫁他人了，她已经人老珠黄，乐得悠闲舒适
地待在自己的院子里。所以当刘掌柜喊到她的时候，她从门前的座位上

起来，倚着两个仆人，用袖子抹着眼睛，很伤心地说："唉，那个养我的人不在了，我怎么还可能想着另嫁他人呢？我还能去哪里呢？我现在年纪大了，就需要点吃的穿的，有口酒喝，有口烟抽，让我不那么伤心就行了，我家老爷的儿子们都宅心仁厚，慷慨大方。"

刘掌柜本身是个好人，也觉得别人都是好人，他根本不记得她是谁，也没见过她其他时候的样子，只知道她的丈夫是个好人，于是很是尊敬地对她说："你讲得很好，也很合情理，走了的人是个善良的人，人们都这么说。所以我决定每个月给你二十块银圆，你可以住在自己的院子里，留着你的仆人，每年还会给你一些粮食和布匹。"

可当荷花一字不落地听完了刘掌柜的话时，她的眼睛从一个儿子转向了另一个儿子，她可怜巴巴地握紧双手，发出刺耳的哀号："只给二十块？什么啊——只给二十？这连给我买甜食的钱都不够，我胃口差，从没吃过粗糙和普通的食物！"

听到这话，老掌柜摘下眼镜，吃惊地望着荷花，严厉地说道："一个月二十块比很多一家人的花费都多了，不少有钱人家里一旦老爷死了，能给十块就不错了。"

这下荷花真的哭了起来，一点儿假装的意思都没有，她还从未这样为王龙哭过："老爷啊，要是你没丢下我多好啊，我的老爷！现在，我就这么被扔在一边，你去了那么远的地方，也不来救救我！"

老大的老婆站在旁边的帘子后边，她拉开帘子，给他示意，在这么多有头脸的人面前，荷花这么哭闹实在有失体统，老大在自己的椅子上如坐针毡，他想设法不看他的太太，但又没法避开她的目光，这让她十分恼火。最后老大站起身来，用压过荷花的嗓音喊道："刘掌柜，就多给她分点吧，我们还得继续呢。"

但是老二忍不下去了，他从自己的位子上站起来，大声说道："如果要多给，那就从我哥那份里面出吧。二十块的确不少了，绰绰有余，连她打牌的钱都够了。"

这真让老二说中了，荷花老了以后迷上了打牌，除了吃饭睡觉，她一天到晚都在打牌。这时老大的太太越发愤怒了，她不断比画着，强烈示意老大这样不行，他必须拒绝这么做，最后直接嚷了起来："不行不行，必须扣完了给荷花她们的钱之后再分家产。我们凭什么要多给荷花？她又不是我们的什么人。"

这下子场面混乱了，平静的老掌柜郁闷地从一边看到另一边，荷花一刻不停地呼喊着，男人们都被这乱糟糟的场面弄得不知所措。眼看就要这样拖下去，此时老三发怒了，他突然起身，皮靴在地上重重地跺了几下，大声喊道："我来给！这点银子算什么，真是受够了！"

这倒是个解决问题的好办法，老大的太太说："老三可以的，他一个人，不像我们拖家带口的。"

老二笑了笑，耸了耸肩，不动声色地笑着自言自语道："好啊，关我什么事，这个人傻到不知道保护自己的那份钱。"

但是老掌柜很欣慰，他叹了口气，掏出手帕擦了擦脸，因为他习惯了自己家里平时那种安静的环境，不习惯荷花的这副做派。对荷花来说，她一时半会儿也不敢再作妖了，因为老三有点厉害，她还是谨慎些好。所以她突然停止了吵闹，坐下了。荷花对自己的行为颇为满意，虽然她嘴角还是往下撇着，装出一副伤心的样子。少顷，她便忘记了这场不愉快，开始打量起屋里的男人们，并从仆人手里端着的盘子里抓起西瓜子嗑着，她的牙齿又白又整齐，以她的年龄来说，牙口还是很好的。她这回可算是舒服了。

荷花那份就这么定了，然后老掌柜看了一圈说："二姨太人呢？我看这上面写着她的名字。"

该梨花了，之前谁也没去注意她是不是在场，这会儿他们在大厅里四处查看，还打发了男丁去女眷的院子里找她，但是宅子里没找见她。这时老大才想起来根本没通知她，他匆忙派人去喊她过来，他们等了大概一个小时梨花才到，这中间大家就边喝茶边等着，四处走动走动。最后她和一个女仆走到了大厅的门前。可她一看屋子里有那么多男人，怎么也不肯进去，当她看到那个当兵的，便再次折回到院子里，最后老掌柜就在那儿接待了她。他和善地望着她，并没有正面盯着她看，免得让她感到不自在，他发现她还年轻，白净又漂亮，便说："你还这么年轻，如果你觉得生活还没到头的话，没人会怪罪你的。你会分到一大笔钱，你也可以回家，找个好人家嫁了，或者你愿意怎么办都可以。"

她压根没想到会听到这些话，觉得自己就要被打发走了，她不理解，哭了起来，因为恐惧，她的声音很弱，而且有点发颤："先生，我没有家，除了死去的老爷留下的傻子，我再没别的亲人，他把她托付给了我，我们也无处可去啊！先生，我想我们可以继续住在原先的土屋里，我们吃得很少，只需要点棉布衣服，如今老爷死了，我再也不会穿丝绸衣服了，我有生之年都不会穿了，我们也不会再麻烦这院里的任何人了！"

老掌柜回到大厅里，他疑惑地问老大："她说的傻子是谁？"

老大犹豫地答道："是个可怜人，是我们的妹妹，从小就有点精神不正常，我们父母没让她饿死，也没让她遭罪，不像别人家那样对待这种孩子，所以她才一直活到了今天。我父亲嘱托他的这个女人来照顾我们的这个傻妹妹，如果她不愿改嫁，就给她些银圆，她想怎么办都行，她人很温顺，确实也不会麻烦到别人。"

听到这里，荷花突然大声说："没错，但是她也不需要什么钱，因为她以前就是这院子里的丫鬟，早习惯了粗茶淡饭、粗布衣裳，只是因为老爷年纪大了，才犯傻看上了她这张小白脸，毫无疑问，是她诱惑他这么做的——那个傻子嘛，早死早了！"

荷花说完这些，老三恶狠狠地瞪了她几眼，她吓得发抖，转身避开了他那双乌黑的眼睛，只听他接着喊道："给她和大姨太一样的份，我来出！"

荷花私底下咕哝着，尽管她不敢大声说出来："给大姨太和二姨太分一样多，本来就不合适——况且她以前还是我的贴身丫鬟呢。"

她就这么咕哝着，感觉又要大吵大闹，老掌柜注意到了这个，连忙说道："没错——没错——那我宣布，给大姨太每月二十五块，给二姨太每月二十块。"他出去跟梨花说："回到你的院里，安静地去过日子吧。你想怎么过就怎么过，你每月也有二十块银圆了。"

梨花诚心诚意地感谢了他，她那苍白的嘴唇战栗着，身子也在发抖，因为刚才她还不知道她会遭什么罪，现在知道自己可以和之前一样太平地过日子，她一下子就安心了。

扣除了这些，做好了决定，剩下的就好办了。老掌柜准备把土地、房产和银钱分成四份，两份给老大，因为他是一家之主，一份给老二，一份给老三。突然，老三说："我不要房子和土地，年轻的时候在地里干活干够了，父亲当时还想让我当农民，我现在也没结婚，要房子有什么用？把我那份换成银圆给我，哥哥们，要是我必须得拿房子和土地，你们就拿走我那份，再折算成现大洋给我就行了！"

两个哥哥听到这话惊呆了，谁听说过分家产只要银圆的？银圆轻易就没了，连个影子都不会留下，房子和土地不是财产吗？老大严肃地说道："可是，兄弟，这世上没有哪个好男人一辈子都不结婚的，我们迟早会给你找个女人，现在我们的父亲不在了，这就是我们的任务，到时候你就想要房子和土地了。"

老二更是直接说道："不管你怎么处置你的田产，我们都不会从你手里买地的，因为很多人家里分家产惹出了麻烦，一个弟兄拿了银圆，把钱花光后哭着喊着说他的田产被他兄弟骗走了，银圆也没了，除了随便什么人写的一张纸，或者说的几句话，也并没有什么证据来证明他说的是假话。不行，即便这位兄弟没有这么做，他的儿子还有孙子也会这么做的，这样会造成世仇。要我说土地必须得分，你要是愿意，我可以帮你照看你的那份，把每年你土地上产生的收益换成银圆寄给你，总之，你分得的家产里不能只是银圆。"

这股聪明劲儿着实令人佩服，尽管老三又咕哝了一遍："我不要房子也不要地！"这回却没人接他的茬，只有老掌柜好奇地问了一句："你要这么多钱干什么？"

对于这个问题，当兵的老三粗声粗气地说："我有自己的事业！"

但是没人明白他的意思，过了会儿，老掌柜说三个兄弟都要分得土地，如果老三不想要城里的房子，那他可以要乡下的土屋，其实那房子也不值什么钱，因为是田里的土再加些工人就能盖起来。他还说，除了这个，两个哥哥应该备好一份给弟弟结婚的钱，因为父亲不在了，这就是哥哥们的责任。

老三就这么闷不吭声地坐着听完了老掌柜的话。财产都平分完后，按照规矩，王龙的儿子们摆酒席款待了来见证分家产的人，席间他们没有表现得太高兴，也没穿绸缎，因为他们的守孝期还没结束。

王龙劳作了一辈子的土地就这么分完了，现在土地属于他的儿子们了，除了他身下躺着的那一小块地还完全属于他，其余土地都不再是他的了。但就在那块神秘的土地里，他的血肉之躯消融进了土地深处。他的儿子们满足于拥有土地的表层，而他躺在土地深处，仍然拥有他的那一份，那份没人能抢走的独属于他的土地。

第四章

　　遗产和田地刚一分完，老三和陪同自己一起来的四个士兵便准备出发回部队了。老大看到三弟如此匆忙，惊讶地问："什么？——你都不等给父亲守完三年孝就要去忙自己的事情了吗？"

　　"我怎么能等三年呢？"老三激动地说，说话时，他拿眼睛严厉地瞪着哥哥，"我只要离开了这个家，谁也不认识我，即便有人认识，我也不在乎！"

　　老大听了这话，好奇地看着弟弟，疑惑地问："什么事催得你这么急呢？"

　　这时老三起身把剑安在皮带上。他看了看哥哥，只见他块头挺大，性情温和，他的脸又大又圆，堆满了肉，嘴唇厚得凸了出来，他身穿柔和素色的衣服，粉红色的手掌和手指上因为肉多看起来跟女人的手一样柔软，还留着长长的指甲。老三打量完哥哥后，眼睛转向一边，鄙视地说："跟你说了你也不懂，我说我必须快速回去，这就够了，因为那边有人等着我领导他们呢。我跟你说，我带了一帮人，他们随时等着我发布命令呢。"

　　"你挣的钱多吗？"老大不解地问，他根本听不出老三语气中的鄙夷，因为他一贯自我感觉良好。

"有时候多，有时候少。"老三答道。

老大怎么也想不通，还有人愿意干不挣钱的事，于是他接着说："这是什么买卖呀，雇人干活，又不给人开工钱。要是我当了兵，或是像你这样当了军官，哪个将军给我钱，我就去投奔哪个将军。"

这一次老三没有搭理老大。临行前，老三脑子里还有个事，他找到二哥私下里说："别忘了给父亲的二姨太足份的钱，你每个月给我寄钱时，先把我给二姨太的那五块银圆扣出来。"

听了这话，老二睁大了他那平时眯缝着的眼睛，因为他着实想不明白为什么要把这笔钱送给别人："你为什么要给她这么多钱？"

老三慌忙回答道："因为她还要照顾傻子啊。"

老三好像还有话要说，可没再开口。四个士兵把行李绑在一起的时候，老三显得有些坐立不安。他焦躁地走出城门，向埋着父亲的田野和土屋望去，土屋现在是他的了，尽管他不想要。他嘴里咕哝着说："我得去看一下这土屋，好歹是我的了。"

望完他再次深深地吸了一口气，折回到城里的房子，叫上四个卫兵便出发了。他走得很快，庆幸自己没几日就能离开这里，因为他总觉得有股来自父亲的力量在压制着他，他这个人不喜欢任何凌驾于他之上的权力。

另外两个兄弟也渴望着能摆脱他们父亲的影响。老大盼着三年的守孝期尽快结束，他希望能把老头子的牌位放在堂屋后面的祠堂里去，那是专门摆放祖先牌位的地方。因为要是牌位还立在堂屋，就会像王龙还在监管着自己的儿子们一样。没错，他的魂就在那里，安坐于牌位之后，看着他的儿子们。老大渴望获得自由，那样他便可逍遥享受，随心所欲地花父亲留下来的钱了。可只要牌位还在那里，他就不能随便掏自己腰包里的银子去找乐子。还有三年的守孝期，儿子要是太享乐了，让别人看见了可就太不像话了。对老大这个无所事事、心思都放在寻欢作乐上的人来说，他父亲对他还是有种约束力的。

至于二儿子，他也有自己的小算盘，他想把一部分田地变现，因为他计划着拓展自己的粮食生意，他想买来刘掌柜的一些市场，刘掌柜年事已高，他儿子又是个读书人，不喜欢父亲的店铺，这么大的生意若是能盘下来，他就可以把粮食运出这个地区，甚至运到邻国。但守孝期间做这么大的事不太合适，所以老二耐着性子等着，也不怎么谈起生意，除了偶尔看似漫不经心地问老大："守孝期满了，你要怎么处置自己的田产啊——卖了，还是？"

老大也好似满不在乎地回答："唉，我还不知道呢，还没怎么考虑过这事，再怎么着也得留够养家糊口的地，我不像你，也没个生意，这把年纪也不好再开始做什么新的营生了。"

"可土地对你来说是个麻烦啊，"老二说，"若是做地主，你还得管理佃户，亲自去称谷子，想靠土地维持生计，麻烦的事还多着呢。我给父亲管理过土地，这些事对我来说可谓驾轻就熟，可我不能帮你做这些事呀，因为我现在有自己的营生要做呢。除了最好的那块田，其他的地我打算都卖了，把钱都投到放高利贷里面去，看看咱俩谁更快变富，是你还是我。"

老大一听这话，顿时心生嫉妒，他知道自己需要很多钱，需要比自己现在拥有的还多的钱，他讪讪地说："好吧，那我再想想，可能我会卖出比预想的更多的地，和你一样放贷赚利息，我再想想吧。"

两个人在讨论卖地的时候，都不自觉地压低了声音，好像害怕躺在地下的老人听到他们的话似的。

兄弟俩就这么迫不及待地等着三年守孝期结束。荷花也等着呢，她一边等一边发满腹的牢骚，因为这三年她不能穿丝绸，必须着孝服，她抱怨她受够了这些粗布衣裳，她也不能出去吃酒席，也不好和朋友们作乐，除了私下里偷偷去找点乐子。到了荷花这把年纪，她结交了五六个其他有钱人家的太太和她们一起享乐，这些女人坐着轿子四处打牌、吃饭、扯闲话。她们没什么操心的事，反正已经过了生育的年龄，要是她们的老爷还活着，也早去找更年轻的女人了。

荷花经常在这群老太太面前抱怨王龙："我把自己最好的年华给了他，你们要不信，杜鹃可以告诉你们我年轻时有多漂亮，我把我所有的美好都给了他。我一直住在他乡下的土屋里，连城里是什么样儿都没见过，直到他发了家，有钱到城里买了房搬到这儿。对此我也从没抱怨过，我随时想着取悦他，可他领我的情了吗？没有，我刚上了点年纪，他就要了我的一个丫鬟，我是因为可怜这丫头才留她在我身边的，她身小体弱、面色苍白，对我几乎没什么用。现在王龙死了，我跟着他受了那么多的苦，却只得到这么一丁点儿钱！"

听到这里，这些老太太中便会有人对她表示同情，装作压根不知道荷花以前曾在茶馆里做过歌女的事，她们中甚至有人喊道："啊，男人可不都是这样的吗？一旦我们失去了美貌，他们就立刻再去找一个，我们姣好的容颜这么快逝去，还不是因为他们对我们的过度使用，我们都是这个命啊！"

她们对两件事的看法很是一致：一是男人都是邪恶、自私的；二是他们最该怜惜女人才对，因为女人为了他们全然牺牲了自己。她们先是对这些看法表示赞同，接着抱怨唯有自家老爷才是最差劲的，之后便心安理得地享受着美食，以更大的热情投入到打牌中去了。荷花就是这样打发着她的时间。由于按照常规，仆人可以拿到主子打牌赢下的钱，或者有分成，所以杜鹃总是怂恿着荷花去打牌。

荷花期盼着守孝期结束，届时她便可以脱下棉质长袍，身着丝绸，忘却王龙生前的事情了。现在，出于体面她还必须有时候去他的坟头上哭一哭，其他家人则是在坟前烧纸燃香。荷花在早晨穿上和晚上睡觉前脱下丧服时，都会令她片刻地想起王龙。她渴望着再也不必穿丧服的日子快快到来，那样就再也不必记起他来了。

只有梨花不着急脱掉她的丧服，她常常去给王龙上坟，尤其是在田野里安静、人少的时候。

等待着守孝期满的这段时间，王龙的两个儿子必须一起住在大院里。他们俩还有他们的老婆孩子都得待在一块，这可不是件容易的事，因为他们的老婆彼此间颇有敌意。老大的老婆和老二的老婆都相互嫉恨对方，弄得兄弟二人整日心烦意乱的。因为这两个女人都不是能忍气吞声的主，所以当夫妻俩在一起的时候，她们便一股脑地向各自的丈夫倾诉。

老大老婆以自己那得体又高人一等的语气说："说来也奇怪，我总是得不到应有的尊重，这本该是我嫁给你应得的。我原本想着，老人在世的时候，我必须得忍着，因为他粗俗、无知，让孩子们看见他们爷爷的那个样子，我都感到羞愧。我忍着这一切因为我知道这么做是正确的，但是如今他死了，你是一家之主了，他当时看不到你弟媳是怎么对待我的，也就罢了，毕竟他粗俗、愚昧无知，可你是一家之主呀，你现在看到了，却还是无动于衷，也不去教训一下那个女人，让她知道自己在这院子里该处的位置。那个粗鄙的乡下女人，不吃斋念佛不算，还天天鄙视我。"

听了这话，老大叹了口气，尽量耐心地问："她对你说什么了？"

"也不光是她的话令人生厌，"他老婆冷冰冰地答道，"她说话的时候，嘴唇几乎都不带动的，她的声音也没有抑扬顿挫。她做事也是这个样子，我进到她屋里时，她就假装在忙活什么，没法起身给我让座，她那么粗鄙，又不懂礼节，她一张口说话，或者哪怕只是从我身边走过，都令我很不舒服。"

"是这样啊，可我也没法跑到我兄弟跟前说，'你老婆太粗鲁，说话声音太大，我孩子他妈没法接受她这个样子'。"老大摇着头说，一边伸手到他袍子里去摸他的烟管子。他觉得自己的话说得很巧妙，却丝毫不敢流露出半点笑意。

老大老婆素来反应迟缓，很多时候她确实想反应快些，可她根本做不到，她特别讨厌自己弟媳的一个缘由，就是这个乡下女人不但粗鄙而且牙尖嘴利，往往城里女人还没说完自己操着调儿的、慢腾腾的话语，乡下女人已经翻着眼珠，快言快语地打断了她，这让城里女人显得特别没用，若是站在跟前的下人们听到了便会跑到一边偷偷地去笑，这让城里女人很是下不来台。偶尔也会有个年轻的女仆转身太晚，忍不住当场大笑起来，这种情况下，其他人也不禁跟着笑起来，仿佛是受了这位女仆的感染，这让城里女人尤其生气，心里对这个乡下女人更加嫉恨。因此，在老大说完这话后，她便怔怔地望着他，想弄清楚他是不是也在拿她寻开心。老大这会儿正悠闲地坐在一张藤椅上，露出自己惯常的温柔笑容。而她则努力挺直身子，冷冷地端坐在她常坐的那把硬木椅上，她的睫毛垂在眼睛上方，嘴巴几乎紧紧地抿在了一起。

"老爷，我很清楚你也瞧不起我！自从你把那个女人带回家，你就看不上我了，我真希望自己压根没嫁给过你。没错，现在我只想把自己奉献给佛祖，找个地方当尼姑去，要不是为了孩子，我真会这么做的。我把我的一生都贡献给了这个家，让它变得不再像是个普通农民的家，可你心里何曾有过对我的感激。"

在她这么说的时候，她小心地用衣袖擦拭着眼睛，随后她起身进了自己的屋子，不一会儿老大就听见了诵经的声音。近几年，老大的这个大太太跟尼姑与和尚们来往密切，对求神拜佛的事可谓一丝不苟，花了很多时间祷告诵经，尼姑们也时常来给她指点一二。尽管她没有发誓说今后再不沾荤腥，可她仍说自己平时都是吃素的。

现在，她又在她屋子里大声念经了，每次被触怒后她都会这么做。老大每次听到诵经声，都会把双手放在头上使劲挠，愧疚地叹气，因为他的太太一直没能原谅他娶二房的事。话说当年有一天，在街上一个穷人家门口，他遇到了这个后来做了他二房的漂亮又单纯的女孩。当时她坐在一个洗衣盆边的小凳子上，正在洗衣服，她看上去那么年轻又那么楚楚动人，他走过她身边时忍不住回头看了她几次，又折返回来再度从她跟前经过。她父亲非常满意她能跟了老大这么有钱的人，老大也给了他不少银子。只是她有点儿太单纯了，现在老大对此也有了更深刻的体会，有时候他甚至想自己当初怎么竟会看上她了呢，因为她单纯得几乎都有些幼稚了，她特别惧怕大太太，没有半点脾气，有时候夜里老大喊她到他房子里去，她甚至会低着头唯唯诺诺地问："可是大太太会允许我今晚过去吗？"

有时候老大见她这么胆小怕事，颇为生气，发誓接下来他要找个漂亮壮硕、脾气不好、不像她那样会害怕大太太的女人。但有时候他又叹着气自己琢磨：还是现在这样子好，至少两个女人之间太太平平的。因为小的完全服从大的，大太太在的时候，她都不敢看老大。

尽管这让大太太感到些许满意，但她还是没有停止对老大的责骂，其一是他娶了第二个女人，其二是他讨了个这么没用的东西。在这方面，老大尽量忍着大太太，可有时候还是会喜欢上姨太太那漂亮稚嫩的脸蛋，而且好像越是大太太斥责她的时候，老大反倒越是喜欢她，越想悄悄想办法跟她亲热。见她害怕到他的房里时，他会说："你不必担心，她太累了，不想我今晚过去打扰她。"

他说的确实是事实，大太太没什么情欲，她很庆幸自己已过了生育期。因此老大给了她该有的尊重，白天对她言听计从，姨太太亦是如此。可一到了晚上，他便跟姨太太尽兴交欢，所以他两个老婆在一个屋檐下倒也相安无事。

但与弟媳的争端解决起来就没那么容易了，老二的老婆总给老二吹枕边风，她说："你哥哥那个白脸老婆真是恶心死我了，要是你不赶紧把我们的院子和他们的分开，哪一天我肯定会在大街上把她臭骂一顿，到时候看她的脸往哪搁。她那么矫情，又小肚鸡肠，生怕别人不尊重她，或是向她鞠躬时腰弯得不够。我一点儿不比她差，相反比她强多了，我很欣慰自己不是她那副模样，你也不像你那个愚蠢的胖子哥哥！"

老二和他老婆很是合得来。老二个子小、脸色发黄、话不多，他很喜欢他的老婆，因为她脸色红润、体格高大、精力充沛。他喜欢她还因为她人很精明，是干活的一把好手，而且花钱十分节俭，尽管她父亲也曾是个农场主，现在她也有条件过上奢华的生活了，但她却不像有的女人那样追求这些。她吃粗茶淡饭，穿棉布衣服，不着丝绸，唯一不足的地方就是她爱说长道短，喜欢和下人们聊个没完。

没错，大太太对仆人比较严苛，但她对所有人都那样，包括对她自己，她从不像老二的老婆那样穿着破旧掉色的衣服，头发乱蓬蓬的，一双大脚跐着沾满泥巴的鞋子，到处乱跑。大太太也不像这个乡下女人那样，随便坐在或是站在什么地方给孩子喂奶，她喂奶时撩起前襟，把整个乳房都露了出来。

其实，妯娌之间最大的争吵就是因为给孩子喂奶这事，这次争吵让两兄弟最终找到了一个和平相处的方案。事情是这样的，有天大太太出门去坐轿子，因为那天是一个神的诞辰日，这个神在城里有座寺庙，大太太要去献些供品。她经过街道时，老二老婆就坐在大门口，像个下人一样，整个乳房都裸露在外，一边给她最小的孩子喂奶，一边跟一个小贩说着话，她刚从小贩那里买了做午饭的鱼。

这一粗俗又难堪的情景，令大太太无法忍受，她走过去狠狠地训斥了她的弟媳："一个大户人家家里的女人，却在大庭广众之下这么喂孩子，真是让人感到羞耻，我都不会允许我的下人——"

可她说话慢，口齿没那么伶俐，比不上弟媳，只听老二老婆喊了起来："谁都知道孩子要喝奶，我儿子要喝奶且我有奶让他喝，我才不觉得羞耻呢！"

弟媳并没有扣上自己的扣子，反而扬扬得意地让孩子吮吸上了她的另一个奶头。听到她这么大声喊，众人都凑到跟前看热闹，女人们从自家的厨房和院子里跑出来，一边跑一边擦着手，路过的农民也放下手里的篮子来看热闹。

可看到那一张张黄脸围上来，老大媳妇所有的兴致都被搅没了，她打发走了轿夫，踉踉跄跄地折回到自己的院子里。这副假正经的模样令乡下女人感觉作呕，她看到的都是母亲走到哪就在哪给孩子喂奶的做法，谁都知道小孩子不知什么时候就哭起来了，奶头就是让他们安静下来的最好办法。因此她就站在那里，以让自己痛快的方式骂着老大媳妇，围观的人群跟着一起哄笑，开心地瞧着这场闹剧。

随后，一个站在人群中的老大媳妇的丫鬟，跑回院子里跟她的主子一五一十地讲述了乡下女人所说的话："太太，她说你高高在上的，让老爷一辈子都诚惶诚恐，老爷甚至都不敢宠爱自己的小老婆，除非是经过你的允许，那群人听到这些，都在哈哈大笑！"

老大媳妇气得脸色发白，她坐在堂屋桌子边的椅子上等着，丫鬟跑出去再次回来，上气不接下气地说："她这会又在说，比起你的孩子，你更在意的是尼姑跟和尚，可大家都知道这些人在背地里什么坏事都做！"

听到如此无礼的话，太太站起身来，她忍无可忍了，叫丫鬟把看门人立刻找来。于是丫鬟再次激动地跑了出去，因为并非每天都有这么热闹的好事可以看。她带回了看门人，此人身子佝偻，已上了年纪，曾在王龙的田地劳作，因年龄大了，人又可靠，且没有儿子给他养老，就让他看门了。他也和其他人一样，惧怕太太，他进来给太太鞠了一躬后，就在她面前一直低着头，她以命令的口吻说："因为老爷这会儿在茶馆，不知道这院门外发生的哄闹，他弟弟也不在家里管事，所以我必须尽到我的责任，不能让街上的平民百姓笑话我们家，你去把大门关了。如果我弟媳被关在了外面，那就让她在外面吧，要是她问起来是谁让关的门，你就告诉她是我，你必须听我的吩咐！"

老人再次鞠了一躬，像他惯常所做的那样默不作声地出去了。此时乡下女人还在外边，她很享受人群冲着她大笑的场面，没注意到身后的大门就要慢慢关得只剩一条缝了。这时，老看门人对着门缝，用沙哑的声音喊："嘿——太太！"

老二媳妇蓦地转身看到门就要关上了，立刻冲上去把门推开跑了进去，孩子还在她胸前，她对着看门人大声嘶吼着："老东西！谁让你把我关在外面的？"

老看门人讷讷地说："是大太太让我这么做的，她说没法接受自家门上有这么个泼妇。不过，我已喊你并提醒过你了。"

"门是她的吗？是吗？我还得被关在自家院子门外？是不是？"乡下女人一边喊叫，一边冲进了大太太的院子。

大太太早料到会出现这一场景，所以她已经进了自己的屋子，闩了门，又去念佛了。尽管乡下女人死命地敲门，但也没有得逞，只能听到里面传来持续而又单调的诵经声。

当天晚上，兄弟俩都从各自的老婆那里得知了这件事，第二天早晨两人在街头去茶馆的路上碰着了，彼此都无助地瞧着对方。老二脸上带着一丝苦笑，他说："我们的老婆迟早得把咱俩搞成仇人，我们可不敢成为仇人啊。最好是能把她们俩分开。你们就用你们的院子，朝着主街的门就是你们的大门；我们就待在我们的院子里，在背街上开个门，作为我们的大门，这样我们就能太平地过日子啦。要是三弟有天回来了，他就住父亲生前的那个院子，如果父亲的大姨太死了，三弟也可以住隔壁大姨太的院子。"

昨夜里，老大的太太一遍遍地跟他唠叨白天发生的事，他这回真是被逼急了，向太太发誓自己这一次绝不软弱退让，他要拿出一家之主的身份训斥老二两口子，因为这一回太太真的是被身份不如她、本该处处尊重她的弟媳给气炸了。现在听到自己的兄弟这么说，他想起了自己夜里被太太催逼的情形，于是他小声地责备老二说："你老婆可真不该在路人面前那么说我太太，这事可不能这样轻易地不了了之。你应该揍她一顿，我认为你真该这么干一下。"

老二眨巴着自己那双精明的小眼睛，对自己的哥哥劝说道："咱俩都是男人，大哥，你和我都清楚女人有多么无知，即便是最优秀的女子也不例外。男人不能纠缠在女人的是非之中。大哥，咱们是男人，咱们都能理解彼此，对吗？我老婆的行为举止的确像个傻子，她是个乡下人，仅此而已。告诉你太太是我这么说的，我替我老婆向她道歉。道歉又不用花什么钱。之后，我们就把这两个女人和她们的孩子分开，这样便太平了，大哥，以后我们还可以在茶馆见面，一起讨论事情，在家里我们就各过各的，互不干扰。"

"可——可是——"老大结结巴巴地说，对弟弟的话，他一时还很难做出恰当的反应。

老二很精明，一下子便看出他哥哥是不知如何做才能让自己的老婆满意。他很快说道："大哥，你看，你就这么劝我大嫂怎么样，'我把我兄弟的房子给他分出去了，他们再也不会烦你了，我这么做就是为你惩罚他们'。"

老大这下满意了，于是他边笑边搓着自己那双又白又胖的手说："就这么办——就这么办吧。"

老二说："我今天就叫泥瓦匠过来。"

两个男人就这样各自满足了他们的老婆。老二对自己的女人说："那个假正经和骄傲的女人再也不会烦你了，我告诉我哥哥我们不要和她生活在一个屋檐下。再也不会了，我要在我自己的屋子里当家做主，我们和他们分开，我不会再受我哥哥的支使，你也不用再听命于那个女人了。"

老大这边跑到老婆跟前，大声地说："事情都解决了，我狠狠地惩罚了老二他们。你放心吧，我跟我弟弟说：'我要把你们从我们院子里分出去，我们还住在我们的院子里，你家呢必须得在朝东的巷子那边开个侧门，跟我们的院子隔开，叫你老婆再也别来烦我老婆。你老婆要是还想在她自己家门口晃悠，像母猪给猪崽那样地给她孩子喂奶，那至少不会让我们跟着丢脸了！'孩子他妈，这一回，你可以放心了，以后再不必见着她就心烦了。"

两个女人都觉得自己打了胜仗，把对方击败了。兄弟俩成了比以前更要好的朋友，都觉得自己又聪明又了解女人。他们的心情变得愉悦起来，盼望着守孝的日子快点结束，那样当他们再在茶馆碰头时，便可以商量要卖掉他们手中的哪些田地了。

三年的等待终于要过去了，哀悼王龙的日子就要结束了。他们从皇历上选了个吉利的日子，王龙的大儿子准备好了结束服丧期所需要的一切东西，在这类事情上，他是一如既往地要征求他太太的意见的，因为她最懂这些礼仪了，常常都是老婆一件件地吩咐，他一件件地照办。

这三年中，一直穿着孝服的王龙的儿子和儿媳们，还有王龙的一些近亲，都在那一天换上了漂亮的丝绸衣服，女人们的衣着上还点缀了红色。在这些衣服外面，他们又套上了穿了三年的棉麻孝袍。根据当地的风俗，他们走到大门外，门外摆放着一堆用金银锡箔叠成的元宝，道士们立在冥币两旁，然后点燃了纸钱。在火焰的光照里，他们脱掉孝袍，露出了穿在里面的漂亮衣服。

仪式全部完成后，他们一起进到屋子里，守孝的日子终于结束，他们对着新给王龙做的牌位鞠躬，旧的牌位已经烧掉了，他们把酒和做好的熟肉献食摆在牌位前。这块新牌位是永久性的，用的是上好的硬质木头，还放了一个小木头盒子卡住它。牌位做好时，还上了一层很贵的黑色清漆，王龙的儿子们找了城里最有学问的人为他们的牌位题词。

孔老学者的儿子是镇上最有学识的人，孔老学者年轻时曾参加过科举考试，还做过王龙儿子们的先生。虽然他未曾考中，但依旧比那些没有参加过这种考试的人要多些学问，他也把自己的一身学识传给了他的儿子，所以他儿子也是个学者了。当孔老学者的儿子被请来完成这一荣耀的差事时，他走路的时候甩着膀子，双脚也像个学究那样迈着方步，他的眼镜戴到了鼻尖上。他一进来先对着牌位按礼数鞠躬作揖，之后便坐在牌位前的桌子旁，把长长的衣袖往上一卷，再把驼毛毛笔的笔锋搓尖了，准备动笔。笔墨和砚台都是崭新的，这样的场合确实需要书写的工具都是新的。在要写最后一个字的最后一笔时，他停顿了一下，闭上双目似乎在深深地思考如何才能把王龙的整个精神风貌都在这最后一笔中完全勾画出来。

他思索了一阵子，想好了，"王龙，身心与大地合一"。想到这个，他好似抓住了王龙本人的精髓所在，这样他灵魂的点滴就都被牢牢地抓住了，他用毛笔蘸了蘸红墨汁，在牌位上完成了最后一笔。

写毕，王龙的大儿子双手小心翼翼地捧着牌位，其余的人都跟着，去把它放到楼上一间专摆牌位的房间里，那儿有王龙的父亲和祖父的牌位，两人生前都是农民。如今他们的牌位放在这么富有的人家里，那可是生前做梦也想不到的还能有的富人才有的牌位，就算他们生前想过牌位的事，恐怕也只是想着让个稍微识字的人随便在一张纸上写上他们的名字，然后把它糊在田间房子的墙上，过阵子也就风吹日晒破旧不堪了。当初王龙搬到城里的这座房子时，就请人为自己的两位先祖做了牌位，好似他们生前也住在这里一样，尽管没人知道他们的灵魂是否在这儿。

现在，王龙的牌位也放了进来，他的儿子们把一切该办的事情都办妥了，他们关门离开那间屋子时，心中都不免有些窃喜。

是时候把客人们请来招待一顿，让大家热闹一下了，荷花穿上了亮蓝色带花的丝绸袍子，对她这种肥胖且上了年纪的女人来说，这颜色太扎眼了。但是没人去纠正她，大家都知道她是什么样的人。宴席上，人们边吃边喝，欢声笑语不断。老大也一直大声喊着，他很喜欢这种热闹的场面。

"把杯子里的酒喝光——让我看看你们的杯底！"

他不停地喝酒，脸颊和眼睛都喝红了。他的太太和女眷们坐在另外一个院子里，听说他快要喝醉了，大太太便打发了自己的丫鬟过去给他说："这种场合喝醉了不合适。"他这才克制了一些。

即便是老二这一天也很高兴，不再像平时那么吝啬。他抓住机会私下里和一些客人攀谈，看看有没有人想要买更多的地。他悄悄地四处散布消息，说自己有些良田要出手。一天就这么过去了，两兄弟都很满意，他们总算是与长眠地下的老人彻底没有关系了。

有一个人没来坐席，那就是梨花，她让人捎话来说："我要照顾的人今天身体不舒服，我就不过去了。"反正也没人挂念她，于是王老大派人传话说她不想来就算了，当天只有她还没有脱下孝服，没有去掉罩在鞋子上的白布，头发上也还是扎着白头绳。她也没把这些悲伤的标志从傻子身上取下来。其他人吃席的时候，她继续做着自己喜欢做的事。她拉着傻子的手到了王龙的坟上，她们坐在那里。傻子待在照顾她的人身边就心满意足，这时候梨花坐在坟头，向远处的田野望去，这些分散成了一小块一小块的绿色田地，横竖交错在一起，延伸到梨花目之所及的几里地外。远处有个蓝色的小点在或停或动，那是个农民在弯腰收割着春天的麦子。王龙以前也曾这样弯着腰收割过自己土地上的庄稼。梨花记得，他老了时总爱详细地给她讲述她出生之前的陈年往事，他喜欢给她讲这些，也喜欢告诉她他是如何习惯了犁这块地种那块田的。

第五章

就像老树的枝丫从结实的树干长出来，又向着各个方向伸展出去，可它们的根还是同一个一样，王龙的三个儿子亦是如此。这三个儿子中最健壮、倔强的要数王老三了，他是王龙最小的儿子，在南方某个省份里当兵。

那天，王老三正站在他的将军驻扎的城外的一座庙的前面，庙前是一片空地，他在那里正训练自己的士兵，教他们佯攻和站军姿。他哥哥们派出的捎信人气喘吁吁地跑到他跟前，上气不接下气地说："三少爷——你的父亲，我们的老东家——快不行了！"

当年王老三带着一腔怒火离家出走后，就和自己的父亲断了联系。那天父亲把他带到自己的院子里，那时父亲已经老了，却要了一个在院里养大的叫梨花的年轻丫鬟，王老三并没有意识到自己喜欢这个女孩，直到他得知了父亲要纳这个女孩为妾的事。那天晚上，他跑到父亲的院子里，因为自从他听说父亲把这个女孩收了房后，就整天焦躁不安，他实在按捺不住自己的躁动，冲进了父亲和那个女孩坐着的房间。没错，就在夏夜炎热的黑暗中，他一头冲进了父亲的房间，当时梨花就坐在那里，苍白又安静，他知道自己确实是爱上她了。在那一霎间，他心中迸发出对父亲的怒火，脾气火暴的他几乎无法抑制住自己，他知道如果继

续在家里待下去，他会疯掉的。于是他冲出父亲的房间，一怒之下离开
了家。他一向渴望冒险，梦想着成为某个战争头领麾下的英雄，他花光
了自己身上的银子，到了遥远的南方，投靠在一名将军的麾下。王老三
人长得又威严又魁梧，他皮肤黧黑，不怒自威，他的嘴唇厚厚的，结实
地包盖着自己的大白牙，将军一下子就注意到了他，希望把他留在自己
身边，王老三很快就得到了提拔，比一般人升迁的速度快得多。一方面
因为他是个沉默寡言、个性稳重的年轻人，另一方面他性格较烈，一旦
被激怒，毫不惧怕杀人或者被杀，没有多少人能像他那么勇敢。此外，
当时还发生了几场战争，战争是士兵快速升迁的好时机，王老三也不例
外，他上面的军官被杀或被撤职后，空出了位置，于是将军给他的官职
越来越高，他就从一个普通士兵变成了手下拥有很多士兵的领头，这就
是他离开家里之后的经历。

王老三听到捎信的人说父亲快不行了，他支开了身边的士兵，独自
行走在田地里，捎信的人跟在他后面，隔着一段距离。那是早春的一
天。以前在这种日子里，他的父亲王龙总是早早地起床，走去看他的庄
稼，或是扛着锄头去麦田里松土。虽然别人也许看不出有任何新生命的
迹象，可王龙却从中看到了幼芽就快要破土而出的势头，看到了一派丰
收在望的景象。现在他要死了，王老三无法想象在这生机盎然的初春，
死亡会意味着什么。

王老三以自己的方式感知着春天。父亲在自己的土地上焦躁不安，
王老三也同样感到焦躁不安，每年春天他都想着手实施自己的计划，那
就是离开老将军，发动一场自己的战争，自立旗帜吸引人到自己的麾
下。每年春天，他都觉得这是自己可以做到的事情，后来又成了他一件
必须得做的事情，年复一年，他谋划着如何实施自己的计划，这计划变
成了他的梦想和抱负，这梦想和抱负在日益膨胀，这个春天，他告诉自

己必须着手行动了，他不能再继续忍受在老将军手下生活了。

实情是他对这位老将军已有满腹的牢骚。一开始他到这支部队的时候，老将军正领导着一群士兵反抗贪官的压迫，那时他还年轻，口中一直说着革命是件多么伟大的事，勇士都该为正义而战，他声音洪亮有力，特别能打动人心，听他讲话的人在不知不觉中就被他的话感动了。

王老三初听到这些正义之词时，也深受触动，他心思简单，发誓要支持心怀伟业的老将军，他当时是决心满满的。

起义成功后，老将军从战场中退了出来，他选了一处富饶秀丽的河谷驻扎。看到一个曾驰骋沙场的英雄，现在却沉溺于灯红酒绿、纸醉金迷，王老三的内心受到了震撼。老将军忘本竟然到了如此地步，这让王老三觉得自己像是被抢劫或是被欺骗了一样，具体被夺走了什么，他也说不清楚，正是这一痛心疾首的经历让他萌生了去另外闯出一片天地的决心，尽管他也曾全心全意地效忠过这位老将军。

这些年来，老将军的势力逐渐削弱，他既不打仗，也不外出，过着养尊处优的生活。他天天鸡鸭鱼肉地吃着，喝着从国外搞来的烈酒，身体变得越来越胖。他不再讨论战争，整天说的都是他的厨子如何又用从海里捕来的鱼做了好吃的酱汁，那厨子又用胡椒做了鱼，像给国王吃的一样，他吃遍了一切美食。他的另一个嗜好就是女人了。他有五十多个老婆，他的老婆各有特色。他还有个奇怪的女人，皮肤特别白，眼睛是绿叶色的，头发长得和大麻一样，那是他花了大价钱从某地买来的。但是他也怕这个女人，因为她永不知足，总是要这要那的，还会用自己奇怪的语言自言自语地咕哝，像是在下咒一般。即便这样，她还是给老将军带来了乐子，他觉得自己的老婆中有个这样的女人是件值得吹嘘的事。

在这样的将军手下，队长们没有斗志，心不在焉，他们也饮酒作乐,喝得醉醺醺的,靠着当地人生活,百姓都痛恨老将军和他的士兵。但是一些年轻的和更为勇猛的士兵开始有点儿按捺不住了,他们厌恶这种不作为。王老三没有跟老将军那伙人同流合污,他继续过着自我约束的简朴生活,对女人甚至连看都不看一眼,这些有为的年轻人都把目光投向了他,一个又一个,一群又一群,都来找他,他们相互问着彼此:"他能带我们闯出一条路吗?"

他们都满眼期待地望着他。

眼下有一件事阻碍着王老三实现自己的梦想:他没有钱。因为离开父亲的家以后,他就没钱了,除了每个月末他从老将军那里领到的微不足道的军饷,有时候甚至连这点儿钱都领不到,因为老将军常常没有足够的钱发给他的士兵,他自己就要花掉很多的钱,而且他还有五十个贪得无厌的女人,她们常常拿出各自的首饰和衣服进行攀比,这些都是靠着哭哭啼啼、卖弄风情地从她们那上了年纪的老爷那里得来的。

所以看起来,王老三根本无法实现自己想要做的事情,除非在这之前他先做上一阵子土匪,用他的人成立个土匪帮。很多像他这样的人都这么干过,抢劫一段时间,有了足够的钱后,就等待着一场战争的适时爆发,然后征得某个地方的国家军队的谅解,再被收编到国家军队里。

可他心里又厌恶当土匪,他父亲就是个老实人,即使在战争、饥荒的年代,作为儿子的他也不会轻易去抢劫的。王老三的内心在这些年似乎都很不平静,他在等待一个时机,他已经梦想了很久,这个梦想现在越发地确定了,甚至连老天爷也在他梦想的时候识别出了他的命运,他等待着时机的到来,届时好一把抓住它。

有一个因素让他不大可能无限期地等待下去,那就是他不是个有耐心的人,他心底已经开始厌恶起自己居住的这个南方城市,渴望逃离这里回到北方去。他是个北方汉子,有的时候他都无法再咽下南方人顿顿喜欢吃的白米饭，他特别渴望自己的大白牙能一口咬在卷着大葱的面饼上。确实，他的嗓音变得比以前更粗了、更响亮了，因为他打心眼里瞧不起南方人那故作殷勤的音容笑貌。这些南方人圆滑得几近于狡诈，因为人不可能总是那么温文尔雅的，所以他觉得聪明圆滑的人一定很虚伪。没错，他经常冲着他们吼叫，还对他们发火，只是因为他渴望重返故土，那里的男人们都长得人高马大，有男子汉气概，不像南方的小矮猴，北方的男人说话简单明了，人严肃而又坦诚。因为王老三脾气火暴，人们都惧怕他，害怕他两道浓眉紧蹙在一起时的那副凶巴巴的样子，害怕他那张恶狠狠的厚嘴唇和大板牙，人们给他起了个外号叫"王虎"。

夜晚，王虎时常在自己小屋那窄小的硬床上辗转反侧，筹划着如何才能实现自己的梦想。他清楚如果自己的老父亲死了，他能继承一大笔遗产。可他父亲还不会死的，王虎经常在晚上龇着牙对自己嘀咕道："这老家伙要活过我的壮年期了，他要是不早点死掉，我就来不及实现自己的宏图大志了！这老东西的命可真硬，他怎么不早点死了呢！"

所以等这个春天来临时，他已经到了无论自己是否情愿，都得下定决心做土匪的时候了，不能再这么继续等下去了，他刚做了这个决定，就收到了父亲病危的消息……听到这个消息后，他穿过田野走回驻地，一路上他的心都在他的胸腔里剧烈地怦怦直跳，因为他看到了他前面的路，清晰又明了，就等着他去一步步走了，他无须再当土匪，这是多大的慰藉啊！要不是他一向沉默，他都要大声喊出来了。命运终归没有错待他，有了遗产，他就拥有了一切他所需要的东西，上天庇佑了他。他马上就可以开始第一步了，他的命运之路也许从此会被打开，他知道自己注定是要成功的。

然而，没有人能从他脸上看出这份喜悦，任何时候都没人能从他那威严的不动声色的脸上看出什么来。他继承了他母亲那坚毅的眼神、总是紧抿着的嘴唇，还有她身体里的某种坚如磐石的东西。他什么也没说，只是去了自己的房间，为返回北方的旅途简单地做些准备，他挑出了四个可靠的士兵，让他们和自己一起上路。之后，他去了老将军已将其据为己有的城里的一处老房子，他打发一个卫兵去报告自己来了。卫兵回来大声禀报说他可以进去。于是王虎让自己的几个士兵在门口等着，自己大步走进了老将军正在吃午饭的屋子里。

老将军低头弯腰坐在那里吃饭，有两个小老婆站在旁边伺候着。他没洗脸，也没刮胡子，外套松垮地披在身上，扣子也没扣。现在他上了年纪，不再像年轻时那么在乎自己的容貌了，也就喜欢不洗脸也不刮胡子了。早年间，他曾做过卑下的苦工，只是他不愿干活，于是开始抢劫，后来索性干起了土匪这个行当。不过，他倒是个和蔼可亲的老头，讲话也很随意。他一向喜欢和尊重王虎，由于他自己年老体胖，懒得动弹，已无法做王虎现在想要干的事情了。

王虎进了屋，鞠躬行礼后说："今天有人来说我父亲快要死了，我哥哥们等着我回去给父亲下葬呢。"老将军身子轻轻往后一靠说："去吧，孩子，完成你对父亲该尽的义务，再回到我身边来。"然后他在腰带上摸索了一番，抽出一沓钱来说："拿上吧，路上别委屈了自己。"

之后他又往椅背上靠去，突然喊叫着他的一颗蛀牙里塞了东西，他的一个老婆取下自己头上的银簪递给他，他忙着剔自己的牙就忘记了王虎。

就这样王虎回到了自己父亲的家里，他浑身都透着不耐烦，等到父亲的遗产分配完毕，便又匆匆返回了部队。不过，他要等到守孝期结束了才会开启自己的计划。他是个一丝不苟的人，只要做得到，该尽的孝心他总会去尽到的。于是，他一直等着。对他来说，现在等起来就没有那么难了，因为他的梦想终于确定了下来。在这三年中，他积攒着钱财，观察并挑选着那些以后可能会与他有着共同的志向并追随他的士兵。

就像树枝不会再去想念树干一样，王虎既然已得到了自己所需要的东西，便再也不去想他的父亲了。王虎是个杂念较少、思想较为专一的人，在一段时间内，他的心里只能惦记着一件事，放得下一个人，那个人现在就是他自己，除了他自己的那个梦想，他再无他求。

不过，他的这个梦想仿佛也在膨胀。在他待在哥哥院子里的这段日子里，他看到了哥哥们有而他还没有的东西，他羡慕他们。可他羡慕的不是他们的女人，也不是他们的房子、物品、奢华的排场，以及随处可见的对他们鞠躬弯腰的仆人。不，他只是羡慕着这里的一样东西，那就是他们的儿子。他注视着那几个男孩，看着他们玩耍、争吵、闹腾，平生突然第一次希望自己有个儿子。是的，对一个战争之王来说，有自己的儿子是件好事，因为只有自己的血脉之亲才会完全忠于自己，他希望自己有个儿子。

但他考虑了一阵子后就把这个想法抛到了一边，至少当下先放下了，因为在这当口儿去追求一个女人，还不是时候。他对女人保有距离感，在他行将开始他的冒险事业时，女人对他来说除了牵绊什么都不是。他也不会随便找个称不上是妻子的普通女人，因为他娶女人，是希望有自己的儿子，他想要的是真正的妻子给他生个真正的儿子。于是，他暂且把自己的这个想法放到一边，埋在了心底，等到久远的将来再说。

第六章

　　王虎此时正在南方做准备，打算拉出去一帮人干番事业。有一天，在家乡的王老二跟大哥说："明天早晨你要有空的话，和我去紫石街的茶馆吧，我们到那里一起商讨两件事。"

　　王老大听弟弟这么讲，自己琢磨起来，他知道肯定要讨论卖地的事情，但他不知道另外一件事是什么，于是他说："我一定来，要谈的另一件事是什么？"

　　"我从弟弟那收到了一封奇怪的来信，"王老二答道，"他让我们尽可能多地把我们的儿子送到他那里，他要干一番大事业，身边需要几个忠诚于自己的亲人，而他自己又没有儿子。"

　　"我们的儿子！"王老大惊讶地重复了一遍，他的嘴大张着，眼睛死盯着他的弟弟。

　　王老二点了点头。"我不知道他要他们干什么，"他说，"还是明天来了咱俩再讨论吧。"他做出一副要继续往前走的样子，因为他是从粮食市场回来的途中在街上碰到他哥哥的。

　　可王老大对此却没能给出任何快速的答复，他向来需要时间思考事情，这阵子他心情好，觉得他想出了自己该说的话："男人想要有自己的儿子还不容易！弟弟，我们给老三找个老婆不就得了。"

说话间，他的两只眼睛眯了起来，脸上露出一副狡黠的神情，好像他要说出什么隽语箴言了。王老二看着王老大笑了一下，淡淡地说："哥呀，对付女人，我们可不像你那么老练自如啊！"

他说着就继续往前走了。这会儿他们正站在街上，周围人来来往往，随时准备停下来听故事呢，他可不想听王老大信口开河。

于是第二天早晨，两兄弟在茶馆碰头了，他们找了个角落里的桌子，从那个位置他们可以望见外面，看到外面发生的事，可人们却不会听到他俩的谈话。王老大坐在了靠里的座位上，那也是更高的位子，理应他坐。然后他吆喝茶馆跑堂的过来，点了一堆美食，有热甜饼、早晨吃了开胃的咸肉，还有一壶热酒和下酒的肉，这样就可以把喝的酒压下去，不至于一大早就喝醉了。老大是个喜欢美食的人，点了一些合他心意的吃的。王老二坐在那里，在听着老大点菜的当口儿，开始在座位上坐立不安起来，因为他不知道自己要不要付一半的钱，于是他大声喊道："要是这些饼和肉都是给我点的，大哥，我可吃不了这么多，我胃口小，吃得少，尤其是早晨刚起来的时候。"

只听得王老大大声说："今天你是我的客人，你不用操心，我来付钱。"

他这话让老二安下心来，荤菜上来时，王老二便尽兴地大吃大喝起来，因为自己今天是客人，不用花钱。这也是他改不掉的一个习惯，他总是忍不住要把能省的钱都省下来，尤其是在自己不必掏腰包的时候。别人一般会把旧衣服和不要的东西送给仆人，他却舍不得这么做，总是把这些东西偷偷拿到当铺老板那里，从中赚点小钱。一旦做了客人，他总要想办法多吃上一点儿，尽管他胃口也不大。他强迫自己把食物吃到了嗓子眼，这样之后的一两天里他便不会感到饿了。说来也奇怪，其实他压根就不需要这么做的。

今天早晨，他也是这么做的，兄弟俩吃饭的时候根本不说话，只是不停地吃，在等跑堂上菜的时候，他们就默默地坐着，环视自己吃饭的屋子，因为如果人吃饭的时候开始谈正事，是很糟糕的，会影响人的胃口，让人吃不下食物。

当然，兄弟二人并不知道，他俩吃饭的这个地方正是他们的父亲王龙曾经常常光顾的那个茶馆，也正是在这里，他遇到了歌女荷花并把她纳为自己的妾室。在王龙看来，这里似乎是个神奇的地方，一间神奇而美丽的茶房，墙上挂着丝绸卷轴，上面是漂亮女子的画像。可对兄弟俩来说，这只是个很平常的地方，他们做梦也想不到这儿对他们的父亲来说意味着什么，或者说在一众城里人当中，他们想象不到作为农民的王龙是如何胆怯又羞涩地走进这茶馆的。不，他的这两个儿子没有王龙的那种感觉，他们穿着丝绸长袍坐在那里，轻松自在地环顾四周，人们都认识他们俩，若是两兄弟朝谁望去，是食客的话会赶紧起身鞠躬，是侍者的话会赶忙前来伺候，掌柜会亲自带着提着热好的酒的侍者走过来说："这酒来自新开的酒坛，是我亲手为两位打开黏土密封的坛口的。"一边还不断反复询问着这一切是否合他们的口味。

王龙儿子们所在的那个角落正巧是挂荷花丝绸画像的地方。画像中的荷花当初还是一位纤细苗条的女子，小手中拿着一枝荷花的花骨朵。那时的王龙在看到这幅画时，他的心几乎跳到了嗓子眼，头脑一片混沌。但现在他已经不在了，虽说画上的荷花还是原来的样子，可画卷上却沾满油烟、布满苍蝇的污渍，再也没人看过这幅画，也没人想问："那个隐藏在角落里的美人是谁？"不，王龙的两个儿子从未想到过画上的那个女子会是荷花，也不会想到她曾有过这样美丽的容颜。

此刻，受人尊重的兄弟俩坐在那里继续吃着，尽管王老二已经尽力了，却无法像王老大那样继续吃下去了。王老二已经吃得快要把肚子都吃撑破了，王老大还在津津有味地吃着饭，喝着酒，咂着嘴，直到他吃得满头大汗，脸上就像抹了油一样。酒足饭饱后，王老大往椅背上一靠，店小二拿来拧干的热毛巾，两人用毛巾擦了头、脖子、手和胳膊，接着店小二把剩下的碎肉和饭菜收走，擦去桌上的残渣和骨头，又端来了新泡的绿茶，这时兄弟俩准备开始谈话了。

此时已经过去了大半个早晨，茶馆里坐满了人。这些人跟他俩一样，都是从家里跑出来吃东西的，他们撇下老婆孩子，在这儿图个清静。吃饱了就同朋友喝茶聊天，听听最近的新鲜事儿。因为在家里只要有女人和孩子的地方，简直就没有一刻的安宁。女人们总是大喊大叫，孩子们总是哭闹个不停，他们天性如此，谁也奈何不了他们。而这茶馆却是个躲清静的好地方，这里四处响起的唯有男人们谈话聊天的嗡嗡声。在这一悠闲的环境中，王老二从他瘦窄的胸前掏出一封信，从信封里取出一张信纸，把它平展在他哥哥的桌前。

王老大拿起信，清了清嗓子，大声地咳了一声，独自轻声地读了起来。在一两句常见的问候语之后，王虎继续写道（他的字体和他的性格一样又粗又直，给人一种很有力的感觉）：

尽你们所能，多给我送一些银子过来，因为我现在急需经费。要是你们愿意借给我银子，在实现我的抱负之后，我会给予你们加倍的回报。如果你们的儿子里有过了十七岁的，把他们送到我这儿来。我会好好地培养他们，让他们获得你们想也不敢想的地位，在我伟大的冒险事业当中需要有几个信得过的至亲在我身边。给我送些银子，再送些你们的儿子，因为我没有自己的儿子。

王老大读完了信，他望着弟弟，弟弟也望着他。临了，王老大有些迟疑地说："除了他在南方的一个将军麾下做事，老三还告诉过你他别的情况吗？他在信中并没有提他让我们的儿子过去做什么，这不令人觉得奇怪吗？人不可能在什么也不知道的情况下，就这样把他们的儿子送走的。"

有一会儿，兄弟俩谁也没说话，各自喝着茶，有些拿不准地想着他们的心事：把儿子们随便打发到一个情况完全不明的地方去，这种做法委实有些离谱，可一想到"让他们获得你们想也不敢想的地位"时，他们又担心错失了机会，于是两人觉得反正他们都有一两个年龄达标的儿子了，不妨送出去一个碰碰运气。少顷，王老二小心翼翼地说道："你有两个儿子都超过十七岁了吧？"

王老大回答说："是的，我有两个超过十七岁的儿子，我可以送我的二儿子去，之前我还从没想过他们的事，像我这样的家庭，他们舒舒服服地就长大成人了。大儿子肯定不能去，他将来要接替我撑起这个家，我可以让二儿子去。"

王老二跟着说道："我家里最大的是女儿，女儿后面的是个儿子，我想这个儿子可以去，因为我们有你的长子为王家顶立门户了。"

他俩就这么坐着，想着他们的儿子和他们所拥有的东西，想着他们的孩子会给他们带来的价值。王老大跟他的大老婆生了六个孩子，其中两个在很小的时候就死了，他和二老婆只有一个孩子，不过现在又怀上了，再有一两个月就要生了，在他所有的孩子当中，除了三儿子，其他的身体都没什么毛病。三儿子在刚出生几个月时让一个奶妈抱着不小心摔到了地上，后背靠上点儿的部位的皮肤皱在一起，形成了一个结，后来他的脑袋大得又与他畸形的身体显得很不相称，脑袋缩在他背后的那个结里，像是乌龟的头缩进了龟壳里一样。王老大也曾找过一两个医生为他看病，甚至到一个娘娘庙里许过愿，如若这位娘娘显灵能治好他的三儿子，他愿为她制作一件新袍，尽管他平时并不相信这类事情。但这一切都无济于事，这孩子至死还是得背着那个结，唯一令他父亲感到欣慰的是，他还好没有为这位娘娘做新袍，因为她并未帮他做过任何事情。

至于王老二，他一共有五个孩子，其中三个男孩，最大的一个和最小的一个是女孩。他的妻子还正当年，毫无疑问，她仍有着旺盛的生育能力，因为她是个健壮的女人，尚未进入中年。

因此，从这么多孩子中间匀出一两个儿子来，的确也不算什么太难的事，有一阵子兄弟俩就这样各自想着心事。末了，王老二抬起头来说："我该怎么回复老三呢？"

王老大踌躇了一会儿，因为他不是个遇事可以自己做决断的男人，这么多年来他常常听命于大老婆，大老婆让他怎么说他就怎么说。王老二心里当然清楚这一点，于是他很圆滑地说："我们每家出一个儿子，至于银子嘛，我尽量多给他凑，我这么答复行吗？"

王老大很高兴老二能这么说，他答道："可以，就这么办，二弟，让我们就这么决定了吧。我愿意送走一个儿子，我在家里有的时候简直是没法待，小的号哭，大的争吵。我让我家的二儿子去，你让你家的大儿子去，这样将来万一发生什么意外，还有我的大儿子延续咱王家的香火呢。"

事情这样定下来后，兄弟俩又喝了一会儿茶。少顷，两人谈起土地的事，商量着哪些地可以最先卖掉。在他们坐着低声商谈的工夫，两人脑海中都不禁浮现出同一件往事：那一天他们俩头一次提到卖地的事，当时他们的父亲王龙已经上了年纪，他们没有想到老父亲竟然还有力气跟在后面来到他们所站的离土坯房不远的田里，从而听到了他们的谈话。当他听到"卖地"这两个字眼时，王龙一下子就火冒三丈地喊了起来："好啊，你们这些不孝子——要卖地？"

他气愤极了，要不是他的两个儿子上前一边一个扶住了他，恐怕他早摔倒了，只听得他嘴里不停地咕哝着："不——不——我们永远不卖地——"他已太老，经不住生这么大的气，为了安慰他，他们答应他永远都不会卖地。然而，甚至就在他们这样做出承诺的时候，兄弟俩的视线在父亲不断晃动着的苍老的头顶上相遇，他们相视而笑，早已预见到了他们为这一共同目标而聚首的一天。

因此，尽管他们今天都渴望着积攒钱财，可当年老人在地里训斥他们的那一幕仍然记忆犹新，以至于让他们不能像他们所想象的那样轻松谈论土地的买卖。他们各自在心中都有所保留，毕竟老人也许是对的，他们都在暗中盘算，绝不能把田地一下子全部卖掉，不能那么做，灾荒年总会来的，万一年景和生意都萧条，至少他们还有足够的土地能养活自己。因为在社会动乱时期，没有人知道哪一天会有战事爆发，或是哪个强盗首领会占据了村子，或是别的什么灾祸降临在人们头上，最好是拥有一些他们不会轻易失去的东西。然而，土地卖了就可以得到银子，有银子就可以放债，兄弟俩又都贪图高利息，因此，他们被这两种欲望纠缠着。过了一会儿后，王老二问："你打算卖掉你的哪几块地呢？"王老大带着一种莫名的谨慎回答："毕竟，我不像你那样还有一份生意可做，我除了当地主，什么也做不了，我卖地只是为了有足够的现钱花，我不能卖掉我所有的地的。"

王老二接着话茬说："让我们到城外去看看我们所有的土地吧，看看它们都分布在什么地方，把那些分散的偏远的田地也都看看。中年时的父亲太痴迷于土地了，赶上荒年时土地便宜，不管多偏多远的地他都要买下，附近一带都有我们家的田，有一些小的只有几分地。既然你是要做地主的人，那最好是留下那些易于连成片的大块田，这样容易管理。"

两人都觉得彼此的话有道理、可行，在王老大支付了饭钱、酒钱以及给跑堂的赏钱后，两人站了起来往外走。王老大在前，王老二在后，这时茶馆里不时有人站起来向他俩鞠躬作揖，为的是让别人知道他们认识城里的这两位大人物。对这种场面，王老大应对自如，他面带笑容、从容地向那些跟他们打招呼的人点头致意，因为他喜欢人们对他的这种恭维；而这个弟弟就不一样了，他眼睛朝下，谁也不看，只是微微地又似乎不太情愿地点着头，仿佛是担心如果他表现得太友好便可能会有人拦住他，把他叫到一边，跟他借钱。

兄弟俩就这样向城外他们自己的田地走去，弟弟有意放慢脚步跟哥哥的步子合拍，老大身体肥胖、笨拙，已不习惯于行走，抵达城门口时，已觉得累。于是，兄弟俩在那里喊了两个出租毛驴的人，两人骑上毛驴出了城。

兄弟俩在他们的土地上转悠了一整天，中午时就停在路边的小饭店吃了一口，他们走遍了每一块偏远、零星的土地，他们的眼睛尖得很，从佃户们对土地的耕种一下子便能估摸出庄稼的收成情况。佃户们在他们面前都是毕恭毕敬、心存畏惧，因为这两位是他们的新主子了。对那些被卖掉才更为划算的地——除了他们那个土屋周围的地——王老二都一一记在了心里。兄弟俩仿佛心有灵犀，谁都没有走近那座土屋，没有走近那棵大枣树下的小山丘，那里葬着他们的父亲。

天快黑时，兄弟俩才骑着毛驴疲惫不堪地回到城门口，他们在那里下了毛驴，按照事先商定好的价钱支付给了脚夫。两个脚夫也累得够呛，跟在毛驴后面跑了一天，他俩恳求再多给一点儿钱，因为走了那么远的路，那么长的时间，把他们的鞋子都要磨破了。王老大想给，可王老二不愿意，他说："不行，我并没有少给你们，至于你们的鞋子怎么样了，那跟我有什么关系呢。"

他说完便扬长而去，不愿再理会脚夫们那低声的咒骂。兄弟俩到了自家门口，分开时会意地看了看对方，王老二说："如果没有什么异议的话，七天后我会亲自去送咱们的儿子。"

王老大点了点头，乏累地走进自家的院门，他平生还从未这么劳累过，他暗自思忖：地主活得也并不轻松啊。

第 七 章

　　到了事先约定好的那一天，王老二跟他的哥哥说："要是你二儿子准备好了，我儿子这边也准备好了，明天一早我就带着他们去咱弟所在的那个南方城市了，等到了那边后他觉得怎么好就怎么安排他们吧。"

　　也是在同一天，得了空的王老大把他的二儿子喊到身边，他端详着他，想看看他到底是块什么料，对这即将到来的机会他能不能把握得住。孩子被叫来了，站在父亲面前等着父亲开口。这孩子瘦小体弱，一副憔悴相，根本谈不上好看，一副怯生生的胆小怕事的样子，他的手总在微微地颤抖，手心里湿漉漉的。站在父亲面前的他此时不自觉地绞扭着发颤的双手，他低垂着脑袋，偶尔会快速地抬起头用眼角瞥上父亲一眼，随即又低下了头去。

　　王老大仔细打量着他的二儿子，这还是他第一次单独把他从一群兄弟姐妹中叫出来，独自对他进行观察。突然间他若有所思地说道："你要是老大，而你大哥是老二，那就好了，因为他体格强壮，比你更适合做将军，你的身体看上去太弱了，我都不知道你能不能骑到马背上而不掉下来。"

　　听到这话，二儿子突然跪下了，他绞扭着发颤的手指，向他的父亲哀求道："噢，爸爸，我平生最讨厌的就是当兵了，我原想着我会做一个学者的，因为我是那么热爱书本！噢，爸爸，让我就留在家里，留在你和妈妈身边吧，我甚至都不要求到外面去上学——不，我将在家中自个儿读书学习，只要你不把我送去当兵，我绝不会给你添任何麻烦的！"

尽管王老大也许会发誓说他对这件事从未吐露过半句，可这件事情还是被泄露了出去，事实上是王老大这个人的心里什么话也藏不住。每当他有了个什么想法或是什么秘密的计划，他的每一次呼吸，每次叹息，他的欲言又止或是扬扬得意的神气，都会有意无意地叫他露出马脚。他可能发誓说他跟谁也没有提起过，可他还是告诉了他的大儿子，夜里还告诉了小老婆，最后又告诉了大老婆，或许他来跟她说只是因为必须得征得她的同意。他把这件事给老婆讲得头头是道，以至于让这个女人觉得她的儿子马上就会平步青云做将军了，她愿意让儿子去，尽管她认为她的儿子干其他营生也会一样优秀。她的大儿子那就更聪明了，几乎没有什么不懂的，他总是摆出一副慵懒的自命不凡的神气样子，欺负他的这个弟弟，并且揶揄地说："你不过就是跟在我们那个野蛮的叔叔后面，当个小兵罢了！"

说真的，王老大的这个二儿子的胆子确实是太小了点儿，即便是看到一只鸡被杀，他也会跑到一边去呕吐不止，他小小的胃口几乎连肉食都消化不了。当他听到哥哥这么跟他说时，他一下子就被吓得六神无主、目瞪口呆了。他简直不敢相信这是真的，一夜都未能合眼，干巴巴地等着天亮后父亲的召唤，现在他跪伏在地乞求着父亲的怜悯。

可一见儿子跪着恳求的可怜相，王老大的气就来了，因为他是那种知道自己有权威便会固执、恣意地去使用的人，他此时使劲地用脚跺着地砖，大声地喊叫着："你必须去，这机会我们不能错过，你堂兄也去的，你应该为这高兴才对！可惜我年轻时没能得到这样的一个机会。我那时被送去南方上学了，什么也没有学到，也没能在那里多待些时日，因为你奶奶死了，你爷爷就叫我回来了。我从没想过要违抗父亲的旨意，从来没有！不，我没有一个位高权重的叔叔可以依靠，从而获得飞黄腾达的机会！"

王老大这时突然叹了口气，因为他倏然想到要是那个时候他有二儿子这样的一个机会，那他现在早已是大将军了，身着金灿灿的军官服，骑着高头大马，在他的想象中一个将军就该是这般模样，他仿佛觉得将军就该有像他这样的高大身材。临了，他又叹了口气，注视着他身材瘦小的儿子可怜兮兮的样子说："说实话，我也很想送一个比你更好的儿子去当兵，可除了你我再没有一个够年龄的儿子了，老大不能离家，因为是长子，在家中的地位仅次于我，是要继承家业的，你弟弟是个罗锅儿①，再下面的弟弟还小。所以，必须是你去，你在这里哭一点儿用都没有，因为你必须得去！"他站起身，快步走出屋子，免得再受到他这个儿子的打扰。

王老二的儿子跟那个老大家的完全不同。他是个快乐、爱热闹的男孩，三岁时得了天花，为了救他他母亲把大拇指捅到了他的鼻孔里，自那以后，他的脸上就有了麻子，大家不再叫他的名字，人人都管他叫"麻子"，连他自己的父母也这么叫。父亲王老二喊来他对他说："把你的衣服都整理在包裹里，明天跟着我去南方，我要把你交给你那个做军官的叔叔。"他高兴得蹦蹦跳跳地到处跑，因为他是个最喜欢去新地方看新事物并把他的所见所闻炫耀地讲出去的人。

当时他母亲正在厨房里做饭，在门口的土火炉旁用勺子搅动着锅里的食物，因为她之前从没听丈夫讲过这件事，所以这时她用她的大嗓门

① 指驼背的人。——译者注

喊了起来:"你们花那么多银子去南方做什么?"

王老二于是告诉了她事情的原委,她一边听一边搅动着锅里的东西,与此同时,她的眼睛却一直盯着一个杀鸡的丫鬟,以防她偷偷拿走鸡肝和还没有下的蛋。因此,她只听清了她丈夫说的最后一句:"这将是一种冒险,我不知道他所说的'会好好地培养他们'是什么意思,不过,我们还有别的儿子可以做粮食生意,现在我们只有这一个儿子满了十七岁。另外,我哥哥那边也会送一个儿子过去。"

在听了这些话后,他老婆的思绪终于回到了这件事情上,她很快说道:"如果他们的儿子能升官,那我们也必须送我们的儿子过去,不然的话,我将总听我嫂子夸耀她的儿子是什么英雄了。说真的,我们这个儿子应该是能干出点儿名堂的,他长得那么壮,又有那么多的鬼点子。正像你说的,我们还有别的儿子可以帮着经营店铺呢。"

第二天,王老二就带着两个小伙子出发了,两人各自拿着自己的衣服,老大家的儿子更讲究一些,他的衣服装在一个上好的猪皮箱子里。他的眼睛哭得红红的,还特别叮嘱男仆在抬他的箱子时箱顶要朝上,免得弄乱了里面的书。而王老二的儿子却没有什么书可带,只用一块大点儿的蓝布包上了他不多的几件衣服,他拎着自己的包裹,对沿途看到的一切跳啊、喊啊。这是一个晴朗美好的春日,城里街道旁摆满了今年头茬上市的新鲜蔬菜,每个人都在忙着买卖东西。在王老二的儿子看来,这是一个美好年景里的美好的一天,是他第一次出门远行,今天早晨他母亲还给他做了他最爱吃的饭,现在的他心情甭提有多快活了。可王老大的那个儿子则是另一番情景,他像个小学生似的一声不吭地、慢吞吞地走着,他耷拉着脑袋,很少抬眼去看他的堂弟,还不时地舔舔他苍白的嘴唇,仿佛它们很干似的。

虽然王老二与两个小伙子在一块儿走着,可他的心思却都在自己的事情上，因为他是个对孩子们的事从来不关心的人。就这样，三人来到了城北停火车的地方，在王老二付了钱后，他们上了火车。王老大的儿子这时感到了难堪，因为他的叔叔买的是价格最便宜的座位，王老二认为这对两个孩子来说完全就够了。王老大的儿子不得不走进这节底层人们坐的车厢，他们的嘴里满是大蒜大葱的气味，常年不洗的棉布衣服上散发着穷酸味，而他呢则必须穿着他鲜亮的蓝丝绸长衫坐在他们中间。可他又不敢埋怨，生怕他叔叔暗中嘲讽他，因此他只得坐下来，把他的箱子放在跟他并排坐着的那个农夫中间，他的眼睛可怜巴巴地望着就要离开他下车返回的男仆，嘴里却依旧没敢吱声。

王老二和他儿子则没有这种尴尬，因为他早晨动身前便穿上了一件粗布长袍，觉得去三弟那里他最好还是穿得简朴点，免得让人家以为他好像多阔绰似的。至于儿子，他迄今还没有自己的丝绸长衫呢，他结实的棉布衣服都是他母亲缝制的，裁剪得又宽又大，即便他再长个几年，衣服也不会显得小。王老二看了看他的侄子，带些挖苦地说："穿这么好的衣服旅行，不合适。你最好还是脱了这件丝绸长衫，把它叠好了放回箱子里，穿着里面的衣服就行，这样就省下了你外面的好衣服。"

王老大的儿子嘟囔着说："我还有比这更好的呢，我在家天天就是穿着这样的衣服的。"不过，他还是没有敢违抗叔叔的话，站起来脱下了身上的长衫。

那一天，他们都是乘坐火车走的陆路，王老二望着窗外飞驰而过的田野和城镇，欣赏着他所看到的一切，他儿子更是对见到的一切新鲜事物高兴得又喊又叫。火车每到一站，他就盼望着尝尝小商贩们卖的各式糕点，只是他的父亲不给他买。另外的那个小子则是面色苍白、怯生生地坐在那里，由于车速快他有些晕车，他把头伏在他的猪皮箱子上，一整天没说一句话，甚至连食物都不想吃一口。

接下来，他们又上了一条拥挤的小船行了两天的水路，最后终于抵达了他们要找的那个城镇。上岸后，王老二雇了两辆黄包车，让两个孩子坐一辆，自己坐一辆。拉两个小伙子的车夫抱怨说他拉得重了，可王老二跟他解释说他们只是孩子，还不是成年人，其中一个由于晕船比平常的孩子更加瘦弱憔悴。经过了一番讨价还价，确定了比之前多付一点儿钱但又低于另一辆车的价格后，那个车夫答应了下来。黄包车把他们送到了王老二所提供的地址，车停下后，王老二从怀中掏出信，把院门上写的地址跟信上的地址对了一遍，没错，就是这儿了。

王老二下了黄包车，吩咐那两个小伙子也下了车。之后，他又跟车夫争论起价钱来，因为这个地方并不像车夫所说的那么远，所以他比事先商定的价格少给了他们一点儿，临了，他提起箱子的一头，让两个孩子抬着另一头，准备走进那扇两边各立着一尊石狮的大门。

门旁站着一名士兵，他大声喊道："喂，你们以为这大门是你们可以随便出入的吗？"说着，那位士兵从肩头取下步枪，用枪托使劲砸着石头地面，他的神情举止显得如此粗暴蛮狠，三人竟一下子都愣在了那儿，王老大的儿子开始发抖，就连麻子也被怔住了，因为他从未站得离枪这么近过。

王老二连忙从怀中取出他弟弟的信，将它递给了士兵看，并且说道："我们就是信中提到的那三位，这信就是对我们的证明。"

可那个士兵不识字，于是他喊来了另一位士兵，那个士兵过来打量了他们一会儿，听了他们的讲述后接下了这封信。只是他也读不了信，在看了看它后就拿进院子里去了。过了好一阵子他才返了回来，用大拇指指着里面说："是真的——他们是连长的亲戚，放他们进去吧。"

于是，他们抬起箱子，走过石狮子进到了院子里，尽管拿枪的那个士兵仍从后面望着他们，仿佛并不相信也不情愿放他们进去。他们跟着另一位士兵，经过了十来个院子，每个院子里都有很多士兵闲待着，有的在吃饭；有的在喝酒；有的光着身子在太阳底下拣着衣服里的虱子；有的则躺着呼呼地睡着。他们最终来到位于庭院最里面的一栋房子，在其正中间的那个屋子里坐着王虎。他坐在桌子旁正等着他们，他身着质地很好的黑色粗洋布制服，衣服上缀着铜纽扣，每个纽扣上都冲压着一个什么标志。

看到他的亲戚们进来，王虎很快站了起来，喊卫兵把酒肉端上来，说着给他的二哥鞠了一躬，老二也鞠躬还礼并叫两个孩子给叔叔行礼。随后，大家按照辈分大小各自落座。王老二坐在上座，其次是王虎，两个孩子坐在他们的下首。很快卫兵端上酒来，酒斟上后王虎看着两个侄儿，突然以他那直接又粗鲁的方式说："这个红脸膛的侄儿看着挺壮实的，可我拿不准在他那张麻脸后面有什么智慧没有。他看上去像是个小丑。我希望他不是，二哥，因为我这个人不太爱笑。他是你儿子？——能看出他有的地方长得像他母亲。至于另一个嘛——难道这就是大哥他能送来的最好的儿子了？"

在王虎说话时，这个面色苍白的小伙子把头垂得更低了，只见他的上嘴唇渗出一滴冷汗，他伸手偷偷抹去了它，甚至就在这个时候，他的头也没有敢抬起一下。王虎的那双锐利的黑眼睛一直盯在两个侄儿身上，直到把一向大大咧咧的麻子都看得有些不知所措起来，他一会儿瞅瞅这边，一会儿瞅瞅那边，两只脚不停地动着，嘴里咬着自己的手指甲。看到此情此景，王老二用抱歉的口吻说："三弟，这两个孩子的确不怎么样，我们也很难过，没能拿出更好的来回报你的美意。只是大哥的大儿子是家中主要的继承人，这个二儿子后面的那一个是个罗锅儿，而这个麻脸就是我最大的儿子了，他后面的那个年纪还小，所以，坐在你面前的这两个就是我们目前所拥有的最好的儿子了。"

在对两个侄儿做了一番仔细的打量后，王虎吩咐一个士兵带他俩去下面的厢房，让他们在那里吃饭，若是不叫他们就不要再上来了。士兵领他们走的时候，王老大的儿子可怜兮兮地回头望着他叔叔，王虎见他迟疑，大声喊道："你干吗还不走？"

那孩子停下脚步，用低弱的声音说："我能拿走我的箱子吗？"

王虎此时才注意到立在门旁的那只猪皮箱子，他带着轻蔑的口吻说："拿走吧，不过，这箱子你很快就用不上了，因为你得脱掉长衫，换上士兵穿的制服了，总不能穿着丝绸长衫打仗吧！"听到这话，那孩子的脸瞬间红了，一声不响地走了，房间里只剩下了兄弟二人。

有很长一阵子，王虎坐在那里没有作声，因为他这个人从来不会为了客套寒暄而找话说，后来是王老二先开了腔："是什么事让你这么沉思不语？是不是因为我和大哥的儿子们？"

王虎缓缓地答道："不是，我只是在想，像我这般年龄的男人大都有他们自己快要长大成人的儿子了，那对一个男人来说，一定是个很大的安慰。"

"呃，如果你早点结婚，你现在也可能有儿子了。"王老二笑着说，"有好些年我们都不知道你身在何处，我们的父亲也不知道，他没法为你操办婚事。现在，我和大哥都愿意为你操办此事，你成家需要的钱也早就是现成准备好了的。"

可王虎很坚决地打消了这个想法，他说："不用了，你也许会觉得奇怪，我对女人并没有什么兴趣。我也感到纳闷，我还从未遇见过一个能让我动心的——"见卫兵端肉进来，他打住了，此后兄弟俩都没再吭声。

等他们吃完，碗盘撤下，茶端上来时，王老二想就王虎如何处置他所有的银子和这两个孩子，问问王虎的打算，可是他又不知道该如何开口，在他正想着该怎么说才好时，王虎突然发话了："咱们是亲兄弟，你我都能理解彼此，我可就全靠你啦！"

王老二喝了几口茶，而后语气温和又慎重地说道："你可以依靠我，因为我们是兄弟，不过，我还是想要了解一下你的计划，这样我就知道我能为你做些什么了。"

王虎将身子探上前来，跟他耳语道——他的话语急速地倾泻出来，他呼出的热气像一阵热风吹进了王老二的耳朵里——"在我周围聚集起了一百多名忠诚、优秀的士兵，他们都不愿意再跟着那个老将军干了！我也厌恶了那个老家伙，渴望着回到自己的家乡去，不想再看到这些皮肤发黄、个子矮小的南方人了。是的，我有了效忠于我的人！只要我一声令下，他们便会跟随我在一个漆黑的夜晚出发。我们将去往北方的大山里，要是老将军来追我们，不等他来与我们作战我们就跑到遥远的北方山里去了。不过，也许他根本就懒得行动——他已经老态龙钟，沉溺于酒肉与声色之中，在我的这一百多人中就有他麾下最优秀、最强壮的士兵，他们不是来自南方而是来自北方最剽悍、最勇敢的民族！"

王老二是个性情平和的小个子男人，一个地地道道的商人，尽管他知道总有些地方在打仗，但是他与这些战事却毫无干系，除了有一回一支革命队伍曾在他父亲的院子里驻扎过一个月之外，他压根不晓得这仗是如何打起来或是如何进行的。他只知道只要仗打得离他近了，粮食的价格就会涨，离他远了，价格就会降。他从未离战争像现在这样近过，甚至在他自己的家里都要嗅到硝烟味了！他又窄又薄的嘴唇张开着，一双小眼睛瞪得大大的，只见他轻声细语地说道："可像我这样一个性格平和的人，在这战乱的年代能帮你什么忙呢？"

"是这样的！"王虎说，他的耳语像是在铁砧上打铁那般铿锵，"我必须尽快拿到属于我的那份银子，而且，我还得从你那里借银子，你要以尽可能低的利息借给我，直到我自己站稳了脚跟！"

"那你拿什么来担保呢？"王老二屏住了呼吸问。

"是这样的！"王虎再次说道，"我需要多少，你就借给我多少，地里能产出多少你就帮我变现多少，直到我在我们北方的某个区域闯出一片天地，让自己成为那一带的王为止！在那以后，我将不断地壮大自己，通过一次又一次的战争变得越发强大，直到——"他停住了，仿佛在他眼前清晰地展现出了一个未来的美好愿景。见他沉浸于他的遐想中，王老二着急了，他问："直到什么？"

王虎蓦地站了起来："直到整个国家没有一个人比我更加强大！"他说，此时的耳语已像是呐喊了。

"那时，你将成为？"王老二吃惊地问。

"那时，我想成为什么样的人，就成为什么样的人！"王虎喊道，他眼睛上方的两道浓黑的眉毛突然竖了起来，他的手掌同时砰的一声重重地击在了桌子上，以至于让王老二惊得跳了起来，兄弟俩相互注视着对方。

这是王老二迄今所听到的最为奇葩的事情。王老二不是那种有远大抱负的人，他最大的梦想就是夜晚坐在桌前，核对查看他的账本，看看一年中他一共售出去了多少粮食，或是计划着以什么稳妥的方式来扩大他来年的粮食市场。此时，他坐在那里，眼睛打量着他的这位兄弟，他弟弟身材高大，皮肤黧黑，相貌特别，一双眼睛像老虎那般闪烁着光，两道笔直的黑眉毛像他眼睛上方的两面旗帜。在这样的对视当中，王老二一时慌了神，他心里开始有点怕他这个弟弟了，不敢再说任何顶撞他的话，因为在这个人的眼神里不乏疯狂和剽悍，这令忐忑不安的王老二感受到了他弟弟的力量。不过，他依然保持着镇静，没有忘记自己处事慎重的习惯，他先是干咳了一声，然后用他那有些干巴的嗓音说："不过，这一切跟我跟咱们王家的其他人又有什么关系呢？我借给你银子，你拿什么来担保呢？"

王虎把目光又转回到了他二哥身上，他很是威严地说："你以为我成功了就会忘记自己的家人？难道你们不是我的亲哥哥，你们的儿子不是我的亲侄儿吗？你听说过哪个军阀在他得势了之后不和他的家族一荣俱荣的呢？作为国王的一个兄弟，难道这对你就没有任何意义吗？"

在他说这些话的时候，他一直盯着他二哥的眼睛，蓦然间王老二几乎有点儿相信他的这位兄弟了，虽说他内心还是有些不情愿，因为这些事情听起来让他觉得太奇葩了，当他再开口时他依然保持着自己的理智："我至少会把你的那一份给你，如果真的能如你所说的雄霸一方的话——你也知道，有许多人并不能像他们所想的那样一飞冲天——我愿意把我能省出来的银子都借给你。至少，你将得到你的那一份。"

王虎眼睛里燃烧的激情似乎突然平淡了下来，他坐了下来，将其刚毅的嘴唇紧紧抿在了一起，少顷后他说："我看出来了，你还是不放心！"

他的声音听上去冷冰冰的，王老二有些害怕，他为自己开脱道："我有家庭，有那么多的孩子，孩子他妈还年轻，仍在生育旺盛期，我得筹划和养活这一大家子的人。你没有成家，不知道家中众多人口的柴米油盐等一切全靠你一个人来支撑是什么滋味，而且，吃穿用度的价格年年都在飞涨！"

王虎听着耸了耸肩，转过身去，他仿佛不在意地说道："我的确是不知道，不过，你听我说！每个月我都会派我的亲信去找你，他是个豁嘴，很好认的。你要把尽可能多的银子交给他，他能拿得动多少就让他带回来多少。尽可能快地帮我把我的土地卖掉，因为我一个月就需要一千块银圆。"

"一千块！"王老二不由得喊了出来，惊讶让他变得有些瞠目结舌，"你怎么能花得了那么多的钱呢？"

"有一百个士兵需要吃喝，他们的衣服和武器需要购买。如果不能尽快地缴获到武器的话，为了扩充队伍我必须购置枪支弹药。"王虎飞快地说着。接着，他突然生起气来，"你不要问这问那的！"他再次用手猛拍桌子吼道，"我知道我该怎么做，在我站稳脚跟、独霸一方之前，我必须先得到银子！等我站稳了脚跟，如果我愿意，我就能向民众征收赋税了。可眼下我必须得有银子。支持我，你将会得到一定的回报。不支持我——我将忘掉你是我的血亲！"

在说到这最后的话语时，他的脸几乎贴到了二哥的脸上，王老二看着对方浓眉下面那双凶狠的眼睛，赶紧缩回身子，咳嗽了一声说道："哦，我当然要支持了，你是我的亲兄弟嘛，你打算什么时候开始行动？"

"你多久能卖掉我的那部分土地？"王虎问。

"再有一两个月就要开始麦收了。"王老二考虑了一下后慢吞吞地说，因为他确实被他所听到的这些搞得有些晕头转向了。

"那个时候人们就有钱了，"王虎答道，"毫无疑问，在种下稻子之前，你能把地卖出去一些。"

现在，这一点已经很清楚了：王老二根本没有胆量反对他这个脾气古怪的弟弟，他害怕他，他知道他得设法去办这件事。于是他起身说："事情紧急，我必须马上返回，看看如何办才好，因为一旦从麦收那里挣来的钱花完了，人们觉得自己又是个穷光蛋了，便会赶紧忙乎着到地里去耕种，哪里还有闲心去买更多的地。"

王老二一点儿也不想再待下去了，他想快点离开这个鬼地方，离开这些抬眼便能见到的凶悍士兵和各种吓人的枪械武器。他只是匆匆地走到隔壁孩子们待的那个房间，跟他们做了告别。两个孩子正坐着凳子，在一张没有刷过漆的小桌前吃饭。他们桌上的肉是王虎和他二哥吃了撤下来的，不过，对这俩小子来说也算是美味了，王老二的儿子津津有味地吃着，手中的碗几乎不离开嘴边。可另一个的口味却要精细得多了，他不习惯吃这种别人剩下的饭菜，只坐在那里，用筷子夹了几口白米饭，那些肉菜他连碰也没碰。不知怎的，王老二心中倏然涌起一股怜惜不舍之情，尤其是对他自己的儿子，一时间他竟然对自己产生了怀疑：把儿子贸然送到这里，会不会是一种冒险？但是，开弓没有回头箭，他只是跟他们说道："我要回去了，我给你们两个唯一的告诫就是，你们要在任何事情上都服从你们的叔叔，因为你们现在在他的手上了，他是个暴躁、凶狠的人，他是不会容忍你们违抗他的命令的。但如果你们服从他，做好他吩咐的一切，你们也许就会平步青云，你们的叔叔注定会成就一番事业的。"

之后，他便转身离开了，因为他已感觉到了自己在丢下儿子时心里所生出的那种难以言说的沉重之情，为了平复这一情绪，他对自己说："这样的机会并不是每个孩子都能有的，这是个不容错过的机会。事情一旦成功，我儿子就不会只是个士兵而应该是个军官了。"

想到这里，王老二决心全力以赴去促成他弟弟的成功，至少为了他的儿子，他也会全力以赴。

看到叔叔要走，王老大的二儿子，那个面色苍白的后生开始哭了起来，而且越哭越厉害，王老二见此赶快拔腿跑了。可这孩子的哭声却依然追随着他，他快步走向两边立着石狮的大门，把哭声甩在了身后。

第 八 章

　　这一奇葩的事业就这样拉开了序幕，如若王龙的灵魂还没有飞往天国的话，那么他非得气得从他安息的土地中跑到人间来不可。因为他平生最恨的就是战争和当兵的，而为了支持王虎打仗，两个哥哥正在卖掉他的土地。但王龙不会醒来了，他将继续在那个山丘上长眠，没有人来阻止他的儿子们所做的事情。对，没有，除了一个人——梨花，只是她在很长的一段时间里都对此事一无所知。王老大和王老二当然知道梨花对他们父亲的那份忠贞，所以对她一直隐瞒着他们的计划。

　　王老二回到家后便告知王老大去茶馆面谈，在那里他们可以边喝茶边聊天，不受干扰。这一次，王老二挑了个非常隐秘僻静的角落，他们背靠着的两堵墙上既没有窗户也没有门，坐在那里可以看见任何走近到他们这边来的人。兄弟俩把脑袋凑在一起说着悄悄话，其中不乏暗示和省略的语句，王老二给他哥哥讲了王虎的打算和计划。现在，既然已经再度回到他自己的家，过起他习惯了的那一套生活，王虎的宏图大志就越发显得像是个梦了，一个不可能实现的梦。可王老大这边却听得越来越起劲，觉得这是件了不起的大事，而且易于做成。随着这一计划在他面前一步步地展开，这个身材高大、头脑简单的男人变得越发激动起来，因为他仿佛看见自己升迁到了他未敢想象的高度——国王的兄长！

他是个没有什么学问和脑子的人，而且是个戏迷，看过许多表现古代英雄和帝王将相的剧目，这些剧中的人物起初大多是些普通百姓，然后凭借着他们高超的武艺、智慧和计谋，最终跃居高位，建立起王朝。现在，他觉得自己就是这样一个英雄人物的兄长，他全神贯注地听着，临了，用沙哑的声音低声说："我早就说过，咱们的这个弟弟和别的年轻人不一样！那时还是我劝说父亲不要让他在地里干活了，给他雇个老师教他吧，让他学会作为一个地主的儿子应该学会的东西。毫无疑问，咱们的弟弟不会忘记他大哥为他做的这些事的，想想看，要不是我，他一辈子就会是咱们父亲土地上一个农民乡巴佬了！"

他志得意满地往下看了看，抚平了紫色绸袍在他大肚皮上形成的褶皱，心中想着他的二儿子，想着整个王家将走向辉煌，自己也许会成为一位王爷。毋庸置疑，当他弟弟做了国王，他也就成了亲王。在他读过的书籍里有许多这样的记载，他在戏中也看到过类似的故事。本来王老二已经有些回过味来，对此事越来越拿不定主意了，那项冒险的事业似乎离他这个僻静的小镇显得越发遥远，可当他看到他哥哥对未来的憧憬和描绘时，他还是心生妒意，他一贯的谨慎使他变得不想失去任何好处，他在心里说："我得小心留下余地，万一我弟弟的梦想有一部分实现了呢，万一他的梦想哪怕获得了十分之一的成功了呢。我必须随时准备好去分享他的成功，我不能往后退缩得太远。"而他大声说出来的则是："我得为他提供银子，没有我他将一事无成。在他站稳脚跟之前，他必须得到他需要的经费，我不知道我怎么才能搞到这么多的资金。我毕竟只是个小财主，跟那些富豪比我几乎算不上富有。前几个月，我可以通过出售他的土地，为他筹到一定数额的钱，在这之后，我和你可以卖掉一部分我俩的地。可如果到了那个时候，他还没能够雄踞一方，我们该怎么办呢？"

"我会帮助他——我会帮助他的——"这位大哥急切地说，在此刻他不能容忍任何人为他的三弟做得比他更多。

为了尽早实现这一荣俱荣的目标，两人现在都站了起来，王老二说："我俩再出城去看看地吧，这一次我们将开始卖地！"

兄弟俩这一次前往看地时，脑子里自然也没有忘记梨花，因此他们仍然没有走近到那座土屋附近。他们在城门口雇了两头毛驴，然后骑着毛驴沿着田间的小路进发。赶毛驴的是两个小伙子，他们跟在驴子后面边跑边吆喝抽打着它们向前，一行人朝着城北方向去了，避开了那座土屋和它周边的田地。王老二骑着的那头驴走得挺欢，可另一头却在王老大大块头的重压下走得摇摇晃晃，这个人的体重是月月见长，很显然再过十年左右，他一定会成为镇上和乡里的一大奇观。想想现在的他虽然才只有四十五岁，却已是腰宽肚圆，两腮上的肉厚得坠了下来，宛如肥臀。走了一阵子后，他们不得不停下来，等那头负重的毛驴，尽管如此，他们那一天还是走了不少地方，见了他们上次标出来要卖的那些土地上的所有佃农。王老二向每个佃农询问，他们是否愿意买下他们耕作的田，如果愿意，会在什么时候，多长时间能够付清买地的钱。

在此之前兄弟俩已商定好，既然王虎想要的是银子，他俩便把那块面积最大的田给他，那块连成一片的地离城最远，现在是由一个吃苦耐劳的农民耕种着，起初他只是王龙田里的一名长工，后来他娶了王龙城中大院里的一个丫鬟，一个壮实、爱说话又诚实的女人，她为他生儿育女，敦促着丈夫比他婚前更加辛苦地劳作。他们的日子渐渐变得好了起来，每年都从王龙那里租得更多的土地，后来他租的田达到了几十亩，不得不雇了几个人帮着他耕种。但他们自己照样下地干活，因为他俩是勤俭持家的一对夫妻。

这一天，兄弟俩找到了这个人。王老大问他说："我们的土地多，想卖掉一些，用卖得的银子做点别的生意，如果你希望买下你耕种的这些地，我们可以把地卖给你。"

这时，那农民的一双像牛一样的圆眼睛瞪大了，嘴也张开了，连里面的牙床也露在了外面，他说话时舌尖抵着牙齿，唾液横飞，嗓音里发出嘶嘶声，他一说话就是这个样子，他自己也控制不了："我没有想到你们家现在就准备卖地了，我知道你们的老父亲对土地有多依恋！"

此时王老大撇了撇他的厚嘴唇，神情很是严肃地说："就是因为他太看重土地了，给我们留下了沉重的负担。我们得养活他的两个姨太太，这两个女人没有一个是我们的亲生母亲，那个老点儿的喜喝好酒，爱吃美食，每天都打牌，而她脑子笨，常常输钱。靠出租土地所得的钱进来得很慢，这全看老天爷的脸色。像我们这样的一个大家庭，花钱必须得阔绰点，否则的话，会显得我们很不得体，要是我们让这个家比我父亲生前看着还寒碜，作为这样一个父亲的儿子，我们怎么能对得起他？因此，我们必须卖掉一些地，补贴家用。"

在他哥哥做着这番长篇大论时，王老二感到了不安，他不断地咳嗽、蹙眉，在他看来他哥哥就是个蠢货。很显然，如果在卖货时让对方看出他极想出手，那么货物的价格一定会掉下来。于是，在轮到他讲话时，王老二赶忙说道："有不少人想要买我们的地呢，因为谁都知道我父亲购置的土地是咱这方圆几十里内最好的田。如果你不想买下你租种的地，那就尽快告诉我们，因为还有别人等着要买呢。"

这个长着龅牙的农民热爱他种的这块地，对它可说是了如指掌，他知道它上面的每一道坡、每一个坎，知道在哪儿开沟挖渠能确保丰收。他给田里也上了不少优质肥料，不仅有他自己、牲畜和家人的粪便，还有用粪桶拉回的城里人的粪便。他常常起得很早去干这个活儿。此时，他想起自己拉过、背过的臭烘烘的粪肥，以及他在劳作时洒进田里的汗水，这让他觉得如果这地现在转卖到了别人手中，对他来说可就太糟了。因此，他迟疑地说："噢，我还从没想过自己拥有这块地，我曾想过到我儿子这一代时，你们家兴许会卖这些地。既然现在就要卖了，我得回去盘算合计一下，明天告诉你们我考虑的结果，你们打算每亩卖多少钱呢？"

兄弟俩先是互相看了看对方，之后王老二担心王老大说的价格太低了，抢在王老大之前说道："我们出的价钱很公平的，每亩五十块银圆。"

这是个比较高的价格，离城这么远的地是远远低于这个价的，根本用不了这么多钱，对此大家都心知肚明，知道这不过是讨价还价开了个头罢了。那个农民说："我穷，付不起这个价，不过，我明天会告诉你我考虑的结果。"

这时王老大担心买卖吹了，赶忙说："价格低一点儿高一点儿是可以商量的！"

王老二生气地看了老大一眼，他拽了拽老大的袖子，生怕他再说出什么蠢话来，赶忙带着他离开了。那个农民朝着离去的兄弟俩喊："等我明天想好了告诉你们！"

他嘴上这么说，其实心里的意思是他必须跟他老婆商量一下，但是，如果他说要回去征求一下他老婆的意见，会被人小看的，会说他不像个男人，所以他这么说是为了给自己留点儿面子。

晚上跟老婆商谈了后，第二天他去到这兄弟俩城里的宅邸，在这里他开始了跟他们的讨价还价，就像当年王龙来到这座大院里买地时跟这家主人争得面红耳赤一样，现在这家的人早已离去，各奔一方，只留下了用砖石砌成的这幢宽阔的住宅。最后，价格终于谈妥，比王老二所说的价钱少了三分之一，这个价格还是蛮公平的，农民愿意接受，因为这也正是他老婆说他可以买下这地的价钱，如果对方实在不给降价的话。

"你们卖地是要银圆，还是粮食？"

王老二很快说道："一半银圆，一半粮食。"他这么说的时候，是在想如果要粮食的话他可以再倒卖上一两次，这样他还能从中挣得一些额外的银子，而且也没有克扣给三弟卖地的钱，因为在粮食倒卖中他付出了精力和时间，这点利润本就该他得的。

可那农民却说："我凑不了这么多的银圆，我给你们三分之一的银圆，三分之一的粮食，剩下的三分之一我从来年的收成中给你们。"

这时王老大瞪起了眼珠子，他跺着脚移了移他在大厅里坐的椅子，说："可你怎么知道来年的老天爷会不会发威，会不会下雨，我们怎么知道我们能不能得到那剩余的三分之一？"

农民恭恭敬敬地站在这些城中的富人，他的主子面前，他先是咂了咂嘴，然后才缓缓地说："我们庄稼人从来都是靠天吃饭的，如果你们不能分担这种风险，那还是把你们的地收回去吧。"

事情终于就这么定了下来，那农民在第三天带来了银圆，不是一次而是分三次拿来的，每次都用一块蓝布包着，藏在他的怀里。他每次都缓缓地把它们从怀中掏出，依依不舍地放在桌子上，每当这时他脸上的肌肉就会抽搐在一起，仿佛很痛苦、很难过似的。事实也的确如此，每一块银圆上都凝聚着他这么多年的劳作和血汗。为了凑足这笔钱，他东抠一点儿，西抠一点儿，这里借一点儿，那里借一点儿，总之，这钱都是他从牙缝里挤出来的。

然而，这兄弟俩眼中看到的唯有银圆，当他们在收据上盖了他们的印章，农民叹着气离开后，王老大很是鄙夷地说："这些佃户总是叫唤、哭穷，说他们活得多么多么艰难，得到的多么多么少。可是我们谁不知道他们是怎么挣银子的，我敢说，根本不像他说的那么辛苦！他们竟然能从田里积攒出这么多的银圆，我发誓以后要对我的佃农敲诈得更狠一点儿！"

说着他将丝绸衣服的长袖子往上推了推，搓了搓他苍白的、软绵绵的手，上前抓起一把银圆，让它们从他的手指间滑下去，他肥胖的手像是女人的手，在指关节处形成了一个个肉窝。王老二上前去清点这些钱，王老大不太情愿地在一旁看着他清点。王老二很快地数了一遍，又将它们整理成十个一摞的样子，尽管早已好好地数过了。他像铺子里的店员那样，每十块银圆就用一张纸熟练地把它们包起来封好，王老大很不情愿地看着这一切进行，临了，他有些不舍地说："把这些钱都给老三送去吗？"

"都给送去。"看出老大在觊觎这些钱，王老二淡淡地说道："我们必须现在就把这些钱给他，否则他的冒险会失败的。我还得把收下的三分之一的粮食卖掉，准备好等着老三的那个心腹到来。"

不过，他并没有告诉他哥哥他会将粮食倒卖上一两回，王老大当然不知道商人们的这些伎俩，因此，他只能坐在那里叹息，眼看着银子离他而去。二弟走了后，他又坐了一会儿，不觉感到有些可怜和悲伤，好像自己被抢劫了一般。

对兄弟俩现在进行的这一切，梨花一无所知。王老二此人颇有心机，对正在做的事他从未透露过半句，甚至在他每月给梨花送生活费时也未提过一字。按照王虎所说的，王老二每月应给梨花送去二十五块银圆，在第一次给她时，梨花用她那一贯温和的嗓音说："这多出来的五块银圆是怎么回事？我知道我每个月有二十块银圆，甚至连这二十块我也用不了，要不是因为要照顾老爷这个可怜的孩子。这五块银圆我不知道是怎么回事。"

对此，王老二回答道："拿着吧，这是我三弟特意吩咐要你收下的，这五块银圆是来自他的那份。"

哪知梨花一听这话，便匆匆地数出五块银圆，用她纤小的不由得有些发抖的手将它们推到了一边，生怕被这钱烫伤了似的。她说："我不要这钱——不要，我只要我的那份！"

一开始王老二还想硬劝她收下，后来转念一想他现在借钱给老三去闯天下是担着风险的，而且自己这阵子辛辛苦苦为此事操劳还没有得到过任何报酬，再则，老三这冒险也不是没有失败的可能。想到这些，王老二把梨花推在一边的银圆拿了起来，小心翼翼地放进自己的怀里，而后，用他那细弱、平静的嗓音说："哦，这样也好，因为大姨太荷花每月是二十五块，你比她少一点儿也是情理之中，之后我告诉我三弟一声。"

看到梨花这倔强的样子，王老二没有再敢说她住着的这栋房子也是属于王老三的，因为让她和傻子住在这里，于大家都有利。王老二就这样离开了，再没有跟梨花提别的事。而梨花除了偶尔有事去城里见过他们几面外，很少再去城里。在季节交替之际，她有的时候能在乡下看到王老大的身影，比如春季时，她见他来给佃农们称种子，这是地主必须干的营生，尽管他总是高高在上地站在一旁雇人帮他称。有的时候，在秋收前他会来估摸一下田里的收成情况，以免当佃户们跟他叫嚷说今年的年景如何如何糟糕，雨下得如何如何少时，他能知道他们是不是在撒谎。

因此，一年中王老大总得到乡下几次，每次来他都会把自己搞得汗流浃背，因为受累而脾气变得火暴，要是遇到梨花，他会没好气地打个招呼。虽说看到他梨花总会恭敬地给他鞠个躬，可却很少说话，因为这个王老大越发变得肥头大耳、臃肿不堪，而且总是用色眯眯的、贼溜溜的眼睛看女人。

看着王老大这样来往于城里和乡村之间，梨花以为王老大家土地的情况一如从前，也以为王老二和王老三的土地仍是由王老二照管，没有人会想到要去告诉她什么事情。她不是那种让人愿意与其搭讪的女人，因为她性情恬静、孤僻，除了和孩子们说话，她平时总是少言寡语，所以尽管她脾气温和，她身上还是有种让人敬而远之的东西。她平生没有朋友，只是近来结识了几个尼姑，她们住在离她不远的一所僻静的房子里，那房子用灰砖砌成，坐落在一排青柳后面。她很高兴地接待这些来她家教她诵经的尼姑，她认真地聆听，她们走后又对经文做认真的思考，因为她渴望用经文来超度王龙的灵魂。

要不是因为王老大那个驼背的儿子，梨花这辈子也不会知道卖地的事。事情是这样的，就在那个佃农买下他的第一块地的那一年，王老大的驼背儿子在后面远远地跟着他的父亲也出了城，王老大去乡下的地里时并不知道后面有人跟着。

王老大的这个儿子性情十分古怪，他和这个大院里的任何一个孩子都不一样。不知为何，他母亲从他出生的那一刻起就讨厌他，这或许是因为他不像她别的孩子，他面色不红润，长得不好看，也或许是她对生小孩感到厌倦了，在他还没有出生在她肚子里时她便觉得自己受到了拖累。因为不喜欢他，所以一生下来就把他交给一个奶妈带，这个奶妈也不喜欢他，因为要给他喂奶而不得不丢下她自己的孩子。那奶妈说他太早熟，在他那婴儿的脸上有股邪气。她还说他心眼毒，在给他喂奶时，他会死命地咬她的奶头。有一次，奶妈在院子里的庭荫树下抱着他喂奶时，不由得尖叫了一声，把这孩子摔在了院里的砖地上，等大家跑来看是出了什么事时，她说他一直死咬着她的奶头不放，直到咬出了血。她解开衣服让他们看她的乳房，奶头的确流血了。

自那以后，这孩子就开始变驼背了，仿佛他所有成长的力量都聚向了他脊背上的那个地方，每个人都喊他罗锅儿，甚至他的父母也这么叫他。看到这个可怜的孩子长成了这副样子，而家中别的儿子都是好模好样的，父母便不再在他的身上操心，他不必去识文断字或是做任何事情，他早早地就学会了躲开大人们的视线，尤其是躲开那些无情地嘲笑他驼背的孩子。他或整日在街头游荡，或独自一瘸一拐地、驼着背走到乡下去。

这一天，他悄悄地跟在父亲身后，远远地躲开了父亲的视线，因为他非常清楚每当父亲不得不到乡下时他的脾气就会变得十分糟糕，他一直跟着他走到那座土屋。在这里王老大没有停，而是径直向田里走去。罗锅儿在土屋前站住了，他想看看坐在屋门前的那个人是谁。

原来在门前的正是王龙那可怜的傻女儿，她总是那样子坐在太阳里，单看她的身体她已是个成年女人了，她已年过四十，头发里有了缕缕银丝。可在心智上她依然是个可怜的女孩，她坐在那儿扮着鬼脸，叠着手中的一小块布，罗锅儿以前从未见过她，觉得很好奇，他开始不怀好意地嘲笑她，模仿她做鬼脸，在她面前打着响指，吓得那个可怜的人尖声叫了起来。

梨花闻声跑出来看发生了什么事，那男孩一见她便一瘸一拐地跑进不远处的小竹林里，在那他像个小野兽似的偷窥着外面。待梨花发觉出这孩子是谁之后，她脸上开始浮现出温柔、忧伤的笑容，她从怀中掏出一块甜饼，她身上常常装着一些甜饼，等傻姑娘一旦变得执拗、不听话时就拿出来哄她。她拿出甜饼给罗锅儿，罗锅儿最初只是呆呆地望着她，后来才从竹林里爬出来，一把抓过甜饼就塞到了嘴里。临了，梨花哄着他跟她一起坐在门前的一张凳子上，这时梨花才注意到这个可怜的孩子身体长得有多畸形，他的脸在背的重压下显得那么瘦小和疲惫，他的眼睛显得那么深沉和忧伤，她看不出他是个成年人还是个孩子，他看上去那么弱小，她伸出手抚在他隆起的后背上，用她那充满怜悯的温柔语调说："告诉我，小兄弟，你是不是我老爷的孙子？因为我听说他有一个像你这样的孙子。"

那孩子突然从她的手中抽出身子，点了点头，做出要走开的样子。她又掏出一块饼，哄着他留了下来，笑着对他说："我觉得，你的嘴的确长得跟我家老爷很像，他现在就躺在山丘上那棵大枣树下。我非常想念他，我希望你能常常来这儿，因为你长得跟他有些像。"

竟然有人愿意要他去玩，这还是罗锅儿第一次听到这样温暖的话，因为尽管他是富人家的儿子，他也早习惯了他的兄弟们总把他撇在一边，习惯了仆人们不拿他当回事，总是最后一个才想到他，因为他们知道他的母亲不喜欢他。此时，他可怜巴巴地望着她，他的嘴唇开始战栗，突然间他哭了起来，尽管他不知道他为什么哭，在啜泣中他喊道："我不希望你惹得我这样哭——我不知道我为什么会哭得这么伤心——"

梨花用手搂着他隆起的后背抚慰他，尽管他口中说不出这样的话来，可男孩仍觉得这是他得到过的最温馨的爱抚了。在不知不觉中，他的心灵得到了安慰。不过，梨花对他这副样子的怜悯只保持了一小会儿，不久，在她的眼里，他的背就变得像其他孩子一样又直挺又强壮了。从那天起，罗锅儿便常常来土屋这边，因为没有人在乎他去哪里或是干什么。他天天往乡下这边跑，直至他的心与梨花贴近在了一起。梨花也很会因势利导，她做出好像依靠他，需要他来帮她照看傻子的姿态，在此之前，从没有人向这个孩子寻求过帮助。时间一长，他逐渐变得安静、温顺，他身上的一些不好的习气也不翼而飞了。

要不是因为这个孩子，梨花也许永远不会知道王龙的儿子们正在出售土地。这个孩子并没意识到他已说漏了嘴，因为他常常把他脑子里随时想到的一切都讲给她听，他喋喋不休地跟她扯东扯西，有一天他说：

"我有个哥哥当兵了，我叔叔不久后会成为一个大将军，我哥哥正跟着他学军事呢。我叔叔将来会雄霸一方，到时候我哥哥就当军官了，我是听我母亲说的。"

梨花坐在门前的凳子上听着那孩子的讲述，她望着远处的田野，用她极平静的声音问："哦，你叔叔有那么伟大吗？"在停了一下后她又说："我倒希望他不在军队，因为打仗太残酷了！"

可那孩子却喊起来，他不无夸耀地说："我叔叔会成为一个大将军的，我认为，一个勇敢无畏的士兵，一个英雄，就是世界上最了不起的男子汉。我们都会跟着他享受荣耀。在他成功之前，我父亲和我二叔每个月都要给他大量的银子，一到约定的日子，一个身材魁梧、长相丑陋的豁嘴便会来取银子。不过，我们花出去的银子将来会得到加倍的回报的，我听我爸这么告诉我妈的。"

听到这里，梨花的心头顿生疑窦，在想了一会儿后她和蔼地跟孩子说，好像她说的事一点儿也不重要，她问他纯粹是出于好奇："不知道这么多银子是从哪儿来的？是你二叔从他店里借出来的吗？"

那孩子为自己知情而感到得意，于是便毫无顾忌地说："不，是他们卖了我爷爷的地，我常常看见有佃农到我家来，他们从怀中掏出一个个小布卷，打开它们后，里面全是银圆，当银圆被倒在我爸爸屋子里的桌子上时，它们像星星那样闪着光。我看到过好几次，他们并不在乎我站在旁边，因为我就是个没用的人。"

这时梨花猛地站了起来，这让那孩子有点不解地望着她，因为她平时的言行举止都是很轻柔的。很快她抑制住了自己，用温和的声音对他说："我突然想到一件马上得去办的事，在我离开后，你能帮我照看一下可怜的傻子吗？我再没有一个像你这样可以信赖的人了。"

那孩子十分高兴能为梨花做点事，他忘记了他刚才说的那件事，在梨花准备的当口儿，他已坐在那里不无得意地扯着傻子的衣角。看见他这样，梨花穿上一件深色上衣，出了屋门，急匆匆地走了。这两个可怜的人身上有什么东西牵扯着梨花的心，这让她甚至在现在这样的情况下仍然驻足了片刻，回望着他俩，她的心牵挂着他们，她的嘴角掬出一抹温柔、忧伤的笑。她对这两个可怜的人充满爱意，不再爱其他的任何人了，但她还是匆忙地出发了。她心中的愤怒必须发泄出来，这是一种看似风平浪静的愤怒，因为她的愤怒总是这么不温不火的，再无别的式样，可它仍然是一种实实在在的化不开的愤怒。在她找到王家兄弟俩，发现他们是如何处置从他们父亲那里继承来的良田之前，她的心情是无法得到平静的，他们的父亲曾叮嘱他们要世世代代守护土地。

她踽踽独行在田间的小道上，除了远处有一两个穿着蓝粗布衣的农民俯身在地里干活外，田野里见不到一个行人。看到这幅图景，她的眼睛里又噙满了泪水，这些天她常常这样落泪，因为她总是不由得记起王龙走在这些田间小道上的情景，他热爱他的土地，有时候走着走着就会停下来，抓起一把地里的泥土，在手掌里捏着、搓着，他出租土地从来不超过一年，因为他要把它稳稳地掌握在自己的手中，而现在他的儿子们却在卖掉他的土地！

虽说王龙已经死了，可对梨花来说他还活着，她觉得他的魂仍然萦绕在这周围的田野中。如果地被卖了，他一定是知道的。是的，每当白天或夜晚有一阵凉风突然抚到她的脸上，或是有一小团旋风突然沿着道路卷过来时——有些人害怕这风，因为它来得很奇怪，他们说这是亡魂在经过——梨花总会仰起脸，笑着让这风拂过她的面颊，因为她相信这可能是王龙的灵魂在抚慰她，对她而言这位老人就像是父亲一样，不，比那个把她卖给王龙的亲生父亲还要亲。

怀着这样一种王龙仿佛在她身边的感觉，她匆匆地穿过田野，整个大地在她面前展现出一幅美好、丰收在望的景象。过去的五年里没有发生饥荒，今年也没有，长高的已经开始抽穗的麦子在广袤的土地上翻滚着绿浪。此时她正经过这样的一片田野，恰好有阵微风吹来，麦田里出现一道道涟漪，麦子在吹得弯下腰身时露出了它们下面的银色，像是有双手拂过了麦叶一般，她笑着，诧异着，不知道这是股什么风，她停下逗留了一会儿，直到风停了，麦子又静了下来。

梨花走到了城门口，那里有不少摆摊卖水果的小贩，她低着头眼睛看着地面，从不抬头看周围的人们。也没有谁注意到她，因为她娇小、瘦弱、不再年轻，她穿着一身深色的衣服，脸上不涂胭脂，也不抹口红，她不是那种能让男人另眼相看的女人。她就这样走着，即便有人看到了她那张平静苍白的面孔，也不会想到她的内心正燃烧着怒火，她正要勇敢地去痛斥王龙的儿子们一番。

她没有让人通报，便径直走进王老大家的院门。看门的老人正坐在门槛上打着盹儿，他的嘴张开着，露出了他口中仅剩的三颗牙，在她经过他时，他醒了一下，看见是王龙生前的二姨太便又打起盹儿。她按照事先想好的，直接朝王老大住的那间屋子走去，虽说她很不喜欢王老大，但她还是更希望去说动他，而不是那个吝啬贪婪的王老二。她知道王老大对人很少怀有恶意，她知道他蠢但心地不坏，不是那种小肚鸡肠的人，只要你眼下不给他增加太多的麻烦，他会善待你的，她害怕王老二那双小眼睛投射出来的冷冷的光。

梨花进了前院，一个丫鬟正在那里闲待着，那是一个漂亮的姑娘，她看见有个年轻的男仆为什么事等在院子里，便溜出屋子想要引起他的注意，梨花上前很是客气地跟她说："孩子，告诉太太我来是有些事要找她，看她能不能见我？"

王龙死后，王老大的太太对梨花的态度变得友好起来，比对王龙的大姨太荷花友好得多，因为荷花太俗气，说话太随意，而梨花不是这样。后来在家中的祭祀日上两人相遇时，太太甚至常常对梨花说："比起家中的其他人来，你和我之间毕竟觉得更亲近些，因为我们俩的心智都是向善向好的。"

最近一次见面她对梨花说："没事时来坐坐，跟我聊聊和尚尼姑们讲的关于菩萨的事，在这个家中只有你和我是信佛的。"

王老大的太太之所以这么说，是因为她听说梨花常去离乡间土屋不远的尼姑庵，听那里的尼姑们诵经。现在，梨花来访了。那个漂亮的丫鬟进屋后很快出来了，眼睛东瞥西瞥地寻找那个男仆，她对梨花说："太太说，你先到大厅坐坐，她一念完经就过来，她每天早晨都要念经的。"

于是，梨花进到里面，在大厅一侧的椅子上坐了下来。

正巧这一天王老大起得晚了，他昨夜在城中一家上好的酒店吃了一顿宴席。晚宴很丰盛，上的最好的酒，每个客人的身后都有一位雇来的漂亮歌女陪着，她们给客人斟酒、唱歌、说亲昵的话，做客人想让她们做的任何事情。王老大吃得非常尽兴，喝得也比平日多，陪他的那位歌女是个非常靓丽的姑娘，说话时咬着舌头，年龄不超过十七岁，可已很会献媚、讨好男人，俨然像是位已在情场混了十年的女子。王老大实在是喝得太多了，早晨起来都不大记得昨晚的事，他微微地笑着，伸着懒腰打着哈欠，来到大厅里，压根没有看见这里还有其他人。确切地说，今天早晨他的眼睛无论看什么都是有些迟缓的，因为他心里头正甜滋滋地想着那个小姑娘，想着在他跟她调情时她纤细的、凉凉的手指如何滑进他的衣服里，撩他心意地贴着他的脖颈摸下去。想到这里，他跟自己说他要问问那个做东的朋友，这个女孩住在哪里，在哪个酒楼做事，他要找到她，看看她到底是个什么样的女子。

就这样他大声打着哈欠，伸着懒腰，然后为让自己清醒又拍着大腿，百无聊赖地走进了大厅。他身上只穿着一件丝绸内衣，脚上蹬着一双丝绸拖鞋。临了，他的眼睛突然落在了梨花身上。梨花穿着一身深色的衣服，像个影子一样直直地静静地站在那儿，只是她的身体有些发颤，因为她对这个男人可谓是厌恶至极。看到她，他惊了一大跳，他举起的手臂突然放了下来，张着打哈欠的嘴巴一时忘记了合上，只是直愣愣地望着她。在发现这位客人果真是梨花后，他尴尬地咳嗽了一声，很是客气地说："没人告诉我家里来了人，我太太知道你在这儿等着吗？"

"知道的，我让人去告诉她了。"梨花说着给他鞠了一躬。随后，她暗自想："我还不如现在说呢，把我要跟他说的话只说给他一个人听。"于是，她开始着急地说了起来，说话的语速比她平日里快得多，一句赶着一句地往外倒："我来就是想要见大少爷您的，我心里被搞得乱糟糟的——我甚至不敢相信这是真的，老爷说'土地不能卖'，可现在你们在卖地——我知道你们在卖地！"

梨花觉得一片红晕慢慢浮上了她的脸颊，这在她的脸上是很少见的，她蓦地气得火冒三丈，几乎忍不住要哭了出来。她紧咬着嘴唇，抬眼盯着王老大，在她为了王龙来和他的儿子交涉的时候，她看到了王老大没有扣上的衣领处露出的胖得形成肉圈的黄不拉几的脖子、眼睛下面坠着的眼袋以及又肥又苍白的嘴唇时，她感到了一阵恶心。见她这样死死地盯着自己，王老大一时慌了神，因为他很怕女人生气，他转过身去，仿佛是为了体面要扣好衣领上的那颗纽扣似的。他背着脸匆匆地申辩道："你听到的是谣言——那不是真的！"

梨花更加激动了，以前谁也不曾见她这么激动过。

"不，是真的——我是从一个从不会说谎的人那里听来的！"她没有说出那个人是谁，免得他可怜的驼背儿子挨他的揍，她没说那孩子的名字，继续说道："真想不到老爷的儿子们竟然会如此不听他的话，尽管我人微言轻，可我还是要说，我告诉你们，老爷会惩罚你们的！他并没有像你们所想的那样走了，他的魂仍萦绕在他的土地上，当他看见他的土地被卖时，他有办法对你们这些不肖子孙进行报复的！"

在说这番话时，梨花的神情有些异样，她的眸子睁得特别大，眼里充满了真诚，平日里轻言细语的嗓音此时显得格外冰冷，以至于让王老大隐约感到了一丝畏惧。王老大尽管人高马大，却是个胆小怕事的人。谁都别想劝说他独自在夜晚到墓地里走一遭，他私底下是相信鬼神的，尽管他表面上也在大声嘲笑那些迷信胆小的人，可实际上他还是信这些的。因此，在梨花这么说时，他连忙说道："只是卖掉了一点点——卖掉了一点点属于我三弟的土地，他需要银子，一个当兵的要地没用。我答应你以后不卖了。"

在王老大这么说完，梨花正待开口回应时，王老大的太太走了进来，她今早正生着王老大的气，因为她昨晚听到他醉醺醺地回来，口中还念叨着跟他调过情的姑娘们的名字。现在见着了他，她更是拿嘲讽、鄙夷的目光瞪他，使得他赶忙赔上笑脸，装出若无其事的样子，好像什么事也没有发生过似的，可同时他又在暗中察言观色，他暗自庆幸有梨花在场，因为只要有外人在，依他太太那样骄傲的性格，她讲话是会有所保留的。于是，王老大的话逐渐多了起来，一会儿说这，一会儿说那，完了摸了摸桌上的茶壶看里面的水热不热后，说："啊，我儿子的母亲来啦，这茶水你觉得热度够不够呢？我还没有吃早饭，正准备去茶馆吃点，我这就走，不打搅你们了——我知道女人们在一起有许多话要相互倾诉，这些话我们男人们是不便听的——"他太太一言不发的孤傲表情和投向他的冷冷的目光，都让他的笑声显得虚假、空洞和不自在。临了，他鞠了一躬赶紧溜了，由于走得太快他浑身的赘肉都在晃动。

王老大还待在大厅里时，他的太太什么也没说，只见她坐在椅子上，背挺得笔直——这是她的习惯，身子从不靠在椅背上——她在等她丈夫离去。她看上去的确是一位行为举止都很得体的女人，她身着一件灰蓝色的绸缎上衣，头发梳理得油光油光的，整齐地盘在脑后，尽管在早上这个时间大多数的太太们才刚刚从床上醒来，伸手去接为她们端来的第一杯早茶。

看到丈夫走了，她才长叹了一口气，语气沉重地说："没有人知道我跟着这个男人过的是什么日子！我把我的青春和美貌都给了他。不管我常常承受着多大的冤屈，即便是我在给他生了三个儿子以后，即便是在他又纳了一个再普通不过的、只配当我丫鬟的姑娘做小妾以后，我都没有抱怨过。没有，我忍受了他所做的一切，尽管我怎么也习惯不了他这种低俗的生活方式。"

"哦，我们大家都知道你是个很好的妻子，我听尼姑说你学习礼拜仪式比任何一个想要信佛的姐妹都快得多。"

"她们真是这么说的吗？"太太变得高兴起来，她开始讲起她念的那些经文，她一天念几次经。她有时会发誓说她再不吃肉了，以及说作为凡人来说，我们应该严肃地思考未来，因为在生命的轮回开始之前，对于所有的灵魂来说，唯有天堂和地狱这两个地方作为我们永久的安息之地，只有善人才能进入天堂，恶人都会下地狱。

她就这样滔滔不绝地讲着，梨花一边听着，一边暗自在想她是否可以相信王老大所说的以后不再卖地的话。从她的内心来说她还是很难相信他说的是真的。因此，趁着太太停下来喝口茶的工夫，梨花站起来轻声地说道："太太，我不知道大少爷是否把他做的事告诉你了，不过，在你有空的时候，我还是希望你能把他父亲临终的话多和他说几遍，土地万万卖不得。老爷辛辛苦苦一辈子置下了这些地，想让他的子孙后代有个牢固的根基，可在他儿子们这一代就开始卖地了，这怎么说也不是个好兆头。我求你好好劝劝他，太太！"

这位太太确实没有听说过到底有多少地被卖了，可她还是装出她无所不知的样子，非常肯定地说："你不必担心，我不会让我的男人去做任何不当的事。即便有地被卖了，那也是属于老三的偏远处的小块地，因为老三筹划着想当将军，让我们全家人将来都享受荣华富贵，比起土地来，他更需要银子。"

梨花听到太太也这么说，有些放下心来，她想这两个人讲的基本上一样，应该是真的了，于是她起身告辞。她向太太鞠了躬，说了很多道别的话，对太太表现得毕恭毕敬，这让太太的心情又变得愉悦高兴起来。之后，梨花返回了土屋。

王老大进了茶馆，看见二弟也在那里吃着他的午饭，于是一屁股坐到了王老二的那张桌子前，气恨恨地说："男人似乎摆脱不了女人的唠叨，好像光有我家那口子唠叨还不够似的，咱父亲生前的那个二姨太也到我家来了，说是她听到了咱们卖地的传言，她叫嚷着要我保证今后不再卖土地！"

看着他的哥哥，王老二光滑、瘦削的脸上掬出一丝笑容，只见他不紧不慢地说："你何必在乎这么一个女人说的话呢？让她去说好了！她在咱们王家是最没有地位、最无足轻重的。不要理会她，如果她跟你提土地的事，你就跟她扯除了土地以外的别的事情。你可以和她谈东谈西，唯独不谈土地，让她觉得你对她毫不在意，因为她没有权利做任何事情。每个月能领到足够的生活费，能允许她住在乡下的土屋里，她应该为此感到高兴才对。"

这时，店里的侍者拿来了账单，王老二的一双眼睛仔细地盯着账单，脑子里一边合计着钱数，一边看账单上的数目有没有错。他掬出了需要付的铜板，慢吞吞地给了出去，好像总觉得人家多收了他的钱似的。随后，他微微向兄长鞠了一躬，走出了茶馆，留下王老大独自待在那儿。

不管他弟弟的话听着多么有道理，仍呆坐在茶馆里的王老大还是有些闷闷不乐，他不禁有些心悸地想，梨花说的"他并没有像你们所想的那样走了，他的魂仍萦绕在他的土地上"，她这话到底是什么意思。他越想越感到不安，临了，他索性喊来了侍者，要了一盘美味可口的螃蟹供自己享用，以使他忘掉那些让他不高兴的事情。

第 九 章

　　王虎曾两三次派他豁嘴的心腹去他两个哥哥那里，每一次这心腹都给他带回了沉甸甸的银子。豁嘴把银子包在一块蓝布里，斜挎在肩上，就像携着些他随行的物品那样，他穿着一件破旧的粗蓝布上衣和一条粗蓝布裤子，光脚蹬着一双草鞋。无论是谁看到这么一个背着包裹跋涉在尘土中的人，都会以为他是个普通的行人，绝想不到他身上携带着大量的银子，尽管若是再仔细一点儿观察便会发现，背着这么一个小包袱的人竟然在出汗。不过，并没有人去注意他，因为他衣衫褴褛、相貌普通、举止粗鲁，与大多数其他的行人没有什么区别，除了他嘴上有个豁口，如果再稍加留意，便会诧异于他嘴唇的丑陋以及两颗裸露的像从鼻子根上长出的牙。

　　就这样，豁嘴把银子带回给他的头儿，当王虎存够了三个月要用的银子时，他把它们埋在他的帐篷下面，并定下了举事的日子。他发出秘密信号，准备追随他的人都得到了指令。在割完稻子、北方的寒冷还未袭来之前的一天，一个风高月黑的夜晚——到了黎明时天上才出现一弯新月——王虎的追随者们从他们的睡床上爬起，决绝地离开了老将军的麾下。

　　在那个漆黑的夜晚，有一百个士兵在悄悄地行动，每个人都是悄无声息地起床，整理好自己的背包，带上枪，如有可能的话他们还会把睡在旁边的人的枪也拿上，只要没有将其惊醒，不过做到这一点并不容易，因为每个士兵都习惯把枪放在身下睡觉，一旦有人要偷枪，就会醒来大声地喊叫。这是因为枪支很贵重，一支枪可以卖上不少银圆，有的时候，一些士兵赌输了钱，或是遇上多月没有战事，掠夺不了银子，发不出军饷时，就会有人偷了枪支去卖。如果一个士兵把他的枪丢了，这将是件非常严重的事，因为枪械都是从非常遥远的国度运来的。因此，在这个夜晚，举事的士兵悄悄地带上了他们能拿走的一切东西，不过，除了他们自己的，他们只多带走了大约二十支枪，因为士兵们在睡觉时很警觉。二十支枪也很不错了，他们因此可以再扩招二十个人。

所有的这一百个士兵都是老将军麾下最优秀强悍、最勇敢无畏、最有战斗经验的年轻人。他们当中很少有南方人，几乎都来自北方的穷乡僻壤，那里的人大多骁勇善战，敢于直面死亡。这样的一群士兵更容易为王虎威严的相貌和魁梧挺拔的身材所折服，对他的沉稳少言、凶狠和火暴脾气，他们也都很钦佩，他们倾慕他还有一个重要的原因，那就是现在的这个将军不但上了岁数，而且变得越来越胖，非得让两个人抬着才能跨上马背，他身上现在已经没有了任何值得让他们崇拜的东西。是的，在像他这样的一个人身上，已经没有任何东西可以点燃年轻人内心的火焰，所以，他们都乐意抛弃老将军，追随一个新英雄。

于是，那天深夜，一接到信号后，每个士兵便背起枪骑上马——如果有马的话，奔向预定的地点，他们的信号是当感觉自己的右脸颊被轻轻地拍了三下后，就即刻起床，挎上子弹带和枪，或骑马或步行地出发，他们集结的地点是在五里之外的一个较为平坦的山顶上，那儿有一座被遗弃的老庙，只有一个老眼昏花上了年纪的隐士住在那座破庙里。虽说条件比较差，但他们也会暂住在那里，直到王虎把他们训练成一支真正的军队，然后率领着他们前往他选定的驻地。

王虎已经提前在山上做好了准备，举事的前几天他便派他的亲信豁嘴和他的麻脸侄儿把成坛的酒搬到庙里，还将一些活猪、家禽和三头公牛圈养在庙里的一间空屋子里（那个隐士曾睡在这儿）。牲畜家禽都是王虎从附近农民家里买来的，王虎是个正直的人，他所置办的这些都是付了钱的，他不愿意像有些当兵的那样，一分钱不给便拿走穷人的东西。他不会那么做，他让豁嘴支付的几乎是全价，买下后就赶到庙里，留下麻子在那边看守。

豁嘴还买了三口大锅，他一个一个地把它们顶在脑袋上前后搬上了山，他用破庙里散落的旧砖垒起灶台，上面置上铁锅。他没有再购置别的东西，因为王虎想尽快离开这里，去往北方的山中，以远离老将军的追击。他不会到离北边京城近的地方驻扎，因为政府军有时会出城讨伐像王虎这类的军阀武装，他不想与政府军过早发生冲突。不过，对面前的这两件事他都不太担心，因为老将军的怒气没多大工夫就会消失了，而政府军那边也没什么好怕的，旧的王朝终结了，新的王朝还没建起来，因此国力式微，盗贼横行，各路军阀蜂拥而起争夺着国家的最高权力，没有力量能遏制得了他们。

那天夜晚，王虎就是来到了这座庙里，身边带着王老大的那个小白脸儿子，他心中常常犯难，真不知道拿这个一向胆小如鼠又垂头丧气的小子怎么办。那个麻脸小子乐于冒险，他总是高高兴兴地去做吩咐给他的事，而这个小白脸总避开王虎的视线，现在当王虎吼着要他跟上时，他哆哆嗦嗦地跟在了他叔叔的后面，当王虎手上火把的光照在这小子身上时，王虎看见他全身都在冒汗，王虎冲着他轻蔑地喊："你啥也没干，怎么出了一身汗？"

可他并没有停下等对方回答，他穿过夜色前行，那小白脸跟跟跄跄地跟在后面。

在到达山顶通往破庙的隘口处后，王虎坐在了一块石头上，把小白脸侄儿派到庙里去帮厨。他独自待在那儿，等待着那些允诺在这晚前来投奔他的人。很快就有士兵或单或双地来了，看到每一张熟悉的面孔，他都高兴地朝他们喊："啊，你们来了！你们都是最棒的小伙子！"

每当听到有前来加入他的人的脚步声在庙前小道的石阶上响起时，王虎便会吹亮他手中冒烟的火把，将火光照在他们脸上，激动地呼叫着这些优秀士兵的名字。待一百个人都聚集后，王虎给他们分派了活计，他下令宰杀猪、牛和家禽。大伙儿兴高采烈地杀鸡宰牛，因为他们好久都没有吃过这种现宰杀的肉了。有的人去生炉灶，有的人从附近的山涧打来了水，其他的人则宰杀牲畜，将它们剥皮剁块。不过，在给家禽拔了毛后，他们就把鸡鸭囫囵地叉在刚砍下的带树杈的青枝上面，放在火上烤。

等一切准备好之后，他们在庙前的石头平台上摆起了席，平台地面上的石头已经被野草和树根撑裂开来。在平台的中央，有一个一人多高的铁鼎，其年代已经十分久远，周身布满了红色的铁锈。到这个时候，天色已经大亮，刚升起的太阳把光洒在他们身上，山上清新的空气使他们的肚子感到更饿了，大家挤在一起，闻着香喷喷的肉味，心里乐开了花。每个人都在尽兴地吃着，一片欢乐的景象，因为大家觉得一个崭新美好的未来在这位新英雄的领导下正在开启，这位领头人年轻、勇敢，将把他们带向新的地界，那里粮食富余，女人娇媚，一个血气方刚的汉子所需要的一切，那儿都有。

在吃完第一轮等着第二轮再度开吃的时候，他们打开酒坛盖上的封口，给每个人的碗里都倒满了酒，他们喝着、笑着、嚷着、相互祝酒道贺，并向他们的头领庆贺。

那个老眼昏花、可怜兮兮的隐士躲在竹林的阴影中惊诧地望着他们，他以为他们是魔鬼，忍不住慌乱地自言自语。他看着他们大啖大嚼、开怀畅饮，看着他们撕下骨头上一块块冒着热气的烤肉，他的嘴里流出了口水。但他不敢出来，因为他不知道这是群什么样的魔鬼，怎么突然出现在了这个幽静的山顶，要知道过去的三十年里只有他自己住在这儿，靠种一小块地活着。在他这样窥视的当口儿，一个酒足饭饱的士兵将他啃着的一块牛的大腿骨抛了出去，正好落在竹林边上。这位隐士伸出他瘦骨嶙峋的手，一把将那块骨头抓了过来，悄悄地拿回到林子里，然后津津有味地放到嘴里啃着、吸着，不知怎的他的身子竟然有些战栗，他已经几十年没有吃过肉了，早忘记了肉的鲜嫩可口。他吧唧吧唧地忘情地吮吸着骨头，尽管在这么做的时候他心里也在自责，知道对他来说这是一种罪过。

当酒和肉都被士兵们填进肚子里，院子里到处丢弃的都是啃剩的骨头时，王虎一跃跳上了一只硕大的石龟上——它就在平台一侧的一棵古老的刺柏树下，所处的地势略高于平台。这只年代久远的石龟最早是一位名人墓地的标志，它的背上曾立着一块高大的石碑，石碑上镌刻着颂扬这位死者品德的文字，只是这棵不屈不挠生长的刺柏渐渐地把这块石龟背上的碑挤到了一边，最终石碑从石龟背上坠下，摔成了碎块，上面的文字经过多年的风吹雨淋，已变得斑驳，难以辨识，而那棵巨树仍在生长。

王虎一跃跳上了石龟，他站在上面俯视着他的士兵。他巍然挺立，一只手抚着剑柄，一只脚向前踏在石龟的头上，用傲视一切的神情望着他们，他的两道浓眉紧蹙在一起，目光炯炯，犀利有神。他扫视着属于他的这群士兵，不禁心潮澎湃，激情进涌，直至觉得他的胸膛就要爆裂开来，他心想：这些都是我自己的人，发誓要追随我的人，我盼望的这一刻终于来了！他用骄傲的声音喊着，话音响彻了寂静的树林，于破庙的院落里发出隆隆的回声："弟兄们！我跟你们一样出身卑微，我父亲是种地的，我来自农村。然而，在耕作之外还有一种命运在召唤我，我年少时就离家出走，参加了老将军领导的革命军。"

"弟兄们！从那一刻开始，我就梦想着加入反抗腐败统治者的战争，老将军当初也是这么说他自己的。可他的胜利来得太容易了，他很快就变成了他现在的这个样子，我不能再继续为这样的一个人效忠。看到他领导的革命没有取得我所期望的成果，看到世风日下每个人都是在为自己而战，于是我想到了我这时应该肩负的使命：我要把老将军手下那些富有朝气却常年得不到报偿的精兵召集起来，带领他们去闯出一片没有腐败、属于我们自己的天地。大家都知道当今没有贤明廉洁的统治者，人民在残酷统治者的压迫下发出了怒吼。从古代起，从五百年前起，就不断有英雄好汉揭竿而起，劫富济贫。我们也要这么做！勇敢无畏的弟兄们，我现在向你们发出召唤，跟着我干吧！让我们同舟共济，生死与共！"

他站在那里，用他响亮而厚重的嗓音喊出了这番话，他炯炯有神的眼睛扫射着蹲坐在他面前的这些弟兄，他的眉毛时而蹙起，时而像旗帜那般展开，引得他脸上的表情时刻在变化。他的话音一落，大家便一跃而起，发出一片雷鸣般的呐喊声："我们发誓，永远永远追随你！"

接着，一个爱开玩笑的人用又尖又高的声音喊："我说，他长得像一只黑眉虎！"

王虎看上去的确像只老虎，他的身形又长又苗条，行动敏捷，下巴较窄，而颧骨又宽又高，眼神有光，警觉中透着野性，眸子上面是两道长长的黑眉，黑眉下压，为他的眼睛形成一种遮挡。当他的眉头向下蹙起时，他的眼睛像是从一个深邃的洞中在向外窥视。当他的眉毛扬起时，他的眼睛像从眉毛下面跃了出来，整个脸庞变得舒展，仿佛猛虎扑了过来。

所有的人都大笑起来，他们接过话头，喊道："嗨，头儿就是老虎，是黑眉虎！"

至于那个老眼昏花、可怜兮兮的隐士，他根本弄不明白这响彻山谷的"老虎，老虎"的叫嚷声是怎么回事。山中的确有老虎出没，他怕老虎怕得要死。现在听到这喊声，他不由得在竹林里四下张望，随后没命地跑，跑回庙后面他平时睡觉的那个破屋，他拿一根粗木棒横挡在屋门前，一骨碌上了床，一把拽过破被子盖在头上。他窝在床上，一边哭泣，一边止不住地发抖，真希望自己没有啃那根骨头。

王虎这人还有着老虎般的谨慎，他知道他的冒险才刚刚开始，他必须考虑到在他前面可能会出现的情况。在他让士兵们喝完酒去睡觉的间隙，他叫来了他的三个聪明又有计谋的手下，吩咐他们乔装打扮一下。他让其中一个脱得只剩下里面的一条破内裤，身上涂满泥巴和灰，像一个乞丐那样到靠近老将军驻扎的城边的村子去乞讨，让他在那儿打探消息，看能不能探听到老将军是否会追击他。他叫另外的两人先去市场上的当铺，买些农民的衣服、筐子和扁担，然后买些农产品挑到城里沿街去卖，听听人们在说些什么，是否有人谈到城里发生的事情。还有，既然老将军最好的士兵都离开了他，接下来可能会发生什么呢？另外，王虎把他的亲信豁嘴派到山顶的隘口，让豁嘴用他锐利的眼睛在那里对下面的乡野进行观察和监视，一旦发现有异动，马上跑回来向他报告。

在做了这样的安排之后，因喝多了酒而睡去的士兵们也都渐渐醒了，这时王虎开始清点他的兵力。他用毛笔在纸上记下士兵的人数、枪支和弹药的数量，以及他们的衣服和鞋子的情况，看看它们是否适于远行。他命令他的人在他面前挨个儿走过，仔细打量着每一个人，他发现他有一百零八个血气方刚的汉子，不包括他的两个侄儿，这中间没有一个年老的，只有几个身体不太好的，当然红眼病或者是瘙痒病之类的这些人人都可能得的小毛病没有计算在内。在士兵们这样一个个地经过他时，大家都张着嘴巴，瞪着眼睛看他写在纸上的东西，因为他们中能识文断字和能书写的不超过两三个人，这样他们对王虎的敬畏又增加了几分，因为除了指挥打仗他们没想到王虎还有这样的能耐，能够在一张纸上标识出符号，待他再读它们的时候竟还能看懂其中的含义。

王虎发现，除了一百零八个士兵，他还获得了一百二十二支枪，而且每个人的弹药袋里都装满了子弹。另外，王虎靠着自己军官的便利身份，秘密地从将军的仓库里取出了十八箱子弹。这些子弹被他和他的亲信一箱箱地搬到了山上，存放在庙中那尊古老菩萨塑像的后面，因为那里的屋顶最结实，漏雨的可能性最小，而在弹药前面的菩萨塑像又挡住了从庙门那儿溅进来的雨水。

至于衣物，士兵们现在身上穿的足以维持到冬季来临之前，每个人都有睡觉的被子。

王虎对他目前拥有的这些很是满意，剩下的食物足够他们再吃三天的，他的计划是三天以后趁着夜色快速向北方他的新地盘进发。即便他不厌恶南方，他也会开拔到另外一个地方去，因为这位老将军早已怠惰成性，最近十几年都不曾挪过地方，只靠压榨这里的百姓为生，向他们征收难以承受的沉重赋税，还让他们缴纳粮食，以至于把这里的百姓弄得一贫如洗，因此王虎必须寻找新的地盘。

再说，王虎也不想与老将军为了争夺这块已被榨干了的领地进行一场战斗，他计划去到靠近他家乡的地区。在他家乡的西北面有连绵的山丘，他和他的士兵可以在山里安营扎寨，如果被追逼得太紧，他还可以撤到后面的深山老林里。山中险峰林立，民风剽悍，甚至连军阀也很少去到那里，除非是情势所迫，那儿才会是他们的退隐之地。当然，现在王虎想的可不是退隐，在他看来，他前面的路宽广得很，只要他无所畏惧，一直向前，闯出他自己的名号来，他的前程就无可限量。

这时，他派出去打探消息的人回来了，其中一个说："城里的人到处都在传，老蜂窝里闹分家了，有一群蜂从那里给分了出来，现在到处人心惶惶，因为百姓的血早已被吸干，哪里还供得起两拨军队的压榨。"

那个扮乞丐的人说："我转悠到了咱们原来的兵营，由于脸上涂着泥灰，没人能认得出我来，我假装乞讨察看情况，整个营地都乱套了，老将军吼叫着，发出了这样那样的命令，随后又收回成命，说起了别的事情，看他那样子都给气糊涂了，他的脸变成了青紫色，臃肿得都变了形。我甚至壮着胆子到了他的近前，听见他正在喊：'我做梦也没有想到这个黑眉毛的小鬼竟然做出这样的事来，我对他曾是一百个放心啊。大家竟然还说北方佬比我们南方人诚实！我真希望现在就把他挑在我的枪尖上，这个该死的贼，这个贼小子！'他开口闭口都在叫嚷着，要他的人拿上武器去追赶我们，跟我们开战！"

那人停下来咯咯地笑着，他就是那个爱开玩笑、声音又尖又高的士兵，现在他用更尖更高的声音咧着嘴说："但是，我没有看见一个士兵动了的！"

听到这里，王虎的脸上露出了一丝笑容，他知道他再没什么可担心的了，将军的那些士兵已近一年没有领过军饷，他们之所以没有离开，是因为闲待在那还能吃个饱饭。若是想要他们打仗，必须得先给他们支付军饷，王虎知道现在老将军不愿再从他的腰包里掏钱给士兵了，过上一两天，他就会气消，他会耸耸自己的肩膀，然后回到他的女人们那儿，他的士兵们又会懒洋洋地睡在太阳里，吃了睡，睡了吃。

因此，王虎现在可以一心向往北方了，他知道他不需要再怕任何人了。

　　王虎让他的士兵们大吃大喝了三天，把坛子里的酒喝得个干干净净。现在他们酒足饭饱，觉也睡够了，一扫多月来的晦气，个个变得精神抖擞、生龙活虎了。多年来一直跟士兵吃住都在一起的王虎，非常了解这些人，早已懂得了如何驾驭这些身体强壮、头脑简单的士兵，懂得了如何观察他们的情绪并利用之，懂得了如何看似管理宽松却又牢牢地把他们控制在自己的手中。所以，当他听到他的这些精力过于充沛的年轻人为一点小事，比如一个人睡觉时无意中伸了一下腿，绊倒了路过的人，争吵不休相互威胁时，当他看到有些士兵在想女人，渴望跟女人亲热时，他就知道此时是他该开始一项新的艰巨行动的时候了。

　　王虎再一次跳上石龟，他将双臂交叉在胸前，大声喊道："今晚，等太阳一落入远处山脚下的平原，我们就得向我们的目的地进发了！每个人都要考虑清楚，如果仍想着回到老将军那里吃了睡，睡了吃，那么现在就离开，我保证不杀他。但是，一旦今夜跟我一块出发了，若那个时候再有人反悔，我将用我的剑刺穿他！"

　　讲到最后一句时，王虎"嗖"的一声抽出了他的剑，剑身发出一道闪光，犹如闪电划过云层。他把剑锋直指听他训话的士兵，吓得他们的身子向后仰去，惊得他们面面相觑。王虎站在那里盯着人群，在他等着士兵们做出反应的当口儿，较老的士兵中有五个人用怀疑的眼神相互望着，随后又望着指向他们的那把明晃晃的利剑，他们一声没吭，起身悄悄地溜下山。王虎注视着他们的背影，仍然一动不动地举着他闪着光的剑，大声地问："还有人要走吗？"

　　顷刻间一片寂静，没有一个人动弹。突然，站在人群边上的一个奋拉着背的瘦子动了起来，急匆匆地要溜走，此人正是王老大的那个儿子。王虎看到是他的侄儿，便吼了起来："不，你不行，你这个小蠢货！你父亲把你交给了我，你是不能自由行动的！"

第 十 章

他说着把剑插回了剑鞘，颇为轻蔑地咕哝着："我不会将这锋利的剑刃插进一个小白脸的身体，不，我将用鞭子狠狠地抽你，就跟抽孩子一样！"那小子站定了，再次像平时那样低下脑袋了。

之后，王虎用他平日里讲话的声音说："好了，现在大家检查自己的枪支，系好鞋带和腰带，因为今晚我们要开始长途跋涉了。为了不让人知道我们的行踪，我们将白天睡觉，夜晚行军。每走到一个军阀的地盘，我都会及时告诉你们这个军阀头领的名字，如果有人问起，你们要说'我们是散兵游勇，要去投靠这个军阀'。"

此时，太阳已经下山，天色慢慢地暗了下来，星星已出现在天空中，只是没有月亮。士兵们排成一列通过了隘口，每个人都背着行李，手上提着枪。王虎只把多余的枪支交给了他最了解和最信任的人，因为其中的许多人还没有经历过任何考验，他宁愿舍弃一个人，也不愿损失一支枪。马儿带着他们下了山，到了山脚下，在踏上去往北方的大道之前，王虎停下来用严厉的语气说："没有我的命令，谁也不能停下，待黎明到达了指定的村子后，我们才会做较长的休息。在村子里，你们可以吃，可以喝，费用由我支付。"

说着他跃上了自己的战马，那是一匹高大的枣红色的马，粗壮的骨架，长长的带些卷的鬃毛，奔跑起来不知疲惫。今晚也确实需要这样的一匹马，因为王虎还携带着不少银子，实在拿不了的银子，他就给了他的心腹豁嘴带着，还剩下的少量银子，他分给了几个士兵背着。这样的话，即便有个别人经不住诱惑带着银子跑了，损失也不会太大。尽管他的马儿强壮，王虎也不愿意让它快跑，总用缰绳勒着它，让它慢步走着，因为他心地善良，他想到了那些没有马匹必须得行走的士兵。在他的两旁是他的两个侄儿，骑着他给他们买的毛驴，毛驴的小短腿很难跟上马的步子。有三十多个人骑着马，其余的人都在步行，王虎把骑马的分成了两拨，一拨走在队伍的前面，一拨殿后，徒步的走在中间。

他们在夜色中静静地行走，王虎说可以休息的时候，部队便歇息一会儿，再给出行军的命令时就继续前行。他的人都身强体健，富有耐力，一路上紧跟着他，很少有怨言，因为他们都对他抱有很大的期望。王虎对他们也感到很满意，他在心里发誓说，只要他们不有负于他，他也绝不辜负他们，一旦他成为一方诸侯，定会让这些最早追随他的人都得到提携。在这样注视着和这样想着这群依靠于他并信任于他的士兵时，如同孩子信赖那些关爱他们的人一样，王虎心中涌起一股对这些人的柔情，因为他就是这样一个心底蕴藏着温情的人。当看到他们累得横七竖八地躺在草地上或是墓地附近的刺柏树下时，他会有意让他们多休息一阵子。

他们这样子行进了二十多个夜晚，白天就在王虎指定的村庄休息。每进到一个村子之前，王虎都会预先打听清楚这个地区的军阀头领是谁，这样当有人问起这里的头头是谁，他们要往哪里去时，他的回答顺口就来了。

尽管如此，村民一见到他们来了，还是怨声载道，因为村民不知道这些散兵游勇会驻留多长时间、他们喜欢吃什么、想要什么样的女人。

此时的王虎刚刚拉起队伍，心中尚有大志，对他的士兵管束得很严，又由于他内心对女人持有一种冷漠感，因此更是见不得士兵们纵情声色，他说："我们不是强盗，也不是土匪，我也不是盗匪的头目！不，我要为自己闯出一条比前者更好的通往成功的路，我们将凭借我们的军事本领，通过正当的途径而不是靠欺压百姓去获得胜利。你们需要什么就去买，我来付钱。以后你们每个月都有军饷。但是，你们不要去碰女人，除非是那种为了生计为了钱而愿意卖身的女人，如果实在憋不住了，就去找她们。你们自己要当心，千万不要去找那种价钱太便宜的女人，她们身上可能带有致命的梅毒，你们要远离这样的女人。如果让我听说哪个士兵欺负了良家妇女或是谁家的黄花闺女，我将毫不留情地马上将此人处死！"

王虎讲这番话时，每个士兵都用心在听、在想，因为他们知道他浓眉下的那双眸子闪烁着凌厉的光，他们知道尽管王虎心地善良，但对该杀之人他是不会手下留情的。年轻的士兵们对这番话都啧啧称道，在那些天里王虎的确是他们心目中的英雄，他们大声喊："嗨，老虎——嗨，黑眉老虎！"他们按照他的命令或行军或宿营，大家都愿意服从他的指挥，即便有个别不愿意的也不敢表现出来。

王虎之所以选择离家乡不太远的地区安营扎寨，有许多原因，其中的一个缘由是在他有自己稳定的税收之前，离他的兄弟们近，可以及时得到哥哥们每月答应给他的银子，避免了在中途被劫匪抢走的风险。此外，如果他遭遇突发事故——如果老天要跟他作对，这样的事有时候是难以避免的——他可以藏匿到他的亲人中去，他们王家富有，人口众多，他是安全的。因此，他一直朝着他哥哥们住的那座城市进发。

在即将看到城墙的前一天，王虎开始对他的士兵变得有些不耐烦起来，他们在行进时显得拖拖拉拉的，夜晚来临他命令他们出发时，他们的行动也变得慢腾腾的，王虎听见有些士兵在抱怨，其中一个说："哦，世上许多东西远比名誉荣耀实惠得多，我不知道我们跟着这样一个凶悍的家伙是不是明智之举！"另一个说："最好还是美美地睡上几觉，何必每天像这样跑断了腿似的，即便肚子饿点儿也比这强！"

实际上，这些士兵确实是累坏了，因为他们已不习惯于这样持续地行军，近些年来他们跟着养尊处优的老将军也变得懒散了。王虎了解这些人有多么反复无常和愚昧无知，他在心中骂着他们：快到北方自己的故土了，怎么反倒变得满腹牢骚起来了。王虎忘记了，在他满心欢喜回到北方，美滋滋地想着又能吃到面饼，闻到大葱、大蒜的香味时，这些对他的士兵们来说还是很陌生的东西。一天深夜，他们在一棵刺柏树下休息，他的亲信豁嘴悄悄地对他说："现在是时候找个地方让他们好好休息一下了，大吃大喝上几天，再额外给他们点银子。"

王虎立马跳了起来，喊道："让那个嚷着要掉队的人到我这儿来，我会给他吃颗子弹！"

豁嘴把王虎拉到一边，心平气和地低声说道："不，头儿，别这么说，别生气。这些士兵在心理上还是孩子，只要给他们一点儿甜头——哪怕只是一盘肉或是一壶新打开的酒或是允许他们赌博一天——他们的劲头就来了，那劲头足得简直令你难以相信。他们就是这么天真，这么容易满足，又这么容易陷入悲伤。他们的心智并不像你的那么开阔，头儿，他们只能看到他们鼻尖底下的那点事。"

在豁嘴这般向头儿求情时，他恰好站在一片淡淡的月光里——他们出发时是新月，现在月亮又圆了。在月光下的豁嘴样子看上去格外令人憎厌。不过，王虎已经考验过他多次，知道他这个人真诚，而且精明。此时的王虎不再看得到他嘴唇上的豁口，他眼中看到的唯有他宽厚的棕色脸庞和一双真诚、谦卑的眼睛，他对豁嘴完全信得过。是的，王虎信任此人，尽管他不知道他是谁，因为这个人从未提到过他自己的经历，如果被逼问得紧了，他就说："我的家乡在很远很远的地方，即便我告诉了你地名，你也不知道它在哪儿，它太远了。"

有传言说，他曾经犯过罪。据说他有一个非常漂亮的妻子，妻子是个可爱的姑娘，由于忍受不了他的相貌，便找了一个情人。在他发现了这两人的奸情时，把两人杀了后逃跑了。没有人知道这事是真还是假，然而，可以确定的是，此人一见到王虎便心甘情愿地效忠于他了，至于这么做的理由，只是因为这个年轻人既凶狠又英俊，因为他的美男子形象在这个可怜丑陋的人看来简直就是一个奇迹。王虎感觉到了这个人对他的爱，比起其他的人来说，他更看重他，因为这个人追随他不是为了得到利益或者权势，而是出于这种奇特的爱，只要能在他身边，便不求任何回报。因此，他很看重此人的忠诚，对他说的话王虎总会认真地听。此时，他觉得这一次豁嘴又说对了，于是他去到那棵刺柏树下，对疲惫不堪、横七竖八地躺在那儿的士兵们，用比平日里更加和蔼的口气说："弟兄们，我们就要到达我的家乡，到达我出生的那个村子了，我熟悉那儿的每一条马路和小径。在这么多天的日夜里，你们不畏艰苦、不知疲倦地行军，现在我准备奖励你们了。我要带你们去到离我家不远的几个村子，而不是我以前生活的那个村子，因为那里住着的都是我的父老乡亲，我不愿意对他们有所冒犯。我会给大家宰牛杀猪、炖鸡烤鸭，让你们吃好。酒也会管够，本地区最好的酒就产自那里，那是一种烈性白酒，酒味可醇了。另外，每个人都将得到三块银圆。"

大家的情绪马上高涨起来，他们高兴地从地上爬起来，背上枪便出发了，当晚他们经过了王虎哥哥们所在的那座城市，王虎率领他们到了他老家后面的几个村子。他选定了四个小村庄，把他的人分别安顿在这些村子里。他并不像别的军阀头子那样耀武扬威地闯进去，而是先于黎明时分在村里刚冒出煮早饭的炊烟时陆续进了这几个村里，找到各村的村长，很客气地跟他们说："所买的东西，我都会用银圆支付，我的人绝不会调戏良家妇女，我们得有二十五个人住在你们村。"

虽然王虎说话客客气气的，可村里的老人还是感到了不安，因为以前来这儿的军阀也曾这样向他们承诺过，可拿走东西时却一个子儿也不给。他们斜睨着王虎，捋着他们的山羊胡子，在门口嘀嘀咕咕地商量，临了，他们要求王虎先支付一些定金。

王虎很痛快地取出了银子，因为这些人都是他的老乡，他把银子分别给到了四个村子的老者那里。在离开前，王虎私下跟他的人说："你们一定要记着，这些村民都是我父亲当年的朋友，这儿是生我养我的地方，从你们的表现，他们就能看出我是什么样的人。所以你们说话要和气，买东西要付钱，一旦有人对良家妇女不轨，我就毙了他！"

看到他那副声色俱厉的样子，他的人都大声地答应他一定按照他说的做，并赌咒发誓了一番。在把他的士兵们都安顿好，吃的也给他们安排好后，王虎马上支付了足够的银子，村民们的愁容变成了笑颜。而后，他看了看他的两个侄儿，回到了家乡，他的心情很不错，高兴地对他们说："孩子们，我敢保证，你们的父亲一定非常高兴能见到你们，我也要好好地休息七天，因为不久我们就要打仗了。"

他掉转马头向西行去，经过那座土屋时也没有停下，因为他并不是有意路过这里的，他的两个侄儿骑着毛驴跟在后面，往他们的城市走。他们穿过那座旧城门，抵达了王家大宅。几个月来，王老大儿子苍白的脸上第一次露出一点儿喜色，他急匆匆地朝自己的家中走去。

第十一章

王虎在城中王家大宅住了七天七夜，他的两个哥哥顿顿为他设宴，待他如同贵客一样。他在大哥院子里待了四天四夜，王老大竭尽所能地讨弟弟欢心。不过，他能提供给弟弟的也就是他自认为是享乐的那些东西，他天天晚上宴请弟弟，领他去戏院，去有歌女弹唱的茶馆。然而，从中得到愉悦的与其说是他的弟弟，倒不如说是王老大自己，因为王虎是个很特别的人。他饭从不多吃一口，只要觉得肚子不饿就不再吃，然后默默地坐在桌前，喝酒也很节制。

王虎就这样坐在席上，而别人却都在胡吃海喝，直到吃得汗津津的，须得脱掉外面的长衫为止，有的甚至去到外面把吃进去的都吐了出来，以便再大啖一顿。而王虎却不会再受到任何美食的诱惑，哪怕是味道鲜美的汤或是市面上罕见的海蛇之类的珍馐美味，哪怕是好吃的蜜饯、甜莲子或是其他任何男人们平时爱吃的甜食，他也不会再尝一口。

尽管他也跟着大哥去那些可以和女人打情骂俏的茶馆，可去了后他却直挺地、冷冷地坐在一边，他的剑佩在腰间，从不摘下，他的一双黑眼睛观察着周围的一切。他看上去并没有什么不悦，可也看不出他是否高兴，这些歌女美丽的脸蛋和动人的嗓音，在他看来和听来觉得都是一个样，没什么区别。尽管有那么一两个女子注意到了他，倾慕他健硕有力的身材和英俊的相貌，以至向他百般献媚，频送秋波，甚至走到他跟前，把她们纤细的手指拂在他肩上，可王虎却不为所动，仍是直挺挺地坐着，目不斜视，嘴唇像平日那样紧抿着，如果要说话，也不是漂亮女人们平时爱听的那种。他会说："唱得怎么跟松鸦叫似的！"有一次，一个身材娇小、性情温顺、涂着脂粉的翘嘴女子，眼睛直勾勾地望着他，唱起了一支小曲，王虎厉声喝道："这些真是叫人腻歪透了！"说完便起身离去，王老大不得不跟着他走，尽管在这个时候离开是王老大最不情愿的。

王虎秉承了他母亲的性格，平日里寡言少语，从不说一句废话，可一旦开口就言辞犀利，直戳要害。跟他接触过一两回的人，只要看到他的嘴唇动了，就有些害怕。

一天下午，王老大的大太太来看王虎，想要套套他的话，给她家的二儿子说几句好听的，而王虎却直接弄得她下不来台。她走进王虎和王老大坐着的房间时，王虎正在喝茶，王老大在一个小桌旁喝酒。她踩着小碎步进来，低垂着双目，举止谦恭得体，她鞠了一躬，扭捏地笑了笑，眼睛并没有怎么看着眼前这两个男人。不过，在王老大看到她进来时，还是慌忙用手抹掉了漏到嘴边的酒水，为自己倒上了一碗茶而不是温在锡壶里的酒。

她迈着小脚颤颤巍巍地进了屋，脸上一副幽怨的表情，她在一个下首的位置上落了座，尽管王虎已经站了起来，让她坐到上座来。可大太太却开口说话了，最近她刻意让自己的嗓音变得细弱，除非是由于生气叫她忘记了这么做，她说："不了，我知道自己的身份，他三叔，我只是一个不值一提的弱女子。一旦我忘记了自己的身份，你大哥也会提醒我让我再次记住的，你就说吧，现在跟他相处的那几个女人，哪一个不比我强、不比我贤惠呢？"

她一边这么说着，一边用眼睛斜睨着王老大，叫他不由得冒出汗来，他轻声嘟囔着："唔，太太，我什么时候敢——"

他脑子里开始盘算，他近日是不是做了什么出格的事，让她听到了一些不利于他的风声。他确实结识了一个年纪轻轻又腼腆的歌女，他们是在一个晚宴上认识的，跟她在一起的那一晚令他觉得非常舒心。之后，他就常常去看她，定期给她一些钱，想着在城里给她找处房子，像不少男人所做的那样，把她包养上一段时间，这样可以避免把一个新人娶回家中惹出的麻烦。不过，目前他还没有到这一步，因为姑娘的母亲是个非常贪心的老媪，她不肯接受王老大给她女儿开出的价钱。他想他的太太在他事情还没有办成之前是不太可能听说这件事的，他用袖子再次擦了一下脸，避开她的目光，咕噜咕噜地喝起茶来。

这一次，他太太心里想的可不是他，她没有理会他的嘟囔，继续说道："我跟自己说，虽然我只是个女人，身份卑微，可我毕竟是儿子的母亲，应该前来感谢一下他三叔对我们这个不争气的二儿子的关照，尽管对于像你这样地位的人来说我的感谢无足挂齿，可做我觉得该做的事，我还是非常乐意的，所以不管多难我也来了。"

这时，她又瞥了王老大一眼，只见他用手搔起了头，两眼不知所措地望着她，因为他不知道她接下来会说什么，又因为他虚胖常常毫无缘由地出汗，现在他又是汗津津的了。只听她接着说道："他三叔，我这厢谢过你了，尽管我人微言轻，可却是发自内心的。至于我的儿子，如果说有谁家的儿子值得你好心地关照，那就是我这个孩子了，可以说，他是这世上最善良、性情最温和的男孩了，脑子也非常聪明！我是他的母亲，虽说做母亲的总是觉得自己的儿子最优秀，可我还是要再次强调，我们夫妻俩把我们最好的儿子交给你。"

其间，王虎一直坐着注视着她，别人讲话时他一般是不插嘴的，从他那有点怪的目光里，很难看出他是否听到了对方的话，除非是听到他的回答，现在他的回答来了，直截了当，毫无掩饰："要真是这样，大嫂，那么我不得不为我哥哥和你感到遗憾了。你的这个儿子是我见过的最胆小、最懦弱的男孩，他的胆子比一只白母鸡的还小。我希望你们能把你们的大儿子给我，他是个有野性的小伙子，我能锻炼他，把他塑造成一个好兵，一个只听命于我的好兵。你们的这个二儿子总是在哭，就像我身边带着一个滴水的漏斗一样，在他身上没有什么可以锻炼的东西，因此我无法把他训练成才。两个哥哥的儿子都令我感到失望，你的儿子太胆小、太软弱，他的那点智力都被他的泪水给冲跑了；另一个还好，壮实，人挺有精神，可却没什么脑子，总喜欢大声地笑，像个小丑，我不知道一个小丑能有多大的出息。是我命不好，在我最需要儿子的时候，却没有一个自己的儿子可用。"

对于上述这番话，没有人知道这位太太会做出什么反应，而王老大却已经在浑身发颤了，因为他知道迄今为止还没有人跟他太太讲过这么冒昧的话。她的脸霎时涨红了，她张开嘴准备反驳。但还没等她的声音形成言辞，她的大儿子突然从窗帘后面跳了出来，原来他一直躲在那里偷听呢。他急切地嚷道："噢，让我去吧，母亲——我要去！"

一个浑身透着热烈青春气息的漂亮小伙儿，站在了父母和他三叔的面前，他的目光快速地从一张脸扫到另一张脸上。他穿着一件亮蓝色的长衫，是当下公子哥儿爱穿的那种孔雀蓝，鞋子是用进口的皮子做的，手上戴着一枚玉石戒指，头发剪的是最流行的式样，往后梳得光光的，还敷了带有香味的头油。像其他的富家子弟一样，他的脸也很白，因为他们不需要劳动，不必在太阳下暴晒，他的手像女人的一样白嫩。不过尽管他皮肤白皙，长得像公子哥儿那样漂亮，他的眼睛里却充满生气，带着急切的目光。一旦他一时忘记了自己大少爷的身份，忘记了慵懒倦怠、漫不经心是现下城里年轻人的风尚，他的行为举止便显出刚健有力的样子。就像他现在展现出的那样，慵倦的习气一扫而光，内心充满了欲望的火焰。

但他母亲尖声叫了起来："胡说！你是家中长子，你将来要接替你父亲的职位，做一家之主，我们怎么能让你去当兵，让你去打仗丢了性命呢？我们不惜为你花费钱财，把你送到城里的学校上学，聘请老师在家中教你，我们连送你去南方的学校读书都舍不得，怎么可能让你去打仗呢？"看见王老大坐在那儿低着脑袋，默不作声，她更加来了气："喂！他不是你的儿子吗？为什么都让我一个人担着？"

王老大唯唯诺诺地说："你妈是对的，儿子。她的话总是对的，我们不能叫你去冒这样的险。"

可这个快要十九岁的大儿子开始跺脚大哭大闹起来，他猛地把头撞向门楣，嘴里喊着："不让我做我喜欢的事，我就毒死我自己！"

这时，他的父母慌忙站了起来，太太喊着快把伺候少爷的仆人找来，她对满脸惊恐跑来的男仆说："快带他到别的地方玩去，哄他高兴，看能不能消了他的气！"

王老大连忙从他的腰带里掏出一把银圆，塞到儿子手中说："快拿着，儿子，买点儿你喜欢的东西，或者用它去找乐子吧。"

起初，这孩子一把将银圆推开了，好像这根本安慰不了他似的，可经不住男仆一再地诱哄和劝说，过了一会儿他仿佛是不太情愿地接下了银圆，在又哭闹了一阵子说他要跟着他叔叔去之后，让男仆领着他走了。

儿子一离开，太太便瘫坐在椅子上，在哀叹了几声后她喘着粗气说："这孩子的脾气真犟——真倔——我们简直不知道该拿他怎么办了——他比我们给你的那个儿子难管教得多！"

王虎一直坐着没动，他把刚才的情景都看在眼里，此时他说："犟脾气的孩子比没有脾气的孩子更好调教，如果把这个孩子给我带，我能把他训练成才，他刚才的这一顿发作是因为他没有受到过应有的教育和管束。"

大太太实在是有些听不下去了，她平时最忍受不了别人说她没有管教好儿子。此时，她又操起她大太太的尊严，站起来躬了一下身子，说道："你们兄弟俩一定有不少的话要说。"随后便离开了。

王虎这时不无同情地望着他的大哥，一时间兄弟俩都没有作声，王老大又开始喝起了酒，不过却没有了方才的兴致，他的那张臃肿的面庞上表露出了哀伤的神情。临了，他重重地叹了口气，然后若有所思地说："这一点对我来说一直是个谜，当一个女人年轻时，她可以百般温柔，对男人的命令百般顺从，可一旦上了年纪她就完全变成了另一个人，变得多事、爱训斥人、不讲理，把一个男人整日搞得晕头晕脑的。有的时候我甚至发誓说我要避开所有的女人，因为我相信我的二姨太将来一定会效仿大太太，她们都是一个样儿。"王老大看着他的弟弟，不知怎的他的眼神里出现了像孩子般的羡慕和忧伤，他不无悲戚地说："你比我幸运得多，你没有女人和土地的烦恼，我是受着这双重的束缚的。我受着父亲留下的这该死的土地的羁绊。如果我不去照管它，全家就没有了收入，因为这些该死的佃农都是盗贼，他们联合在一起来对付地主，不管这个地主有多善良、多公正。至于我的管家，唉——谁听说过有哪个老实人做管家的？"他哀怨地撇了撇嘴，又叹了一口气，望着他的弟弟说道："没错，你比我幸运得多，你没有土地，也没有女人的羁绊。"

王虎极为轻蔑地答道："我不认识任何一个女人。"

他很高兴四天很快过去了，他要去老二家住了。

一到他二哥家里，他便惊诧地感觉到了这两家的不同。二哥家里是一片欢乐的氛围，尽管孩子们之间也总是打闹和争执。所有这些喧闹和欢乐都源自王老二的乡下老婆。她是个好嚷嚷、生性爱热闹的女人。她一旦开口，话音能响彻整幢房子。她脸庞红润、嗓音洪亮，尽管她一天里要发一二十次脾气，拿这个儿子的脑袋去磕另一个的脑袋，伸出袖子卷得老高的胳膊，啪地扇孩子一个耳光，搞得整幢房子里从早到晚哭喊声不断，仆人跟她一样都是操着高音嗓门。可她又是喜欢孩子的，尽管方式有些粗俗。比如，她会一把搂住走过她面前的一个儿子，用她的鼻子去蹭他胖乎乎的脖子。尽管她非常节俭，可要是哪个孩子哭着要铜板去买糖果或是买碗甜羹或是糖葫芦，或是其他孩子们爱吃的东西，她总会把手伸进怀里，给孩子掏出个铜板来。在这一充满生气的吵吵闹闹的家里面，王老二则能气定神闲地游走其间，脑中秘密筹划着他的计划，总能跟家里所有的人都相处融洽，他与他的妻子都很满意彼此。

近段时间来，这还是王虎第一次放下他雄霸一方的计划，在他的人在邻近的几个村子里歇息和吃喝时，他住到了二哥家。在王老二的家里有一种让王虎喜欢的东西。他现在明白了为什么麻脸侄儿离开家后还能那么快活、那么笑口常开，而另一个却总是那么怯生生的，他感觉到了二哥与二嫂之间关系的融洽，也感觉到了这家孩子们的快乐，尽管他们常常不洗手洗脸，仆人们也只是看管他们吃饭和睡觉。家中的每个孩子都是快乐的，王虎望着他们在院子里到处跑着玩，心中难免受到触动。其中一个五岁左右的男孩，王虎十分留意，他长得又白又胖又漂亮，不知怎的王虎觉得跟他特别亲近。可当他向这孩子踌躇地伸出手，或是拿出一个铜板给他时，这孩子一下子没了笑容，把他的指头含在嘴里，在看了看王虎板着的面孔后，便摇着头跑开了。王虎被这孩子的拒绝弄得有些难过，这孩子像个大人似的，尽管他极力掬出笑容，装着没事的样子。

就这样，王虎等待着这七天的结束，他少有的闲适时光使他变得比平时多了些心事，看到这两大家子里孩子成群，他又一次感受到他人生中的缺憾——他没有一个跟自己血脉相连的儿子。他继续往下想，想到了女人。这还是他第一次这样自如地住在一个大家庭里，这个大家庭里有妻妾，有女仆，丫鬟们跑进跑出，有的时候，当他看到一个苗条丫鬟的背影对着他，正做着什么活儿时，他的心里会泛起奇异而甜蜜的涟漪，这会让他想起梨花那个时候在这样的院落中的身影，那时他还是个孩子。可当那个丫鬟转过身来，他看到了她的脸时，他以前的那种迷惑便又出现了，其实，在他年少的时候，他的情感之泉曾受到过堵塞，一看到女人的脸他的心就会自行闭合。于是，他背过了身去。

这一闲适，伴随着他内心情感的涟漪，令他有些躁动不安，一天下午他跟自己说他要去拜访一下荷花，因为当年他见到梨花多是在荷花的院子里，他想再看看那所房子和那个院子。随后，他去了荷花那里，去之前先让仆人通报了一声，荷花从跟朋友打牌的牌桌上起身来迎接他。不过，他却不愿久坐。他的眼睛扫视着屋子，觉得它还是他记忆中的样子，接着他后悔到这儿来了，再度变得焦躁不安，起身要走。荷花哪里弄得明白他这副心事重重的样子是怎么回事，她嚷着："别走啊，我这儿有一罐甜姜，还有甜藕，都是你们年轻人爱吃的东西！我当然没有忘记你们年轻人喜欢什么，不，没有忘记，尽管我老了，胖得行动不便了，可你们年轻人是什么样儿的，我心里仍跟明镜似的！"

她把手拂在他的肩膀上，大声笑着，一边用媚眼瞅他。此时的王虎蓦然对她生出一种厌恶之感，他挺直身板，行了个礼，便匆匆离去了。他听到屋里传出那些打牌老媪的叽叽喳喳的笑声，这笑声一直伴着他走过好几个院子。

然而，尽管他离开了荷花的院子，可从前的记忆让他变得更加躁动不安，为了使自己变得坚强，他对自己说他的生活现在已经远远地离开了这里，他必须走上自己的道路，作为儿子应尽的义务，尤其是在他即将开启他的冒险事业之前，他要尽快再去给父亲上一次坟，之后，他便离开故居，踏上征程。

次日早晨，也就是王虎在家住的第六天，他和王老二说："二哥，我去坟头给父亲烧炷香就该走了，不然的话，我的人会变得懈怠和懒散的，我前面的路还很漫长和艰难，我需要的钱你准备得怎么样了？"

王老二说："目前，我每月只能给你我们商定好的数额。"

可王虎听了不耐烦地喊道："相信我，我将来一定会如数归还你借给我的所有的钱的！现在我要去父亲的墓地了。二哥，你让那两个孩子做好准备，今晚不要叫他们喝得太多，或吃得过饱，因为我们明天一大早就要出发了！"离开二哥家后，他在想要是这次能不再带老大的那个儿子走就好了，可他又不知该如何拒绝，生怕两个哥哥之间再生妒意。临行前，他从家里拿了一把香，随后便向父亲的墓地走去。

这对父子俩在王龙还活着的时候关系就变得疏离，甚至从童年时代起王虎就心生怨恨，因为他父亲说他必须留在土地上，王虎可以说是在对土地的仇恨中长大的。现在他仍然憎厌土地，也憎厌他现在快要走到的那座属于他的土屋，尽管那是他童年时的家，可他并不爱它，因为对当时的他来说那就是一座牢笼，他曾以为他永远不会摆脱那个牢笼了。他没有去靠近它而是绕了个弯，穿过一片树林，前往他们家坟地的那座山丘。

在他大步流星地快要走到时，他听到了一阵低弱的像是哭泣的声音，他心想会是谁在坟头哭呢，他知道荷花正在打牌，绝不可能是她。

他放慢了脚步，停在树林边上，从林子里望过去，他看到了一幅他从未见过的奇异景象。梨花正将头依偎在他父亲的坟上，身体坐卧在草地上，就像女人通常为亲人哭泣时的那种惯用的姿势。她们以为周围没人，可以这样尽情地哭上一通。在离她不远的地方，坐着王虎多年不曾见过的他的那个傻姐姐，尽管她的头发已经花白，面容变得憔悴，可在秋日阳光里的她手里仍摆弄着一小块红布，不停地把它打开又叠起来，笑眯眯地瞅着沐浴在阳光下的那一鲜艳的红色。一个身体瘦小、畸形又驼背的男孩坐在一旁，手中一直拽着傻女人的衣角，那份看护的执着像是做着一件他爱戴的人吩咐给他的事。他的脸朝着那个哭泣的女人，他也显得很难过，嘴巴噘了起来，受女人哭泣的感染他也快哭出来了。

王虎一时愣在了那里，他听着梨花轻柔而悲戚地呜咽，仿佛这哭声来自她心底深处。突然他听不下去了，他对父亲的旧恨再一次被点燃，他再也待不下去了。他扔掉手中的香，转身急速地离去，一路走，一路不自觉地发出长长的叹息。

他穿过田野快步往回赶，他只知道他必须离开这个地方，离开这片土地和这个女人，他必须去干他自己的大事了。秋日的阳光照在他移动的身影上，照得广袤的田野一片金色，可他全然看不到这一切，看不到它的美。

第二天一大早王虎就起来了，他跨上他的枣红马行走在街道上，在凛冽的空气中马儿显得有些急躁，马蹄踏在街石上发出嗒嗒的声响，麻脸小伙儿刚饱饱地吃了一顿早饭，骑着毛驴跟在后面，他们绕到了王老大的院门，去接王老大的儿子。他们刚到门前，就碰到一个男仆从院门跑出来，一边跑，一边喊："这是什么倒霉的事啊——这家人真是晦气啊！"

王虎开始变得有些不耐烦，他叫道："什么晦气不晦气的，太阳都快出来了，我还没能动身，这才是晦气呢！"

跑走的那个人连头也没有回一下。王虎张口骂了起来，他冲麻脸小伙儿喊："你的那个堂兄就是我的一个累赘，就是我的累赘！去叫他，告诉他快点，不然的话，我就不要他了！"

麻脸小伙儿立刻从驴子上下来跑进院子里去了。王虎随之也跨下马背，来到门前，将马儿的缰绳递给了看门人。可还没等他进去，麻脸小伙儿就出来了，脸变得像鬼一样煞白，呼吸紧促得像是绕着城墙跑了几圈。他气喘吁吁地说："他再也来不了了——他上吊死了！"

"你说什么？！你这小泼猴！"王虎喊着，几步便跨进了王老大的院子。

院子里到处是一片慌乱，男人、女人、仆人们都围在院子里，一个女人又响亮又尖厉的哭喊声盖过了别的嘈杂声，这是孩子母亲的声音。王虎挤过围着的人，在人群中央看到了王老大。只见他那张大黄脸上布满了泪痕，他的臂膀中是他二儿子的尸体。那小伙儿躺在洒满晨光的院子里死了，他的头向后仰在他父亲的手臂上。他跟他哥哥睡在一个屋子里，他是把他的腰带系在房梁上吊死的。直到早晨醒来，他的哥哥才发现，因为他昨夜出去潇洒，酒喝多了，睡得很沉。在黎明时分醒来时，他看见有个不大点的东西在晃动，他一开始还以为是一件晾晒的衣服，他还纳闷为什么它会挂在那儿呢，可待他看清楚之后，他叫了起来，把全家的人都吵醒了。

有一个人把发生的事说给了王虎听，旁边的人也在一旁帮腔，他听后不禁生出一种别样的情愫，他俯身注视着这个已死去的孩子，开始对这个小伙子有了一种甚至在他活着时都没有过的怜惜之情。死后的他显得更加瘦小和单薄了。王老大抬眼看见了他三弟，立刻哭诉起来："我做梦也没想到，我的儿子会因为跟着你而选择了死亡。你一定是虐待他了，才让他恨你恨成这样！你是我的亲弟弟，要不，我真想——我真想——"

"不是的，大哥，"王虎用比他平日里温和得多的语气说，"我并没有虐待他。许多年龄大的人都在步行，我让他骑着毛驴。不过，我真的没有想到他竟有勇气去死。要是我知道在他身上有这种必死的力量，我就有可能把他打造成一个好兵的！"

王虎在那里又站着看了一会儿。人群中突然变得嘈杂，原来是跑出去的那个仆人回来了，他请来了风水先生、道士和锣鼓手，还有专门处置这种意外死亡的人员，在一片混乱中王虎去了房间，独自等在那里。

他在屋子里待了一会儿，做完了一个弟弟在家中的丧事上该做的一切后，骑着马离开了。途中他越发感到悲伤起来，不得不强迫自己变得坚强，一遍又一遍地让自己记起，他从没有打过或是虐待过这个孩子，谁也不知道在他心里藏着这样的绝望，竟然能叫他结束自己的性命。王虎跟自己说，这是天注定的，任何人都无法与之抗衡，因为一个人的生命完全是由上天决定的。他就是这样强迫着自己去忘掉那个面色苍白的孩子，忘掉他那副依偎在父亲怀里，头向后仰在父亲手臂上的样子。王虎默默地说："看来，有儿子也并不见得都是好事。"

在他这样安慰着自己时，他的心情变得好了些，他大声叫着麻脸小伙儿："喂，孩子，我们前面的路还长着呢，我们得快马加鞭才行！"

第 十 二 章

　　王虎用他的皮鞭抽打着马儿，让它像插了翅膀一样在田野上飞奔。这一天秋高气爽，万里无云，很适合王虎开始其伟大冒险的征程，清冷的风从他身边呼呼地刮过，吹得树木左右摇晃，枝条上的枯叶纷纷坠落，风也扬起了道路上的尘土，席卷过收割过了的庄稼地。恰似这秋日里的劲风一样，王虎心中也涌起一股不顾一切、勇往直前的激情。他有意远远地绕开了梨花住的土屋，他对自己说："过去的一切都已过去，我要去追求我的伟业和荣耀了！"

　　这时，一轮熠熠生辉的红日已从田野那边的地平线上升腾而起，王虎眼睛一眨不眨地望着它，在他看来，这是上天于这样一个美好的日子为他盖上的印章，他必将获得成功，因为成功和荣耀就是他的使命。

　　一大早，他便到达了士兵们驻扎的村庄，他的亲信豁嘴迎上前来跟他说："你到得太及时了，头儿，因为大家都已酒足饭饱，吵嚷着要多潇洒几天了。"

　　"让他们吃完早饭后集合，"王虎喊，"我们马上要出发了，明天的现在，我们就将走过一半的路程了。"

　　在王老二家住的这几天里，王虎一直在考虑将何地作为他统辖的范围，他也跟一向处事谨慎且又精明的二哥商谈过这件事，他们俩都觉得邻省也就是刚过了省界的那些地区土地肥沃，最适合做根据地。这些地区距离王虎的家乡较远，将来一旦他物质紧缺，所收的赋税重了，也不至于波及他的乡亲们，但离得又不算太远，万一他吃了败仗，可以避难到他的亲人家去。而且，他每月所需要的银子由于路途不算太远，遭受盗匪抢劫的风险较小，也能比较安全地送达。至于那里的土地，也是非常不错的，有丘陵，有平川，灾荒年并不多见，又有大山，必要时部队可以撤进山里躲藏。另外，还有一条横贯南北的大通道，可以在那里设置关卡，向旅人收取过路费。还有两三座城市和一个镇子，因此王虎不必完全依赖种地的农民。那里的土地还有另外一个价值，农民会把打下的优质粮食卖给城里的酿酒商，所以那里的人并不穷。

这些都是有利条件，不利条件只有一个，那就是已经有一个军阀头子控制着那一带了，为了要在那得到充分的发展，王虎必须先得把他赶跑，因为那里还没有富足到能供养两个军阀头子。关于这个盗匪头目的来路和身份，他的力量到底有多强大，王虎现在还一无所知，因为他的两个哥哥不能告诉他任何有关此人的确切消息，这哥俩只是听说此人叫豹子，因为他的前额向后倾斜，颇似豹子的额头，所以得了个这样的绰号，由于他残酷地欺压百姓，百姓都很恨他。

王虎清楚他必须隐秘而非大张旗鼓地进入那一地带。他必须把他的人分成若干小组，使他们看上去只是一些小股的逃兵，而不再有很大的危险性，也就是说要做到悄无声息。他会先去山里找个栖身之地，然后从那一有利位置，派出他信任的士兵去打探消息，看看这个他要与之作战并夺得其领地的盗匪头目，到底是个什么货色，他觉得他已经稳操胜券了。

他按照他的计划开始行动。当他的人从各个村子里出来集合在了一起，当他看到每个士兵都已吃饱喝足，能抵御寒风了，当他检查了士兵们买的东西都已付过钱了，当他询问了村民们"我的人是否在村子里做下什么不当的事情"，得到的回答是"没有，要是所有的兵都像你的兵这样就好了"，这时的王虎有了种真正的喜悦感。在把他的人远远地带出村子后，他让部队停了一下，告诉了他们他要率领他们去的地方究竟在哪里："那一带到处是良田，我们要打倒的只有一个军阀。那里还盛产一种你们以前从未喝过的烈性酒！"

士兵们听了都雀跃起来，他们喊着："带我们去那儿，头儿——我们向往那样的地方！"

王虎的脸上浮现出一抹严肃的笑容，他回应道："要实现这一目标，我们必须先搞清楚这个军阀所拥有的兵力。如果他的人数比我们多太多的话，我们就得设法分化瓦解他的人员，你们每个人都要成为善于察言观色的密探。另外，不能让任何人知道我们来这儿的目的和打算，我将亲自前往查看，为我们找到一个落脚的地方。我的亲信豁嘴将去到紧靠省界的一个叫和平谷的小村子，他会在我知道的一家小客栈里住下，这个客栈位于村街的最顶头，门前挂着一个酒幡。他会在那里等着你们，告诉你们聚集的地点。现在你们就三人、五人或七人为一组，像逃兵那样懒散着前行，如果有人问你们去哪儿，你们就问他豹子在哪儿，你们是来投奔他的。我将给你们每人发三块银圆作为这几天的盘缠。我要提醒大家的是，一旦让我听说了哪个士兵欺负百姓或是调戏良家妇女，不管是谁，我都将格杀勿论。"

这时，有个人喊道："可是，头儿，难道我们就永远不能干那些当兵的可以干的事了吗？"

王虎冲他叫道："当我下达了这样的命令时，你才可以做！不过，你还没有为我打过仗，还没有打过任何仗就要报偿，这合适吗？"

那个人不再吭声，他心里还是有点儿怕的，因为大家都知道王虎脾气火暴，拔剑的速度相当快，而且，他也不是那种凭几句谗言和花言巧语就能被说动的人。众人皆知，他做事公正，那些跟随他的人也都是忠厚善良之人，他们知道何为公平。事实确实如此，他们尚未进行过任何战斗，他们愿意等待，只要在这之前他们有军饷，有饭吃，有地住。

看着大家各自组成一组一组的之后，王虎给他们发放了银圆，而后，他由骑着毛驴的麻脸侄儿和骑着骡子的心腹豁嘴陪着，率先朝着西北的方向进发。

在快要抵达他听说过的那一地区时，王虎策马跃到一座富人的高坟上，眺望眼前的这片田野。这是他所见过的最好的土地，一览无余地展现在他的面前，其地势稍有起伏，低矮的山丘，大片的河谷平原，新近长出的冬小麦苗给大地着上了一层嫩嫩的绿色。在西北方向，小山岗渐渐为崇山峻岭取代，湛蓝的天空清晰勾勒出山峰上的峻岩巨石和悬崖峭壁。田野上散布着零星的小村庄，村里的土坯房看着很结实，许多人家的屋顶上已铺上了今年的新稻草。甚至还有一些砖瓦房。在他眼睛看得到的村舍门前都立着一垛垛的干草，他能听到远处母鸡下蛋时咯咯的叫声，顺着风不时地传来田间农民唱的民歌。这是一片美好的土地，他急切地想要知道它全部的美好。不过，他却不想像现在这样穿着军装，骑着他的枣红马，进入这一地区，不想让打仗的消息这么快就传到百姓的耳朵里。不，他不会这么做的。他一边观察，一边拟好了一条绕开村落通向大山里的路，他要在人们甚至还毫无察觉的情况下便和他的士兵都藏匿到山里去，同时探明敌方的实力。

他所在的这个小山顶上是一块墓地，除了这座高大的墓穴，还有不少的坟茔，山脚下便是他跟他的人讲过的那个靠着省界的小村庄。村子里有条一里多长的街道，王虎骑马来到村子里穿过了这条街道，他的麻脸侄儿和豁嘴跟在后面。适值农民赶完早集回到村子，村子的茶馆里坐着许多农民，他们有的喝茶，有的吃着小麦面或荞麦面做的面条。他们卖完东西的空筐子就搁在他们身旁的地上，王虎经过时，他们都张着嘴巴直愣愣地看。王虎也回望着他们，想看看他们是什么样的人，看到他们个个身体壮实，棕色脸庞，挺有精神，没有饥色，他感到很是满意，觉得自己选对了地方，因为人杰必然地灵。不过，除了眼睛在观察那些村民外，他的行为举止都显得很谦恭，仿佛他就是一个路过此地前往远方去的客人。

到了村街尽头的那个酒店时，王虎叫侄儿和豁嘴停在门外，自己下了马，撩起门帘进到里面。酒店很小，只摆了一张桌子，尚没有顾客前来。王虎坐下后拍了拍桌子，一个小伙子闻声从里屋跑出来，看见是这么凶巴巴的一个人，又跑回去找他的店主父亲。店主走了出来，一边用他身上穿的破围裙擦着桌子，一边很客气地问："这位爷喝点儿什么酒呢？"

"你有些什么酒呢？"王虎反问道。

店老板回答说："我有这一带新酿的高粱酒，味道醇正，品质极好，销往全国，我想，甚至连京城的皇帝都喝这酒呢。"

听到这话，王虎轻蔑地笑了笑，他问："你待在这小小的村子里，难道就没有听说过现在已经没有皇帝了吗？"

听到此言，店主脸上出现惊恐的表情，他小声说："不，我没有听说过！他什么时候死的？或者，是他的皇位被人暴力夺走了？如果是这样，谁又是我们的新皇帝呢？"

王虎感到很惊讶，世上竟然还有如此无知的人，他用鄙夷的口气答道："现在我们根本就没有新皇帝了。"

"那么，是谁在统治我们呢？"那人惊诧地问，仿佛又有新的灾祸意外落到了他的头上似的。

122

"这是个军阀混战的年代,"王虎说,"国内有许多大的军阀头子,到底谁能夺得最高权力,还不知道呢。这是个百路英雄争天下的时代,谁都有可能顺势而起,称霸天下。"

在说着这番话时,他满怀的抱负突然涌起,他冲着自己的心灵呼喊:"那个人为什么就不可能是我呢?"可他并没有把这话说出来,只是坐在没有上过漆的桌子旁,等着他的酒端上来。

店老板拿着酒壶返了回来,脸上一副严肃的神情,可以看得出他的情绪受到了很大的影响,他对王虎说:"没有皇帝,这天下可怎么得了,这就等于是人没有了脑袋,行动没有了指南,像无头的苍蝇一样到处乱撞。你说的这件事,可以说是要多糟就有多糟,我真希望你没有告诉我就好了,现在,我再也忘不掉这件事了。尽管我只是一介草民,我也忘不掉了,不管我们的村子多平安无事,我天天都会觉得朝不保夕了。"

店老板愁容满面地把温好的酒倒进碗里。对他的话,王虎并没有回答,因为他的思绪已经转到别的地方,而不在这个可怜的人身上了。他端起碗,咕咚几口便把一碗酒喝进了肚子里。这酒热辣辣的真冲,一下子就渗入他的血液里,随着血液又涌到他的脸上、头上。他只喝了两碗,但付款时又另外多付了一碗的钱,他将这一碗拿给了站在门外的他的亲信豁嘴。豁嘴为此非常感激,他双手接过这碗酒,先是像狗那样伸出舌头舔着喝了几口,随后仰起头,把碗里的酒直接送进他的嗓子眼里,因为他的上嘴唇对他来说基本上没用,豁口岔开得太大了。

接着,王虎返回了酒店,跟店老板说:"是谁统治着这一带呢?"

听到此言,店主前后左右地看了看,见近处没人,才用很低的声音说:"是一个叫豹子的盗贼首领,此人既残酷,又歹毒。我们这儿的每个人都必须向他交税,不然的话,他就会领着他的手下来洗劫我们,他和他的人就像一群邪恶的乌鸦,一来就把我们抢了个精光,我们都希望能摆脱这个恶魔！"

"就没有人跟他作对吗？"王虎说着坐了下来，好像他说的是一件无关紧要的事情。为了显得他更加地不在意，他说："给我来壶绿茶吧，留在我嗓子眼里的酒像是一团火。"

店主端来茶水后跟王虎说："这位爷，没有人敢。要是有用的话，我们早向上面去告他了。有一次，我们到县衙找了县长，向他陈述了我们的情况，请求他派他的兵，再从省里借些兵，合在一起看看能不能把这个欺压我们的家伙赶走。谁知道，这些士兵来了后，也是胡作非为，他们住在我们家里，霸占我们的女儿，海吃我们的粮食，一分钱也不给，没多久我们就连他们都负担不起了。不，这还不算，这些士兵的胆子比兔子的还小，一闻到枪弹的硝烟味撒腿就跑，这样一来盗贼们反倒变得越发嚣张了。没办法，我们只好恳求县长撤回他的兵，他最后好歹同意了。不过，许多士兵却趁此机会去投靠了土匪，说他们在军队中很长时间都没有领到过钱，他们也得吃饭啊，因此我们的情况和以前比变得更糟了，因为士兵们都是带着枪来投奔土匪的。这还不够，我们住在县城的县太爷又派出他的人来，给我们所有人加了重税，种地的收土地税，开铺子的收商业税，他说朝廷为了保护我们花费了重金，我们必须支付这笔费用。其实，我们大家心里都明白，他和他的烟枪就是他说的朝廷，自从那以后，我们再也没有请求过任何帮助，宁愿逢年过节向土匪头子豹子纳贡，求他不洗劫我们。多亏老天爷开恩，这些年都是好年景，没有遭饥荒，可好年景之后，必然有坏年景在前面等着我们，到那个时候，我真的不知道我们会怎么活。"

王虎喝着茶，一直认真听着店主的讲述。临了，他再次问："这个叫豹子的人驻扎在哪儿？"

店主拉着王虎的袖子，带他来到店铺东面的一扇小窗前，用他弯曲沾着酒渍的食指指着窗外说："前面有座大山，山上有两座峰顶，人们称它为双龙山。两个山峰之间是一片地势平坦的山谷，土匪的老巢就在那个山谷里。"

这正是王虎最想要听到的，他装出若无其事的样子，一边用手抚着他坚毅的嘴唇，一边不在意地说："呃，那我就避开那座山。现在，我要向北往我的家乡那边去了，这是付你的茶钱。"

王虎步出店门，再次上马，绕着大圈子骑行，免得再进到更多的村子，在他的后面跟着豁嘴和麻脸侄儿。他沿着蜿蜒逶迤的山脊，走在人少的地方，可他又总离人不远，因为整个地区很少有荒野，处处都是开垦出来的田地，其间点缀着农舍和村庄。不过，他的眼睛总是盯着那座双龙山，策马朝其南侧的小山岗的方向骑行，小山岗上长了一些稀疏的松树。

三人一整天都默不作声地前行着，如果王虎不先开口说话，没人敢去跟他搭话，除非是有特别紧迫的事情要汇报。有一下麻脸侄儿哼起了一支小曲，他爱热闹，太安静了他受不了，结果王虎厉声喝止了他，因为他现在没有心情听这些欢快的声音。

他们骑了十来个钟头，在太阳落山前，来到了那座有松树的小山岗脚下，王虎跨下马背，牵着他疲惫的枣红马，开始沿着粗糙的石阶向上攀登。他的亲信和侄儿牵着骡子和毛驴跟在后面，牲畜趔趔趄趄踩着石阶发出嘎嘎嗒嗒的声响。随着他们一路上行，山体变得开阔起来，石阶两边出现了岩崖，有溪流从峻岩和树丛间迸涌出来，四围的草丛长得又高又密。石阶上覆着一层绿茸茸的青苔，除了最中间处，鲜少有人踏过的痕迹，仿佛迄今为止只有一个两个人走过这条路似的。待他们登上台阶时，太阳已经落山，山路一直通到一座石头砌的、背靠悬崖的山庙前，悬崖实际上就是这庙的后墙。山庙几乎完全掩翳在林木中间，唯有它褪了色的红墙在余晖中闪着光。这是一座破败的古庙，庙门紧闭。

王虎走上前去，先是把耳朵贴在门上听了一会儿，可他什么也没有听到，于是用马鞭的手柄叩起门来。过了好一阵子仍没有人应门，王虎有些火了，狠命地敲击起来。终于，庙门拉开了一条缝，探出一张光头和尚的脸，那是一张苍老干瘪的脸。王虎说："我们今晚要在这儿留宿。"他的声音在静谧的山间显得特别响亮和清晰。

和尚把门又打开了一些，用尖尖的声音答道："下面的村子里没有客栈和茶馆吗？我们这儿只有几个已弃绝尘世的人，以一点儿可怜的素食和白水果腹。"他的眼睛看着王虎，长袍下面的两条腿在不住地打战。

王虎哪管这些，推开门，径直往里面走去，并且朝豁嘴和他的侄儿喊着："这正是我们要找的那个地方！"

他根本没有理会院子里的几个和尚，直接走进了主殿，供奉佛像的大殿，这些佛像和这座庙宇一样都已年久失修，塑像上的镀金都剥落了。王虎看也没看这些神像一眼，他走过它们，进到了里面和尚们住的那些侧屋，他为自己挑选了一间新近打扫过的、稍好一些的小屋。在这里，他解下了腰间的佩剑，他的亲信豁嘴跑前跑后地为他准备食物，结果只找来了一点儿米饭和卷心菜。

那天晚上，王虎刚躺在那间小屋的床上，便听到供奉佛像的大殿那边传来深沉悲伤的低泣声，他起来去看是怎么回事。大殿里有五个老和尚，还有两个来做帮手的农家的儿子，他们都是父亲叫来还愿的。他们跪在那儿，面朝着坐在大厅中央的那尊大肚佛，一边啜泣，一边祈求佛祖救救他们。殿中燃着一支火把，夜风吹得火苗来回摇曳，在这影影绰绰的光照里，他们跪在那儿大声祷告着。

王虎站在那里望着他们，听了一会儿，弄清楚了他们是在祈祷佛祖能保佑他们免遭他的抢劫，他们念叨着："救救我们——让我们免遭抢劫！"

听到这话，王虎禁不住吼了起来，听到他这突然的叫声，和尚们惊得跳了起来，由于一时慌张他们的脚被身上的长袍缠住，跌倒在地。其中，唯有那个老和尚——庙里的住持——四肢伏地，跪拜在那，心想他的大限已至。此时的王虎这么喊着："老秃头们，我是不会伤害你们的！我有的是银子，你们为什么要怕我呢？"说着他解开腰带，让他们看他腰带里的银圆，他说的是真的，他们还从没见过这么多的钱，他继续说道："除了这些，我还有更多的银圆，我不会要你们的任何东西，只是出于情急不得已罢了，我们在这座佛庙里只是暂住几日。"

见到这些银圆，僧人们的心安了下来，他们相互看看，相互议论起来："他是一个部队上的军官，也许他杀了一个不该杀的人，或是失去了上级的宠幸，因此得到这个地方躲避躲避，这样的事情咱们并不是没有听说过。"

至于王虎，他任由这些和尚去乱猜，而他带着一丝冷冷的轻蔑的笑意回去睡他的觉了。

第二天，王虎起得很早，一起来他就步出了庙门。外面浓浓的晨雾和云层充溢在山谷间，笼罩着诸多峰顶。独自站立于此，让他恍若有世外桃源的感觉。然而，山中的寒气提醒着他冬天很快就要到了，在冬雪来临之前他还有许多事情要做，因为士兵的食物、住宿和御冬的棉衣都得靠他来解决。不久，他便折回庙里，去到他的亲信和侄儿过夜的厨房。只见两人身上盖着干草，仍在睡觉，气息从豁嘴的嘴唇上的豁口带着哨声呼了出来。两人呼呼地睡着，尽管庙里的一个帮工正在往砖砌的炉灶里添稻草，灶台上的大铁锅的木盖缝里已经冒出了热气。帮工见到王虎，退缩到一边藏了起来。

王虎没有理会那个小伙儿。只是冲着豁嘴嚷着，抓住他摇晃着，吩咐他起来吃点东西，赶快去山下的那个客栈，免得上午士兵们到了见不着人。豁嘴睡眼惺忪地起来，用两只手摸搓着脸，一边连连打着哈欠。他胡乱地穿上衣服，从煮沸的锅里舀起一碗帮工做的高粱米粥。在匆匆地喝完后，便下山去了，仅看此人的背影而不看他的脸的话，豁嘴也可以说是个堂堂的男子汉，王虎望着他远去的身影，对他的忠诚他是非常看重的。

在王虎等着他的士兵到这个偏远的地方来会合的期间，他也在筹划着他要做的事情，盘算着选哪些人做他的亲信和得力助手，好为他出谋划策。他还给其他人都分了工，有干侦察的、有去找粮食的、有拾柴火的、有做饭的，还有清洗修理枪械的。总之，在这一共同的生活中，每个人都分得了一份工。他在想，他须时刻记着对自己所有的部下都不能心慈手软，对他们要奖罚分明，只有在该奖的时候才奖，而且，他们必须绝对服从他的命令，生杀大权一定要掌握在自己手中。

除了这些，他还计划着每天该抽出几个小时进行军事训练，以便战争来临时士兵们已做好上战场的准备。他不敢让他们进行实弹训练，那样会浪费掉许多子弹，因为他现在的弹药还不是那么充足。不过，他会尽其所能地教给他们尽可能多的军事技巧。

王虎在幽静的山顶上火急火燎地等了一天，天色将晚时，有五十多个士兵自己上山来到他这儿，在第二天傍晚时，又上来了将近五十个人。有几个还没有到的，再也没有来，他们似乎是开小差开到别的地方去了。王虎又继续等了两天，他们仍没有来，为此他感到有些遗憾，他倒不是遗憾有人开了小差，而是遗憾由于人未到他损失了几支好枪和几个子弹带。

看到这群当兵的聚集到了一向平静的庙里，老和尚们变得惊慌不已、不知所措起来。王虎见了一遍又一遍地安慰他们道："我们吃了或是用了你们的任何东西，都会付钱的，你们不必担心。"

庙里的住持已经非常老了，附在他骨头上的皮肉已是又干又皱，此时，他用低弱的颤巍巍的声音说："我们担心的不只是付不付钱，我们还担心会出现用银子也难以挽回的损失。这是一个非常安静的地方，它的名字叫圣安寺。我们住在这里的几个人多少年来一直远离尘世。现在，这个地方到处都是你的这些贪图食色的人，随着他们的到来，庙中的平静也不复存在。他们拥进供奉佛像的大雄宝殿，随地吐痰，随便走动，甚至冲着佛像撒尿，他们的言行举止野蛮且粗鲁。"

对此，王虎回答说："相比之下，你还是让你们的人和佛像搬搬家，比起要我改变我的这些人的习性，会容易得多。因为他们都是当兵的，要比常人刁蛮一些。把佛像都请到你们最里面的那个大殿里吧，我会告诉我的人，不许他们去那个地方。这样，你们就不受打扰了。"

眼见再也没有什么别的法子了，老住持也只好这么做了，和尚们把佛像连带它们的底座一块儿搬到了后面的厅里，除了那尊金身佛像，因为它的体积太大，他们担心它会栽倒摔成碎片，从而给他们带来厄运。于是，士兵们与这尊佛像一起住在了大雄宝殿里，和尚们给这尊大肚佛的脸上盖了一块布，免得他看到这些士兵的野蛮行径而动怒。

王虎从他的人里选出了三位做他的心腹。第一个是豁嘴，另外的两个一个是绰号叫"老鹰"的人，因为他瘦削的脸上长着一个鹰钩鼻和又窄又下垂的嘴唇，另一个是绰号叫"屠夫"的人，屠夫是个五大三粗的胖子，长着一张泛红的大板脸，他的五官像是被造物主的手杂乱地捏到了脸上一样。他是个体力和精力都非常旺盛的人，以前是个杀猪卖肉的，在一次和邻居的争吵中他杀了人，后来他常常哀叹道："如果我当时是拿着筷子吃我的大米饭，我怎么可能杀了他呢？偏巧吵架时，我手中握着的是剁肉刀，那刀好像是自己飞出了我的手心。"不管怎么说，那人因为流血过多死了，为了躲避官司他不得不逃走。他有一项独门绝技，别看他长得又粗又胖的，他的一双手可是非常地敏捷和灵活，他用筷子可以夹住飞来的苍蝇，一夹一个准，他的同伴们多次叫他表演这绝技，他们总是大声喝彩。在用剑刺人时，他也有这样的精确性和敏捷性，想放对手什么部位的血，就能让对手哪个部位的血快速地喷涌出来。

这三人都非常精明，尽管他们中间没有一个能识文断字的。对于从事他们这一行当的人来说，确实也不需要什么书本上的知识，他们从没想过这样的知识会对他们有用。在选出这三人后，王虎把他们叫到了他的屋子里对他们说："我把你们三位当作了我最信任的人，你们要帮我监管其他的士兵，看看他们中间有没有背叛我的，或是不遵守我的命令的。等我有朝一日成功了，我定会犒赏你们。"

随后，他打发老鹰和屠夫出去，身边只留下了豁嘴，他郑重其事地跟豁嘴说："在你们三人中我最看重的是你，你要监视他们两个，看看他俩会不会对我不忠。"

之后，他又将三人召集在一起对他们说："我会杀掉任何一个背叛我的人，我将以迅雷不及掩耳之势杀死他，让他来不及呼出他的下一口气。"

他的心腹豁嘴很是平静地回答："你不必担心我，头儿，即便你的右手背叛了你，我也不会。"

另外两个人也急切地表态发誓，老鹰的声音更加响亮："我岂能忘记是你把我从一个普通士兵一路提拔起来的？"他这么说，是因为他也有着自己的希冀和追求。

为了表示甘愿效忠的决心，三人在王虎面前跪下磕了头。在这之后，王虎又选派了一些脑子聪明活络的人，派他们四处去打探有关敌人的消息。他跟他们说："抓紧时间行动，尽可能多地探听到一些敌人的情况，争取在寒冬来临之前破敌成功。要搞清楚豹子到底有多少人马，如果沿途碰上了他的人，就跟他们搭讪，测测他们对他的忠诚度，看有没有可能把他们贿赂过来。我愿意收买一切可能被收买的人，因为你们的生命对我来说比银子更可贵，只要我能收买了他们，我就不会大开杀戒。"

而后，这些人脱掉了他们外面的军装，只留下里面破旧的内衣内裤，王虎给了他们一些钱，让他们去买一些百姓的衣服。他们下山去了村庄和当铺，买了些农民们为了换钱而当掉的破旧衣衫。穿着这样的衣服，他们走遍了那一带的乡野。他们去到酒店和茶馆，以及其他的娱乐场所，他们还去到路边的商店，认真地倾听人们的各种谈话，而后回来向王虎汇报了他们所听到的一切。

这些士兵讲的跟王虎在酒馆里听到的基本一致：这一带的人们都是既恨又怕这个叫豹子的土匪头子，因为他每年都在向人们敲诈勒索更多的钱财，如若得不到，他便来洗劫和荡平他们的房屋和田野。他借口说，他的人马每年都在增加，费用也在增加，而且，他为百姓打击和赶跑别的匪帮，他也理应得到报偿。他的人员确实年年都在增加，因为那些游手好闲的人，以及那些犯了罪的人，都往双龙山这个巢穴跑，前来投在豹子的名下。如果来的人身强力壮，且又勇敢，他们当然会受到欢迎，如果体弱胆小，也会被留下来给那些打仗的人服务。甚至有一些妇女也到了那里，比如说那些死了丈夫、思想又比较开放且不太在乎自己名声好坏的女人，有些是男人带去的妻子，还有些女人是被掳到那儿供男人享用的。另外，豹子也确实将别的劫匪赶出了这一带。

不过，尽管如此，当地的人们还是恨他，他们不愿给他任何东西。但是不管他们主观上愿意不愿意，他们都得给，因为他们没有武器。在更早的一些年代，他们也许还能拿着刀、叉、镰刀等这样简单的工具来反抗，可现在的匪徒们都有了枪弹，像刀斧这样的铁器已没有什么用了，单凭勇气和愤怒岂能对付得了像豹子这样凶残的敌人。

在王虎问到豹子有多少人马时，他手下探子们的回答却各不相同，有的听说是五百人，有的说是两三千，还有的说是一万多。他无法弄清到底是多少，只知道豹子的人数应该比他自己的多很多。这让他不得不认真思考和对待，他觉得他必须巧用计谋，不到最后决战关头绝不硬拼，而且，如果可能的话，甚至应该尽量避免这样的决战。在他坐着听着探子们的讲述时，王虎就这般思考着，他让他们毫无拘束地讲下去，因为他知道越是不知内情的士兵们在讲话时就越少顾忌。那个爱热闹的，就是称他的头儿为"黑眉虎"的士兵说——此时他的小嗓门喊得更高，更有夸耀的意味——"至于说到我嘛，我可是一点儿也不害怕，我径直奔向了这一带最大的那个镇子，也就是县城的所在地，在那儿我认真地听，认真地看，发现那里也是人人都在担惊受怕。每逢过年过节，豹子都会前来索要东西，商人们都得给他缴上大量的银子，不然的话，他就要攻打整个县城。我跟给我讲述的那个人说，那是个卖猪肉丸子的人，他的丸子是我至今吃过的最好吃的丸子，因为猪肉本身味道就香，他又把蒜泥剁进肉里就更香了，如果能驻扎在这儿，我会高兴得睡不着觉的，我说：'你们的县长为什么不派兵去剿灭这些土匪呢？'那个做丸子的说：'我们的县长整天抽大烟，他连自己的影子都怕，他手下的那个民团将军从没打过仗，连怎么拿枪都不知道，县长个子不高，却是个大呼小叫的家伙，比起我们老百姓的事儿来，他更关心的是他的汤味道的好坏！再看看他身边的那些守卫，为了不让他们转过枪口来对付他，或者为了不让他们受到别人的贿赂，他支付给他们越来越高的酬金，他花钱如流水。尽管如此，一听到豹子这个名号他就吓得双腿发抖，虽然口里哼唧着要怎么怎么样，可实际上他连动都不敢动，为了不让豹子来县城滋事，他每年不知要花掉多少银子。'这个小贩就是这么跟我说的，我吃完了猪肉丸子，见他再没心思跟我聊下去，便离开了。后来，我又跟一个乞丐聊了一阵子，当时他正坐在一个向阳的墙根底下，从他的衣服里拣着虱子。这是个有智慧的老人，一生都在这个城里的街道要饭。他真是个聪明的老人，他把逮住的虱子的头掐下来，把它们放进嘴里嚼。我想，他把身上的虱子都抓住吃进了肚子里，他一定吃得饱饱的了！在聊的时候，他还告诉我一件事，他说这位县长今年似乎想要做点儿事情了，因为他上面的人已经听说他纵容土匪的事，有不少人盯上了他的这个位置，他们纷纷向上头控告他，说他玩忽职守，一旦他下来了，准有十几个人会去争抢这个空缺，因为这一带农商兴旺，税收充裕。当地的百姓对此也有抱怨，他们说：'我们已经把这头老白眼狼喂饱了，他已不像从前那么贪心，如果再来一个新的，我们又得从头填饱其贪婪的胃口了。'"

王虎就这样听着他手下的人滔滔不绝地讲述，他们开心地说着，开怀地笑着，因为他们的内心都充满希望，对他们的头儿也充满信任，每个人都为来到这片丰饶的土地而感到高兴。尽管百姓得同时供养这两个人，豹子和县长，他们仍能让自己活得很好，因为这片土地太肥沃了，能留给他们的依然很充裕。王虎任凭大家这样聊下去，尽管他们说的许多话都没有什么价值，可在这中间还是常常夹杂着一些他想要知道的东西，他能从糟糠中筛选出精华，因为他比他们聪明得多。

王虎紧扣住他的这个部下提到的最后一点，即这个县长担心失去他的官位，他顺着这个思路深入地想下去，在他看来这次成功的关键或诀窍全在于此，通过这位老迈懦弱的县长，他可以掌控这一带。他越是听他们说下去，越是觉得豹子并不像他最初所认为的那么强大，他很快做出决定，得派一个人到匪徒的巢穴中去，弄清他的人数和兵力部署。

在那天吃晚饭的时候，王虎观察着他的士兵，他们一个个蹲坐在那儿，每人手里都拿着一个里面卷着菜的死面饼和一碗粥。他一时定不下来派谁去合适，哪一个似乎都不够聪明、不够机智。后来，他的眼睛落在他侄儿身上，他平时总叫侄儿陪在他的左右，此时的侄儿正狼吞虎咽着他的饭菜，他的嘴里塞满了食物。王虎往自己的屋子里走，侄儿也马上起身跟了上去，因为伴随在叔叔左右是他的职责。王虎让侄儿关上了门，站着听他讲话，只听他说道："我想叫你去做件事，你有没有胆量去？"

虽然小伙儿嘴里还嚼着满口的食物，但他的回答一点儿也不含糊："你可以考验我，叔，你就等着瞧好了！"

王虎说："我现在就是在对你进行考验，你做一个男孩平时打鸟用的弹弓，带着它去趟双龙山，赶在黄昏时出发，假装你在进山的途中迷了路，害怕山中的野兽，哭喊着要去匪徒的巢穴。要是他们放你进去了，你就说自己是下面一户农家的孩子，你到山上来打鸟，没有留意到天这么快就黑了，你迷了路，求他们让你在庙中留宿。如果他们不让，你就求他们派个向导把你送到隘口，一路上注意观察，看看他们有多少人，有多少枪，还有这个豹子长什么样，总之，回来后告诉我你看到的一切，有这胆量吗？"

王虎用他那双黑亮的眼睛盯着小伙儿，他看到小伙儿的脸变白了，脸上的麻子像是小小的伤疤似的突显了出来，可他的回答还是很响亮，尽管呼吸有些急促："有。"

"我还从没要你做过任何事情，"王虎神情严肃地说，"可现在你的这一大大咧咧的性格也许能派上用场。要是你迷路回不来了，或者因为你不小心暴露了自己的身份，那就只能怪你自己了。不过，你有一张乐呵呵、傻乎乎的脸，我知道在你看似单纯的外表下面还是有些心眼的，所以我选择了你。只要能扮好一个头脑简单的小伙子角色，你就是安全的。若是你被他们发现了——你能勇敢地面对死亡，到死也不开口吗？"

这个时候，一片红晕又涌回小伙儿的面颊，身穿粗蓝布军服的他此时显得那么强壮有力，他坚定地说："你就等我的胜利消息吧，头儿！"

王虎对侄儿很是满意，他说："好小子，有胆量！这是对你的一次考验，如果你完成得好，你就会得到提拔。"他在看着侄儿时脸上浮现出一丝笑容，他很少能被触动的心弦，除非是在大怒时，此时被拨动了。不过，却不是因为这个孩子，因为他并不爱他，触动了他心弦的是一种朦胧的渴望。他再次憧憬着能有一个自己的儿子，这个儿子不像眼前的这个孩子，他将是一个强健、真诚、严肃，真正属于他的儿子。

王虎吩咐侄儿穿上农家小子的衣服，在腰间系了一条毛巾，赤脚穿上一双旧鞋，因为他有很长的路要走，有峻岩要爬。侄儿用一根小枝杈做了一副弹弓，之后，他便顺着山坡跑了下去，消失在林子里。

在孩子离开的两天中，王虎按计划训练着士兵，给他们分派各种活儿，让他们没有休闲和打闹的时间，他派出他信任的人去下面的村子里购买粮食，让他们分批进行，每批去的人都会买回少量的肉和粮食，这样就没有人会怀疑他们是为百十个人购置食物了。

第二天傍晚，王虎步出庙门，顺着石头台阶向下面远眺，想要望到他侄儿的身影。在他的内心深处，他放心不下这个孩子，当他想到他也许会惨遭杀害时，不由得生出一种怜悯和悔疚之情，随着夜色的加深，新月的升起，他的目光转向了双龙山，他暗自思忖道："也许我该派别人去，而不是我自己哥哥的儿子。如若他真的被杀害了，我将怎么面对我的二哥呢？可亲人是我最信赖的人呀。"

在士兵们已入睡，月亮已升上山顶后，王虎仍在眺望，然而却还是不见孩子的身影。最后，夜风刮得凛冽起来，王虎回到庙里，他的心里觉得很沉重，因为他生出一种他从未体味过的情感，如果这孩子回不来了，他会想念他的，因为这孩子总是那么快活，能逗得人乐，从来没有为了什么而生过气。

后半夜，他躺在床上还没有睡着时，隐约听到庙门那边传来了叩门声，他一骨碌从床上起来，跑去开门。王虎拉开门闩，一眼看到的就是这个孩子，孩子此时看上去已筋疲力尽，可精神还行。他瘸着腿走了进来，裤子从大腿根那里划开了一道大口子，血顺着他的腿淌下来已经干了，但他的心情还是那么好。

"我回来了，叔。"他用已显得有些疲弱的声音说，王虎突然大笑起来，他只有在真正高兴时才这样，他粗声粗气地问："你的腿怎么啦？"

"没什么。"孩子满不在乎地回答说。

喜悦之情难以抑制的王虎此时开了一个他平生少有的玩笑，他说："我希望你这伤不是豹子的爪子抓伤的！"

孩子听了哈哈大笑起来，他知道这是他叔叔因为高兴而说出的一个玩笑话，他在庙中的石阶上坐下来说："不，不是他抓的。是我摔倒在一棵荆棘树上，地上的苔藓又湿又滑，那棵树把我划成了这样，我饿了，叔叔！"

"进屋里来吃饭吧，"王虎说，"先吃饭睡觉，完了再说给我听。"

他叫孩子来到大厅坐下，接着喊卫兵端来食物，这一次还额外有酒。这叫声惊醒了已睡着的士兵们，他们爬起来到了有月光洒入的前厅里，大家都想要听听这孩子在匪巢里所看到的一切。等孩子吃完了饭，喝完了酒，又见他因为冒险成功的劲头那么足，一点儿也不瞌睡，而且看着天色也蒙蒙亮了，于是王虎说道："那么，你现在就讲讲吧，等讲完了再去睡。"

　　在那尊盖着布的佛像前有一个祭坛，孩子坐到了那个祭坛上讲了起来："我走啊，走啊，走啊，那座双龙山比咱们这座山高两倍，叔，匪巢设在山顶上的一个碗形的谷地里，我希望等咱们控制了这个地区后，把那儿作为我们的驻地。那上面有房子，有院子，该有的一切都有，就像是个村子一样。我照你说的，在天黑了后哭着拐着去到匪巢的大门前，怀里揣着我打下的死鸟，其中有几只是那座山上羽毛最奇特最美丽的。有一只鸟全身的羽毛都是金灿灿的，现在还在呢，它太漂亮了——"说着他从怀中掏出一只黄颜色的鸟，它耷拉着头，像块软金一样软绵绵地躺在他的手里。王虎极想听他侄儿讲下去，看着侄儿在手中把玩着这只死鸟，他有些急了，不过，他控制住了自己，任凭侄儿依照他的方式说下去，孩子继续着他的故事，把那只鸟儿小心翼翼地放在祭坛上紧靠着他的地方，他的眼睛轮番望着那些听他讲故事的人，在祭坛上香灰炉中插着的火把的照耀下，孩子继续道："听到敲门声后，他们从里面来到大门前，拉开一道缝瞧向外面，我哭着说：'我跑出家太远了——在山里转悠得太久了，不知不觉夜晚就到了，我害怕林中的野兽，让我进到这座庙里去吧！'前来开门的土匪关上门跑回去请示什么人，我继续呜呜地哭着，不住地呻吟着。"这时孩子停下来表演给大家看他是怎么哭的，在场的人都哄然大笑起来，并对他发出赞叹："这个小泼猴真勇敢——这个麻子小鬼头真机灵！"

　　小伙儿咧嘴笑着，他的麻脸上闪烁着喜悦的光彩。只听他接着说道："最后他们总算放我进去了，我尽力表现得单纯又无知，在吃了几个白面馍喝了一碗粥后，我假装变得害怕起来，因为知道自己是在什么地方了，于是我哭诉着说：'我要回家，我害怕，你们是土匪，我害怕豹子！'我一边往大门那边跑，让他们放我出去，一边喊：'我宁愿到外面让野兽吃掉也不在这儿了！'"

"他们看到我这副傻头傻脑的样子，大笑起来，安慰我说'你以为我们会伤害一个孩子吗？等到明天早晨吧，那时你就可以平平安安地回家了。'过了会儿，我停止了颤抖和哭泣，假装心情放松下来，他们问我家在哪儿，我告诉了他们一个在山那边我知道的一个村子的名字。接着他们问我听说过有关他们的事情没有，我说听到过的，人们都说他们是非常勇敢、天不怕地不怕的好汉，他们的头儿是人身豹子头，我说：'我很想见见他，可又怕见到他'。听到我这么说，他们都冲着我哈哈大笑起来，有个土匪说：'来，我领你去见见。'他带我到了一扇窗户前，我从黑暗中看向里面，屋里燃着几支火把，他们的首领就坐在那儿。他真的长得十分奇特，叔叔，他头部的上半截很宽，从眉毛的那个地方就开始向后倾斜，长得很像豹子，他正坐着跟一个年轻女人喝酒。那女人也长得很凶，可也长得很漂亮，俩人喝着一壶酒，男的喝一口，跟着女的也喝一口。"

"那里有多少人，他们的武器怎么样？"王虎问。

"噢，有很多人，叔叔，"小伙儿认真地回答，"能打仗的人比我们多三倍，还有不少后勤人员、女人、到处跑的小孩子和像我这样的小伙儿。我问其中的一个孩子他的父亲是谁，他说不知道，因为那里所有的父亲都是混住在一起的，所以他们只知道自己的母亲，而不知道他们的父亲是谁，这事儿也够奇怪的。所有打仗的人都有枪，后勤人员只有镰刀和刀斧等工具。不过，在环绕着他们住地的悬崖顶上堆着很多圆石，谁要攻击他们，那些大石头就会滚下来。只有一个隘口可以进入他们的地盘，因为它的四周都是悬崖，隘口总有卫兵把守。在我经过那里的时候，卫兵睡着了，我悄悄地从他身边走了过去。他睡得正香，本来我可以拿走他放在旁边岩石上的枪，可转念一想，那样的话他们也许会对我的身份产生怀疑，所以我就没拿。"

"那些打仗的人看上去勇敢和强壮吗？"王虎又问。

"挺勇敢的，"小伙儿回答，"有的个头大，有的个头小。他们吃完饭后在一块儿聊天，看到离他们不远的我跟孩子们在一起，他们便没再留意我，我听到他们在抱怨豹子，说他没有按照规定分配抢来的东西，他给自己留的东西太多，凡是漂亮的女人他都想霸占，只有在他玩腻了她们后，才轮得上他们。他们说，他不讲哥们义气，把自己看得过高了，其实他就是个普通人，不会识文断字，他们厌倦了他那副高高在上的样子。"

听到这王虎心中窃喜，脑子里开始思考和筹划。又过了一会儿，王虎看小伙儿已经讲出了他所知道的一切，再后面就是在重复前面说过的精彩部分，以继续博得大家的注意和赞赏。于是，王虎站了起来，命令小伙儿马上去睡觉，随后吩咐其他人去各司其职，因为天色已亮，火把也快燃尽，在旭日的光照里它摇曳的火苗显得有些黯淡无光。

王虎回到屋里后，把他的三个亲信召集过来，对他们说："对这件事情我又考虑了一番，我相信我们可以不损失一人一枪，就可办成此事，我们得避免跟他们开战，因为他们的人数太多。在杀死一只蜈蚣时，正确的做法是先把它的头砍掉，然后它的百十条腿就会陷入混乱，相互倾轧，再多的腿也因此而变得无害了，我们要把这帮盗贼的头儿干掉。"

听到这个大胆的计划，三个亲信一时都惊呆了。少顷，屠夫用他的粗嗓门大声说："这计划听起来不错，头儿，不过，要想剁下蜈蚣的脑袋，得先抓住它才行！"

"我会这么做的！"王虎答道，"我的计划是这样的，不过，你们得帮我一块儿实施，我们把自己装扮成英雄好汉的样子，去找当地的县长，跟他说我们都是骁男善战的士兵，跟部队失去了联系，我们愿意拜到他的名下，做他的私人保镖，我们承诺为他杀掉豹子。他现在急于要保住他的位子，我们帮他是他求之不得的事。下面就是我的安排：我让县长假装跟豹子求和修好，邀请豹子和他的二头领前来赴宴。到时县长会以摔杯为号，我和你们便从藏匿处冲出来，扑向盗贼，杀了他们。我会把我们的人秘密地布置在县城各处，他们将杀死那些不愿投降的小喽啰。这样，我们将砍下这只蜈蚣的头，这并不是一件太难的事。”

现在，大家都觉得这件事可行，三个心腹对他们的头儿钦佩不已，完全赞同这个方案。在又讨论了一些具体的细节后，王虎让他们走了，之后，他把他的人全部集中在大殿里。他派出他信任的人去看住那些和尚，免得让他们偷听到了。他跟众人讲了他的计划，他们听了后都大声地喊：“好啊！好啊！我们的黑眉虎！”

在那尊遮面的大肚佛下的王虎听着士兵的欢呼声，尽管他什么也没说，只是默默地站在一边，可他的内心却生出了一股对自己力量的自豪感，以至于让他低下了眼睛，面容也变得严肃了。当大家再次静下来等着他继续往下讲时，他说：“等你们吃好喝好了，就穿上老百姓的衣服，不过，你们仍然是兵，带上你们的枪，分散在县城各处，记得不要离县衙太远。我吹响哨子时，你们就尽快赶来。在这之前，你们静静地等待几日。”随后，他转向豁嘴说：“给每个人发五块大洋，用来住宿和吃饭，还有买酒喝。”

钱发到手后，每个人都很高兴。这时，王虎把三个亲信叫到身边，叫他们把自己装扮成英雄好汉的模样，把短剑都藏在了衣服下面，拿上枪一起出发了。

见这些蛮横的家伙要走了，和尚们心上的石头落了地。王虎看他们显出喜悦之色，便说道：“不要高兴得太早了，我们还会回来的。不过要是找到了好地方，我们就不回来了。"不管怎么说，王虎还是付给和尚们不少的钱，所付的钱远多于应该支付的，他对庙里的住持说："把你们的屋顶和庙里修一修，再给每人买一件新袍子。"

对这样的慷慨施舍，和尚们都大为感动，老住持说："你是个好人，我会在佛祖面前为你祈祷的，我也只能给予你这样的报答了。"

对此王虎回答说："不必，不必劳烦你为我去求佛，因为我从来都不信佛。不过，要是你将来听说有个叫'老虎'的人，请你为他说几句好话，说'老虎'待你不薄。"

老住持怔怔地望了一会儿王虎，随即赶忙说他会的，他会的！他双手捧着银圆，把它们紧紧地贴在了胸前。

第 十 三 章

王虎带着他的三个亲信直奔县城，一进城便径直前往县衙。几个卫兵正无所事事地倚着县衙门口的石狮子站着，王虎冲着他们叫道："快让我进去，我有要事要向县长禀报。"

门口的卫兵迟疑了一下，因为王虎没有从口袋掏出银圆。看到那个人不太情愿，王虎大喊了一声，随即他的几个亲信跃上前来，将枪口抵在了那人的胸前。卫兵的脸马上变成了绿色，身子向后退去，于是他们迈着铿锵的步子走了进去。门口站着的其他几个人都看到了这一幕，可没有一个敢上前阻拦的。王虎蹙起他的两道黑眉毛，厉声吼道："县长在哪儿？！"

看到没有一个人吱声，王虎突然火了，把他的枪就势戳在他身边一个卫兵的肚子上。那人吓得跳了起来，连声喊着："我领你们去见他，我领你们去见他！"他嗒嗒地跑在前面给他们带路，王虎见他吓成那副德行，哈哈地笑了起来。

他们跟着他穿过一座又一座院子。王虎目不斜视，怒气冲冲地朝着前方，他的亲信们也效仿着他的样子。很快他们来到最里面的院子，一处环境十分优美的庭院，有一泓池水、一个种着牡丹花的花台，还有些古老的松柏。房屋建在平台上，门窗的帘子还没有拉开，周围安静得很。带他们来的人停在门口，咳嗽了一声，一个仆人来到门前说："你们有什么事？我们老爷还在睡觉。"

王虎大声地喊，他的声音在这寂静的院子里好像要将他周围的空气炸裂开来一样："那就叫醒他，我有非常重要的事情跟他讲。叫醒他，因为这事关乎他县长的位置能否保住！"

仆人望着他们，拿不定主意，看王虎那副盛气凌人的样子，他猜测这些人一定是上面派来的信使。于是他进屋去摇醒还在睡觉的老县长，老人从睡梦中被叫醒，起来洗了脸，穿上长袍，去到大厅里坐下，然后吩咐仆人让人进来。王虎大摇大摆地走进来，在老县长面前很得体地行了个礼，可他的腰弯得并不深，也没表现出对老人有多尊重。

老县长被站在他面前的这些人凶巴巴的样子吓得够呛，他连忙起身请他们坐下，让下人端来点心、酒和水果。他说了些平时对来宾说的那些客气礼貌的话，王虎也回了几句客套话。寒暄过后，王虎开门见山地说："我们从你上面的人那里听说，阁下正遭盗贼的胁迫，我们前来是为你提供优质的军事服务的，好让你能够摆脱危险。"

这一阵子，老县长一直在纳闷和发抖，在听了这番话后，便用他那沙哑和发颤的声音说："他们确实搞得我寝食难安。我自己不是行伍出身，只是一介书生，真不知道该如何对付那些强盗。我确实雇了一个军事方面的官员，不过，他的薪水是由政府发放的，他不喜欢打仗。这一带的人们愚蠢，总是恣意妄为，有战事来临时我不知道他们会不会站在土匪那一边来共同反对政府，政府稍稍增加点税，就能触怒他们。你是谁？贵姓？你的祖籍在哪儿？"

王虎只是回答说："我们是游走于江湖的勇士，给需要的人们提供军事服务。我们听说这一带匪患严重，对此我们有个解决方案，如果你愿意雇用我们的话。"

没有人知道，若是在平常时期这位老县长是否有闲心听这样一群陌生人讲话，可在当下他的确很担心他的饭碗会被别人抢走。他无儿无女，在他这样的年纪也不可能再有希望谋得另一份职业。他有个年老的妻子，有百十来个靠着他和他的地位生活的各路亲戚，他已到了垂暮之年，而他的敌人却变得越发强大和贪婪，所以此时的他不惜代价也要抓住任何可能使他摆脱困境的机会。为此，他支走了仆人们，只留下了几个卫兵，听着王虎向他详细讲述的计划，在听完后他即刻表示了赞同。他只担心一件事，那就是如果王虎他们失败了，没有杀掉豹子，那么，这帮匪徒一定会更加疯狂地报复。王虎看出了这位老人的担忧，便胸有成竹地说："我杀死一只豹子，就像杀死一只猫一样，我能砍下他的头，让血一滴一滴地流，而我的手绝不会打战，对这一点我可以发誓！"

老县长暗自思忖着，他已垂垂老矣，他的士兵胆子比兔子的还小，除了这个办法，他的确没有别的任何办法了。他说："我明白，我只有这一条路可走了。"

随后，他叫回了他的仆人，吩咐他们端上肉和酒来，摆开宴席，把王虎和他的亲信当作贵宾款待。在宴席前后王虎与老县长又仔细研究并制订出计划的每一个细节。几天以后，他们按照这个方案开始行动。

老县长派出使者去到劫匪的巢穴，他让使者转告他们说，他的年纪越来越大了，马上要离开他的位子了，很快就会有另一个人来取代他。在离开之前，他希望能够消除双方之间的一切敌意，他希望豹子和其诸位头领能来县衙赴宴，到时他将把他们介绍给新上任的县长。匪徒们收到这一邀请后，很是谨慎，可王虎早就想到了这一层，他要县长到处散布他即将离任的消息。匪徒们到民间去打听，打听到的消息进一步印证了来使的说法。于是，他们相信这是真的了，他们觉得这是件好事，如果新来的县长能受老县长的影响，也对他们心存畏惧，愿意支付他们索要的数目，那样便可避免他们之间兵戎相见。于是他们接受了老县长讲和的请求，回话说他们会在某个月黑之夜前来赴宴。

那一日碰巧刮着风，下着雨，黑漆漆的夜被大雾笼罩着，匪徒们没有食言，他们穿着他们最好的衣服，带着锃光发亮的武器，每个人手中都握着寒光闪闪的刀剑。院子里站满了他们带来的卫兵，还有一些把守在大门附近的街道上，以防不测。不过，老县长的表现还是可圈可点，即便他的老腿在长袍下面打着战，可他面上还保持着镇静，他的声音仍显得客客气气的，他让自己手下的人收起了他们所有的武器。匪徒们看到大厅里除了他们自己的兵器再没有别的武器了，心里又放松了一些。

老县长叫他的厨师们准备了最好的饭菜，为土匪头子们办的这一桌席摆在最里面的厅里，给匪徒们吃的则都摆在院子里。一切准备停当后，老县长带着匪徒首领们前去内厅，他请豹子上座，几经推却后，豹子坐到了上座，老县长坐在了主人席上。他事先把他主人席的座位挪近到靠门的地方，盘算着一旦到他摔碗为号的时刻到来，他就会马上跑路藏匿起来，直到这场厮杀结束。

晚宴正式开始，起初豹子喝得很是小心，如果他的哪个头领喝得猛了，他便会瞪几眼。可这酒太醇了，是这一地区最好的酒，肉食经过精心的调制，味道也很好，这都是平日里粗茶淡饭的土匪们从未品尝过的，只是菜有点咸，会让人感到口渴。这样的珍馐美味他们连做梦都没有梦到过，他们生下来就是粗人，从未有幸吃过这样的美食。最后，他们终于放下戒心，无所顾忌地大吃大喝起来，在院子里吃饭的土匪们更是放松了警惕，因为他们甚至还不如他们的头儿聪明呢。

王虎和他的亲信在靠近门口的一扇格子窗帘子的后面观察着厅里的情况，一会儿他们将从这扇门冲进去。每个人的剑都已出鞘，他们静听着摔碗的信号声响起。这个时候，宴席已经持续了三个钟头，正是酒酣耳热的时候，仆人们端着托盘跑进跑出，土匪们的肚子里都装满了酒和肉，身体重得连挪动都困难了。突然之间，老县长开始浑身战栗，脸色变得灰白，他结结巴巴地说："我的心脏突然痛得厉害！"

他连忙拿起他的酒碗，可他的手一直在抖，那只碗似乎是自己滑出他的手中，掉在了砖地上。随后他摇摇晃晃地站起来，步出了门外。

惊诧中的土匪们还没来得及喘过这一口气，王虎就吹起了哨子，朝他的人大喊一声，冲向了那几个匪首，每个亲信都扑向了王虎事先给他指定好的敌首。至于豹子嘛，他当然要留给自己来解决。

仆人事先已经被告知，一旦听到喊声就闩上门，豹子一看大事不妙，一跃而起，准备朝老县长逃出的那个门冲过去。可王虎此时已扑向豹子，一下子反钳起他的手臂，豹子手中只有一把他跳起时顺手拿到的短刀，而不是他自己的宝剑，他只能束手就擒。每个人都在与敌人进行搏斗，内厅里到处是拼杀的人，屋宇间充斥着咒骂声和呐喊声，在没有结果其选定的敌人之前，王虎的亲信们都无暇顾及别人。有些土匪很轻易地就被杀掉了，因为他们已经喝得懵懵懂懂、踉踉跄跄的了，亲信们在解决掉了他们自己的敌人后，都来到王虎这里助阵。

豹子绝不是一个不堪一击的对手，别看他喝得半醉半醒的，他的动作依然灵活，他的扫堂腿依然敏捷，显得攻防自如，以致王虎根本不可能一剑结束了他的性命。然而，王虎不愿让他的手下帮忙，他想把这一斩获豹子的荣耀留给自己，因此他奋力拼杀着。看到豹子搏杀得这么勇敢，虽然只拿着一把随手拾起的短刀，可仍然拼死抵抗，王虎心中不禁生出一股钦羡之情，就像在战场上遇到的对手也有着同样的勇敢那样，杀死这个人让他很难过。这是他必须做的事，他挥舞着他的剑把豹子渐渐逼到了墙角，无奈此人吃得太多，喝得也太多了，无法再发挥出他最强的战斗力。再说，豹子的武功都是通过自学得来的，而王虎则是在部队上经过专门学习和训练的，他具备使用各种武器的技能，深谙军事上的攻防之术。终于豹子在防守的动作上露出了破绽，王虎一剑刺入了他的胸膛，并在其胸膛内用力搅动了几下剑锋，血和酒一下子都喷涌出来。豹子倒地死了，可他最后盯着王虎的目光却令王虎终生难忘，那眼神里充满了疯狂和凶蛮。此人长得的确像头豹子，他的眼睛与常人不一样，像是琥珀那样的浅黄色。看着他的身体最后停止了蠕动，他的黄色眼珠却依然直愣愣地瞪着，王虎不由得对自己说，这真的是一头豹子，除了他的眼睛之外，他的头顶很宽，并以一种极其奇特的、动物似的方式向后倾斜。王虎的亲信都聚拢过来盛赞他们头儿武艺高强，可王虎对此却没有理会，他手中握着带血的剑，眼睛仍然盯在死者的身上，他难过地说："我真希望自己可以不杀他，他是个剽悍勇敢的汉子，在他的眼神里有英雄的特征。"

就在王虎这样站着，伤心地望着被他戳死的匪首时，屠夫叫嚷着豹子的心脏还热着呢，说时迟那时快，他伸手从桌子上拿过一个碗，用他那双看似粗糙却刀工十分娴熟快捷的手，在豹子的左胸划开一个口子，他用力一挤死者的肋骨，豹子的心脏便从其左胸内蹦了出来，屠夫用碗接住了它。那心脏还没有凉呢，在碗里还战栗了两下。屠夫把碗递给王虎，一边高兴地喊着："拿着，吃了它吧，头儿，古人说，趁热吃掉勇敢敌首的心脏，可以使自己变得加倍勇敢！"

可王虎不愿意，他转过身去，高傲地说："我用不着这么做。"此时，他的目光落在豹子刚才坐的椅子旁边的地板上，他看见豹子的剑正在那里发着熠熠的光。他过去捡起了它，这是一把用上好的钢锻造的剑，现在已经造不出这样的剑了，它锋利无比，可以刺透一匹布，它寒光闪闪，可以劈开一朵云。王虎试着将它戳入躺在地上的一个匪徒的尸体，他还没用力，剑锋已穿透衣服和皮肉，直抵肌骨。王虎说："我只将这把剑归为己有，我还从没见过这样的剑。"

这时，他听到一阵呕吐的声音，这是他的麻脸侄儿，适才一直看着屠夫的一举一动，现在这小伙儿突然一阵恶心，忍不住呕吐了起来。王虎知道这是小伙儿第一次看到杀人的场面，因此温和地说："你的表现已经很不错了，刚才干仗的时候你并没有恶心，到院子里去透透气吧。"

小伙儿不愿意去，他依然坚定地站在那儿。王虎见了很是高兴地说："我敢说，假如我是只老虎，你就是只小虎崽了。"

小伙儿高兴地露齿笑着，他的牙齿反衬出他因恶心而变得苍白的脸。

王虎在内厅里干掉匪首后，便来到院子里看他的人与匪徒们搏杀的情况。这是一个乌云压顶的黑沉沉的夜，他的人那黑黝黝的身影很难跟夜色区分开来。他命令点燃火把，火把亮起来后，他发现躺在地上的尸体并不多，这令他很是欣慰，因为他早已下达过命令不得随意杀人，要给对方一个选择的机会，愿意倒戈的或是特别勇敢的，都不要杀。

王虎并没有就此罢手，他决心直捣匪徒的老巢，因为现在是他们最弱的时候，留守的土匪还没来得及重新布防。他甚至没有等再见老县长一面，只是留下话说："我不踏平匪巢，绝不领受奖赏。"他召集起他的人马，趁着夜色，穿过田野，向着双龙山进发。

王虎的人并不情愿跟着他这样马不停蹄地跑，他们已经战斗了半个晚上，现在又要赶好几里的路，很有可能还得再进行一场战斗，许多人都想留在城里抢劫，作为对他们的犒赏。他们跟王虎发牢骚说："我们冒着生命危险为你打仗，可你还没有给我们任何赏赐。我们还从没有为这样一个严厉的主子服务过，我们从没听说只让士兵打仗而不准他们抢劫的，别说抢劫了，连一个姑娘的脸蛋都没有摸过，在打仗之前我们一直克制着自己，现在打了一仗，我们还没有任何的自由。"

起初，王虎对此并不理会，可当他听到有几个人聚在一起悄悄地议论时，他忍不住了，他知道他必须心狠手辣，否则的话，可能会发生哗变。于是，他转向他们，"嗖"的一声挥起了他的宝剑，并且对他们喊道："我已经杀了豹子，我还可以杀掉你们当中的任何一个人，连眼睛都不眨一下。你们的脑子难道就不会想问题吗？我们能在将要成为我们的地盘上抢劫吗？那样的话，就会让人们从这天晚上起便反对我们、仇恨我们了。再不要发这样的牢骚！等去了匪巢，你们可以任意地劫掠，并把抢来的东西归为己有，只是如果女的不愿意就不许硬来。"

他的人害怕了，有一个胆怯地说："头儿，我们刚才是在开玩笑。"另外一个人纳闷地问："头儿，不是我要抱怨，我们怎么能抢劫我们打算要驻扎的巢穴呢？我想我们是要在那里住的吧。"

王虎还在生气，他板着脸回答："我们不是土匪，我也不是一般意义上的那种土匪头子。我有个更好的计划，只要你们充分相信我，不做傻事。匪巢会被一把火烧掉，从此这儿再没有土匪，人们从此再也不必担惊受怕。"

他的人更是感到惊诧了，连他的亲信亦是如此，他们齐声问："那么，我们将成为什么人呢？"

"我们将成为战斗之人，而不是劫匪。"王虎厉声答道，"我们不要匪巢，我们将住在城里，住在县长自己的大院里。我们将成为他的私人部队，我们不必惧怕任何人，因为我们是在政府的名下。"

士兵们不禁对他们头儿的聪明才智肃然起敬，他们埋怨的情绪像一阵风那样散尽了。他们信任他，开心地笑着，开始踏上通往匪巢隘口的石阶，在他们的周围萦绕着团团雾气，他们手中的火把都在寒冷的雾气中冒着烟。

他们突然出现在隘口处，一个站岗的哨兵顿时惊呆在那里，还没来得及开口就被王虎的一个士兵捅死了。王虎把这看在了眼里，但这一次他并没有责怪此人，因为毕竟只是死了一个人。一个首领不能把这些无知而又野蛮的人管束得太紧了，免得他们到头来反对你，把你撕成碎片。他们经过了这个死去的哨兵，朝着匪巢的大门走去。

这个地方的确很像是一个村庄，它的周围耸立着一道用黏土和石灰砌成的坚固的石头墙，石墙上嵌入了多个用铁皮箍着的木头门。王虎上前敲击大门，可门关得很紧，没人应答。他又敲了一阵子，仍然无人应门。王虎知道，里面的人一定是已经听说了他们的头儿被杀的事，一定是有一些匪徒从城里跑回来给这边报信了，这个时候匪徒们也许已经逃离了此地，也许在里面加强工事，准备一搏。

王虎吩咐他的人用石墙周围的干草扎成火把，他们点燃了这些火把，给一扇木门上烧出一个大洞，然后有人钻进去拉开了门闩。大家一拥而入，王虎跑在最前面。

匪巢里依然是一片死寂。王虎驻足倾听，没有一丝声响。于是他命令士兵把他们手中的火把点燃，烧掉所有的房屋。大家都跑去执行这个任务，他们吼着、叫着，看着稻草屋顶的房子顿时燃烧了起来。就在这时，像蚂蚁出洞那样，匪徒们开始从房子里跑了出来。男人、女人、小孩，尖声叫嚷着拥了出来，像惊弓之鸟一样吓得四处逃窜。王虎的士兵开始用刀捅这些逃跑的人，直到王虎大声喊道要允许他们逃命，同时告诉他的人，他们可以进屋里去拿东西了。

于是，王虎的人冲进了那些火势还没有太大的房子里，他们从里面拖出丝绸、布匹和衣服，只要能拿走的都往外搬。有的找到了金银，有的找到了酒坛和食物，于是他们大吃大喝起来，有的在急切地扑灭他们自己点燃的火。看到他们这种孩童似的举动，王虎就派他的亲信去监管，免得他们烧伤了自己，因此火被扑灭的并不多。

王虎站在一边，观看着这一切，他让侄儿留在了自己身旁，没有叫他去抢劫。他说："孩子，咱们不是强盗，咱们身上流淌的都是王家的血液，我们不抢劫。这些士兵都是庸俗无知之辈，有的时候我必须让他们随心所欲一下，不然的话，他们是不会心甘情愿地为我服务的，所以最好是让他们在这儿放纵一下。我得把他们作为我的工具来使用，他们是我通向成功与伟大的手段，可你和他们不一样。"

因此，他把小伙儿留在了身边，他这么做真是做对了，因为一件奇特的事情就在这时发生了。王虎当时正倚枪站着，看着房屋燃烧的火势渐渐变弱，最终成为烟气，突然之间，听得小伙儿发出一声尖叫。王虎一个急转身，看到有一把剑正从上面朝他刺了下来。他举剑去挡，对方的剑刃顺着他的剑滑下来，在触了一下他的手后掉落到了地上。

随即王虎跃入黑暗之中，动作如同老虎那般敏捷，他抓到了一个人，将其拖拽到有火光的地方，一看原来是位女子。他抓着她的胳膊，一时间竟然愣在了那儿，小伙儿喊道："这就是跟豹子一块儿喝酒的那个女人！"

还没等王虎开口，这女人就开始扭动着身体拼命挣扎，当她发现她被抓得很牢，根本挣脱不了时，她扭过头来冲着王虎的眼睛狠狠地唾了一口唾沫。王虎以前从未遭受过这样的羞辱，女人把这又脏又恶心的东西吐在他脸上，令他火冒三丈，他抬手就给了她一记耳光，就像打一个任性的孩子那样，她的脸上马上出现了几道紫色的手指印。王虎喊道："这耳光你该挨，你这个母老虎！"

这话他不假思索，脱口而出，她恶狠狠地冲他叫道："我刚才怎么没能杀了你，你这个挨千刀的，我要杀了你！"

他仍然紧紧地抓着她，声色俱厉地说："我知道你想杀我，如果不是我的麻脸侄儿在这里，我早就身首异处地躺在这儿了！"他叫人拿来了一条绳子，把她捆了起来，在想出处置她的办法之前，他的手下把她绑到了大门口的一棵树下。

被绑在树干上后，她蹭着、蹬着，挣扎着，绳子勒进了她的皮肤里，即便这样，她也未能把绳子松动分毫。她一边挣扎，一边诅咒着他们，尤其是王虎被她骂得最凶，她骂的都是以前他们鲜少听说过的恶毒话。士兵们把她绑到树干上后就又去抢劫寻乐子了，在此期间，王虎一直站在一旁观望，而后又在她前面来回踱起了步。每次经过她时，他都会看她几眼。后来再经过她时，他看得越发仔细，越发感到惊讶了，他发现她还很年轻，生得一张娇美、冷酷的脸，一张薄红唇，高而光滑的前额，一双明亮、锐利和略含愠怒的眼睛，面庞明亮、狭窄，恰似狐狸的脸。是的，那是一张美丽的脸庞，即便在当下因恨他而变得扭曲，即便每当他经过时她都会咒他、啐他，却依然楚楚动人。

不过，王虎却没有去理会她，经过时只是默默地瞪了她几眼。随着夜晚过去，黎明到来，她闹腾得也乏了，由于绑得太紧，勒得她疼得受不了了。她先是不骂了，只啐口水，后来连口水也不啐了，最后她终于喘着气，舔着干裂的嘴唇说：“给我松开一点儿吧，痛得我实在受不了了！”

可王虎对此也没理会，他只是冷冷地笑着，因为他觉得这是她要的诡计。每次经过她时，她都会哀求王虎，但他并不理睬她。最后一次经过她时，她的脑袋耷拉了下来，默不作声了。可他依然不愿意走近她，因为他不想再让她啐到他，他认为她是假装晕过去或是睡着了。可在他经过她多次她都不再有任何反应时，他叫侄儿去看看她，小伙儿过去，托起她的下巴，抬起她的脸，仍没有任何动静，她的确是昏过去了。

随后王虎走了过来，端详着她，他发现她比他此前在快要燃尽的火焰中所看到的更加美丽。她的年龄不超过二十五岁，看上去不像是普通的农家女子或是普通女人，他不禁诧异起来她究竟是谁，她是如何来到匪巢的，豹子是在何处发现了这个人间尤物的。他叫来一个士兵，把她从树干上解了下来，虽然仍绑着她，却绑得松多了。他吩咐手下让她躺在地上，等她醒过来时，已过黎明，阳光开始透过迷雾照射过来。

这个时候，王虎对他的人喊道："时间到了，我们还有比这更重要的事情要做。"

他的人渐渐地停止了对战利品的争执，开始向他这边聚集。他的声音又响亮又严厉，他把枪平举着，随时准备对任何一个不服从他的士兵射击。当他的人集齐了时，他说："把这里所有的枪支和弹药都收集过来，因为这些东西是我的，我宣布它们归我所有。"

当他的人收集完毕后，王虎清点了一下枪支，一共是一百二十支，弹药也很充足。只是一些枪已经旧了，生了锈，设计也很老旧，没什么用了。王虎把这些枪置在一边，一旦有了更好的就把它们扔掉。

在一片烟雾笼罩的废墟中间，他的人把他们的战利品捆绑成了大大小小的捆，王虎把这些清点过的枪支交给了更值得信任的士兵保管。临了，他转过身来看着那个被绑着的女人。她已经苏醒过来，仍躺在地上，眼睛睁着。王虎盯着她，她也生气地盯着他，他对她严厉地说："你是谁？你的家在哪里？告诉我，我好送你回去。"

但是，她却不愿吐露一个字，而是啐了一口作为回答。她的脸就像是一张生了气的猫脸。她的这一举动极大地惹恼了王虎，于是他告诉他的两个手下说："用一根扁担穿过绳子，把这个女人抬到县衙大院去，将她送进那里的牢房。或许，到那个时候，她就会告诉我她是谁了！"

手下服从了他的命令，他们把一根扁担使劲插进绳子里，一人一边地抬起扁担，那女人在扁担下面来回地摇晃。

当一切准备就绪，太阳已跃到高山顶上时，王虎带领着他的队伍通过了隘口。匪巢那边仍有缕缕余烟升起，可王虎再没有对它回望过一眼。

他们再次踏上从乡村通往城市的那条公路。路上的许多行人用眼睛的余光瞧着这一队奇怪的人，尤其是那个被捆着用扁担抬着的女人，她的头垂落了下来，一张狐狸精似的脸面如死灰。人人都感到奇怪，可没有一个敢上前去询问，生怕自己被无谓地卷入这争斗当中，都是在看过一两眼后便低下眼睛走开去忙自己的事了。待中午时分阳光倾泻在田野上时，王虎和他的人抵达了城门。

当他们行进在昏暗的城门洞里时，亲信豁嘴把王虎叫到了城门口的一棵大树后面，悄悄地跟王虎倒出了他心里的话。由于着急，他嘴里嘶嘶作响："我不得不把我心里的话说出来，头儿，最好不要跟这个女人有任何瓜葛。她有一张狐狸的脸、一双狐狸的眼睛，这样的女人只有一半的人性，另一半是狐狸的，这种妖冶的女人有妖术。让我把刀深深地捅进她的身体，结果了她吧！"

尽管王虎也常听说这类狐狸精的故事，可他秉有的勇敢和无畏使他对这类传说不屑一顾。他哈哈大笑着说："我不惧怕任何人，也不惧怕任何鬼怪，这只是个女人而已！"他推开了豁嘴，重新回到了队伍的最前头。

亲信豁嘴跟在他后面不住地嘟囔着："可这是一个比男人还要坏的女人，她是一只狐狸，是最邪恶的女人。"

第 十 四 章

王虎回到了他昨晚与土匪拼杀的县衙大院，他的人拖着疲惫懒散的步子跟在他后面，他们发现这些庭院都已清理干净，像从前一样了。所有的尸体都被搬走，血迹都用水擦洗掉了。每个卫兵和仆人都已各司其职，王虎经过这些院门时，他们个个都唯唯诺诺、小心翼翼。王虎像个国王那般威风八面地走过时，每个人都连忙给他行礼。

他自己却将腰杆挺得笔直，目不斜视，跨着大步，穿过各个院子和厅堂，黧黑的脸庞上充满了骄傲和荣耀。他十分清楚这一带现在都已掌握在他的手中。他转身对一个站在那里的卫兵大声说："把这个绑着的女人押到县衙大院的牢房里去，看管好她，给她吃好，不许虐待她，因为她是我的犯人。届时，我将宣布我对她的惩罚。"

王虎站在那里，看着人们用扁担把她抬走。她已筋疲力尽，脸白得如同动物脂肪的颜色，甚至她红润的嘴唇现在也变得煞白，苍白的肤色更加烘托出她那像砚台似的黑眼睛，她的每一次呼吸都显得急促困难。但她仍然能够转动着她那双又大又凶的黑眼珠子看向王虎，在她看到他望着她时，她扭曲着脸以怒容对他，只是她的口里太干没有唾液了，才没啐他。王虎很是惊讶，他从没见过这样的女人，这真让他不知该拿她怎么办了，因为他不能把这样一个对他充满仇恨和报复心理的女人放掉。

不过，他先把这件事放在了一边，他要去面见老县长。自黎明前起，老县长就一直等着王虎了，他穿戴整齐地坐在那里，叫人准备了最好的饭菜。看到王虎进来，他开始变得忐忑慌张起来。因为尽管他对王虎所做的事心怀感激，可他也知道像这样的一个能人是不会白白为另一个人服务的，他生怕王虎提出过高的报偿要求，让他承受比豹子在时还要沉重的负担。

老县长就这样惴惴不安地等待着，在有人禀告他王虎已到，在他看到王虎迈着英雄般雄健的步伐走了进来时，竟然诚惶诚恐得不知道该怎样摆放他的手脚了，它们不由自主地战栗着，仿佛有自己的生命似的。他请王虎入座，王虎客气地寒暄了几句，微微躬身给他行了礼。彼此寒暄过后，老县长让人端来了茶水、酒和肉，俩人这才坐下来，聊了几句闲话。

然而，该谈的事总归是要在这一刻谈的，在左顾右盼之后，唯独没有看王虎这边，老县长开口讲话了。这时的王虎依然不动声色，因为主动权在他手里，他非常清楚老县长现在的心理，他只要拿眼睛盯着这个紧张的老人，就能把对方吓个半死，这令王虎颇为得意，因为这正是他想要的效果。最后，老县长开始讲话了，声音低弱、温和，像是喃喃细语："你昨晚的壮举，我永远也不会忘记；你的恩情，我永远也感激不尽；你把我从多年遭受的灾祸中解救出来，让我现在得以安享晚年。对于像你这样一个救我于水火的人，我该说些什么呢？对于像你这样一个胜似儿子的人，我该如何报答呢？我又该如何报答你那些勇敢的士兵呢？请提出你的要求吧，甚至连我的位子也可以是你的。"

他等着对方回答，浑身发抖，嘴里咬着他的食指。王虎静静地坐着等老县长讲完，然后他才言语得体地答道："我没有任何要求，从青少年时代起，我就一直反对一切坏蛋和恶人，我所做的一切都是为了解救人们于水火。"

随后，他沉默了，再次等待着对方接茬，于是县长接过话茬说："你有一颗英雄的心，我真的没有想到在当今这个时代还有像你这样的人。不过，假如我不以某种方式表达我的谢意，即便死了我也不会瞑目的。所以，说吧，告诉我你最希望得到什么。"

俩人就这样你来我往地说着一些非常得体和客气的话，最终渐渐地接近了他们要谈的主题。这时，王虎用极婉转的话语提到了他想把原来所有追随豹子的人——如若他们愿意投诚的话，都纳入他的麾下。听到此言，老县长心里很是惊恐，他抓着椅子扶手，一下子站了起来说："你不是想取而代之，成为另一个盗贼首领吧？"

他心里跟自己说，要真是那样的话，那他就真的完了，因为这个不知来自何处的神秘黑眉大汉看上去甚至比豹子更加剽悍，也更加聪明。而且，豹子至少是众人皆知的，他想要什么，要多少，大家都心知肚明。想到这里，老县长不由得呻吟起来。为此，王虎直截了当地跟他说："你不必害怕，我并不是想当强盗，我父亲是个拥有土地的乡绅，我有从他那里继承来的遗产。我并不穷，因此我没有必要去抢劫。再说，我大哥二哥都是富有、体面的地主。我要通过自己军事上的本领，去开创未来的辉煌，而不是靠盗贼们所使用的那些卑鄙伎俩。我要你给我的回报就是，让我和我的人驻扎在你的大院里，任命我为你的民团将军。我和我的人都做你的扈从，我将保护你免遭强盗的侵袭，我也将保护你的人民。你给我们提供食宿，付给我们适当的报酬，把我们归在政府的名下就行了。"

老县长充满惶惑地听着，然后，他嗫嚅道："那么，我现在的这个将军该怎么办？我会在你们俩中间左右为难的，因为他不会轻易让出这个位置的。"

王虎果断地说："那就让我们公平地决斗吧，如果他赢了，我马上离开，我的人和我的枪也都留给他。如果我赢了，他走，他的人和枪都归我。"

县长听后不住地呻吟，不住地叹息，他是个文人，是贤哲的追求者，一向喜欢息事宁人。县长派手下去叫来将军。不一会儿，他来了，此人个子不高，肚子却很大，穿着一身洋式军服，留着一绺山羊胡子，稀疏的眉毛被他整饬得向上挑着，好让自己显得威猛勇敢。他进来时拖着一把长剑，几乎触到了脚后跟上，走路时踏着重重的步子。鞠躬时，他不是躬身，而是躬腰，力图表现出凶狠的样子。

老县长汗流满面、结结巴巴地向他讲述了这件事。王虎冷冷地坐在一旁，眼睛望着别处，像在想着什么别的事。说完后老县长沉默了，耷拉下了脑袋，他在心里跟自己说，很快他就会死在这两人的争斗中了，因为他一贯认为他的将军脾气够火暴、够凶悍的，而王虎的怒火则来得更快更猛，无论谁看到他的那张脸都免不了会这么想的。

这个小个子、圆肚皮的将军听后一时义愤填膺，他的小胖手放在了剑柄上，仿佛就要跳起来冲向王虎了。王虎早就把对方的这一动作看在眼里，尽管那时的他似乎一直望着院子里的牡丹花台。他用雪白的牙齿咬着又宽又厚的嘴唇，两道又浓又黑的眉毛竖了起来，一双手臂交叉在胸前，眼睛死死地盯着小个子团长，那阴森的目光令人胆寒。小个子显得犹豫了，在想了想后只得强压下怒火。他并不蠢，知道自己的好日子到头了，因为他没有胆量与王虎较量。他跟老县长说："我已经想了很久，我觉得我该回到我的老父亲身边去了，我是他唯一的儿子，他的年纪也越来越大了。由于职责所在，我以前一直未能如愿去尽我的孝。另外我肠胃有病，常常弄得我痛苦不堪。你知道我的这个病，老爷，就因为这一痼疾，我没能去实现剿灭盗贼的夙愿，这么多年来我一直为此感到内疚。现在好了，我可以离开，回到我的家乡去为我的老父亲尽孝了，也可以养养我的病体了。"

说完他僵直地鞠了一躬，老县长站起来也鞠了一躬，小声说道："你一定会为你这些年的效力得到好的回报的。"

看着小个子将军起身离去，县长惋惜地叹了口气，他暗自思忖道：他是个随和的军人，虽说他没有剿匪成功，但他在县衙大院里却是个不难相处的人，除了有的时候在酒肉这些小问题上发些火外，而这些又都是很容易解决的。随后，老县长偷偷地看了王虎一眼，他感到很不安，因为王虎显得年轻、严厉、凶悍，而且脾气很坏。此时，老县长只是很平和地说："现在，你得到你所希望的报偿了，将军一离开，他的那几个院子就都归你了，如果你愿意的话，他的那些士兵也是你的。不过，还有一件事情。上面的人一旦知道换了将军，我该怎么跟上面说呢？要是老将军到上面去控告我，我又该怎么办？"

王虎脑子反应很快，他马上回答说："这只会给你带来更多的荣誉，你对他们说，你雇用了一位勇士，他剿灭了土匪，你将他留作了你的私人护卫。然后，你强迫那个将军，写个准许他退休的申请，让他必须提名我为民团将军，我将做你坚强的后盾。这样的话，所有的功劳都是你的，是你雇用了我，靠我给你清除了土匪。"

尽管老县长有些不太情愿，可他也听出这是一个不错的主意，他的心里开始有些高兴起来，只是他还是有点怕王虎，生怕他的无情和残忍转移到自己身上来。王虎并不去劝慰他，就让他怕着，这正合自己的意，因此，王虎只是冷笑了一下。

在眼看着冬天就要到来的时候，王虎在县衙大院里安顿了下来。对他最近所做成的一切，他都感到十分满意，因为现在他的人有了吃，有了穿，他也开始有了俸禄，可以为他们购置冬衣，让他们不至于受冻挨饿了。

当他为他的士兵们把一切安排妥当，隆冬时节渐渐来临，日复一日地开始了按部就班的生活后，有一天无事可做的王虎突然想起了那个还被他关在牢房里的女人。想到她时，他的嘴角出现一丝冷笑，他冲着站在门口的卫兵喊道："快去，把那个六十天前送进牢房的女人带过来！我忘记了我还没有给她定罪呢，她企图杀我。"随后他笑了笑，继续说道，"我敢说，到现在她一定已经学乖了！"

于是，王虎有些沾沾自喜，饶有兴致地等着看她现在到底有多乖了。他独自待在自己的大厅里，身边置着一个烧炭的大铁盆。屋外大雪纷飞，院子里覆上了一层厚厚的雪，树木的枝条上也都是银装素裹，因为那天没风，飘落的雪花带着湿气，让人觉得透心的冷。王虎闲适地坐在火盆旁等着，身上披着羊皮袍子，椅背上搭着一张虎皮，这时节能起到御寒的作用。

过了快一个钟头，他才听到寂静的院子里有了嘈杂声，他朝门那边望去。卫兵带着犯人来了，还有两个卫兵随行帮忙。即便这样，这个女人还在左右扭动着身体，使劲地想要挣脱捆着她的绳索。卫兵们连拖带拽地把她弄进了门，在争斗中雪也跟着他们卷进了屋里。当卫兵们把她控制住，带到王虎的面前时，那个卫兵抱歉地说："头儿，请你原谅，原谅我用了这么长时间才完成你交代的事。这个小娘们一步也不肯顺顺当当地走，她光着身子躺在牢房的床上，出于体面，我们不方便进去，我们都是有老婆的正经男人，是牢房里的其他几个女犯硬给她穿上的衣服。她对她们又咬又抓，她们费了老大的劲才给她勉强穿上了这点衣服，这之后我们才进去绑上她，把她拖出了牢房。这女人疯了，她一定是疯了，我们从没见过像她这样的女人。监狱里甚至有人说，她不是女人，而是由狐狸脱胎变的，为了要实现魔鬼们的什么罪恶目的。"

　　年轻女人听到这番话后，把飘散在她脸前的头发甩到脑后，她的头发曾被剪短过一次，现在又长到肩膀那里了。她厉声叫道："我才没有疯呢，我这是恨他恨成这个样子的！"她咒骂着，冲着王虎扬起下巴啐他，要不是他躲闪得快，要不是卫兵们看出了她的意图，把她往后拽了一把，让她的唾液落进火盆，那唾沫早就啐到了王虎的身上。那个卫兵见此，再一次十分肯定地说："你看她真的是疯了，头儿！"

　　然而，王虎什么也没说。他只是拿眼睛瞧着这个令人好奇得发狂的尤物，他听着她破口大骂，即便是骂人，她也不像无知的普通女人那样。他端详着她，发现尽管她消瘦得几近于憔悴了，却依然很美、很高傲，根本不像是笨头笨脑的乡下女人。她的脚看样子似乎没有裹过，也不像这一地区大户人家的女子。她身上这些看似矛盾的东西，使他无法对她的来路做出判断，他只是愣愣地看着她，谛视着在她那双愤怒的眼睛上面蹙起的又黑又美的柳叶眉，还有她光洁雪白的牙齿咬着的薄嘴唇。望着望着，他突然觉得她是他见过的最漂亮的女人。是的，即便现在的她面色苍白，生气地绷着脸，她依然美丽。之后，王虎缓慢地说："我压根就不认识你，你为什么这么恨我呢？"

　　那女人的声音清脆嘹亮："你杀了我男人，在我为他报仇之前，我是不会罢休的。你就是杀了我，我也不会瞑目，直到给他报了仇！"

　　听了这话，卫兵慌了，他举起手中的剑，怒喝道："你知道你是在跟谁说话吗，泼妇？"要不是王虎示意不要碰她，他早用剑背击到她的嘴上去了。王虎平静地问："豹子是你的男人？"

　　她的声音还是那么尖厉："是的！"

　　这时王虎身子微微向前倾了倾，他平静地嘲讽道："是我杀了他。现在你有新的主人了，这个新主人就是我。"

　　女人听到这话就要向他扑来，恨不得杀了他似的，两个卫兵跟她扭打在一起，王虎在一旁看着他们。当卫兵再度控制了她，让她动弹不得时，汗水顺着她的太阳穴淌下来，她喘着粗气啜泣着，可她燃烧着怒火的眼睛却仍死死盯着王虎。他迎着她的目光，就这样俩人谁也不服输地相互盯着对方，好像她并不怕他，一定要让他低下他的眼睛后，她勇敢无畏的目光才肯移开。王虎镇静、沉着、不依不饶、不动声色地一直迎着对方的目光，尽管他有时怒火冲天，但没有动气时的他却有着极强的忍耐力。

　　那个女人一直看着王虎，看了很长的时间。但在对视时，她的眼皮终于开始眨巴起来，她喊了一声，转过身来跟卫兵说："噢，把我送回牢房吧！"她的眼睛不愿再看着他了。

　　王虎冷冷地笑着对她说："你瞧见了吧，我说你有了新的主人。"

　　可她不愿意再回答他任何的话，她挺直的身体突然弯了下来，她张开嘴，吁吁地喘着气。他让卫兵带她离开，这一次她没有反抗，只想赶快离开他。

　　这样一来，王虎更加想要知道这个女人是谁了，想知道她是如何进了匪巢的，他渴望了解她的身世。卫兵回来摇着头说："我遇到过疯狂的，可还没有遇到过这种像母老虎似的女人。"王虎说："告诉监狱长，我要知道她是谁，她为什么会在土匪窝。"

　　"她不会回答任何问题的。"卫兵说，"她什么都不说。她唯一的改变就是起初不吃饭，现在却在使劲地吃了，不过，她这么吃好像不是因为饿，而是为了什么目的想让自己变得强壮起来。她不会告诉任何人她是谁的。牢房里的女人都很好奇，想方设法地套她的话，她也没说。也许用刑可以逼她说出来，不过，那也不一定，因为她是个很凶很厉害的女人。我们可以用刑吗，头儿？"

王虎思忖了一会儿，临了，他一咬牙关说："如果再没有别的办法，可以用刑，一定要让她服从我，但不能把她弄死了。"过了一会儿他又说："不要打断她的骨头，也不要伤了她的皮肤。"

快到晚上时卫兵前来报告，他万分惊讶地说："头儿，我做不到，在不伤及她骨头和皮肤的情况下，是不可能让这个女人说出任何东西的。她在嘲笑我们。"

王虎阴沉着脸瞧着卫兵说："暂时不要理她了，给她拿酒和肉，让她吃让她喝。"在想出对付她的办法之前，他只好把这件事暂且放一放。

在他想着招儿的同时，王虎派他的心腹豁嘴去往他南边的老家。他吩咐豁嘴要向他的两个哥哥讲明他现在的情况和他所取得的成功，告诉他们他只损失了几个人便赢得了一个大的胜利，并在那一带站稳了脚跟。不过，他也提醒他的心腹说："也别把我做的事情吹过了头，因为这个小小的地方和小小的县城只是我登上'荣耀山'迈出的第一步。你千万不要让我的哥哥们以为我已经达到我规划的高度了，不然的话，他们就会来缠着我，求我提拔他们的儿子，可他们的儿子我是再也不想要了，即便我没有自己的儿子，我也不要他们的。跟他们说我只取得了小小的成功，这么说是为了激励他们继续给我所需要的资金，因为我现在有五千个人要养活，他们吃起饭来都跟狼一样。告诉他们，我这只是刚开了个头，我会继续努力，直到这个省和更多的省都在我的控制之下，我的前途不可限量。"

对他的嘱托，豁嘴一一记在了心上，随后他装扮成一个要到远方寺庙去朝拜的穷香客，踏上了去往南方的旅程。

王虎这边则开始安顿他的人马。他的确可以为他已取得的成就感到自豪。他已经取得了体面的地位，不是作为一个普通的强盗首领，而是做了县衙大院民团的将军，成了国家政府部门的一员。他的名声传遍了河畔和湖畔的家家户户，到处都有人们在谈论王虎，只要他打开他的花名册准备招募人马，就像他现在所做的那样，人们便会踊跃地投到他的旗下。他精心地挑选士兵，筛掉了一些老弱病残的人，他还给军中那些能力差、身体弱的士兵发放一定的费用，打发他们回家，因为军中有许多人当初只是为了混吃混喝。就这样，王虎为自己召集起了一支大约八千人的强大队伍，他们个个都年轻力壮、能征善战。

王虎将他开始举事时的一百名士兵，除了在与土匪作战中阵亡的和在匪巢中烧死的，都提拔成了管理新兵的长官。待一切安排好后，王虎并没有像许多在他这个位置上的人那样，整日悠闲安逸地吃喝起来。不是的，他每天都早早地起床，甚至在冬天也是如此，他教授和训练他的士兵，逼迫他们学习他所掌握的作战技能，以及如何佯攻、进攻、设伏，如何在撤退时避免人员伤亡。凡是他了解的东西，他都会教给他们，因为他从未打算永远待在这县衙大院。他的梦想在他内心涌动，他要让它无限地扩张。

第十五章

　　王虎的两个哥哥一直迫切地想要听到他那边事业进展的情况，可两个哥哥在这一点上表现出的方式却各不相同。王老大的二儿子之前上吊死了，因此现在他装出不再关心弟弟的事情，一想起儿子的事他就伤心。他太太也是如此，只是她的伤心能在对丈夫的埋怨中得到安慰，她责怪道："从一开始我就说，儿子不应该去，像我们这样的家庭送儿子去当兵不合适，我早就说过，那是个低贱的行当。"

　　起初，王老大还蠢到去跟太太理论，他说："太太，我那个时候不知道你不愿意，我当时以为你很乐意，尤其是听说儿子去了不是当普通的士兵，而是一旦我弟弟功成名就便会提拔他。"

　　可太太铁了心要坚持她刚才的说法，她激动地喊："你从来就没把我的话听进去过，因为你的脑子里总是装着别的事情。我想，是在想某个女人吧！我说得清清楚楚，而且说过好多次，他不应该去，你的弟弟有什么了不起，不就是个当兵的吗？如果你听了我的话，我们的儿子现在还活得好好的。他是我们最好的儿子，本可以做个文化人的，可这家里有谁听过我说的话！"

　　她叹着气，装出一副可怜的样子，王老大左顾右盼，担心她又要对自己发脾气，不敢再回嘴，希望她的火气就此可以快点平息。自从她的

165

儿子死后，太太就一直念叨说他是她最好的儿子，尽管在他活着时，太太总训斥他，挑他的毛病，认为她的大儿子才是最好的。现在，大儿子在她看来方方面面都变得有些不争气了，因此死了的那个儿子似乎又成了好的。当然，她还有那个罗锅儿儿子，但自从听说他喜欢跟梨花在一起，他现在已经完全住到梨花那边去了，就再也不提起他了。如果有人谈到他，她就会说："他身体不太好，乡下的空气有利于他的健康。"

有的时候，她会送给梨花一些小礼物以示感谢，都是些没有什么用的小玩意儿，一个花瓷碗或是一小块便宜的布料，虽说其中也有少量的丝绸，可颜色鲜艳亮丽，梨花根本穿不出去。然而，不管是什么礼物，梨花总要感谢她，回送给她新鲜的鸡蛋或是地里的出产，总要给予她回报，不落下亏欠。梨花把送来的布拿给傻女玩，或者给她做成漂亮的衣服和鞋子，哄可怜的人高兴，她把花瓷碗给罗锅儿，如果他喜欢的话，或是送给也住在土屋的佃农妻子，因为她觉得城里的花瓷碗远比自己那青花瓷的碗好看。

至于王老二，则是以这样的方式在等待着弟弟从那边传来消息。他私下里到处打听，听说在他们北边的一个强盗头子被一个年轻的勇士杀掉了，不过，他并不知道这件事的真假，不知道那位勇士是不是他弟弟。他在等待着确切的消息，积蓄着资金，等豁嘴的到来。他已在适当的时候卖掉了王虎的土地，把卖地的钱放贷出去赚取高利息。如果说他用这钱挣到了一两倍的钱，他也认为这是他为弟弟付出后他该得的报偿，他这么做并没有损害弟弟的利益，而且没有谁能比他为王虎把事情办得更好了。

在王虎的亲信豁嘴出现在他家门口的那一天，王老二恨不得马上听到他弟弟那边的情况，脸上现出平时少见的急切神情，他一把将豁嘴拉进自己的屋子，连忙为他泡上了茶，然后认真听豁嘴讲起自己弟弟的事情，听的时候也始终没有插一句话。

豁嘴完全按照王虎之前的吩咐讲述着，在到了他该要中止他的话时，他说道："你的弟弟，也是我的头儿说，我们不能操之过急，他说他要攀登的山峰很高，现在只是迈出了第一步，目前他只控制了一座小小的县城，他的抱负是要统治多个省份。"

王老二呼了一口气，问道："你觉得他有把握成功吗？我投资在他身上的银子安全吗？"

豁嘴回答说："你的兄弟是个非常聪明的人，许多人都只满足于驻扎在匪巢，做抢劫当地人的强盗，称王称霸。但是你兄弟的智慧远远高于他们，他知道一个强盗要想称王必先赢得人们的尊重，所以他把政府的权力作为了他的后盾。尽管只是个小小的县衙，可它毕竟代表政府，他是政府的一个军事长官，等将来他出去跟别的军阀作战，或是到明年春天他想跟哪个枭雄一争高下，他就能以当权者的而不是盗匪的身份去征战。"

弟弟这样慎重和深谋远虑，令王老二很是佩服，因此他一反平日里的作风，非常诚挚地邀请对方，这时已接近中午了，他说："如果你不嫌弃我们的粗茶淡饭，就出来跟家人一块儿吃个饭吧。"王老二带着豁嘴出来，请他坐到了他们家的餐桌上。

王老二的老婆一见到豁嘴便热情地打招呼："我家的那个麻脸儿子还好吗？"

豁嘴站起来回答她说，她的儿子很好，在部队干得不错，毫无疑问头儿有意提拔他，因为总是把他留在自己身边。没等他再往下说，王老二的老婆便喊着让他快坐下，不必那么客气还要站起来讲话。在又坐下后，他本想告诉夫妇俩他们的儿子如何勇敢，如何机智、漂亮地深入匪窝完成了交代给他的任务。可豁嘴抑制住了没有说，因为他知道女人们大都性情古怪，情绪很不稳定，母亲们尤为如此，她们总是为一些根本不存在的危险为儿女担心。因此，在说了些令她高兴的话后，他便不再作声了。

没过几分钟，她就忘了她刚才问话的这档子事，忙东忙西去了。她拿来碗筷把它们摆在桌上，怀里还抱着一个吃奶的孩子，婴儿安静地吮吸着她的奶头。她用空着的那只胳膊给客人和丈夫还有吵吵嚷嚷的孩子们盛饭，孩子们都不在桌上吃，他们端着饭或是站在门口或是站到街头，等把碗里的饭吃光了，他们就跑回来再盛上米饭和肉菜。

在吃了饭又喝过茶后，王老二带着豁嘴到了王老大的院门前，他让豁嘴在外面等着，他进去叫他哥哥，然后他们一起去书房谈事情。他告诉豁嘴不要让老大的太太看见他，免得他们得进去听她唠叨。在这样跟豁嘴交代了之后，王老二进去了，他走过一两个院子，到了老大的房间，发现他正躺在火盆旁边的一张沙发上睡觉，在饭后的午睡中打着呼噜。

王老大感觉有人轻轻地碰了碰他的胳膊，随着一声很响的鼻息，他猛地一下醒了。在懵懂了一会儿明白了是怎么回事后，他撑起身子站了起来，穿上丢在一旁的皮袍，轻手轻脚地跟在弟弟后面，免得让老婆听到了。没有人看见他步出院门，除了他漂亮的二姨太，她从门上探出头来看是谁经过她屋前，王老大抬手示意让她不要出声，她没有声张，让他走了。她天生胆小又怕大太太，但她也是个善良、温和的可人儿，当太太问起时她会善意地撒谎，说没有见过他。

他们三人一块儿来到书房，在这儿豁嘴又将他的话重新讲述了一遍。王老大心里很不是滋味，他怪自己再没有个儿子能交托给弟弟，他很嫉妒二弟的儿子在三弟的手下干得那么好。他把这心事留在肚子里，嘴上还夸了几句他的麻脸侄儿，他同意二弟把筹集的钱全部送去给三弟。之后，他坐在那儿就没再说什么了。

等回到家后，不知怎的，王老大好像突然醋意大发，他跑去找他的大儿子。年轻人正在他自己屋里挂了帐子的床上躺着，他恬适自在，红着脸在读一本名叫《三个漂亮女人》的色情故事书，看见父亲进来，他略微显得有些诧异，把书藏在了他的长衫下面。他的父亲甚至都没有注意到他的这个动作，脑子里装满了想要跟儿子说的话，急忙地讲道："儿子，你现在还想去你叔叔那里，跟着他当官发财吗？"

可这年轻人早已过了他一生中那一激奋的时刻，现在慵懒地打着哈欠，线条很美的嘴唇像姑娘的嘴唇一样粉红粉红的。此时，他看着父亲，讪讪地笑着开口道："我当时真的有那么傻，非要去当兵吗？"

"你去了不会只是个兵的，"他父亲赶忙劝道，"你的地位从一开始就高过士兵，仅次于你叔叔。"之后，他放低了声音，哄着儿子说："你叔叔如今已经是个司令了，他以极聪明的，我从未听说过的方式站稳了脚跟，最艰难的日子已经过去了。"

但年轻人还是使劲地摇着脑袋，王老大又气又无奈，怔怔地望着躺在床上的儿子。就在这刹那间，王老大似乎一下子看清了他的儿子到底是个什么样的人：一个追求时尚品位的浪荡公子哥儿，除了享乐，再无任何别的志向，他生活中唯一的担心就是怕自己穿得不如别人好，怕自己不如他认识的那些公子哥儿时髦。是的，王老大看着他的儿子躺在丝绸被褥上，从头到脚都是绫罗绸缎，脚上的鞋子也是缎面的，他的皮肤像美女一样滑腻、光洁，搽了油和香水，他的头发上也抹了外国的头油和香水。这个年轻人一心探究着如何让自己的身体在各个方面变得十全十美，他对自己身体的柔美几近到了崇拜的地步，他这么做得到的回报是晚上在娱乐场所作乐时，凡认识他的人都对他赞赏有加。人人能看得出他是个阔少，谁也不会想到他的爷爷曾是一个叫王龙的农民，一个拥有土地的人。在这一瞬间，王老大看清楚了他的大儿子，尽管他平时不是一个头脑特别清楚的人，在许多小事上会犯糊涂。他因他的大儿子而感到惊恐，他一改他平时温文尔雅的语气，高声喊道："我替你担心，儿子！我担心你将来会一事无成！"他对儿子喊叫的声音从来没有这么尖厉过，"你要闯，闯出一条生活的路子来，不能在这儿安逸享乐地过一辈子！"他有种莫名的恐惧，他真心希望他的话曾有一刻刺激起了这个孩子的上进心。可还是太迟了，孩子那一激奋的时刻已经逝去。

听到父亲这不同寻常的喊声，年轻人突然从床上坐了起来，他有些害怕又有些气恼地叫道："我妈在哪儿？我要去问我妈她是不是愿意让我走，看看她是不是也这么着急地要把我撵出家门！"

王老大听到这话一下子就软了，他赶忙安抚道："呃，好吧——我们不提这事了——你想做什么就做什么吧，因为你是我的大儿子！"

迷雾又笼罩在他的脸上，那一刻的清醒逝去了。他叹了口气，心想年轻少爷们和其他普通的年轻人不一样，他自言自语道，他二弟的老婆是个普通的乡下女人，毫无疑问，他的麻脸儿子不啻是王虎的一个侍从。这样一想，王老大似乎得到了些许的安慰，他拖着脚离开了儿子的房间。年轻人又躺在了他的丝绸枕头上，两手交叠地放在他的脑袋下面，慵懒地笑了笑。少顷，他摸出了藏在衣服下面的书，再次津津有味地读了起来，这本充斥着情欲刺激的书，是他的一个朋友推荐给他的。

可王老大无法忘记他这隐隐作痛的沮丧，它依然魂牵梦萦地笼罩着他，这令他第一次感受到了他的生活似乎并不像他所想的那么美好。豁嘴离开时他去送别，看到豁嘴的钱包和腰带里都塞满了银圆，还有放满了银圆的包袱重得几乎都很难放到他的背上去，王老大的心里可谓是五味杂陈，因为他还想不出王虎能为他做什么事情。这似乎令他很痛苦，觉得生活没有了指望，因为他没有一个儿子可以为他去赢得荣耀，他有的只是他憎恶却又不敢完全放弃的土地。他的太太甚至看出了他的快快不乐，在极度的沮丧中，他把自己的烦恼讲给了太太，因为以往他有事总找她商量，这曾让他获益匪浅，在他的心目中他觉得太太比他聪明得多，尽管在人们面前他从来没有这么承认过。这一次太太却没能给他任何帮助，当他试图告诉她，他的三弟现在已经混得如何如何风生水起时，她尖声地大笑起来，嘲讽地说："一个小县城里的司令有什么了不起，我可怜的老头子！你完全没有必要这么嫉妒他！等他当上了省里的督军，咱再把咱的小儿子给他送去也不迟，不过那很可能要等到现在在你小妾怀里吃奶的孩子长大的时候了！"

王老大坐着没再吭声，有段时间，他不再那么热衷于去娱乐场所了，甚至和朋友们在一起谈话聊天都觉得没有意思。他常常一个人坐着，其实他并不是个能独自坐得住的人，他喜欢到人来人往，有人聚集的热闹地方，甚至像家里的喧嚷忙碌，仆人跟小贩的斗嘴，孩子们的哭声和争吵，他都觉得比他独自坐着强。

然而，现在他一个人坐着了，因为他有点儿顾影自怜了。他不知道他为什么会这样，只是他第一次感觉到他不再年轻，岁月的沧桑已经不知不觉地雕镂在他的面容上，他似乎觉得他还没有发现生活中本应有的美好，他还没有达到他应该达到的高度。在他诸多模糊的痛苦中有一个最主要的痛楚，它一点儿也不模糊，那就是他从父亲那里继承的土地。这对他来说简直是一种诅咒，因为那是他唯一的生计和依靠，他必须对它做些监管，否则的话，他和他的老婆孩子以及仆人们都得饿肚子，在他看来那地里仿佛有什么不祥的魔法似的。一年到头，不是该下种了，就是该施肥了，这些时候他都必须到乡下的地里去看一看。到了收获的季节，他得站在炙热的太阳底下，在地里给收下的粮食过秤，再就是到了收租的时候他也不得闲。地里一年四季令他憎厌的农务使他不得不常常往乡下跑，而他天生就是个过悠闲生活的老爷。是的，他有个代理人，可此人精明得很，常常跟他对着来，一想到这个代理人通过损害他的利益变得富裕起来，他就心烦。因此，尽管不情愿，他还是一到农时就去乡下的田里照应照应。

王老大一会儿坐在他的屋子里，一会儿又坐到了院子里的树底下，如果冬天的太阳暖和的话。一想到自己得年复一年地往乡下跑去操劳农务，以免让偷鸡摸狗的佃户们到时候坑得他颗粒无收，他就不住地叹息呻吟。是的，佃户们永远都在哭穷："啊，今年遇上了涝灾。""啊，今年遭到了从未有过的旱灾。"或者是，"今年蝗虫成灾啊"。佃户们和他的代理人有一百个理由和借口来对付他这个拥有土地的地主，他已经厌恶了与他们之间的这种斗来斗去，厌恶了土地。他盼望着王虎功成名就的那一天，到了那个时候，作为大哥的他再不必无论是冷天还是热天，都得风里来雨里去了，他盼着那一天的到来，只要他说"我是王虎的兄长"，财富和名望便会滚滚而来。曾有一段时间，别人喊他"王地主"，如今这已成了他的名字，他似乎感觉很好，觉得那是个受人尊重的名字，可现在似乎一切都变了。

事情的缘由是这样的，王地主发现他如今活得太难了，因为在他父亲王龙活着时他能源源不断地得到父亲那边给他的钱，那钱足以满足他的一切开销，他从来没有为钱发过愁、操过心。可在父亲逝世、分家以后，他就开始操劳了。他从来没有这么操劳过，非常不习惯，可尽管如此，他的钱从来都没有够花过，而且，他的儿子们和太太们似乎从未在乎过他有多辛苦。

他的儿子们要穿最好的衣服，冬天他们必须穿毛皮大衣，春秋季节他们要穿边上镶着裘皮的袍子，无论哪个季节都是丝绸锦缎加身，如果他们的上衣裁剪得长了点儿或是宽了点儿，与这一年的时尚不相合了，他们会为此感到心碎的，因为他们最怕的就是他们城里的那帮公子哥儿的嘲笑。先是大儿子，现在四儿子也学会了跟风。虽说他才十三岁，可现在就开始讲究衣服裁剪的样式了，手上戴着戒指，头发上抹了油，喷了香水，在家里只要丫鬟伺候，到外面有男仆跟着。因为他是母亲的心肝宝贝，母亲担心他被鬼捉去了，给他的一只耳朵上戴了个金耳环，让诸神以为他是个女孩，免得对他动什么心思。

至于他的太太，王地主怎么也说服不了她让她相信家里的经济状况已大不如前。她向他要钱时，如果他说："我没有那么多钱给你，只能给你五十块。"她就会大声嚷嚷："我已经答应给寺庙那么多钱，为一尊佛像建个新顶，要是给不了，那我多丢面子啊。你是有这个钱的，我知道你赌钱，给那些跟你相好的贱女人花钱，就像流水一样，在这个家里只有我信佛敬神，说不定哪天我还得把你的灵魂超度出地狱呢，你将会后悔你当时没有给我钱。"

于是，王地主不得不设法去找银子，看到他白花花的银子到了那些圆滑阴险的和尚手中，心疼得要命，尽管他根本不相信那些和尚，听说过他们不少的龌龊事，对他们是恨之入骨，然而他也从不敢断定他们会不会真的懂得一些法术。尽管他平时假装不相信这些多是女人们信的神鬼之事，可他总觉得鬼神还是有些法力的，这是他心中另一个想不清楚的地方。

实际上，他的这位太太现在已一门心思地信佛，与寺庙来往密切了，她变得非常虔诚，花许多时间去拜各种佛。她最得意的时刻便是由她的众丫鬟搀扶着走进庙门，看到庙里的众和尚，甚至住持，都前来迎接她，向她鞠躬行礼，极尽谄媚奉迎之能事，说她是佛的得意门生，是没有剃度的尼姑，非常接近于修成正果了。

在他们这样谈着的当口儿，她故作腼腆地笑着，低下眼睛谦让着，可常常是在她还不知道自己做什么的时候，她已经又答应了赠给人家这样那样的善款，她本心并不想给那么多的。和尚们会对她倍加称颂，到处挂上她的名字，给其他的信徒做榜样，一座寺庙甚至给她做了一块漆成朱红色的木匾，上面有烫金的字赞扬这位太太信奉佛教有多么虔诚。这块木匾挂在该庙一个较小的殿里，但能看到它的人却不在少数。从那以后，她的神态举止中更是多了几分骄傲、圣洁和虔诚，她学着坐禅，双手合十，在别人聊天说闲话的时候，她常常手握念珠，口中默念经文。她既然已如此潜心地信佛了，她对丈夫的态度便越发强硬，她定要得到她所需要的银圆，以保住她现在的声誉。

王地主的二姨太看到大太太从丈夫那里要到了钱，她也想给自己要一份，当然不是为了拜佛，别看她也学着念经来讨大太太喜欢，可她还是想给自己也要上一份。王地主想不明白他的二姨太要钱有何用，她既不穿上好华丽的丝绸衣服，又不买珠宝金银首饰。可给她的钱也一样是很快就花掉了，王地主并没有责怪她，免得她跑到大太太面前诉苦，大太太为此会数落他说："既然你把她娶回来了，你就不能太委屈了人家。"这两个女人以一种奇怪的不冷不热的方式彼此喜欢着对方，在她们想要得到什么东西时，她们会联手来对付她们的丈夫。

有一天，王地主终于发现了事情的真相。他看见二姨太从院子的边门溜了出去，从怀里取出了什么东西，把它给了站在门外的一个人，王地主偷窥到原来那个人是她的老父亲。这让王地主非常生气，他暗自想：看来我还在养活着这个老东西和他那一家子呢！

他回到自己的屋子里，坐在那儿唉声叹气，心里难过了好一阵子。可这又有什么用呢，他又能做什么呢，如果她愿意把丈夫给她的钱给她的父亲，而不是把它花在买吃的、穿的和一般女人喜欢的东西上，她是有这个权利的，除了这一条：一个女人首先顾及的应该是她丈夫这边的家。王地主觉得他不好跟她争辩，于是这件事就这样算了。

　　王地主的内心做着更为痛苦的挣扎，因为他无法控制自己的欲望，如今他快五十岁了，总在所爱的女人们身上花钱。他的这一弱点还在，一旦他锁定了目标，便不能容忍叫这些女人觉得他是个吝啬鬼。除了家里的这两个女人外，他还跟城那边的一位歌女建立了情人和同居关系。那是个很漂亮的女孩，像个水蛭一样黏着他。尽管他不久便对她没了兴趣，她仍然死缠着他不放，以结束自己的生命相要挟，说这个世界上她只爱他一个人，她扑在他胸脯上哭着，把她纤细小手的尖尖指甲掐进他脖子上的肉里，她抱着他不放，他不知道该拿她如何办才好。

　　除了她，还有她的老母亲，一个老妖婆，她会跟在女儿后面尖声叫道："我女儿把她的一切都给了你，你怎么能这样就甩了她呢？跟你在一块儿的这些年，她就没有去娱乐场所工作过，你让她如今怎么生活？她的嗓子也不行了，别人早已占了她的位置。不，我要保护我的女儿，如果你抛弃她，我就把这件事告到县长那儿！"

　　这可吓坏了王地主，如果让人们听到了这个老女人要去县衙告他的那些下流的话，那城里的人该如何嘲笑他呢？于是，他连忙从口袋里掏出了所有的钱。这两个女人看见他害怕了，便常常谋算他的钱，一逮住机会就大哭大闹，知道她们这么一闹，他就会赶忙给她们掏钱。令人奇怪的是，尽管惹上这么多的麻烦，这个性情懦弱的大胖子依然不能改掉他拈花惹草的毛病，在赴宴时还是控制不住自己的欲望，常给新结识的歌女花钱，即便回到家后睡了一夜醒来，他会喟叹他昨晚的愚蠢，唾弃他对女子过分的诌媚和恭维。

　　然而，在他心情沮丧的这几个星期里，当他想着这些事情时，他又对自己失去热情的慵倦情绪感到后怕了，他甚至连吃饭都觉得不如从前香了，在他发现他的胃口极大地减弱了时，他害怕起来，担心自己很快会死去，他跟自己说他必须给自己减掉一些负担。他决定再多卖掉一些土地，靠着银圆生活，他暗地里想他要花掉他所拥有的，如果将来留下的地不够养活他们了，那么儿子们就必须去自食其力。他突然觉得，一个人为了下一代节衣缩食，完全没有这个必要。于是他嚯地站了起来，去到老二家，对老二说："这地主的生活太过操劳，我有些不适应了，因为我是个城里人，是个闲散惯了的人。随着体重和年龄的增加，我不能再在春种秋收时往乡下跑了，如果我还继续那么做，非得在哪一个大热天或是大冷天一头栽倒在外面死了不可。我也不习惯跟这些庄稼人打交道，他们骗了我，占了我的便宜，我也不知道。现在，我想请你给我做件事，做我的代理人，眼下就帮我卖掉我一大半的土地，把我需要的钱折成现金，还不需要的钱就帮我放贷出去，这样一来，我就摆脱了这该死的土地对我的羁绊。剩下的那一小半地，我将留给我的儿子们。在他们中间没有一个人愿意帮我料理土地，我有时跟大儿子说让他代我往地里跑一趟，他总是找理由推托，不是说急着要去会一个朋友，就是他突然头疼了。如果像这样下去，我们全家就该喝西北风了，靠着土地富了的只有佃农。"

王老二的眼睛一直望着他的哥哥，他打心眼里看不起哥哥，不过，他却很圆滑地说："我是你弟弟，为你卖地我一分钱也不收你的佣金，我会把你的地卖给出价最高的买家。不过，你得告诉我一下你出售每块地的最低价。"

王地主恨不得把他的地马上售卖出去，他连忙说道："你是我弟弟，只要你认为价格合适，你做主卖就行了。难道我还信不过我的亲弟弟吗？"

说完后，王地主兴冲冲地走了，因为他终于卸掉了他一半的负担，他能自由自在地活上一段时间了，坐等着银子到手就可以了。不过，他并没有告诉太太这件事，因为她很可能会叫嚷着反对他，说他将卖地的事交给别人去代理，她会说如果他要卖地那也是他亲自去卖，在那些常跟他一起吃饭的富人或是那些跟他交情深的朋友中间找买主。王地主不愿意这么做，因为尽管他平日里爱自吹自擂，可打心底里说，他相信他弟弟的精明睿智远胜于自己。做了这件事之后，他的心情再次好了起来，他又能吃能睡了，他的生活也似乎再次变得美好。他跟自己说，比他烦恼多的人有的是，他生活的激情又失而复得了。

王老二现在比以往任何时候都更加得意，因为王家的土地实际上都在他的手中了。他计划自己买下他哥哥最好的地，实事求是地说，他买这些地支付给了老大非常公道的价钱，王老二并不像人们所认为的那样狡诈，他当面告诉哥哥，他买了一些哥哥的好地，好让这些良田仍然能留在王家。不过，至于他到底买了哥哥多少地，当哥哥的并不知晓，因为每次王老二让他在地契上签字画押时，他都被灌得醉醺醺的，哪里还去看上面都有谁的名字，在那种醉意浓浓的情况下，他的弟弟在他看来似乎就是天下最棒的，可以完全信赖的。或许，他真的会不高兴的，要是他知道和看到他的许多土地都到了王老二的名下，因此王老二也把许多薄地卖给了佃户和那些想要地的人。王老二就这样把地卖出去了不少。王龙在他的那个年代算是非常精明的人，他购置下的大多是良田。所以给老大卖地的事一做完，王老二便将他父亲所有的好地都归在了自己的名下，成了他和他儿子们的财产，因为在给三弟筹集资金时他早已把三弟最好的地产买下了。拥有了这么多的良田，他可以为自己的粮食市场提供更多的货源，更快地积攒和增加财富，渐渐地，他在城里和地区的影响力越来越大，人们都管他叫"粮食王"。

除非是知道内情的人，否则的话，没有谁会想到这个身材瘦小的男人竟如此富有，因为"粮食王"依然是每日三餐粗茶淡饭，也没有纳妾，以妻妾成群炫耀门庭。他仍然身着他惯常穿的那种旧款式的深灰色绸袍。家中也没有添置任何新家具，他的庭院里没有花草，也没有种任何其他没用的东西，以前有的一些植物现在都已枯死，因为他妻子勤俭，养殖了成群的鸡鸭，它们在屋子里跑进跑出，寻觅孩子们掉落的食物碎屑，它们在院子里到处乱跑，啄光了每一棵小草和每一片绿叶，因此院子里除了几棵老松树外，已经是光秃秃的，地也变硬、板结了。

"粮食王"也不叫他的儿子们闲待着。他给每个儿子都做了安排，每一个都是先上几年学，学会读写，学会熟练地打算盘。他不会让他们学成书呆子，因为学成书呆子就干不了任何事情了，他送他们去做学徒，然后再回来跟着他做粮食生意。他觉得大儿子麻子已经是他三弟的人了，所以计划将二儿子送去管理土地，其他的儿子一长到十二岁，就打算送他们去当学徒。

在乡下的土屋那边，梨花和两个孩子继续过着他们的日子，她每天的生活都与前一天的毫无二致，她没有任何别的要求，只希望生活就这样日复一日地过下去。她不再为土地的事伤心，虽说她不见王老大来乡下了，但会见王老二在收获季节之前来查看并估算庄稼的收成情况，还有收获后给种子称重和留存。她还听说，尽管王老二早已算是个城里人了，可作为地主他远比王老大精明，他在庄稼还绿油油地长在地里时就能对其产量做出测算，误差不超过十斤。如果哪个佃农过秤时偷偷用脚抵着装粮食的袋子，或是在稻子、小麦里掺了水把它们泡发了，总能被他那双常常眯缝着的小眼睛敏锐地发现。他多年经营粮食市场的经验使他对乡下人如何欺骗城里人的伎俩非常熟悉，因为他们天生就是死对头。梨花向别人打听王老二在发现农民的这种小花招时生没生气，得到的回答里总是含着一丝不太情愿的钦佩：他从来没有生过气。从来没有，他表面看着很平静，但比他们任何一个人都要聪明，他在乡下人中的绰号是"常胜王"。

这个绰号含有讥讽和憎恨的意味，乡下人没有一个不恨"粮食王"的。可他并不在乎，知道人们这么叫他，他甚至很高兴。有个气愤不过的农妇当着他的面就是这么叫他的，因为她趁他转过身时往要过秤的粮筐里扔进了一块大石头，被他看到了。

农妇们常常背地里骂他，因为女人的嘴往往比男人的更厉害、更泼辣。如果一个男人在做这些事情时被发现了，他会觉得难堪，不好意思，但若是个女人，很可能就会破口大骂，冲着他喊："你怎么这么快就忘记了，你的父母亲曾跟我们一样在田地里劳作，跟我们一样挨饿，现在的你怎么能这样来压榨我们？"

农民被触怒了时，王地主有时会感到害怕。他知道富人往往怕穷人，后者平时看似谦恭卑贱，可当他们被激怒了时，会变得胆大无情，会去撕碎他们所恨的人。然而，"粮食王"什么也不怕，什么也不在乎。有一天梨花碰见他经过土屋，出来喊住他说："少爷，我想跟你说件事，你能对乡下人不那么刻薄吗？他们那么辛苦、那么穷，常常像孩子一样不懂事。听到人们有时说你们的不好，我心里真的很不好受。"

"粮食王"只是笑了笑便扬长而去。别人怎么说怎么做，他都不在乎，只要他能挣到最大的利润。他的财富就是他的力量所在，他什么也不怕，坐拥着富贵让他感觉自己安然无恙。

第 十 六 章

这一年的冬天特别漫长和寒冷，在凛冽的寒风卷着雪花狂舞的日子里，王虎只能待在县衙大院的营房里，等待春天的来临。此时，他已在这里站稳了脚跟，要县长为他的八千士兵增设这样或那样的赋税。其中有一项是对所有土地的征税，是专为王虎他们设立的，称作地方军保安税，实际上这个保安军就是王虎的私人部队，他在军事方面教授和训练着士兵，一旦时机成熟将率领着他们去扩大自己的势力范围。该地区的每个庄稼人都得为他王虎纳税。匪徒们跑了，匪巢烧毁了，人们无须再害怕豹子，百姓们都盛赞王虎的功绩，他们愿意向他缴税，只是他们还不知道这赋税将有多沉重。

王虎还让县长为他增设了其他税目，有向店铺和市场征收的税，有跟经过该城的旅人和运送货物的商人征收的税，该地区是南北交通的一个要冲，这些钱都源源不断地流进了王虎的金库。同时他也格外小心着，不让这些钱经过太多人的手，因为他知道没有谁会愿意把经手的钱再放走。他指派他的亲信们去监管税收，这些人遵照他的指示对所有人都说话和气，可他们有着很大的权力，对多拿了钱的人会严惩不贷，他们中间若有人背叛，王虎必定亲自处罚。他比一般人遭到背叛的可能性更小，因为每个士兵都因他的铁面无情而对他心存敬畏。不过，他们知道他是个有正义感的人，不会无缘无故或只为了取乐而杀人。

王虎等待着冬天过去，在这期间，虽说他尝到了成功的滋味，可仍感到烦闷和焦躁，这种县衙大院里的生活并不适合他。在这里他没有一个朋友，不愿意与其他任何一个人交往过密，因为他知道只要人们还怕他，他在他们中间的地位就是稳固的。再则，他生性就不喜欢宴请和交友，平时总是独处一室，只有麻脸侄儿陪在左右，有事时为他跑个腿什么的。而心腹豁嘴是他的贴身侍卫。

现在的情形是县长已经老了，手不离他的鸦片枪，县里的事务整个处于懈怠状态，他周围的人结成帮派，相互猜忌，庭院里充斥着下人和前来投靠他们的亲戚。人们之间互相争斗，互生怨恨，不停地争吵，寻找对方复仇。如果这些事传到老县长的耳朵里，他只是转而去吸他的鸦片，或是去想别的事情，因为他很清楚他解决不了任何问题，他和老伴独自住在内院，不是迫不得已的话很少走出那个院子。不过，他仍然勉为其难地在履行他的职责，每逢接待日，他都会早早地起床，穿上官服来到接待厅，登上那里的高台，坐下来听审案情。

他也是想尽其绵薄之力，因为他心地并不坏，是个善良的人，他以为他在为这些于接待日来到他面前的人伸张正义。可他哪里知道每个来这里告状的人都是从院门房开始一道道地塞了钱，因此如果没有钱打点这里的大小官员，就不可能进到县衙大堂。站在县长两侧的每个县议员都是收了他的那份钱的，这位老县长当然也不知道他有多倚重这些议员。他老了，很容易犯糊涂，常常抓不住案件的要领，他又羞于这么承认，或是有的时候他从头到尾都在打着盹儿，根本没有听见被告和原告的陈述，可他又不敢再问什么，免得让人家觉得他没有能力。于是他不得不转而听取那些对他总是阿谀奉承的议员的意见，当他们说"啊，这个人坏，那个人没有错"时，老县长会连忙同意道："我也是这么认为的——我也是这么认为的。"当他们说"此人太无法无天了，应该挨板子"时，老县长就会颤巍巍地说："对——对，他该挨板子！"

在这段没有什么事情可做的日子里，王虎常去县衙大院听听看看，借以消磨时光，当他进去在一旁坐下时，他的亲信和麻脸侄儿就守卫在他周围。这样，他便耳闻目睹了发生在这儿的一切不公正现象。起初他跟自己说，他不会在意这些事情的，他是个军事首领，这些民事不关他的事，他应该关注的是他的士兵，不要让他们染上县衙大院散漫怠惰的习气。每当在大院里目睹了令他气愤的事，他便出来对士兵发火，即使是刮风下雨，也都强令他们到外面去行军操练，以此来发泄他心中的愤慨。

可他毕竟是个心存正义善念的人，看着这些不公正的事情一次又一次地发生，他终于忍不住了，对那些能随意摆布县长的议员，尤其是那个为首的，他早已义愤填膺。他知道这些事跟生性懦弱的老县长讲也没用，尽管如此，他有时候仍坐到大堂里去听，看着这些不公正的现象成百次地上演。当他的怒火实在要压不住时，他会起身跨着大步离开，他默默地对自己说："如果春天再不快点儿到来，我怕是忍不住要杀人了！"

其实，那些县议员也不喜欢王虎，因为他有那么丰厚的收入，他们嘲笑他缺乏教养，不如他们高贵、有学问。

终于有一天，王虎的怒火以他自己也没有料到的方式突然爆发了。它是由一件小事引起的，恰似一场猛烈的暴风雨有时仅是因一阵清风和一朵不起眼的云彩而起的一样。

那是在过年之前的一天，士兵们出去四处讨债了，而欠债的人都藏匿了起来，一直要躲到大年三十，因为大年初一是没人讨债的。这是老县长在这年的最后一个听审日，此时他已坐在了高台上。由于闲得无聊，王虎这天一直很烦躁，他没有玩牌赌博，因为他不想让士兵们看到，免得他们玩起来时变得更加有恃无恐；他也不想沉下心来阅读，因为小说和故事书会削弱一个人的意志，它们里面充斥着情爱、梦幻等内容；他也不是个学者，能去研读古典哲学，睡觉呢，又没有睡意，于是他起身带着卫兵来到大院，看看今天会有什么人前来。其实，他的内心还是在焦急等待着春天的来临，尤其是最近十多天来特别寒冷，一直下着瓢泼大雨，他的人都嚷嚷着不愿出去训练。

坐在那儿的王虎觉得生活实在枯燥无味，没有一个人关心他的死活。他蹙着眉头，懒洋洋地倚在他平时惯常坐的那把椅子上。少顷，进来一个他认识、之前也来过这儿的阔佬。此人是个放高利贷的，长得肥头大耳，白白胖胖，有一双光润微黄的小手，说话时每每做着一种夸张的、咄咄逼人的手势，在他挥动他的双手之前，总是先将他丝绸衣服的长袖子撸起。王虎曾多次注意过他的那双手，它们娇小、柔软、丰满，由于指甲很长，他手指顶端显得很尖。有时候，王虎在望着他的手时甚至听不到他说了些什么。

这位富人此次是和一个穷苦农夫一块儿进来的。那个农夫早被吓坏了，一副不知所措的样子，他一下跪倒在县长面前，脸贴着地，就这样一声不吭地伏在地上，恳请县长大人开恩。这时那富人开始陈述，早先这个农夫拿土地做抵押向他借了一笔钱。这是两年前的事了，现在抵押的土地已经抵不了他借的债了。

"可尽管是这样，"债主喊着，他把丝绸袖子往上撸了撸，挥了挥那双肉乎乎的手，声音中含有责怪和假惺惺的意味，"可尽管是这样，噢，尊敬的县长大人，他仍不愿意离开他的土地！"那人转动着他的两颗小眼珠子，愤愤地看着那个可怜的农夫。

农夫一声没吭。他仍然两手交叠地撑在地上，脸贴着手跪在那里。

老县长问他："你为什么借钱？又为什么不还钱？"

跪着的农夫略微抬起些头，眼睛盯着县长的脚凳，急忙说道："老爷，我就是一介草民，不知道该怎么跟您这样一位尊贵的老爷讲话。我从没跟比村长再大的官说过话，我不知道我在这儿该如何讲话，可又没有人替我说话，因为我太穷了。"

老县长很是和蔼地说："你不必害怕，只管讲就是了。"

农夫无声地翕动了一两次嘴唇后开始讲述，不过，他仍然低着头，能看到他瘦骨嶙峋的身体在打满补丁的破棉衣里瑟瑟发抖，从衣服的破洞里露出了像老羊毛似的旧棉絮。他的光脚上趿拉着一双草鞋，现在这双草鞋已脱落在脚边，他布满老茧的脚趾僵直地紧贴在潮湿的砖地上。他对此似乎毫无察觉，开始用低弱的声音说："老爷，我有一小块从父辈那儿继承来的田，一块薄地，打下的粮食从来没够吃过。我的父母亲死得早，开始时只有我和老婆，如果说那时也挨饿，我们两口子还能挺得住。可不久老婆就生了一个儿子，几年后又生了一个闺女。在他们小的时候，生活还能勉强过得下去。等他们大了，我们得给儿子娶媳妇，不久，他的媳妇生了孩子。想想看，老爷，那块薄地本来连养活我和老伴都不够，现在又添了几口。我的女儿还小，不到出嫁的年龄，我还得养着。两年前，离我们不远的一个村子的老人死了老婆要续弦，我想抓住这个机会把闺女嫁出去。我得给她做件嫁衣。可我一分钱也拿不出来，老爷，于是我借了十块银圆，这对大多数人来说都算不上什么，可对我来说，却是一笔大数目了。我跟这个放贷的人借了这笔钱，在不到一年的时间里，十块就成了二十块。现在两年了，变成了四十块。老爷，这银圆怎么涨得这么快啊？我穷得只有这块地。他叫我滚，可我滚到哪儿去呢？让他来赶我好了，我说。除此之外，难道还有别的办法吗？"

说完后农夫就闭口不语了。王虎直愣愣地看着他，太奇怪了，他的眼睛怎么也离不开那人的脚，农夫蜡黄的脸上只剩下了皮，昭示着他生活的艰辛，从娘胎里出来就不曾吃过一顿饱饭。他的一双脚就告诉了人们一切。光光的脚趾弯曲着，骨节突出，脚底板像是干了的水牛皮。望着农夫的脚，王虎觉得他的心头有什么东西直往上涌。然而，他默默地等着，想听听老县长会怎么说。

这个放高利贷的在城中小有名气，曾多次宴请过老县长，在县衙里挺吃得开，他每年的官司不少，每次打官司他都会上下打点。因此，老县长迟疑了，尽管看得出他也受到了触动。他转向了那个首席议员，一个与他年龄相仿但身体仍硬朗的男子。首席议员面庞光润，尽管稀稀疏疏地长在他脸颊和下巴上的三撮胡子都白了。老县长问此人："你怎么看，老兄？"

这位首席议员捋了捋他的那几根白胡子，所收到的银圆的余热还留在他掌心里。他慢条斯理，貌似公允地说："不能否认这个农民的确是借了钱并且没有还上，所借的钱也必须计算利息，这是法律规定的。放贷者靠所得的利息生存，犹如农人靠土地生存一样。如果农民租出去他的土地，没有收到租金，他也会抱怨的，他的抱怨合情合理。然而，这也正是这位放贷者所做的事。所以，他得到他的那份报酬也是理所应当的。"

老县长认真听着，不时地点着头，看得出这番话也让他受到了触动。这个时候，农夫突然抬起头来，第一次用眼睛惶恐地从一张脸看到另一张脸上。王虎没有去看农夫此时的表情，他只看见那双饱经风霜的赤脚痛苦地蜷缩交叠在了一起，突然间，他感觉他受不了了。他的怒火冲天而起，他站起来，两只手紧紧地攥在一起，厉声吼道："我说，这个可怜的人该拥有他的土地！"

听到王虎的这声咆哮，在场的人都扭过头去看他。王虎的几个亲信一下子跃上前来，端起了他们的枪。众人一看这情景马上缩了回去，没人再敢吱声。可王虎的火气现在却起来了，就是他想压也压不住了，他挥舞着他的手臂，把他的手指一遍一遍地指向放贷者那边。他的两道浓眉时而扬起，时而落下，他的喊声响彻大堂："我一次次听这个吸血虫在这里讲他的故事，他上下打点，投机钻营！我早就厌恶透了他！叫他滚蛋！"他回头冲着他的卫兵喊，"用你的枪赶他走！"

听到这话，人们以为王虎突然疯了，都奔跑着逃命。跑得最快的当数那个放贷的，他像只老鼠一样最先跑出了吱呀作响的大门。他的速度飞快，又非常熟悉那些蜿蜒曲折的街巷，不一会儿便消失在那些追赶他的卫兵的视线之外。卫兵们都跑得气喘吁吁，只得停止追赶，相互无奈地望着对方，他们回来时街上仍一片混乱。

当卫兵们再回到院子里时，那里已是人声鼎沸。王虎觉得既然他已发作，索性一不做二不休，搞他个彻彻底底，他对他的士兵们喊："把院子里的这些人都清理出去，所有这些该死的寄生虫，还有他们的老婆孩子！"

他的士兵们卖力地执行起他的命令，人们像从着火的房子里逃出那般抱头鼠窜。不到一个钟头，大院里便只剩下了王虎和他自己的人，在县长自己的内院里只剩下了老县长和他老婆，还有几个跟随了他俩多年的仆人。对这几个仆人，王虎吩咐他的手下不准去碰。

王虎在发过这么一场他平时少见的怒火后，回到自己的屋子里，身体靠着桌子坐下，呼哧呼哧地喘了一会儿。他给自己倒了一杯茶水，慢慢地喝着。不一会儿，他似乎已为自己制定出一个他今后要实现的愿景。他越想越觉得自己这一次做对了，因为他心中的沮丧和阴霾现在都被一扫而光，他的精神又变得轻松、自由和无畏了。这时，豁嘴悄悄地溜进来看头儿有什么需要的，他的麻脸侄儿给他端进了一壶酒。王虎望着他们，默默地笑了笑后喊道："噢，不管怎么说，我这一天清除干净了一个牛鬼蛇神的窝！"

城里百姓听说了县衙大院造反的事，不少人都拍手称快，因为他们知道那儿的腐败程度。在一些人还担心着，观望着，不知王虎接下来会做出什么事时，已经有许多人吵吵嚷嚷地聚集在县衙大院的门前，他们喊叫着要县衙开席，并且释放监狱里的犯人，让大家一起来庆祝一番。

不过，在这场喧闹中最为受益的那个可怜的农夫，却不在人群之中。虽然这一次他得以解脱，可他不敢相信前面会有任何好运等着他，听说放高利贷的已经跑了，他也赶忙逃回乡下他的家里，窝在了炕上。如果有人向他的老婆和孩子问起他的去向，他们会说他出远门了，至于去了哪儿，他们也不知道。

听到人们要求释放囚犯的呼声，这让王虎记起了牢房里还关着的十几个人，那些人都是因受到这样或那样不公正的对待而被羁押在里面的，因为他们多数是穷人，没有钱去买得自由，因此都很难再有获释的机会。王虎打心眼里愿意释放他们，他告诉他的亲信去把牢房里的犯人都放掉，吩咐他的士兵大摆三天酒席，他派人叫来县衙内院里的厨师，对着他们喊话："为我们准备当地的名菜，配上炒辣椒和鱼做我们的下酒菜，只要能给大家助兴的，到时都端上来。"

王虎还订购了好酒、鞭炮和烟花等，人人都高兴得跟过年似的。

在亲信们准备执行他释放囚犯的命令时，王虎突然想到还有那个女人也关在狱里。这个冬天，他有十多次想要放她出来，可又不知该拿她怎么办，所以只是嘱咐手下给她吃好，不要给她上镣铐。现在，他要让犯人们恢复自由了，于是又想到了她，他思忖着：我该如何还她自由呢？

他希望给她自由，可又不想让她自由到离开这座大院，发现自己竟然关心起她的去留，对此很是惊讶。想不到他会有了这样的心思，他内心有些惶惑，他悄悄把心腹豁嘴叫到他睡觉的房间，问："该如何处置我们从匪巢押来的那个女人呢？"

豁嘴一脸严肃地回答："我希望你能让屠夫去处置她，让屠夫像他惯常所做的那样，用一把尖刀刺穿她的喉咙，这样她死时只会流很少的血。"

可王虎把脸转向了一边，慢吞吞地说："她只是个女人嘛。"停了停后他又说，"至少我想再见她一次，到那时我想我就知道该怎么办了。"

听到这话，豁嘴显得很是失望，没有再作声。待他快要走出门时，王虎喊住他要他立刻把那个女人带到大堂来，他会在那儿等她。

随后，王虎来到堂上。受一种突如其来的虚荣心驱使，他登上高台坐到了老县长的宝座上，他想叫这个女人看看他高高在上地坐在那把雕花大椅上的威风，整个县衙大院里现在无人敢对他说个"不"字，因为老县长传出话来说他染上了流感，要居家休息几日。王虎挺直地坐着，一副傲视一切的神情，一副英雄气概。

那女人由两个卫兵押着走了进来，她身穿一件素色的棉衣、一条粗蓝布裤子。可这普通的衣裤掩饰不住她身体的变化。不错的伙食让她瘦削的身体变得丰腴，可仍不失其优美的曲线。她岂止是漂亮，简直是仪态万千，花容月貌。她自如地走了进来，站到王虎面前，静静地等着。

他万分惊诧地望着她，完全没有想到她会有这么大的改变。他对卫兵说："她现在怎么这么安静了？以前她不是闹得挺凶吗？"

卫兵们摇摇头，耸耸肩膀说："我们也不知道。上次从头儿你这里离开后，她就变乖了，仿佛她身上的恶鬼已离她而去，从那以后，她就一直是这个样子了。"

"你们为什么不早点儿告诉我？"王虎小声说，"那样的话，我兴许早把她放了。"

卫兵们感到很惊讶，他们赶忙替自己辩解说："我们哪里晓得头儿会在乎她呢？我们一直在等着你下命令呢。"

王虎觉得有些话陡然间涌到了他的舌尖，这让他几乎喊了出来："我当然在乎！"他好不容易才抑制住了自己，因为他怎么能在卫兵和这个女人面前说这样的话呢？

"给她解开绳子！"他突然喊道。

卫兵马上给她松了绑，站在那里的她手脚获得了自由，大家都等着看她会如何反应，王虎也等着。她站在那里，仿佛还被捆绑着一样，一动也没动。王虎冲她厉声喊道："你自由了，你可以到任何想要去的地方去了！"

她却回答说："在这个世界上我已没有了家，我还能去哪里呢？"

说完这话，她抬起头来，用一种看似很单纯的眼神盯视着王虎。

她的这种目光将王虎体内封冻了的爱河消融，一股激情涌进他的血液，使他军服下的身躯不由得开始微微战栗。这一次是他在她眸子的谛视下垂下了眼睛。现在的她比他更强大。屋里的空气中弥漫着一股被阻塞了那么久的激情，几个卫兵不安地相互对视着。王虎蓦地记起还有卫兵在这里，他冲着他们吼道："走吧，你们每个人都站到门外去！"

他们悻悻地离开了，因为他们很清楚他们的头儿被爱情击中了，这是任何一个男人，不论职位高低，都可能遇到的事。他们去到外面，等在了门口。

在大堂里只剩下他们俩的时候，王虎从雕花椅子上探出身子，嘶哑着嗓子，生硬地说道："你现在自由了，想想你要去哪里？我派人送你。"

　　除了说话时她的眼睛还能直视着他外，她的勇气似乎一下子都消失了，只听她很简短地回答说："我已经想好了，我要做你的女仆。"

第 十 七 章

　　如若王虎是个粗俗的男人，没有起码的道德和体面感，他或许已要了这个女人，因为她既没有父亲、兄长，也没有任何男人替她说话，对于她，他可以做任何想做的事情。可他年轻时心灵上所受的那次打击仍使他不愿鲁莽行事。想到自己是在怀着满腔的激情等待，等着娶她为妻的那一天，他的那份快乐就会变得越发浓烈。再说，他是真想要她做他的妻子，因为与他个人对她日益强烈的感情融在一起的，是他想让她给他生个儿子的渴望。他的儿子，他的第一个儿子，只有名正言顺的妻子才能给一个男人生下他想要的儿子。他内心对她那种激越的情感和渴求，有一半是源于此，试想他这么英武，身材这么高大魁梧，他所拥有的禀赋，她无所畏惧的精神，由他们俩结合生出的儿子会是怎样的啊。在遐想着这一切时，王虎仿佛觉得他的儿子已经出生，已经活在这个世界上了。

　　王虎急不可耐地喊来他的心腹豁嘴，吩咐他说："去告诉我的两个哥哥，我想要那份留给我结婚时用的银子了。我现在需要用它来办我的婚事，因为我已经决定娶这个女人了。让他们给我一千块大洋，我得给她置办些彩礼，结婚的那一天，我会宴请我的士兵，我自己也要穿上一件新礼服。如果他只给了你八百块，你也马上拿着它回来，不要为那两百块一直在那边等。请我的哥哥们来参加我的婚礼，他们来时可以带上他们想带的任何人。"

豁嘴万分惊讶和痛苦地听着，他难看地耷拉着下颚，结结巴巴地说："噢，我的首领，噢，我的头儿，你要娶那个狐狸精！你可以玩她几天，玩她几次，但就是别娶她。"

"你给我住口！"王虎冲他喊着，从椅子上跳了起来，"我问你了吗？你是想狠狠挨一顿板子了是吧？"

豁嘴低下脑袋不再作声，泪水充满他的眼眶。他怀着格外沉重的心情踏上旅途，因为他的直觉告诉他，这个女人只会给他的主人带来厄运。一路上他不住地咕哝着："嗯，那种狐狸精女人我见多了！头儿不相信我说的厄运！那些狐狸精女人总是用她们的色相去引诱最好的男人，事情总是这样的！"

他就这样一路走着，双脚踏起干燥的冬天里道路上积下的一层厚土。过往的行人好奇地注视着他，因为他一边叨叨一边有眼泪顺着他的脸颊不知不觉地流了下来。人们看他一味只是想着自己的心事，对其他的一切都不管不顾，以为他疯了，都躲开他走。

豁嘴到了王老二家，发现他不在，便径直去了他的粮店。王掌柜这时正在柜台里面一张靠墙角的桌子前算账，一听豁嘴的来意，不禁暗中吃了一惊。他停下手中的笔，从桌上抬起头来，不免有些慌乱地说："钱都放贷出去了，我从哪里一下子筹到这么多的钱呢？我三弟订婚时就该告诉我一声，这样我就有一两年筹措的时间。这样仓促地结婚，也不太好吧！"

王虎深知他二哥爱财的本性，因此在豁嘴临行前就交代豁嘴说："如果我二哥敷衍你，你就强逼他一下，你直截了当地告诉他，要是你拿不到钱，我会亲自来取。在你返回的三天之内，我要把婚事办了。你这趟来回不要超过五天。咱们需要抓紧时间，因为我不知道上面何时就会派兵来讨伐我，省里的官员在得知了我在县衙大院干的事情后，他们是不可能无动于衷的。他们甚至会派人来攻打我，到时候这一带都成了战场，哪里还可能举办婚礼和宴席？"

现在的事情很清楚，由于王虎在县衙大院实施了暴力，他很可能会在上一级衙门那里受审，并且被判刑。不过，还有一个比这更为急切的理由是，王虎太渴望得到这个女人，一刻也不想再等了，他心里清楚如果不能把她据为己有，他就无心去作战，无心他顾。因此他一再敦促他的亲信，说："我很了解我二哥那个商人，他会嚷嚷说钱都拿去放贷了，他拿不出钱。你不必理会他，只需告诉他，我手中有剑，一把非常锋利的剑，是我杀死豹子时缴获的！"

豁嘴把这种威胁的话作为他最后的底牌，一开始他并没有打算用它，直到王掌柜又拿出另外一个理由来推托：娶一个没有父母、没有家庭背景的风尘女子做妻子，这对一个大户人家来说简直是耻辱。豁嘴并没有告诉他这女子来自匪巢。尽管他很想说出来以阻止这场婚姻，可他知道王虎那不达目的誓不罢休的性格。于是，豁嘴只得使出了威胁的招数。

无奈之下，王掌柜不得不四处去凑银子，把放贷出去的钱强行取回并且因此损失了利息，这就如同剜王老二的肉。他垂头丧气地去找王老大说："三弟现在来要他婚事的那笔钱了，他打算娶一个没有任何家庭背景的风尘女子！他这一点可太像你了，一点儿也不像我。"

王地主听了直搔头，在踌躇了一阵子后，他决定以不伤和气的办法来解决，他说："这也太让人奇怪了，我原以为等他站稳了脚跟，需要解决他的婚姻大事时，他才会找我们，让我们给他介绍个体面人家的姑娘。该给他操办婚姻大事的父亲已经去世，我甚至已经给他物色好了一两个姑娘哩。"他心里思忖着，论挑选姑娘的能力自然谁也比不上他，鉴于他那么了解女人，至少城里最好的未婚女子他都能打听到。

可此时的王掌柜被这件紧迫的事搞得火急火燎，他只是冷冷地笑了笑说："你心里自然想到过一两个姑娘啦！可这关我什么事。现在的问题是，他要的这一千块银圆你能拿出来多少，像这样突然地要，我腰包里可没有这么多的现钱！"

王地主神色凝重地望着他的兄弟，一只手搁在自己肥胖的大腿上，声音沙哑地说："你知道我的家底，我手头从没有过这么多现钱，再卖掉一块我的地吧。"

王掌柜不由得叹息了一声，因为在年前卖地不是个好时机，他已把地里都种上了麦子，还指望着明年收麦子呢。回到粮店后，他又拨拉了一阵算盘，计算了一下他的损失和利润情况，发现卖地还是比从放贷那里抽回资金划算，于是他决定去卖掉一块好地。卖地的消息放出去后，前来跟他买地的人不少。他把那块地卖了一千多块大洋，但他只给了豁嘴九百块，留下了一百多块，以备王虎再来要。

豁嘴这个人比较实诚，他谨记着他主人说的话：不要因为少一两百块而在那里耽搁，于是他拿着钱返了回来。王掌柜赶紧把那扣留下的一百多银圆又放贷了出去，不管怎么说，他至少挽回了那么一点儿损失，心里得到了些许的安慰。

在他做这笔交易中间发生了一件意料之外的事，他卖的这块地恰好离土屋不远，梨花当时正巧站在屋前的打谷场上。看到有群人聚在田头，她用手遮挡着眼前的阳光，眺望了一会儿，很快明白了是怎么回事。她急急忙忙来到王掌柜站的一边，示意他离开那伙人一点儿。她眼里含着责备的神色对他说："你又在卖地了？"

本来就被这些事搞得心烦意乱的王掌柜不愿再被她纠缠，于是毫不掩饰地对她说："我三弟要结婚了，该给他办婚事的这笔钱没有现成的，除了卖地没有别的办法。"

此时的梨花突然间缩了回去，不再吭声。她转身缓缓地向她的土屋走去，从那天起，梨花变得更少与外界接触了。除了关照那两个孩子外，她总是这样称呼他俩，她把其余的时间都花在了听尼姑讲经上，她请求尼姑们天天来家里给她讲经。即便是上午，她也欢迎她们来，而许多人在那个时间见到尼姑，都觉得不吉利，若是在路上碰到了，还会朝尼姑啐唾沫呢。

她发誓今世不再吃荤，这对她来说并不难，因为她从未杀过生。她的心肠软到甚至在炎炎夏日的夜晚都紧关着窗户，生怕蛾子飞进来，烧死在蜡烛的火苗里，在这么做时她觉得自己是拯救了生命。她最大的心愿就是傻子能死在她前面，那样她就不必再用王龙留给她的那一包白色毒药来毒死傻子了。

梨花跟着这些尼姑诵经到深夜，她天天吃斋念佛，手腕上总戴着香木做的小念珠。她的日子每天都是这么过的。

豁嘴走了后，王掌柜和王地主碰在一块儿商量他俩是否该去参加三弟的婚礼。两人都渴望去分享弟弟的成功，但豁嘴这十万火急地要钱，生怕上面即刻派兵打来的担心，令这兄弟俩也有些害怕起来，因为他们并不了解王虎的兵力现在有多强，如果他打输了会不会被判重刑，那样的话，他们也会受到牵连，因为他们毕竟是他的亲哥哥。王地主尤其想去看看三弟到底找了个什么样的女人，豁嘴跟他讲的这个女人的种种足以勾起他的好奇心。可他的太太知道这件事后，却十分严肃地说："我们听说的这场争斗事出蹊跷，不同寻常。要是他叫上面给判刑，他的家人恐怕也要被株连九族。"

过去皇帝肃清乱臣贼子时确实用过这种刑罚，王地主在戏院书场也曾听到过这样的事情。年轻时他曾一度喜欢在那里打发时间，现在尽管他高贵的身份不允许他做这种低级趣味的消遣，不敢随便待在这种地方的平民百姓中间了，可要是偶尔有个说书人到茶馆说书，他还是听得津津有味。妻子的话让他记起那些故事，霎时间他被吓得脸色蜡黄。他去找王掌柜说："咱俩最好是去签署一个文书，上面写明咱弟是个不孝之子，我们已经把他逐出家门。那样一来，即便他打输了或是判了刑，我们和我们的儿子们也不会受到株连。"说到这儿，王地主暗自高兴他的大儿子终归没有到了王虎那里，接着，他假惺惺地对二弟表示同情，说："你的儿子现在正处在危险之中，我真为你和你儿子感到担心！"

起初王掌柜只是笑了笑，没有作声，可在考虑了一阵子后，觉得这不失为是一个万全之策。于是，他起草了一份文书，陈述了王虎是如何不孝，声明他与他们王家已毫无关系，他让王老大先签上名字，然后自己签了名，送到县衙支付了一定的费用后，盖上了县衙的大印。然后，他将这份文书藏起来保存，以备不时之需。

在这么做了之后，兄弟俩的心放了下来。一天早晨，他俩在茶馆遇见时，王地主说："既然现在安全了，我们为什么不去好好地大吃大喝上几天呢？"

兄弟二人已到了不便轻松出远门的年龄。还没等他俩准备停当，整个地区已经在到处疯传着一个谣言，说有个乡下暴发户，一半土匪、一半逃兵出身，以前曾服务于南方的某位将军麾下，现在已经占领了一个县城的政府所在地，该省的督军听到这个消息后勃然大怒，已派出一支军队去捉拿他。这个督军又对他上一级的领导负责，如果他摆不平这件事，上面将会对他进行责罚。

这一传言通过路边客栈和茶馆散布到了各处，听到这个消息的人都跑来兴冲冲地告诉这兄弟俩。于是王地主和王掌柜马上放弃了他们出行的计划，两人都各自躲在自己的家中闭门不出，心中窃喜没有过早地吹嘘自己有这么个位高权重的弟弟，想到那张他们签了字、盖了大印的文书，他们不免感到一丝得意。假如有人在他们面前提起三弟，王地主便会大声地说："他很小就跑了出去，野得不着家了！"

王掌柜会抿抿他那两片薄薄的嘴唇，说："随他去干什么吧，反正跟我们没有什么关系了，他已经不是我们的兄弟了。"

这个谣言传到王虎这里时，他正在县衙大院里举办婚礼，大宴宾客。他下令宰牛杀猪杀鸡鸭，下令一切牲畜和家禽在宰杀之前都必须先付了钱。尽管在这一地区他已经是兵强马壮，可以不付钱就拿走他喜欢的任何东西而无人敢说个"不"字，但他是个正直、童叟无欺的人，不管买任何东西，他和他的兵都会付钱的。

这一正义的行为赢得了老百姓对他的好感，人们交口称赞他说："军阀们大都坏得要命，管辖我们的这个军阀还说得过去。他很强大，能把土匪赶跑，除了向我们征税外，他自己并没有抢劫我们。天底下能遇到像他这样的，我们知足了。"

不过，在这个时候，人们还不敢太公开地说他的好，因为他们也听到了这则谣言，他们要再等一等，看他能不能获胜，如果他输了，表示对他忠诚的人也会有麻烦。等他一旦赢了，人们就有勇气公开支持他了。

尽管一下子供这么多人吃几天的宴席，对当地人来说是个不小的负担，但人们还是尽力去备全王虎在婚宴上所需的一切。王虎要把他的婚宴办成当地最好、最盛大的宴席，而他自己与新娘、他的亲信以及新娘的几个伴娘的那一桌规格就更高了。这些女子中有一半原先是属于县衙大院里的人，比如说监狱长的老婆和另外的几个老好人，她们并不在乎谁是她们的上司，在动乱的第二天便偷偷地返回了她们的岗位，只要能给她们薪水，她们愿意效忠任何人。王虎愿意让这些女人陪伴在他新娘的左右，在娶亲前的这些天里，他小心翼翼地待她，轻易不去接近她，尽管他非常想要知道她是谁，尽管因为想她想到欲火难耐，夜不能寐。可他对她还有一种比这些更强烈的感情，那就是他想让她成为他儿子的母亲，慎重处理好这门婚事，在他看来似乎是他对自己儿子的一种责任。

这个女人跟梨花截然不同，由于最早留存在他记忆中的女子形象是梨花，他一直认为自己喜欢的是那种温顺、肤色苍白的女子。可现在他不再在乎这些了，他热切地对自己说，他并不在乎她是谁，也不在乎她是哪种女人，于是他打算要了她，并且将通过他们的儿子要她永远守在他的身边。

最近这些天里，没有人前去叨扰他，因为他的亲信们都看出来他完全沉浸在了他的欲望之中。当然，他们也听到了那一消息，私下一起商量如何赶紧把这场婚宴顺顺利利地办完，好让他们的头儿尽快从他的情欲中解脱出来，再次成为他们心目中的那个英雄，一旦机会来临，就可领导他们进行战斗。

宴席的准备工作远比王虎所想象的快得多，由监狱长的老婆陪伴新娘，县衙的各个院门大开，招待四方来客，只要想来看看、来吃饭的，都热情款待。可城中的男人来得很少，女人就更少了，因为他们都有些害怕。只有流浪汉和不名一文者来凑热闹，他们尽兴地吃，盯着这个相貌奇特的新娘子看。王虎派人去请老县长前来赴宴，老县长传出话来，说他染上流感，卧床休息，不能前来，实在抱憾。

在他结婚的那一整天里，王虎都恍若游走在睡梦中，他几乎不知道他这一天都做了些什么，除了觉得白天的时光过得太慢，让他感到无所适从之外。在他看来，他每一次的呼吸似乎都会持续一个小时，太阳永远停在东方的地平线上，升不起来，即使升到了半空，也会永远驻留在那里。他不像别的男人那样，能在婚礼上表现得那么兴高采烈，因为他心里还从未高兴过，现在的他仍像往常一样静静地坐着，没有谁敢上前开他的玩笑。他这一整天都口渴得厉害，他喝了不少的酒，却吃不下任何东西，因为他觉得自己肚里饱得像是刚吃了一顿大餐。

男人和女人，衣衫褴褛的穷人，成群结队地拥进摆宴席的院子里大吃大喝，街上的野狗也跑来啃着满地的骨头。而王虎静静地坐在自己的屋子里，像在梦中那样痴笑着，好在白昼终于过去，来到了夜晚。

在女人们为新娘铺好了被褥后，王虎进到她的新房，现在屋子里就只有他们两个人了。这是他平生认识的第一个女人，说起来也是一件闻所未闻的奇事，一个已经过了三十岁的男人，一个当兵的，十八岁就离家出走，却从来没有碰过一个女人，他把自己的心封得多严实啊。

现在，情感之泉的闸门已经打开，任何东西都无法再把它封堵起来。看着这个坐在床上的女人，他的呼吸变得急促，她听到他的喘息，抬起头来，两眼直勾勾地望着他。

他上前抱住了她，在新婚之夜的床上，他发现她虽沉静却情感炽烈，毫不忸怩作态。从那一时刻起，他便热烈地爱上了她，因为他只认识她一个女人，所以在他看来，她似乎毫无瑕疵。

有一天睡到半夜的时候，他朝她转过身来，用沙哑的嗓音小声说："我甚至还不知道你是谁。"

她镇静地回答："我已经在这儿，在你身边了，还有比这更重要的吗？过些时候，我会告诉你的。"

他不再问她，这个回答令当下的他已感到满足，因为他们两个谁都不是普通人，两个人的生活都跟常人的不一样。

他的亲信们都焦急地等待着王虎的新婚之夜快快过去，第二天拂晓时分他们已等在他的门外。他们看到他从房间出来，神情安详，精神焕发。这时豁嘴上前鞠了一躬说："老爷，昨天是你大喜的日子，我们没敢禀告，我们已经听到来自北边的消息，咱们省的督军已得知你占领了县政府，要派兵前来攻打你。"

亲信老鹰跟着说："我听从那边过来的一个乞丐说，他看到有上万人的队伍顺着公路来镇压我们了。"

亲信屠夫进而急急忙忙、结结巴巴地补充道："我，我也听说了，我到市场上去看城里人杀猪，是一个屠夫告诉我的。"

此时的王虎却表现得从容不迫、淡定自若，这还是他第一次不能让自己的思想马上转到战事上来。他微微一笑说："我相信我的士兵，让他们来攻打吧。"他坐在桌前喝着早饭前的茶，他的桌子靠着窗户，窗外的天色已大亮。就在这时，他脑子里突然闪过一个念头：每个白昼过完后都会迎来夜晚，可他似乎直到现在才第一次意识到，他生命中已度过的所有夜晚，除了这一晚外，都毫无意义。

在这期间，那个女人就站在窗帘那里，她把这些亲信说的话都听在了耳朵里，透过帘子的缝隙，她也看到了他们见其头儿心不在焉而露出的沮丧神情。等王虎走出屋子到了饭厅那边，她大声唤住豁嘴说："把你听到的都告诉我。"

豁嘴很不情愿跟一个女人谈与她毫无关系的事情。他支支吾吾地嘟囔着，像是没有什么事情要告诉她似的，见状她专横地对他说："你不要跟我装傻，我在土匪窝里待了五年，流血、格斗、打仗、败退，什么没有见过！快告诉我！"

在她咄咄逼人的目光的盯视下，女人，尤其是刚结婚的女子，应该是满眼含羞才是，有些无措和难堪的他像是对着一个男人讲话一样，把他们的担心和危险的处境都告诉了她，比他们的人数还要多的敌人已在前来讨伐他们的路上，而他们自己的士兵很多还没有经过战场的考验，到底忠诚与否尚未可知。她听完后，便叫他快去请王虎过来。

无论谁召唤他，他都没有这一次来得这么快、这么殷勤，他脸上的笑容也比以往任何一次的都甜。她在床边坐下来，他坐在了她的身旁，抚弄着她一只袖子的边边，他在她面前表现得远比她局促得多，他低着头微微地笑着。

她开始以她那清脆而剔透的嗓音说道："如果有战斗打响，我可不是那种碍你手脚的女人。他们告诉我说，有一支军队来讨伐你们了。"

"谁告诉你的？"他说，"在这三天之内，我不想让自己操这些事情的心，我给自己放假三天。"

"可要是他们在三天内打过来了呢？"

"一支军队不可能在三天之内行军三百多里的。"

"你怎么知道他们是哪一天出发的？"

"这儿暴动的消息不可能在这么短的时间内传到省城。"

"这是完全有可能的！"她急速地说。

这不能不说是件奇怪的事情。两个人，一个男人，一个女人，坐在一起谈论着与爱情完全无关的东西，然而，王虎对她的那股依恋和亲热的劲儿却跟他在夜里时的一样。一个女人可以如此和他对答，令他感到十分惊讶，他以前从来没有跟一个女人这么说过话，他总以为女人们就是身体长成了大人的漂亮小孩，他之所以害怕同她们交谈，就是因为不了解她们知道些什么，或者不知道该和她们说些什么。这可能也与他的性格有关，即便是对一个卖身女，他也不可能像一般士兵那样，还没有寒暄就扑了上去。他在与女人打交道方面的不自信，有一半的原因是源自他害怕跟她们讲话。但是现在他坐在这里，和这个女人侃侃而谈，仿佛她就是位男士一样。此时，他听着她继续往下讲："你的人比省里派来的兵马少得多，当一个首领发现他的兵少于他的敌人时，他就得使用计谋了。"

听到这话，他默默地笑了笑，然后粗声粗气地说："这我知道，否则的话，我也不可能把你弄到手。"

听他这么说，她很快垂下了眼睑，仿佛担心她的眼睛会暴露出什么而要把它遮掩住似的，她咬咬下嘴唇，说："最简单的办法就是杀死一个人，可你必须得先抓住他，这么简单的方法现在用不上。"

王虎不无骄傲地说："我的人对政府军能够以一顶三。整个冬天我都在训练他们，教授他们拳术、剑术、跑步以及其他的军事技能，他们当中没有一个怕死的。再说，政府军是什么货色，大家都是知道的。他们总是跑到力量强大的那一方去，毫无疑问，政府军的军饷也不比其他地方的军队多。"

她这时变得有些不耐烦起来，当她再要说话时，把她的袖边从他手里抽了出来："你还是没有一个方案！现在我有个方案，在我们谈话的时候我想到了它，在老县长住的那座院子里由你的人把守着，可以把他当作人质。"

她讲得那么真诚，又那么冷静。王虎认真地听着，连他自己都觉得奇怪，怎么竟然会这样听一个女人说话，因为他并不是一个常常听取别人意见的人，以为自己就足以应付一切情况了。只听她继续讲道："带领你的士兵和他一起出去，告诉他该如何应答，逼迫他说你命令他说的话。让他出去见省里来的督军，派你的两个亲信伴在他的左右，听他说些什么，如果他不按照你告诉他的说，就叫你的亲信拔剑刺穿他的肚子，将此作为开战的信号。不过，他比一只鸡的胆子还小。他会照你给他编好的话说的，让他说这里的一切都是按照他的吩咐行事的，谣传的造反只是他自己手下的那个老民团将军举事了，要不是你出手救他，县政府的大印早就落在别人的手里了，他连命都没有了。"

　　这在王虎看来似乎是个不错的计谋，听她说话的当口儿，他的眼睛一直盯在她的脸上。整个计划清晰地展现在他的眼前，他觉得她真是个不同寻常、难以捉摸的女人。他无声地笑了笑，站起来出去执行她说的方案了。她紧跟着也出了屋子。王虎命令他的一个亲信去把老县长带到议事大厅。此时，这个女人又突发奇想，她说王虎和她应该一起坐到议事大厅里，在那儿等着老县长，王虎觉得这么做很好，可以再吓一吓那个老人。于是，他们两人到了厅里的高台上，王虎坐在那把雕花大椅里，那女人坐在他旁边的一把椅子上。

　　少顷，老县长被两个士兵带了上来，他步履蹒跚，身子瑟瑟发抖，一件长袍胡乱地披在身上。他神情惶惑地环视大厅，没有看到一张他熟悉的面孔。甚至那些重新返回来的仆人见大事不妙，都找了个借口去忙别的了。沿着大厅的墙壁站着一圈持枪的士兵，他们个个都是真心效忠于王虎。此时的老县长嘴巴张开着，两片干瘪的、有些发蓝的嘴唇微微地颤着。他抬眼去看坐在高台上的王虎，但见他横眉竖眼，一副凶神恶煞的样子，旁边坐着他从没见过也没听说过的一位奇女子，他想象不出这样的一个女子会来自何方。胆小怕事的他在浑身战栗，以为自己的大限将至。他素来与世无争，一生只读圣贤书，想不到会落得如此下场。

　　王虎毫不客气地厉声喝道："你现在已落到我的手中，如果你还想要活命的话，就必须听从我的命令。明天我们将出发去迎战省里派来的部队，你和我们一起走，到时你将由我的两个亲信陪着先去见前来讨伐我们的那位督军。告诉他是你挑选我做了你的军事首领，是我把你从县衙大院的暴乱中救了出来，我留在县衙大院是你的选择和决定。我的两个亲信会在场听你所说的话，一旦有一句说错了，那就是你在这个世上说的最后一句话，就是你生命的终结点。但是，如果你按照我教你的说了，你还可以返回县衙，坐回你高台上的这把椅子上。为了顾及你的颜面，我不会告知外人是谁在这县衙里掌握着权力，因为我根本无意于当个小小的县长，我也不想再找个人把你替换掉，只要你遵照我的命令行事就行。"

这位懦弱的老人除了答应，还能怎么办呢？他叹气连连地说："我的命是你掌握着，就按你说的办吧。我老了，又没有儿子，我这辈子算是已经完了。"

他转身拖着步子，呻吟着回到他住的院子里去了，从不见他的老婆从他们的院子里出来。他没有儿子是事实，老婆给他生了两个孩子，但都早早夭折了。

没有人知道事情能否按照王虎计划的那样发展，只是这一次他的命运又帮了他的忙。现在已是阳春三月，柳树抽芽，桃花盛开，农夫都脱下了棉衣，光着脊背在田里干活，柔和的春风与温暖的阳光悦人地拂着他们隆起的肌肤。大地苏醒了，各地的军阀也都苏醒了，春天的不安分和躁动弥漫于乡野间。军阀们又开始变得争强好胜，充满对战争的欲望了，旧有的和新的纷争又在加剧，每个人都变得野心勃勃，要在这大好的春光里为自己争得新的地盘了。

那个时候，国家的政权掌握在一个软弱、优柔寡断的人手中，不少军阀都觊觎着这一位置，认为不费什么力气就能夺得政权。许多人都想插上一手，一些军阀联合起来商量着如何去抢得国家的这头一把交椅，把这个被别人扶上去的阿斗赶下台，如何将他们扶持的人弄到台上去，为他们的利益服务。

在这些军阀当中，王虎基本还排不上号，他几乎还不为这些大军阀所知晓，除非是在他们聚会的宴席上，有人可能会说起："你们听说过这样的一个下级军官吗？他从他的老上司那里带着人跑出来，在某个省自立了门户。据说，他挺勇敢、挺能打的，人称他为'老虎'，因为他凶悍，脾气暴烈，有两道又浓又黑的眉毛。"

王虎所在的那个省的大军阀也听说了有关他的事，听说了他是如何完胜的豹子，对他的行为赞赏有加。这个军阀也是国内最大的军阀之一，他也有想要推翻那个"阿斗"的念头，即使他不能自己坐到那个位置上去，至少也能把他的人安置在那里，那样一来，整个国家的财政收入便会落入他的囊中。

因此，在这个春天，当骚乱在各处蔓延的时候，这些军阀的个人野心都膨胀了起来。这个省的大军阀在城门上、墙上以及人们经过的所有地方，都张贴了告示。这些告示说，我们国家的这个统治者太邪恶了，人民所受的压迫太深重了，他不能容忍普天之下有人犯下如此滔天的罪行。尽管他势单力薄，也没有什么大智慧，但他还是要奋起反抗，拯救人们于水火。在这样发出布告后，他开始准备打仗。

至于当地的人民，因为他们中间很少有识字的，所以并不知道他们的这位救世主。不过，他们却是怨声载道，因为又给他们的土地、收成和车马增设了新的赋税，在城里是给商铺和货物增加了赋税。如果这些怨言被大军阀的爪牙听到了，他们会向百姓嚷道："你们真是一群不懂知恩图报的刁民，你们连救你们自己命的钱都不愿意出！那么，还有谁应该拿出钱来，支付那些为你们而战、保你们平安的士兵的军饷呢？"

于是，不管有多么不情愿，老百姓还是缴纳了这些税钱，因为他们担心惹怒了这个军阀，也担心若是新军阀乘虚而入，会把他们再征服和劫掠一遍，会因胜利而变得越发贪婪。

既然决定要发起这场战争了，该省的督军便急切地想着把大大小小的军事首领都召集到他的麾下。当他听说王虎在某县城造反的事时，他跟该省的督军说："不要把那个叫王虎的小军官逼得太急了，我听说此人是个正直、凶悍的年轻人，我想把他纳入我的军中。或许今年春天，若不是今年的话，那就是明年或者后年，国内将会爆发内战，北方的军阀将可能与南方的军阀开战。对此人，要宽大为怀。"

尽管就一般而言，军事首领应该由国家的文职官员管理，可一再被证明的实际情形是，权力往往是掌握在拥有枪杆子的军人手中。一个手无寸铁的文官，即便他掌有一定的权力，又如何能与跟他属于同一地区的、拥有军队的武官相抗衡呢？

就这样，命运在那年春天帮了王虎的忙。当政府军队朝他这边开过来时，王虎带着他的人迎了出来，他让老县长坐在轿子里行在前面，安排了不少骁勇善战的士兵埋伏在附近，以防不测。等到达了会面的地点时，老县长下了轿子，穿着他县太爷的袍子，在覆满尘土的乡间道路上踉踉跄跄地走上前去，有两个亲信一边一个搀扶着他。那位从省城来的督军上前来迎老县长。两人在见过礼后，老县长开始颤巍巍地讲道："您误会了，将军，这个王虎不是盗匪，而是我新上任的军事首领，他保卫了县衙，把我从我手下的叛乱中救了出来。"

虽说督军已从他的密探那里知道了事情的真相，并不相信老县长的话，别人也不相信，可他还是下达了不准攻击王虎的命令，说不能因为这样一场小的争执而损兵折将，每个人和每支枪都要用去打大仗呢。因此听完老县长的这番陈述后，督军只是轻描淡写地责备道："你应该早些把这消息报到省里才是，我以为是一场叛乱，已出动了兵力前来讨伐，部队劳师动众的，空跑了一趟，要罚你一万大洋作为补偿。"

听到事情就这么解决了，王虎喜出望外地带着队伍回营。回来后他在已有的赋税之上给这一地区所产的食盐又增加了新税，不到三十天的时间里，他便获得了一万多块大洋。因为这一带盛产食盐，除了本地食用，还运往全国各地，据说还出口到国外呢。

在这件事情之后，王虎的权力更加巩固了，而且他没有损失一兵一卒。在他看来，这次成功应该归功于他的女人，他钦佩她有这样的聪明才智。

可王虎仍不知道她是谁，不知道她是一个什么样的女人。与这个女人卿卿我我，成为他一时的主要消遣。然而，有的时候他还是很想知道她的来历。如果他忍不住问她了，她总是推托说："这是一个很长很长的故事，到冬天没有战事的时候，我再告诉你。现在是春天，是打仗和扩充你势力的最佳时期，不是拉闲话的时候。"

推却他时，她显出一些不安，炯炯的目光里有一丝冰冷。

王虎觉得这个女人说得在理，因为全国上下到处都在传今春各军阀之间要开战的消息，说是会有这十年来不曾见过的大战。消息传得满天飞，百姓都人心惶惶，不知道这战端会最先从哪里爆发。然而，该耕作的土地还得耕种，城里的商铺还得照开，人们得活着，孩子得喂养。因此，人们依旧过着他们该过的生活，即使他们对将要到来的恐怖担心，但他们仍得干活和做事，一边观望，一边等待着将要到来的战乱。

在他驻扎的这一地区，所有人的目光都投向了王虎，因为他对他们的统治现在已经确立和公开化，人们知道所缴纳的赋税都是经过了他的手。尽管老县长还在那里摆着个样子，可他已是个老古董，一切事情都是由王虎来定夺。在议事大厅里，王虎甚至坐在了老县长的右侧，每当需做出决定时，老县长的眼睛就会看向他这边，以前要付给那些县议员的钱现在都进了王虎和他亲信的口袋。不过，王虎依然是从前的那个王虎，尽管他收了富人的钱，可穷人来了有事求他，他还是会让对方充分地替自己辩解。许多穷人为此而赞扬他。今年春天，众人的目光都投向了王虎，想看看他会怎么做，他们知道若是他参加这场大战，他们就得为他征募的士兵和购买的枪支再缴纳税款。

对于这件事，王虎自己考虑过，也跟他的女人和亲信们商量过，只是他仍然有些困惑，不知如何做才对他最为有利。该省的督军已经向分散在各处的大小军事首领颁布命令，命令上说："带领你们的人马，汇聚在我的旗下，现在已经到了在战争的风潮中雄起的时刻。"

但在是否响应督军的号召上，王虎仍拿不定主意，因为他还看不出哪一方会获得胜利。如果他将自己投在失败一方的麾下，那么他将会受到重挫，甚至遭到毁灭，毕竟他是刚刚发展起来的一支军队，羽翼还未丰满。因此，他要再三斟酌，他派出密探四处打听，看看能否打探出谁更为强大，谁会是胜利的那一方，他对自己说，他要拖延一段时间，先不倒向任何一方，他会等到战争的胜负快见分晓的时候，只有到了那个时候，他才宣布自己的抉择，趁着战争的最后一股潮头，与其他的人一起跃上其峰顶，不损失一人一枪。他派出他的密探，等待着结果。

晚上的时候，他和他的女人也探讨这个问题。他俩的爱情与他的抱负很奇怪地联系在了一起，在他满足了他的情欲，舒服地躺在床上时，他同她谈论着这些事情，以前他从没跟任何人这样交谈过。他把他心中的愿景都讲给她听，到说完他的每个梦想时，总以这样的话语结束："我会这么做的，等你给我生了儿子，他会给这所有的一切都赋予意义。"

可对他的这一希冀她从未做出过任何回应，当他因此而敦促她时，她会变得不耐烦，说起一些别的事情。她会一遍又一遍地说："你为这场最后的战斗做好方案，做好准备了吗？"她经常说："兵者，诡道也，最经典的战斗是在胜利马上就要到来时的最后一击。"

王虎从未曾留意到她眼神中的冰冷，因为他自己就是一团火。

因此，整个春天，王虎都在等待，尽管这等待有时叫他感到很烦。好在现有这个新婚的女人在他身边，使他的等待变得好受了一些。夏天来了，麦子也收割了回来，在整个乡野到处都是打谷的声音，这声响一整天都回荡在静谧炎热的阳光下。套种在麦田里的高粱已长得又高又直，开出了花穗。在王虎等待的这段时间，各地战事频频，南方的一些将军像北方的将军们一样暂时地联合了起来，可王虎仍在等待。他非常希望南方的军阀们都将以失败告终，因为他从骨子里不想让自己再次与那些皮肤黧黑、发育不良的南方佬联合在一起。那些南方佬实在令他感到厌恶，有的时候他甚至颇为郁闷地跟自己说，如果南方胜了，他会暂时藏到大山里，在那里等待战争出现新的转机。

不过，他并不是毫无作为地等待。他以极大的热忱训练着他的士兵，又一次扩充了他的军队，招收了许多优秀的、前来投奔他的年轻人。他让有经验的老兵来带这些新兵，他的队伍一下子壮大到了一万人，为了有足够的军费，他又增加了对酒类、食盐和过路商人的赋税。

他现时唯一的难处是他尚没有足够的枪支，要解决枪支问题，他有两个可供选择的办法：一是通过计谋，二是通过征服附近的一些小武装，缴获他们的枪支弹药。这是因为武器很难搞到，它们大多产自外国，得从国外运进来。王虎在内地选择驻地时，并没有考虑到这一层，他没有掌控海岸边的码头，码头上一般都戒备森严，他基本上没有可能从码头上走私枪支进来。再说，他也不懂外国话，他身边也没有懂外语的，因此他还无法直接与外商做买卖，他觉得似乎必须在什么地方打上一仗，因为他的士兵中还有许多人没有武器。

有一天晚上，他把这一想法告诉了他的女人。她立刻来了精神，对此表现出了极大的兴趣，在这之前，她整个人常常是无精打采的，对他一副爱理不理的样子。现在，她集中起了她的注意力，很快对他说："我似乎听你说起过你有个哥哥是商人！"

"我确实有这样的一个哥哥。"王虎说，他并不明白她的意思，"但他是个做粮食交易的商人，不是做枪支买卖的。"

"你还是没有明白我的意思！"她有些不耐烦地冲着他高声叫道，"如果他是个跟沿海口岸打交道的商人，他就能买到军火，并且通过他的货物走私进国内来。我不知道具体怎么做，但这里面一定是有办法的。"

王虎在思忖了一会儿后，又一次觉得这真是个聪明的女人，根据她所说的，他做出了一个方案。第二天，王虎把麻脸侄儿唤到自己跟前，在过去的一年，他长高了不少，王虎一直把他放在身边，让他去执行一些特别的任务。此刻王虎对他说："回去看看你的父亲，假装回家探亲，当你独自跟他在一起时，告诉他我需要三千支枪，因为缺少武器，我常常没法行动。人哪儿都有，可枪支却很稀缺，如果不是人手一杆枪，那么人再多对我来说也没有用。告诉他，他是个商人，是个与口岸打交道的商人，他能为我想出办法来的。我之所以派你去，是因为你是我的亲人，这件事必须保密。"

小伙儿高高兴兴地踏上了回家的路，他发誓一定会严守秘密，有这样的一个使命在身，他感到很骄傲。王虎又开始等待，他仍在招兵买马，只是在挑选人选时十分认真，对每个新兵都要进行考验，看他是否怕死。

第十八章

小伙儿踏上了回乡下老家的路途。他已脱了军装，换上农村男孩穿的衣服，身着粗蓝布衣，加之他棕色的脸庞，俨然像个农村小伙儿，是王龙地地道道的孙子。他骑着他那头白色的老毛驴，把一件破棉袄叠起垫在屁股底下，有的时候，他会用光脚丫踢着老毛驴的肚子叫它快走。看他这样骑着一头老毛驴，在夏日炎热的阳光下，常常打着盹儿，谁会想到他身上竟肩负着重要使命，要把三千支枪运进平静的乡野。他不打瞌睡时，便唱起军歌或战歌，因为他喜欢唱，田间的农民听到他的歌，会不安地抬起头望着他走过，曾有个农民冲着他的背影喊："你唱这些当兵的歌做甚——你要把那些该死的乌鸦再给我们唱回来吗？"

可兴高采烈的小伙儿毫不理会，他往路的这边唾一口，又往那边唾一口，表现出一副满不在乎、想唱就唱的神气。其实，常年待在粗莽、打仗的人当中，除了军歌，他别的歌也不会唱，士兵们唱的歌自然跟农民的田间小曲截然不同了。

第三天正午时分小伙儿回到了家，他在主街拐进巷子处下了毛驴，碰上大堂兄正从巷子里出来。大堂兄愣了一下，止住了他正在打的哈欠，跟堂弟打着招呼："嘿，你现在是军官了吧？"

"还不是，不过，我至少得过一个第一名！"

　　小伙儿这么说是想讽刺他的堂兄，因为人人都知道王地主和他的太太总是大谈特谈要把这个儿子培养成一个人才，准备在秋季到哪个有名的学府去赶考，将来准会成为一个大人物。可秋季过去了，转眼到了下一年，年复一年，从没见他出去赶考过。麻脸小伙儿知道他的这位堂兄现在要去哪里，当然不是去学堂，而是去某家茶馆，而且毫无疑问，他刚刚才从床上爬起来，一副不知昨夜在哪儿玩过之后的慵倦样子。王地主的这个儿子风流倜傥，爱嘲讽人，这时他打量着他的堂弟说："不管怎么说，一个得了第一的军官还没穿过一件丝绸衣服哩！"

　　说完便径自走了，一边走一边摇晃着身体，他嫩绿色的丝绸大褂随着他大少爷似的步子摆动。麻脸小伙儿咧嘴笑着，冲着堂兄背影吐了吐舌头后，进了自己的家门。

　　走进院子后，他发现自己的家一切如旧。适值吃午饭的时间，房门开着，他看见父亲正独自坐在桌前吃饭，弟妹们照旧端着饭碗跑来跑去，他母亲正站在屋门前，一边用筷子往嘴里扒饭，一边跟一个来串门借东西的邻居聊天，她告诉那女人昨晚一只猫进来把她家挂在房梁上腌的咸鱼给偷吃了。见儿子进来，她对他喊："哇，正好赶上吃饭时间，你回来得再不能比这更及时了！"接着，她又跟那邻居聊上了。

　　小伙儿冲她咧嘴笑了笑，只是叫了声妈，便进了屋里。他父亲跟他点了点头，略微感到有些诧异。儿子很尊敬地喊了一声爸，自己去拿了一个碗和一双筷子，从桌上给自己的碗里盛了饭，坐在桌子一侧的一张凳子上吃了起来。当有长辈在时，做后辈的就该这么坐。

　　父子俩吃完后，父亲给自己的空碗里倒了一点儿茶水，他行事一贯节俭，茶水也舍不得多喝。他一边小口小口地呷着，一边跟他的儿子说："你是不是带回了什么话？"

　　儿子说："对，只是我不能在这儿讲。"他这么说是因为弟弟妹妹都围在他身边，静静地望着他。因为他让他们感到陌生，所以对他说的每句话，他们都想听一听。

这个时候，母亲又回屋里盛饭，她饭量大，往往是丈夫吃完离开了，她还要吃上好一会儿。此时她看着儿子说："我敢说，你的个子长了有半尺多！你怎么穿了这么一件破衣服？难道你三叔就再没有比这好的给你穿了？他们给你吃什么呀，让你一下子长高了这么多——我敢肯定，一定是给你吃了好酒好肉！"

小伙儿咧嘴笑着说："我有好衣服的，只是这一次没有穿。我们每天都吃肉的。"

这令王掌柜很吃惊，也让他来了兴致，他大声问："什么——我的兄弟每天给他的士兵们吃肉？"

小伙儿连忙答道："不是的，只是这一段时间，因为快要打仗了，他想叫他们吃得身体壮壮的。不过，我每天都有肉吃，因为我没有跟普通的士兵待在一起，我和我叔的心腹们一块儿吃饭，我们可以吃我叔和他女人吃不完的饭菜。"

他的母亲这时好奇地问："跟我说说他的这个女人！太奇怪了，他结婚竟然没有邀请我们。"

"他请了。"王掌柜觉得这话题一旦开了头就会没完没了，赶忙说，"他请我们了，我说我们不去。那得花不少银子，要是你也去，你就要买新衣服什么的，好去了显摆。"

女人听到这话来了脾气，她大声嚷道："哼，你这个老吝啬鬼，我从没去过任何地方——"

而王掌柜这时却清了清嗓子，对他的儿子说："跟我走吧，这儿不会有安静的时候。"他起身轻轻把围在身边的孩子们往边上推了推，步出了屋子。他的儿子紧跟着也走了出去。

父子俩一前一后地走在街上，进到了王掌柜平时不怎么去的一家小茶馆，他选了一张僻静角落里的桌子坐了下来。茶馆在这个时间段里往往没有什么人，因为进城卖了货的农民现在都回家了，而下午到这里喝茶聊天的城里人还没有来。因此，王掌柜的儿子现在可以安安静静地把他此次来的任务讲给他父亲听了。

在认真听的过程中，王掌柜自始至终没有作声，听完之后也不露声色。如果听的人是王地主，他早就被惊得眼珠子乱转，发誓说这是根本不可能办到的事。而王掌柜就不一样了，他现在已悄然累积起天量的财富，富可敌国，没有他办不成的事。如果说他在犹豫，那也是在权衡事情做成后是否对他有利。他把他的钱投资到了各行各业，人们跟他借贷去办各种事情。他甚至借钱给寺庙，向和尚们放贷，让他们用属于寺庙的土地做抵押。如今人们已不像从前那么信佛，只有妇女，往往是老妪，才去拜佛信神，许多寺庙都显得凄凉凋敝，好景不再。王掌柜将他的钱投在河运和海运上，投在铁路运输上，而且，他在城里的一座妓院里还占有大量股份，尽管他从未光顾过自己开办的这家妓院。一两年前，当这家很大的妓院宣布开门营业时，他的哥哥曾去那里作乐，做哥哥的怎么也不会想到这座妓院竟是他二弟办的。这是一桩顶赚钱的生意，王掌柜显然是摸透了男人们的本性。

就这样，他的钱通过数以百计的秘密渠道投了出去，如果他突然一下子把它们收回，许多行业都难免受到损失。然而，他仍像从前那样吃着他的粗茶淡饭，也不像很多富人那样去寻欢作乐，他的儿子们仍然穿着粗布衣服，看着他这副节俭过日子的样子，谁也不会想到他竟然那么富有。因此，在考虑着这三千条洋枪时，他绝不会像王地主那样显出慌乱的神色。如果一个人在街上遇到这兄弟俩，他一定会以为王地主是富人，因为其出手阔绰，大腹便便，身上穿的都是绫罗绸缎，他的儿子们也都是丝绸加身，除了那个渐渐被他遗忘的罗锅儿，一直跟着梨花过着平静的生活，已快成年了。

王掌柜默不作声地盘算了一会儿，半晌，他说："购买这么多支枪，我需要出很多的钱，你叔叔说他拿什么做抵押了吗？鉴于倒卖枪支是违法的事，我得有可靠的抵押才行。"

小伙儿回答道："我叔叔说'要是你爸不相信我的话，就拿我还剩下的地做担保吧，直到我收下税把钱还给他。我手里虽然掌握着这整个地区的税收，可我不能一下子征收巨额赋税，那样我的百姓会受不了的'。"

"我不想再要地了。"王掌柜若有所思地说，"今年咱这儿年景不好，算是灾荒年了，土地卖不起价来。他剩下的那些地根本不够，他结婚时的花费也是用的卖地的钱。"

听到这里，小伙儿的一双又小又黑的眼睛里放出光来，他非常恳切、真诚地说："爹，我叔真的是个了不起的人。你该知道人们有多怕他！可他又是个好人，从来都不滥杀无辜。连那个省的督军都怕他。他天不怕，地不怕——除了他，还有谁敢娶那个人人称作狐狸精的女人呢！如果你能为他搞到这些枪，那他的力量会比任何时候都更加强大。"

儿子的这些话对父亲并没起多大的作用，可这里面毕竟有些不容忽视的事实，最终让王掌柜下定决心的是下面这个道理：有这样一个势力强大的军阀做弟弟，对他来说是划得来的。如果正像这些年所谣传的那样，有一场大战即将来临，如果这战争蔓延到了这里——谁又知道战事会往哪个方向蔓延呢？——那么，他巨大的财富很可能会被掠夺，不是被敌人的士兵抢走，就是被无法无天的穷鬼抢走。因为王掌柜的主要财产如今已不在土地上，他拥有的土地与他的房产、商铺和高利贷的生意比起来简直不值一提，而这类财富在战乱期间是很容易被人抢劫一空的，甚至只消几天的时间，一个腰缠万贯的富人就会变成一个穷光蛋，要是他没有一股力量在暗中帮助和保护他的话。

他暗自思忖着，这些枪支在将来也可能是对他的一种保护，进而又想着该如何购买它们，如何将它们走私进来。这一点他是可以做到的，因为现在他已拥有了两艘货轮，用来把大米运送到邻近的国家去。以他这种方式把大米卖出去是违法的，因而他不得不秘密地做着这项生意。由于这项生意的利润高，即便他给海关官员一些贿赂，也很划算。拿了贿赂，那些官员会对他的这两条小船上的货物"睁一只眼闭一只眼"，而对那些外国货轮以及没有给他们钱的货船大肆检查。他当时购置小船，就是为了不引人注目。

王掌柜想到他的这两艘货轮从国外返回时常常是空船，或是只是载着些棉纱和外国的小玩意儿，连一半的载荷都不到。他可以设法把这些枪支藏到货物中走私进来，要是被查了，他可以打点相关人员，并给两个船长一些钱，封住他们的嘴。

是的，这些他都是能办得到的。他环顾了一下左右，见就近没有顾客或侍者，便对他的儿子说——他的两片薄嘴唇几乎看不到翕动，语声从他的牙齿间轻轻地吐出来："我能把枪支运到国内的口岸，甚至运到离我兄弟不远的铁路上的某个站点，可我怎么才能够在一两天的时间内通过陆路把枪支给到他手中呢？那段路，除了人扛，就是用马驮了。"

王虎之前并没有就此向小伙儿交代过，因此，小伙儿只能傻傻地搔着头皮，看着他的父亲说："我必须回去请示他。"

王掌柜说："你告诉他，我会把枪支放到别的货物中，给它们贴上别的标签，把它们卸载在某个站点上，然后，让他到那个站点去取。"

第二天，小伙儿便起身返回他叔叔那边。当天晚上，他睡在了自己家里，他母亲给他做了最可口也是他最爱吃的蒜肉包子。他饱饱地吃了一顿，剩下的全都塞进怀里路上吃。他骑上他的老毛驴，踏上了回去的路程。

第十九章

接下来的一个月，发生了一件即便告诉王虎，高傲的他也不会相信是真事的事情。当大军阀们之间爆发了内战，将国家割据成了两半时，战争的狂热便席卷了整个地区。于是，来自民间的好战分子纷纷在各处举事，无业游民，不愿做工、喜欢冒险者，那些对父母有逆反心理的，赌场上失意以及对现状不满的各种小人物，都相继登场亮相。

在王虎如今以老县长名义统辖的地区，这些造反的人形成了一个又一个的小团伙，他们都管自己叫"黄巾帮"，因为他们都拿一条黄色的带子裹在头上，并开始在乡间抢劫。最初他们还较为收敛，只是在经过时跟村民们索要食物，或是进到村里的小酒馆吃喝，走时不给钱，或只付少量的钱，一副气势汹汹要闹事的样子。店主怕把事情闹大，只好忍气吞声，自己承受损失。

随着其人数的不断增加，这些黄巾帮的胆子渐渐大了起来。他们开始想着要搞枪支，因为他们中只有少数几个开了小差被撤下的士兵有枪。虽然他们还不敢到较大的城镇附近闹事，只局限于在小村庄里活动，可他们的胆子却已大到去普通民众中抢劫了。曾有几个大胆的村民去王虎那里报告过匪情，告诉他，劫匪没人遏制已变得十分猖獗，他们会在夜间到村民家中劫掠，如果找不到他们想要的东西，便会肆无忌惮地杀人。但王虎不知道是否该相信这些话，因为他派出去的探子也曾问过一些村民，这些村民怕危及自己的安全都不敢说，不敢承认有这样的事。因此王虎也就是将信将疑，暂时没有采取任何行动，那段时间他的脑子里一直在盘算自己在什么时间宣战最为合适。

酷暑到来之时，许多支军队向南方开拔，一些士兵留下来当了劫匪，劫匪的人数大增，胆子也更大了起来。在这个季节，这一地区的高粱都长得很高了，这也给盗匪提供了藏身之处。他们变得更加胆大妄为，以致人们只有成群结队时才敢在小路上行走。

对现在这一糟糕的形势，王虎到底了解多少，谁也说不准，因为他多少受着他手下人的影响，他必须相信他的探子和亲信们的看法，他们都对他大加称颂，这让他觉得没有人敢在他面前逞威风。可是，有一天从西面的乡下来了两个农民，兄弟俩背来一个麻袋，他们不愿打开袋子给任何一个人看，对于所有问他俩话的士兵，他们都执拗地回答说："这袋里的东西是给司令看的。"

卫兵们以为这是他们要送给王虎的礼物，因此就放他们进去了。两人来到议事大厅，适值议事的时间，王虎正在里面。兄弟俩来到他面前，在向他行过礼后没有多言，便打开麻袋，从里面拿出两双断手来。一双是一个很老的女人的手，由于常年做活手上都是硬茧，褐色的皮已经干裂，另一双是个老汉的，掌心里有一层扶握过犁耙留下的老茧。残肢截断处的血现已变黑、变干，兄弟俩举着这两双手。那个做哥哥的人近中年，方正脸型，一看就是个老实巴交的农民，此时却义愤填膺地说："这些是我们年老的父母亲的手，他们都已死在家里！两天前，盗匪袭击了我们的村子，当我父亲喊出他没有东西给他们抢时，他们砍下了他的双手，我老母亲气不过骂他们，他们又剁下了她的两只手。当时我们兄弟俩还在田里干活，我们的媳妇逃了出来，哭喊着来找我们，等我们拿着铁叉赶回去时，盗匪已经跑了。他们来的人数不多，不到十个人，而我的父母亲都已老了。村里没人敢来帮我父母，担心以后遭到报复。老爷，我们向你纳的税，比上缴国家的税还多，我们缴纳土地税和食盐税，对我们买进和卖出的一切东西都缴税，我们之所以这么做，就是为了免遭匪徒的抢劫。你们打算怎么保护我们呢？"兄弟俩手里举着他们父母亲枯瘦、僵硬的断肢说。

王虎并没有像许多在他这样地位上的人那样，对这样直言不讳的质问动怒。这样的讲述令他感到惊诧，而后觉得愤怒，不是因为这两个农民竟敢在他面前如此大胆地讲话，而是因为这样的事情竟然会发生在他统治的地区。他召集来了他手下的军事头领们，他们一个接一个地从各自的连队被唤到了这里，总共有五十来位。

随后，王虎从大厅的砖地上捡起这几只断手，拿给所有在场的人看，他说："这些都是我们勤劳善良的农民的手，他们在自己的儿子在外种田时，被强盗们于光天化日之下抢劫和杀害了！谁先打头阵去剿灭这些盗匪？"

军事头领们的目光都盯在了那两双手上，眼前的景象让他们感到震惊和警醒——盗匪竟敢在属于他们的地盘上肆意抢劫！大家不由得相互议论开了："岂能让这种事情继续在我们的领地上发生？"

"岂能让这些该死的盗贼在我们的属地上恣意横行？"

随后，他们一起喊出："让我们去讨伐那些贼寇吧！"

这时，王虎转向了兄弟俩说："你们放心回家，明天我的人就前去征讨，不把这些强盗的首领揪出来，像杀豹子那样把他杀掉，我誓不罢休！"

那个弟弟说："青天大老爷，我们觉得他们还没有首领。他们一小撮一小撮地各自分散活动，尽管他们都称自己是黄巾帮，实际上他们正在寻找一个影响力大的人，把他们组织在一起。"

"如果是这样，"王虎说，"那驱散他们就更加容易了。"

"可消灭他们并不容易。"哥哥唐突地加了一句。

兄弟俩仍然等在那里，好像还有话要说，可又不知该如何开口。见他俩还不走，王虎有些不耐烦了，他觉得他们是不信任他，于是有些生气地说："难道你俩怀疑我的能力？怀疑我这个杀了欺负了你们二十多年的大强盗豹子的人的能力？"

兄弟俩互相看了看对方，那个哥哥咽了一口唾沫，缓缓地说道："不是的，青天大老爷，只是我们有些话想单独跟你说。"

王虎转身对着还站在这儿的连队头头们，叫他们回去赶快准备他们的人马。待人走了，王虎身边只留下一两个侍卫时，那个当哥哥的扑通一声跪下了，人伏在地上，磕了三个响头后说："青天大老爷，您别生气，我们是穷人，只能跟你嘴上提出要你保护我们，却没有钱上下打点。"

王虎诧异地问："你这是什么意思？你要我做的是我的分内之事，我不会向你们要贿赂的。"

那人谦恭地答道："今天来这儿之前，村里的乡亲们就曾劝阻我们。村民们说如果我们带来了当兵的，那会比有盗匪的情况更糟，因为他们的人数比盗匪更多。我们都太穷了，不干活根本没有饭吃。强盗们来，抢完了就走了，但是当兵的会住在我们家里，眼睛瞅着我们的闺女，吃掉我们冬天的储粮，我们一句也不敢吭，因为他们手中有枪。青天大老爷，如果你的士兵来了后也是这个样子，那就不要叫他们来了，还是让我们这样忍受下去吧。"

王虎是个有正义感的人，听到这样的话后很是气愤，于是又叫回了连队头头们。他脸色铁青，眉头紧蹙，冲着他们嚷道："我管辖的就这么点地方，派出去的人三天之内就能回来，因此每个到乡下去的士兵外出都不得超过三天，谁要胆敢欺负百姓，我就毙了他！如果他们灭了盗匪，我会赏给他们银圆、食物和酒，但我不是匪首，我手下的人不是匪徒！"他拿眼睛怒气冲冲地瞪着他的手下，吓得他们连连称是。

在王虎这样教训完了手下后，那兄弟俩带着他的承诺动身离开。二人小心翼翼地把父母亲的手又放回到袋子里，以便把这些残肢和两位老人的尸体合葬在一起。他俩返回了村庄，不住地向村民们称赞王虎的为人。

可当王虎打发走兄弟俩，有时间细想他做出的承诺时，不免因自己这一打抱不平的冲动感到有些沮丧。这时他的头脑已经冷静了下来，因为他并不想在这场与盗匪的争斗中无谓地损失掉自己的士兵和枪支。他很清楚，在他的军队里，正如其他的军队里一样，也一定有那种游手好闲且想另攀高枝的人，他们很可能受到诱惑，带着他们的枪投到土匪的阵营里去。他坐在那里闷闷不乐地想着，他还是有点儿太性急了，太容易受到那兄弟俩带来的两双断手的影响了。

正在他这么坐着的时候，传令兵送来一封来自他二哥王掌柜的信。王虎从封口处撕开，取出信开始读。信写得较为含蓄，他二哥拐弯抹角地告诉他，枪支快要运达了，会于某一天卸在某地，它们被藏在装麦子的麻袋里，这些麦子写明会被拉到北方的面粉厂。

王虎遇到一个他从未遇到过的难题，他无论如何得取回这些武器，可是他的人都撒到乡下去剿匪了。当他坐在那里，正唶叹着自己运气不济时，他深爱的女人进来了。她走来时声音很轻，一副慵懒的神态，因为正是盛夏正午时分，她只穿着一身白色的丝绸衣裤，领扣那儿敞着，露出了她的脖子，那么柔滑、丰腴，甚至比她的脸还要白皙。

尽管王虎碰到了麻烦，觉得闹心，可一看见她，还是被她秀丽的脖子迷住了。他暂时把烦恼放到一边，渴望把手放到她白净的颈窝那儿，他等着她走近。她真的过来了，把身子伏在桌子上，看着他手里的信对他说："你怎么啦，脸色显得那么阴沉，气呼呼的？"她咯咯地笑了笑，那种短而高的笑声——继而说，"我希望惹你生气的人不是我，要不然看你现在这副阴森森的面孔非要杀了我不可！"

王虎把信默默地递给了她，眼睛一直没有离开她裸着的脖子，顺着圆润的颈子窝，他看到她下面隆起的胸。他爱这女人近乎于疯狂的程度，虽然时间不长，但他跟她已是无话不谈。她接过信，读了起来。在俯身读着那封信时，她线条优美分明的双唇微微地动着，这让王虎觉得她真是太美了，她一个女子能够阅读，他想起来也为她感到自豪。她亮油油的秀发绾成一个结盘在脖子后面，两只耳朵上都戴着金耳环。

她读完信后又把它装进信封里，放在桌子边上，在她做着这一切时，王虎注视着她纤细手指那轻盈、敏捷的动作。然后，他说："我不知道该如何把这些麻袋弄回来，只有两个办法，不是用计谋，就是用武力。"

"两个都不难。"女人流利地说，"智取或强夺都很容易，读这封信时我脑子里就有了个计划。你只需派出一队人马，让他们装扮成现在人们口中常常谈论的那些盗匪，做出似乎是为了抢劫那批粮食的样子。如此一来，谁知道你会和这件事有关呢？"

听她这么说，王虎无声地笑了。在他看来，这真是个聪明的计划，他亲昵地将她搂进怀里，因为这时屋子只有他们两个人——只要她一进来，卫兵们就站到屋外去了。他用他那双坚实有力的手抚摸着她柔软的肌肤，很是得意地说："我从未见过像你这么聪明的女人！在杀了豹子的那天，我就预感到我的福气来了！"

在和她亲热够了后，他步出屋子，叫来了老鹰，说："在五十里开外，两条铁路交会的地方，有一批枪支需要取回来，它们都装在运麦子的麻袋里，那些麦子是要转运到北方的面粉厂的。你带上五百人，拿上武器，装扮成盗匪的模样去那里，抢下这些麻袋后就装作要把它们搬到匪巢。事先在近处备好车马，东西一到手，就连枪带粮食一起运回来。"

老鹰是个聪明人，以足智多谋著称，就像屠夫以他的两只碗大的拳头著称一样，这种乔装打扮的夺取行动很合他的口味，因此很乐意地接受了命令。王虎又说："等把枪支拿回来了，我一定会重重赏你，每个士兵也会根据具体的表现给予奖赏。"

安排完后王虎回到屋子里，那个女人已经走了。他坐回到他的雕花扶手椅子里，为了凉快，椅面上铺了用芦苇编织的坐垫。他解下武装带，松开领口处的纽扣，因为天气变得越来越热，他坐在那里歇息，可脑子仍想着她秀美的脖颈和顺它延伸下去的胸。他不禁感叹竟有像她那样柔滑的身体，像她那样冰清玉洁的肌肤。

他压根没有注意到他二哥写的信已经不在桌子上了，那个女人已经把信深深地塞进了她的怀里，就是他的手顺着脖子伸下去也触碰不到。

在老鹰离开半天后，王虎独自出来在凉爽的夜晚散步。他走在院子里一处靠近边门的地方，院门开着，面对着街道，有一条白天有人、夜晚却很少有人光顾的小街。在他这么信步走着的当口儿，听到了一阵蛐蛐的唧唧声。起初，他并没有去留意它，因为他脑子里有太多的遐想了。可蛐蛐一直这么叫着，终于引起了他的注意，他想这并不是蛐蛐们鸣唱的时节。于是，出于好奇，他去寻找它藏身的地方。这鸣声来自大门外，他探身朝院外张望，看见有个人蹲在门后面，身子大半被门挡着。他用手握住剑柄，靠上前去，在苍茫的夜色中，他看到麻脸侄儿抬起面色苍白的脸望着他。小伙儿气喘吁吁地压低了声音对他说："别作声，叔叔！不要告诉你太太我在这儿。在你能走得开的时候，到街上来一趟,我在第一个十字路口等你。我有事告诉你,这事耽搁不得。"

小伙儿像个影子似的消失了,王虎此时正好一个人,因此他没有再等,追在了影子后面,先行到达了那个路口。随后,他看见侄儿贴着墙根的暗处偷偷地溜了过来。他大为惊讶地问:"你这是怎么了?怎么像个挨了打的小狗似的偷偷摸摸的?"

小伙儿轻声答道:"别出声,我刚才被派去一个离这儿很远的地方,要是你太太看见我在这里,她是个聪明的女人,我想她肯定派人监视着我的。她说一旦我告密就杀了我,这已经不是她第一次这么威胁我了!"

王虎听了,惊得说不出话来。他半拖半拽着侄儿,把他弄到一条巷子的暗处,随后命令他讲出事情的经过。于是,侄儿把嘴凑在王虎的耳朵上说:"你的女人叫我把这封信送给一个人,我不知道那个人是谁,因为我没有拆开看。她问我识不识字,我说我一个农村长大的孩子怎么会识字。于是,她就给了我这封信,告诉我把它交给一个今晚在北郊外茶馆里等我的男人,为此她给了我一块银圆。"

他把手伸进怀里掏出了一封信,王虎接过信,二话没说便穿过巷子到了一条僻静的小街上,那里有个老人开的一家卖热水的铺子。王虎借着挂在墙上的一盏豆油灯微弱的光,拆开信读了起来。他发现这里面显然有个阴谋。她——他的这个女人——已经把这批枪的事透露了出去!很显然,她已经和什么人碰过面了,并告诉了他这个消息,在这封信里,她发布了她的最后一道命令:

待你们拿到枪,集合起队伍,等待我的到来。

在读着这信的当口儿,王虎仿佛觉得他站立着的大地飞旋着离开了他的脚下，他头顶上的天塌了下来，砸在了他身上。他一直那么热烈、那么真挚地爱着她，从不曾想到过她会背叛他。他忘记了其亲信豁嘴给他的一切警告，这些天来，他更是对豁嘴沮丧的面孔视而不见，他爱这个女人已经爱到了渴望得到他们爱的结晶——给他生一个儿子的程度。是的，他曾经一次又一次热切地、迫不及待地问她，她是否已经怀上了他们的孩子。他是那么爱她，根本没有想到她的心仍在那样抵制他。就在刚才，他还渴望着去他爱的人那里，跟她共度良宵呢。

现在他终于明白了，她从来都没有爱过他。她甚至在他等待战争转机来临，即将迈出他一生中重要一步的关键时刻，谋划出了这样的计策来拆他的台。她可以一边每晚躺在他的身边，一边搞出这样的阴谋。当他问及生儿子的事时，她总是假惺惺地装出很抱歉、很难过的样子。他的愤怒一下子到达了极点，甚至令他觉得窒息。在他丝毫没有察觉到的时候，他平生蓄积的怒气已冲天而起。他的心跳加快，两耳嗡嗡直响，眼睛变得模糊，两道浓眉紧紧蹙在一起，甚至令他感到了疼痛。

他的侄儿紧跟在他后面，站在了门旁的暗影中。王虎一把将他推到一边，又一推把他硬生生地推到了又尖又硬的石子路面上。

他满腔怒火，跨着大步返回到他的院子里，边走边从鞘中拔出剑来——豹子那把锋利无比的剑——在自己的腿上擦拭了几下。

他径直去了那个女人躺着的屋子，由于天热，窗帘还没有拉上。她躺在床上，一轮圆月已经升起越过了院墙，将它银色的光芒洒在她美丽的身体上。为了凉快，她没有穿衣服，她的两只手臂伸开着，一只手臂半弯曲着，另一只手搭在床边。

王虎没有片刻迟疑，尽管他看到她的容颜如此美丽，在月光下她美得就像是一座雪花石膏雕像，尽管在他的盛怒之下还有一种比死还要残酷的痛苦，他还是毫不迟疑地冲了进去。此刻，他脑中只记得她是如何无情地戏弄了他和背叛了他，受着这一力量的鼓动，他举起利剑，干净利落地将其戳进她仰躺在枕头上的咽喉，他把剑锋在她咽喉里使劲地转拧了一下后才拔了出来，然后在绸缎被面上擦掉了上面的血迹。

她的双唇间只吐出了一个音节，随即就被涌出的血给堵塞了。因此他并不知道她说了什么，除了剑插进她嗓子眼的那一刻她的四肢一下子撑开，眼睛突然睁大之外，她的身体再没有动过，当场毙命了。

之后王虎不顾一切地大步跨到院子里，大声喊着他的士兵，他的人应声跑来，他依然抑制不住自己的愤怒，厉声给他们下达着命令。他现在必须马上去支援老鹰，看看他是否赶在土匪之前拿到了枪支。除了留下二百人归豁嘴指挥外，他自己率领着其他人出发了。

行到县衙大院门口时，王虎一眼瞧见了看门的老头。他刚从床上爬起来，打着哈欠，懵懵懂懂地望着这一切。骑马经过的王虎冲着他喊："在我睡觉的屋子里有件东西！去把它搬出来，扔到运河或是池塘里去！在我回来之前，办好这件事情！"

王虎骑在马上，一副威风凛凛、怒气冲冲的样子。可他跳动在胸腔里的心却在滴血，不管他如何给他的愤怒火上浇油，他的心都在不停地暗自淌血。突然间，他不禁发出了呻吟声，尽管这声音被土道上响起的声音和单调的马蹄声完全盖住了。

王虎带领着他的人在乡野行走了一天一夜，寻找着老鹰，那天没有风，太阳火辣辣地照射着他们。可王虎硬是没有让他的人停下来休息，因为他心里仍在烧着的那团火让他无法静下来。到傍晚时分，他在那条南北大道上追上了老鹰他们，老鹰走在他率领的那群士兵的前头。王虎最初还不敢确认那是他的人马，因为遵照他的命令，老鹰他们都换上了破烂衣服，每个人的脑袋上都裹了一块毛巾。直到他们走近了，王虎才看清了他们。

待确定了这些是他自己的人后，王虎下了他的枣红马，在靠近路边的一棵枣树下坐了下来，内心的痛令他疲惫不堪，他等着老鹰走上前来。他越是等待，越是担心自己的怒气会消失，他发狂似的逼迫自己时刻记起他是如何受到欺骗的。但令他悲愤交加、难以启齿的一个事实是，尽管这个女人死了，可他仍然爱着她，尽管他庆幸他杀了她，可仍然强烈地渴望着再得到她。

这一悲愤交加使他变得暴戾。老鹰一过来，他几乎连隐在浓密的眉毛下面的眼睛还没有抬起来，便冲着老鹰咆哮道："噢，我敢发誓，你没有拿到枪！"

老鹰长着一张锥子脸，伶牙俐齿的，还是一点就着的火暴脾气。他这性子有时让他说话不计后果，他毫不客气地答道："我怎么知道盗匪是如何听到有关这批枪的消息的？我想，是哪个密探告诉了他们吧。他们在我们之前就到那儿了。在你还没有告诉我之前，他们就知道了。我能有什么办法呢？"他说着把枪扔在地上，将双臂交叉抱在胸前，不服气地望着他的司令，表示他是不会被压服的。

这时的王虎当然还没有失去理智，他疲惫地站起来，身体倚着那棵枣树粗壮的树干，他解开武装带，重新把它系得更紧了一些后，恨恨地说："这些枪看来都已丢失了，为了这批枪，我不惜跟盗匪开战。如果必须打，那就打吧！"他不耐烦地晃动着身体，朝地上唾了一口唾沫，继续说道，"让我们去找到他们，狠狠地打击他们，如果这一仗过后，咱们的人损失了一半，那也是没有办法的事！我的枪我必须夺回来，如果为了拿回一支枪而死了十个人，那么我会再招募十个人进来。为了夺回一支枪，就是死十个人也值！"

说完他翻身上马，他的马儿刚才吃着地上的青草，现在被他勒紧了缰绳，烦躁地左右腾跃。老鹰站在那里，闷闷不乐地望着，片刻后，他说："我知道那帮盗匪在哪里，他们正在那个匪巢里聚集。我敢保证那批枪现在就在他们的手里。他们的头儿是谁我不知道，可他们已经忙活了有几天了。这段时间乡下平静了不少，他们集合在一起，好像是要推举出一个头儿来。"

王虎完全清楚他们要选的那个首领是谁，不过，他并没有谈及此事，只是给士兵们下达了进军匪巢的命令，他说："一到达那里，你们就向他们开火。打上一阵子后，我再跟这些盗匪谈判，每个带着枪过来的人，都可以加入我们的队伍。凡从匪巢里带回枪来的士兵，都奖励几块现大洋，一杆枪一块银圆。"

王虎又一次率领着他的人马，骑行在通往双峰山山谷的蜿蜒小道上，他的人衣衫褴褛地跟在后面。路边种地的农人抬眼不解地张望着，士兵们喊："我们是去打盗匪的！"

对此，有的农夫会热情地说："好啊，太好了！"可更多的人会一声不吭，愤愤地看着士兵们踩过他们种着小麦、卷心菜和西瓜的田地，他们并不相信当兵的会做出任何好事，早就烦透了这些当兵的。

王虎率领着他的队伍再次从双峰山脚下向上攀登，去往山上的通道是一条位于悬崖峭壁之间的崎岖小路，王虎跳下马来，牵着马前行，其他骑兵都效仿他下了马。他并没有理会他们，自顾自地向上走，仿佛他是一个人似的。他的身体往山上走着，心里却还在想着那个女人，他怎么会鬼使神差地爱上了她，并且依然爱得那么深，以致他的内心还在泣血，他甚至看不清楚台阶上覆着的苔藓。不过，他却并不后悔杀了她。因为尽管他爱她，可在他的深层意识中他也明白，像那么一个女人，在用微笑和坦然接受着他热烈情欲的同时，又能哄骗得他团团转，像这样的女人，唯有死了才能不骗人。他小声地对自己说："她毕竟是个狐狸精啊。"

他率领着他的人马不停地向上攀登，在快要到达阶梯的尽头时，他派出老鹰和五十个士兵前去打探匪巢那边的情况，王虎自己则等在几棵松树的绿荫下，因为现在正是烈日炎炎的时候。不到一个钟头，老鹰回来了，他说他绕着匪巢转了一圈，并报告说："匪徒们没有任何防备，他们正忙着重建山寨呢。"

"你发现他们的头领了吗？"王虎问。

"没有。"老鹰回答，"我爬到离他们很近的地方，甚至能听到他们说话。他们都是没有经过任何训练的强盗，什么也不懂，隘口那儿也无人把守，他们正在争抢着那些损毁较轻的房子。"

这是一个好消息，王虎向他的人高呼一声，自己率先朝着隘口冲了过去。他一边跑一边大声命令着士兵们冲进匪巢去厮杀，在打散他们后，再由他去跟他们谈判。

士兵们都冲了进去，王虎停下来在旁观阵。在朝人群密集的地方扫射了一梭子弹后，到处都有匪徒们倒下，痛苦地扭曲着身体死去。他们真的是没有一点儿准备，只顾着想他们的房子，想着如何安营扎寨了，这个山寨里集合了三五千人，就像小丘里的蚂蚁，都在忙着夯土墙、运木材和屋顶的稻草，筹划着将来的宏伟蓝图。遭到这样的突然袭击后，每个人都放下了手中的活儿，到处乱窜。王虎看得很清楚，没有人给他们发布指令，他们没有头儿。他的内心第一次得到一丝安慰，因为他对谁将会领导他们已经没有了任何怀疑，这令他想到，或迟或早，他跟他所爱的女人都必有一战，还是早点儿杀了她好。

在这样想着的当口儿，王虎又一次感到了命运之神对他的眷顾。他向士兵们高声下达了停止射击的命令，然后对还活着的匪徒们喊话："我是王虎，是该县区的最高长官，我不能容忍有匪徒的存在！该对敌人杀戮时，我不会手软，我也不怕死亡。如果你们想要联合起来反对我，我将杀死你们每一个人！不过，我也是个有慈悲心的人，我会给你们当中真心想重新做人的人一条生路。我现在就返回县城的驻地。在接下来的三天里，我会把任何一个带枪前来投诚的人接收到我的队伍中，如果他带来了两支枪，我将给他赏银。"

话说完后，王虎厉声向他的士兵发出下山的命令，很快他的人就踏上了归程。为了确保安全，他让他的一些人端枪瞄准隘口那边退着下山，以防个别胆子大的匪徒打冷枪。事实上，这些强盗就是一帮什么都不懂的乌合之众，是中了那个女人的圈套。他们急急忙忙地把枪取了回来，但连怎么端枪都不会，其中有几个人是逃兵，可他们也不敢向王虎射击，免得像去揪老虎的胡须，让人家反扑回来，杀他们个精光。

山上一片寂静，匪巢那边没有传出一丝声响，一路上唯有清风拂动松树枝的声音，偶尔有只鸟儿在林中鸣啭。当王虎下了山带着队伍穿过田野时，他的士兵们难掩激动之情，跟在地里干活的农夫们讲："再过三天，匪徒就会消失不见了！"

一些农夫表现出高兴和感激的神情，可大多数仍持一种观望保守的态度。他们等着看王虎接下来会跟他们索要什么，因为他们从没听说过军阀给乡下的老百姓做了好事而不求加倍回报的。

回到驻地后，王虎给每个士兵都赏了银圆，又命令备下好酒好菜招待他们，让他们吃好喝好而又不至于喝醉。在这样的氛围中，他等着这三天过去。

匪徒们带着枪支，或单或双陆陆续续地从各处来县衙大院投诚。前来的人中很少有带着两支枪的，就算有两支枪，也会邀他的年轻朋友或是兄弟跟他一起入伙。因为许多人的日子过得很艰难，常常饿肚子，他们很乐意为一个有权势的领导者服务，以求温饱。

王虎颁布命令，每一个身心健全、年龄又不算大的人均可以加入他的队伍。对于那些他不想要的人，他收下了他们的枪，给了他们一些钱。对那些他留下来的人，他全都给吃给穿。

三天后，王虎又宽限了三天的时间。在后面的这几日里，又陆陆续续地来了不少人，直到县衙大院和士兵营地里都爆满了，王虎只得把他的人先安排到城中的百姓家中去。有时候，作为一家之主的父亲会找上门来抱怨说他家里住的士兵太多了，他们全家人都被挤在一间小屋里。如果来的这位父亲年纪较轻，讲话又不客气，王虎便会威胁他说："没法子，忍着点儿吧！难道你宁愿让当地的强盗洗劫你？"

不过，如果来人是个老者，说话语气温和，王虎也会变得很客气，他会给这位老者几块银圆，而且很有礼貌地说："住的时间不会长的，不久后我们就要开拔去打仗了。我不会满足于只待在这个小县城里的，这个只有巴掌大的地盘。"

他自己已不再有女人了，一想到有女人的男人，他心里不知怎的就有点不舒服。因此无论去了哪里，他总是恶狠狠地跟他的人说："如果有哪个士兵欺负良家妇女，告诉我，我非宰了他不可！"他把新兵都安排在离他较近的民房里，只要他们的行为稍有不检点，他就会狠狠地教训他们。

凡是承诺给每个士兵的钱，王虎都会兑现。尽管他现在也缺银子，又有将近四千新人加入进来，他二哥给他的三千支枪他也只收回来了两千多支，可他还是保证把军饷发到每个士兵的手中，令他们都很满意。然而，他也知道这种情况不能持久，除非他想出了新的征税理由，因为现在他已经在花他个人金库里的钱了。对于一个军事首领来说，这么做是很危险的，因为一旦吃了败仗需要暂时撤到山里去，到时候他拿什么来养他的人呢？王虎需制定出一些新的税目来。

到了夏末时，王虎派出去的探子开始返回营地，他们都带回了同样的消息：那些南方军阀又一次被击败，北方再一次获得了胜利。对于这个消息，王虎很是相信，因为在过去的几个星期里，本省的督军再没有像之前那样催着他派军队去参战了。

于是，王虎急忙派他的侄儿和心腹豁嘴带着他的书信前往省城。他写了一封措辞十分委婉的信，为他长时间镇压当地的土匪而未能早日参战感到遗憾，不过，现在好了，他非常乐意加入督军北方的部队，去跟南方的军队作战，他同时还送上了礼品。

命运再一次巧妙地帮了他的忙，因为他的侄儿和豁嘴带着信去省城的那一天，恰好南北方之间签订了停战协议。南方军队的倒戈者被派回南方去执政，北方军队放假几日到外面去劫掠，作为对士兵们打了胜仗的奖励。本省督军收到王虎的结盟信后，写了一封措辞很客气的、接受其效忠的回复信，说今年的战事已经结束，因为秋冬季很快就要到了。然而，等明年春天到来时，无疑会有别的战事爆发，王虎要为来年的开战做好准备。

这就是侄儿和豁嘴两人带回给王虎的信的内容。王虎看了这信后非常得意，因为他知道他的名字不久后将会出现在这些获胜的将军之中，而且，他没有损失一兵一枪，他庞大的军队也完好无损。

第 二 十 章

　　金秋的清风再一次从西边吹来，吹遍了整个大地，农民收割了他们的庄稼，圆月又升起在高高的夜空中。人们都在欢庆即将到来的中秋节，感谢上苍让他们迎来了丰收，只有一两种农作物长得不太好，不算灾荒年，他们感谢盗匪被清除，感谢战事远离了他们的地区。

　　王虎考虑着他目前的处境，还有他所取得的种种成绩，他发现他今年的情况要远远好于去年。目前他已拥有两万名士兵，分别驻扎在城内和郊区，差不多有一万两千支枪。再则，他现在名声在外，被认为是国内有影响力的军阀之一了。战后仍在位的那位软弱昏庸的国家统治者，对在南方军阀试图推翻其统治时曾帮助、支持了他的众将领公开表示感谢，并授予他们官衔，王虎的名字也在这些将领之中。诚然，王虎被授予的官衔并不高，只是官名听起来很长、很响亮，但它毕竟是个官衔，他没有参加一场战斗，没有损失一兵一卒便得到了这个荣誉。

　　不过，王虎仍有一个很大的难题需要解决。事情是这样的，中秋节之际，也是债主催债、欠债还钱的日子，王掌柜捎来话说，他必须要回买枪花掉的款项了，因为别人也在逼着跟他要钱。王虎为此很是烦躁，派人去跟他二哥谈判，说他这一次不会为丢失的枪支付全款，他让信使跟他二哥说："你应该事先提醒一下你的代理人，让他们不要把枪交给第一批到达那里的人。"

对此，王掌柜有理有据地回答道："那些人拿着我的亲笔信作为证据，上面还有你的签名，我怎么知道他们不是你的人呢？"

这话让王虎无法回答，但他用他军队的力量作为论据，因此他气愤地传过话来说："对损失掉的近一千支枪，我只付一半的费用，如果你不同意，那我就一分钱也不出了。现如今，我不愿意做的事，谁也奈何不了我。"

王掌柜是个既慎重又开明的人，见这件事既然已经由不得他，便同意了王虎的条件。况且，这一半要不回来的资金，他可以从其他方面弥补，他可以通过提高一些地方的租金，或抬高一些项目的贷款利率等，他知道在哪里提出这样的要求，他大概不会被拒绝。

起初，王虎几乎不知道怎么才能凑够买这批枪支的费用，他的这支庞大军队的日常开销就不是个小数目，尽管他每月甚至每天都有银子进账，可它们从他这里花出去的速度更快。他把他的亲信们召集到他的房间，私下跟他们说："除了目前已经在收的税，我们还有其他的税可收吗？"

他的心腹们都搔起了脑袋，像是在苦思冥想，他们大眼瞪小眼，彼此看着，想不出任何法子。豁嘴说："如果我们给百姓的食物和日用品加太多的税，他们可能会起来反对我们的。"

对于这一点，王虎心里当然明白，普通百姓一旦被逼急了，在不造反就可能被饿死的情况下，他们往往会铤而走险。虽说现在王虎已经在这一带站稳了脚跟，可他还尚未强大到可以完全不顾及民众的感受。因此，他必须想出一种新的招数来。最后，他终于想到了本城的一个主要产业，一个可以对其增设税目的产业，即对该地区制作的酒坛收一至两个铜板的税。

当地的酒坛还是颇有些名气的，它们是由一种非常优质的陶土制成，外表刷上了一层蓝色的釉，老酒装坛后，用同样质地的陶土封口，并在封口处打上一个标志。这个标志在这一带可谓路人皆知，当王虎想到这里时，他拍着大腿喊："做酒坛的人一年比一年富，为什么不可以让他们也跟别人一样纳点儿税呢？"

他的亲信们都点头称是，觉得这是个好主意，于是王虎当天便定下了这一税目。他派人跟做这项生意的头头们委婉地说，他一直在保护着他们的利益，因为他保护着乡下种植的酿酒用的高粱，没有他这么做，就生产不出这种酒，更用不到酒坛了，他说需要钱来保护这些高粱地，他的士兵得有饭吃，得有武器和军饷。而在这些客气的言辞后面却是他成千上万的士兵和他们那锃亮的武器，尽管制作酒坛的业主们非常生气，秘密聚会商量种种反抗的对策，但他们最终也明白他们无法拒绝，因为王虎能做他想要做的任何事情，世上还有比他更坏的军阀，对此他们心知肚明。

无奈之下，他们只好同意了。王虎派出他的亲信去估算酒坛的产量，每个月都有一笔可观的钱上缴给王虎，只用了三个月左右的时间他就付清了王掌柜给他买枪的款项。到这个时候，酒坛制作商们已不再反对此税，于是这钱便源源不断地流入王虎的手中，当然他并没有声张说他已经不像之前那么急需用钱了。事实上，他需要他所能获得的一切资金，因为要实现抱负，他还有很长的路要走，内心的理想使他永远停不下来，他积极地做着各方面的准备。

王虎开始意识到，他已经不可能从其管辖的这片土地上搜刮到更多的民脂民膏而不遭到百姓的反抗了。他的内心在呼喊，在这么小的一块地方，他的才能无法得以施展，明年春天时，他必须大大地扩充自己的疆域，他现在的这个地盘实在是太小了，一旦有个灾荒年——老天爷无情，这是随时都可能发生的事——他就完了。他受到他命运的庇护，自从来到这一带还没有遇到过严重的自然灾害，只有个别地方发生过旱灾和涝灾。

冬天很快来了，这个季节一般没有战事，王虎利用这段时间积极地备战。只要不是刮大风，下大雨，或是下太厚的雪，他都叫士兵们到外面去训练。最优秀的士兵由他亲自训练，然后再由他们去操练其他人。王虎对军队的枪支做了清点，每个月他都要亲自核查一遍，看看在武器的数目和型号上跟他所做的账目对不对得上。他经常告诫他的士兵，一旦现有的枪支比账上的数目少了一支或几支，他就会射杀一个、两个或三个士兵，以保持枪和人是一比一的比例。没有一个人敢违抗他的命令，士兵们比以前更加畏惧他，因为他们现在都知道是他亲手杀死了他心爱的女人。他的愤怒甚至可以达到那样的程度，他们都害怕他发怒，只要他的两道黑眉毛竖了起来，他们就会吓一大跳。

转眼间到了北方滴水成冰的隆冬时节。王虎无法再出去，也无法再强令他的人外出训练，他终于得面对他知道迟早会到来的这一天了，他一直让自己如此忙碌着，就是为了避开它。现在，他闲下来了，又是他自己一个人了。

现在的他多么希望自己也能像别人那样去赌场散心，或是喝酒吃肉，或是出去找个女人，来消解心头可能有的烦恼。但王虎并没有这么做，他仍吃着粗茶淡饭，认为这比宴席上的饭菜更可口，他也没有想去找个女人的念头。曾有一两次他尝试着赌博，可他那暴脾气压根就不适合玩这个。他掷骰子的反应不够敏捷，下注时又看不准时机，一旦输了钱就发火，要拔剑，跟他一起玩的那些人看到他的眉毛蹙了起来，嘴唇绷紧了，大手一下子放在剑柄上，便连忙把赢的机会都让给了他。可这么一来又让王虎感到厌烦了，他喊着："我早就说过，这是蠢货才玩的游戏!"说完便气呼呼地走了,因为这既解不了他的烦恼,也安慰不了他的心。

比白昼更糟糕的是夜晚的降临,跟白天相比,他更不喜欢夜晚,因为他得一个人睡,他必须一个人睡。白天的孤独,加之夜晚的孤独,对于像王虎这样的一个人来说,并不是件好事,因为他这人本身心事就重,不像一些乐天的人那么能负重。每晚独自睡觉对他来说也不是好事,因为他强壮的身体里燃烧着欲火。再则,他身边也没有一个可以无话不说的朋友。

诚然,老县长和他患了肺结核快要死去的妻子还住在边院里,他可以说是个心肠还不算坏的老人,也有些学问,但他太不习惯跟像王虎这样的人打交道。在后者面前,他总是一副诚惶诚恐的样子,两只枯瘦的手交叠地放在身前,一旦王虎跟他讲话,他便忙不迭地说:"对的,阁下,对的,将军!"

跟老县长没聊几次,王虎就烦了。他怒目圆睁,吓得这位老学究面如土色,一旦找到机会便匆匆地溜了,离开时他褪色长袍中的瘦削干瘪的身体左右摇晃着。

不过,有的时候,王虎也在极力克制着自己,他是个正直的人,知道老县长已经尽力了,常常在自己忍不住快要发火时便将老县长打发走了,免得生起气来伤了老人。

当然,他还有他的心腹们,三位忠诚善良的勇士。老鹰的确是一个足智多谋的勇士,强于一千个普通士兵。可在别的方面,他却是个无知的人,只会谈论各种武器射击的要领,谈论拳术和在敌人还未反应过来时如何运用扫堂腿以及如何声东击西、围点打援等。当他讲完了他是如何在这一场或那一场的战斗中运用这些技巧和战术的时候,他便把他知道的全讲出来了,这时尽管王虎很看重他,可难免也会烦他。

还有那个屠夫，他膀大腰圆，两只拳头又大又灵活，强壮的身体能够撞倒一扇门板。可他口吃，绝非漫长冬夜中合适的聊天伙伴。再就是豁嘴，他虽然算不上是一个了不起的武士，却是最真诚、最值得信赖的手下，尤其是做信使，简直无人可比，可他说话时不断地发出声音，又咂着口水，无论是谁听着都不舒服。王虎也不愿意跟小他一辈的侄儿聊天，不愿意屈尊和他的士兵把酒言欢或者赌博。因为他知道如果一个头儿这么做，将自己混于士兵们中间，让他们看到自己的弱点和醉态，等打仗的时候，他们很可能会不再敬畏他或是不听从他的命令。因此，当他出现在自己的士兵面前时，他从来都是全副武装，腰佩利剑，那把现在叫他既恨又爱的剑。那真是一把锋利无比、举世无双的宝剑，在一个人的时候他常常拔出剑来，看着它冥想，他甚至觉得若是他用这剑去砍一朵云彩，也会将它一劈两半的。她的脖子就曾像一朵白云那么柔软，那天晚上这剑锋刺穿了它。

退一步说，即便王虎白天有朋友陪伴，可在每个白昼结束时都必然会迎来夜晚，那个时候他就不得不独处了。他独自躺在床上，冬日的夜格外漆黑和漫长。

王虎必须独自躺着度过这黢黑漫长的冬夜，有的时候他会点起一根红蜡烛，读他年轻时喜欢的那些古典作品，这些书使他萌生了后来当兵的念头，比如说《三国演义》的故事、梁山泊众英雄结义的故事以及其他类似这样的作品。但他总不能这么一直地读下去，当蜡烛燃尽，只剩下芦苇的灯芯，又有寒意阵阵袭来时，他最终还是得独自面对这漆黑的夜。

尽管每天晚上王虎都在延缓这一时刻的到来，可它总归还是会来，令他想起他爱的那个女人，为她感到哀伤和惋惜。不过，虽然他悲伤痛苦，却不曾希望她再度回到他身边，因为他知道并且一再地这样告诫自己，她永远不可能成为他信赖的女人，他爱情的甜蜜全在于他毫无保留地向她敞开了他的心扉。只有她死了，他才能信赖她，即便她还活着，即便他原谅了她，他仍然得处处防着她，时时小心她。这样的一种担心会叫他分心，让他不能全身心地投入他的事业中去，会使他做大人物的梦想落空。

在晚上睡不着的时候，他就这么告诉自己。然而，他同时又痛苦地想到了豹子，一个不学无术的强盗，他只比其同伙强那么一点点，就赢得了那个女人坚贞不渝的爱，那可不是一个普通的女人啊，即使在他死了以后，她仍爱恋着他，她甚至宁可不要当下的爱，也要去爱那个死去的人。

因为王虎不相信那个女人从来都没有爱过他。不，他不相信。他不止一次地回想起就在这张他躺着的床上，当面对他的爱时，她是多么坦诚、热烈和毫无保留。他不相信若是没有爱，她怎么会有那样的激情。他变得沮丧和软弱，觉得他一定在某些方面不如被他杀死的那个豹子，因为他俩鲜活的爱情抵不上她对那个死人的缅怀，尽管他的高傲和地位远超后者。对于这一切，他无法理解，他想可能就是命该如此吧。

因为觉得自己并不像他之前所认为的那么了不起，展现在他面前的生活道路便变得漫长和毫无意义，他怀疑自己是否还能成就一番事业，即便他成功了，又有什么用呢？他没有儿子可以继承他伟大的事业，这一切都会随着他的死而消亡，他所取得的一切成就最终都会落到别人的手上。对他的两个哥哥，还有他们的儿子们，他还没有热爱到要为他们在战场上拼杀的程度。在他黢黑静谧的屋子里，他不禁发出了叹息，他感叹道："我杀了她，等于杀了两个人，另一人便是我那将来可能会出生的儿子！"

王虎的脑中近来常常浮现她死在床上的情景，她娇美丰腴的脖子被刺穿，殷红的鲜血喷涌而出。她一遍又一遍地这样子出现在他的眼前，叫他终于受不了了，倏忽间他在这张床上再也躺不下去了，尽管它已清洗过，重新涂了油漆，没有了血迹，枕头也换了新的。尽管没有人再跟他提起过这件事，他也不知道他们把她的尸体扔到哪儿了。他从床上起来，用被子裹着身体，哆哆嗦嗦地坐到了一把椅子上，一直挨到曙光带着寒意从格子窗上透了进来。

王虎就是这样挨过冬天的每一个夜晚的，最后，他终于对着自己的内心发出了呼喊：不能再这样子继续下去了，因为这些悲伤、孤寂的夜晚使自己变得不再像个顶天立地的男子汉，它们在一点一点地蚕食着他的雄心。他开始替自己担心起来，因为任何东西在他的眼里似乎都失去了美好，无论谁靠近他都会使他变得不耐烦，尤其是他的侄儿，他会挖苦他的侄儿说："你这个总是咧嘴笑的麻脸，生意人的儿子，这就是我所拥有的最好的后代了——离我自己的儿子最近的后代了！"

就在他几乎快要疯掉的时候，王虎精神上迎来了一个转机。一天晚上，他突然想到尽管这个女人已经死了，可还像她活着时那样在蓄意地摧毁他。突然间，他一下子变得坚强起来，他似乎是在对着她的魂魄轻蔑地自语道："难道不是哪一个女人都可以生儿子吗？我想要个儿子的愿望，不是比对任何女人的欲望都更为强烈吗？我会有儿子的。我要娶一个、两个、三个女人，直到我有儿子。我太傻了，总是痴迷于一个女人，起先是父亲家里的一个丫鬟，我们只说了几句少爷与丫鬟之间的寒暄话，我根本不了解她，却为了那个女人痛苦了近十年，再就是我不得不杀了的这个女人。难道我摆脱不了她，要再为她难过上十年，直到我老得生不了儿子吗？不，我要跟别的男人一样，我要看看自己能不能像其他男人那般洒脱，对女人想要就要，想换就换。"

就在他想通的那一天，王虎将他的心腹豁嘴唤到自己的屋子里，对他说:"我得要个女人,一个体面本分的女人。你去跟我的两个哥哥说,我的老婆死了,让他们帮我找一个。我在忙着准备春天即将到来的战争,不想因为找女人而分散了我备战的精力。"

豁嘴高高兴兴地接受了这份差事,因为有心的他也多少看出头儿内心的痛苦,并且猜出了其中的原因,他认为这不失为一剂良药。

至于王虎,他只能静等着他的两个哥哥为他的婚事做出安排,在等待的这段时间,他强迫自己集中思想全力备战和扩充队伍。他千方百计地想着把自己弄疲惫,夜晚入睡时好容易些。

第二十一章

　　王虎的心腹豁嘴尽量避开大路，免得让人们注意到他并诧异于他频繁地来往于这一带，他一进城就直奔王家兄弟俩的住宅。他到王家大院时已近中午，问清楚王掌柜这个时候还在账房后，便即刻赶往那里拜见。王掌柜正坐在账房桌前打算盘，核算着从一船麦子中挣到的利润，这个屋子虽然看上去又小又黑，却支配着城里的主要市场。豁嘴上前说明来意，王掌柜抬起头来听着，听完大吃一惊，他的两只小眼睛瞪着，两片薄嘴唇也翘了起来，半晌后才说："现在，如果让我给他找钱，倒是比找女人容易些。我怎么知道到哪里去给他弄个女人来呢？他死了老婆，算他倒霉。"

　　为表明他知尊卑之分，豁嘴坐到了角落里的一张矮凳上。此时，他谦恭地答道："二爷，只要给我们的头儿找个安分守己的女人，平时少麻烦他，让他能慢慢喜欢上她就行。我们的头儿心思很重，也很特别，他这个人爱钻牛角尖，钻进去就出不来。他太爱死去的那个女人了，至今也无法忘记她，尽管这已经是几个月之前的事了，但他仍然忘不了她，他的这份执拗对他的身体没好处。"

　　"她是怎么死的？"王掌柜好奇地问。

　　豁嘴对主子忠诚，心思缜密，在要回答前他先停了停，因为他突然想到对于职业军人之外又从没上过战场的人来说，听到这类事情时，他们大多会大惊小怪的。他们见不得杀戮和死亡，不像士兵那样认为厮杀或被杀是他们的分内之事，如果他们不能凭借计谋救下自己的话。因此，豁嘴只是简单地回答道："她死于下身大出血。"

听他这么说，王掌柜也没有再往下问。

随后，他吩咐一个店员把豁嘴带到就近的一家小客栈，端上白米饭和肉菜招待着。打发走了他们后，王掌柜坐着想了一会儿，他若有所思地自言自语道："这一次，我的大哥终于遇上一件比我在行的事了，如果说他对什么还在行的话，那就是女人了。除了自己的老婆，我哪儿还认识别的女人呢？"

想到这里，王掌柜起身去找他的大哥王地主，他从墙上钉的钉子上取下他灰色的丝绸长袍，前往他大哥的家，这长袍他出去时穿，回到账房就脱了，免得磨损。到了老大家门口，他问门房他大哥在不在，门房让他进去看看，可王掌柜说他愿意在这里等，于是门房进去问了一个丫鬟，那丫鬟说主人去了一家赌馆。王掌柜得知后，径直赶往那家赌馆，一路上他像一只走在石子路上的猫一样绕着路走，因为昨日下了一夜的雪，今日白天又特别冷，雪还没有融化，雪地中只有小商贩和迫于生计的以及像王老大这样出去玩乐的人们踩下的一条小径。

王掌柜来到赌馆，问了侍者，侍者说王老大在靠里面的一间屋子里。王掌柜走过去推开门，看到他正在跟几个朋友玩，房间很小，生着一个炭盆，屋里热气腾腾的。

王地主见他弟弟的头从门那儿探了进来，心中暗喜，因为他才学会不久，牌技不精，正想找个理由离开呢。他们的父亲王龙是不允许他的儿子进赌场玩的。可王地主的大儿子多年前就玩上了，赌技一流，甚至连他的二儿子都是十赌九赢。

因此，一发现弟弟的脑袋从半打开的门那里伸进来时，王地主立即起身跟他的朋友们说："我不能玩了，我弟弟找我有事。"说着他拿起因为热脱下的皮袍，出了屋子来到王掌柜等他的地方。他并没有说弟弟这时来是帮他解了围，因为他一向自负，哪里肯说他输了钱呢，聪明人往往是赢钱的，蠢人才总是输钱。他仅跟老二说："你有事要跟我说？"

王掌柜只是简短地回答："这儿有谈话的地方吗？我们说说话。"

王地主带着他来到一处喝茶的地方，那里摆着不少的桌子。他们找了一张放在僻静处的桌子，坐了下来，王地主开始点茶点酒，想到已是中午了又点了一盘肉、几盘菜和其他的食物，在这期间王掌柜一直等在一边。直到侍者端上酒菜离开后，王掌柜才开门见山地说："我们的三弟想要个媳妇，他的那个女人死了，这一次是他派人来要我们帮忙的。我认为，这件事你会比我办得好。"

王掌柜这么说的时候，他的嘴唇往下撇着在偷偷地笑。可王地主并没有看到，他得意地哈哈大笑着，以至震得脸两边的赘肉都在颤。他说："嗯，如果说我有什么在行的话，那就是这些事情了。你说得对，不过，可不要在我老婆面前提起这件事！"

王地主大笑着，眼睛睨着对方，像大多数男人谈到这类事情时所表现出来的神情一样。可王掌柜并没有跟着他乐，只是静静地坐着。王地主不再笑了后才继续道："事情赶得太巧了，我正在给儿子物色对象，把城里面可人的姑娘几乎都了解了一遍。我打算让我的大儿子娶县太爷兄弟的女儿，这姑娘今年十九岁，人品好，家世也好，我老婆看过她的一些手工刺绣。她不算漂亮，可绝对是个品行端正的好姑娘。唯一的麻烦是我儿子脑子里有些愚蠢的想法，非要自己找对象不可，他从南方那边听来了这种自由恋爱的新潮思想。"

"我告诉他，咱们这边还不流行这个，再说，他还可以另外再选择个他喜欢的。至于那个可怜的罗锅儿，我老婆想让家中的某个孩子去做和尚，要是让身体健全的儿子去，自然是有些不划算。"

王掌柜没有兴趣听他哥哥的家事，当然啦，每个儿子或早或迟都要成家立业的，王掌柜自己的儿子也不例外，可他不愿意把时间浪费在这上面，认为这是女人们的事，他把这些都一股脑地交给了他老婆打理，只是要求做他家媳妇的姑娘得诚实本分、身体壮实、勤俭节约。因此，他现在不耐烦地插嘴说："你看有适合咱三弟的姑娘吗？她们的父亲会同意把自己的女儿嫁给像三弟那样已结过婚的男人吗？"

王地主可不愿意草草放过谈论这样一件美事的机会，在脑子里把他所认识的或听说过的姑娘都过了一遍后，他说："有一个特别贤惠的姑娘，不算太年轻了，她的父亲是个读书人，虽说没有儿子，可仍想着把他的知识传下去。她是那种人们称为新时代的女性，有学识，没有裹脚，因为在女人中显得比较特别，她的婚事一直耽搁到了现在，人们一般不敢让他们的儿子娶这样一个女人，以免将来出什么麻烦事。不过，我听说在南方就有不少像她这样的女人，毫无疑问，只因咱这是个老旧的小城，人们才不敢把她娶进门。我曾在街上见过她一次，她举止端庄，眼睛也不东瞅西看。她有那么多的学问，不可能像有些人所担心的会令人厌恶，她不太年轻，却也不超过二十五六岁。这样一个不同寻常的女子，你觉得三弟会喜欢吗？"

对这个问题，王掌柜回答得颇为保守："你觉得她会对他有用，成为一个好妻子吗？像许多男人一样，他自己就能读会写的，如果他不能，他也可以雇个文化人帮他做，我不觉得他有必要再找个识文断字的老婆。"

这个时候，侍者正来来回回地端酒端菜，王地主正给自己的碗里盛汤，此时他将舀了汤的瓷勺停在了半空，喊道："他也可以雇个仆人，

或者说随便雇个什么女人，并不是女人能干就能成为好老婆。重要的
是，她能不能让男人喜欢，尤其是对像三弟这样比较专一的男人来说。
有的时候我想，如果做妻子的能在老公躺在床上睡觉前，坐在他身边给
他读读诗歌，或者讲个爱情故事，那也是令人愉悦的事。"

可这并不合王掌柜的胃口，他用筷子在乳鸽炖板栗的盘子里仔细地
挑拣着一块他爱吃的肉，此时他停下了夹菜，说："我是宁可喜欢一个
善于操持家务、能生孩子、会攒钱的女人。"

王地主从小就任性，脾气大。这时他突然发起火来，他那又大又胖
的脸盘一下子变成了黑红色，王掌柜看出他俩在这一点上永远不可能达
成一致，没有必要为这种事浪费时间，因为女人总归是女人，不管她们
是哪一种女人，对于男人来说，她们最终都一样。因此，他急忙说道：
"哦，咱们的弟弟又不穷，那就让我们给他找上两个老婆好了。你先选
出你认为好的，我们让三弟先娶了她，然后，过上一段日子，再把我选
的姑娘给他送去，至于这两个女人，他更喜欢哪一个，那就是他自己的
事了。两个女人，对于像他这样地位的人来说，不算多。"

兄弟二人就这样商定了事情。王地主还是满意的，尽管他似乎也没
占到什么便宜，不过他选的女人是王虎要明媒正娶的，是大太太，老二
虽然也会给他选一个女人送过去，但没有哪个男人新婚之夜的床上会睡
两个女人，况且他是家中的长子，是一家之主，这件事得他说了算。这
样谈妥后，两人就分开了，王地主去忙他的事情了，王掌柜回家去找他
的老婆谈这件事了。

王掌柜到家时，他老婆正站在院门前覆着积雪的街道上，她的手揣
在围裙里，不时地又把它们拿出来去摸商贩在那里叫卖的一群母鸡。下
了雪，这些鸡不能到外面去觅食了，因此价格比平常便宜了，她想给她
的家禽里再添上一两只母鸡。王掌柜走近时她并没有抬头，仍在那里挑

着商贩的鸡，王掌柜经过时叫她赶快回家："买好了就回来，老婆。"

于是，她急急忙忙地挑了两只母鸡，商贩将鸡的腿绑起来吊着称，两人就鸡的分量争论了一番后，价格达成了一致。她提着鸡回来，把它们放到一把椅子下，然后坐在椅子边听丈夫跟她说话。王掌柜用他干涩的嗓音简要地说道："我三弟要找个老婆，因为他之前的那个女人突然死了。我对女人一点儿都不了解，你这两年一直在给咱们的儿子找媳妇，有适合老三的女人吗？"

他老婆平日里就喜欢操持和谈论这些生孩子以及红白喜事之类的事情，这时她高兴地回答："在我老家的村子里，我家隔壁就有一个很不错的闺女，我常常想她要是再年轻一点儿就能给咱的大儿子当媳妇了。她是那种性情极温顺的女孩，懂得节俭，除了牙齿小时候被虫蛀后变黑了以外，几乎没有什么缺陷，据说现在掉了几颗牙。她为此觉得有些不好意思，嘴唇平时总是抿得紧紧的，所以她的黑牙也不会被人们轻易看到，她因此很少说话，要说话声音也很低。她父亲有自己的地，日子还过得去，要是能嫁给老三这么有地位的人，我敢肯定她父亲一定会高兴的，因为她的年龄还是稍微大了点儿的。"

对此王掌柜干巴巴地说："她话不多，应该也算是个优点。你去把这件事定下来，等老三的婚礼一完，我们就把她给老三送过去。"接着他告诉老婆，他们给老三选了两个女人，老婆一听，就大声嚷了起来："噢，如果老三不得不娶你大哥给他选的女人，那我真是为他感到难过。因为你大哥除了放荡的女人外还认识谁呢，我敢说要是让他老婆也参与这件事，她非得挑个吃斋念佛的女人不可，我听说她现在就信和尚尼姑，整个家里面都能听见她念佛诵经的声音。依我说呀，要是有人生病了或是生不出孩子了，偶尔去寺庙里烧个香拜个佛倒还可以，我敢说，神跟我们一样，也不喜欢那些因为各种事就来串门和打扰别人的人！"

她往地上吐了一口唾沫，然后用脚去蹭，收脚时忘记了椅子下面刚买的那两只鸡，不小心碰到了它们。两只母鸡咯咯咯地大声叫了起来，王掌柜站起来不耐烦地喊道："我就没见过像咱们这样的家！非得让鸡在屋子里吗？"

她赶忙伸手把鸡拽了出来，想说它们的价格比平日里低，但王掌柜打断了她准备说的话，说："不说了，不说了，我得回市场那边去了。把这件事办好，两个月后我们去接她。把所花的费用都记好，因为老三上次结婚时我们把该给他的钱都已经给他了。"

这两门亲事就这么定了下来，签了婚约，王掌柜把这一次所花去的钱都仔细地记在了他的账本里，婚事定在了一个月后。

很快到了农历年底，王虎得知那边已一切就绪后，准备去他哥哥家完婚。他无心再娶，可他决定要这么做，因此他放弃了任何犹豫、动摇的想法。他交代了他的三个心腹替他管理好部队，留下了他的侄儿做信使，以防他不在的时候出什么状况。

安排好这一切后，他又装模作样地去请求老县长的准许，给他五六天的假期让他到哥哥家中结婚，老县长即刻答应了。王虎告诉老县长，他担心万一有人会趁这个机会反对他，便把军队和他的亲信留在了县城。之后，他穿了一身新衣，把最好的那一身裹起来放在马鞍上，动身前往他的家乡。他带了一支五十来人的卫兵队伍，他是个非常勇敢的人，不像有的军阀头子，一出动总有几百人里三层外三层地围着。

王虎一路骑行在冬天乡野的小道上，夜间便歇在村子的客栈里，早晨继续上路。放眼望去，还看不到春天的迹象，呈灰色的大地仍然冻得硬邦邦的，灰色的土屋和灰色的稻草屋顶，似乎也成了大地的一部分。就连乡下的人蒙上被冬日寒风吹起的尘土后，也呈现出同样的灰色。在去往家乡三天的行程里，王虎的心里始终高兴不起来。

抵达后，王虎先到了他大哥家里，因为婚礼将在那里举行，在简单的寒暄之后，他即刻提出婚礼前他要到父亲的坟前去一趟。对此，家人都表示赞同，尤其是王地主的老婆更是支持，说王虎常年不在家，没有参加过平日里家人们对死者的祭奠仪式，现在趁还没完婚先去祭拜一下，是件很适宜得体的事情。

尽管王虎也知道这是他做儿子应尽的孝道，可他此次去上坟却有部分原因是他近日来内心一直很烦闷，安静不下来，他也不知道他为什么会这样。他忍受不了就这么闲待在大哥家里，忍受不了大哥为他的婚礼百般殷勤地张罗，他心里感到很压抑，他需要找个借口出去透透气，远离他们所有人，因为他觉得这座房子不像是他的家。

他派了士兵去买纸钱、香烛和供品等东西，然后带着这些东西骑马出了城，士兵们扛着枪跟在他后面。看到路人用仰慕的眼光看他，他心里感到了一丝慰藉。尽管他绷着脸，眼睛直视前方，似乎什么也没看、什么也没听，可他还是听到了士兵们吆喝："给将军让路，给老爷让路！"见人们纷纷退到两边，退到墙根或是门道里，他的心里又增添了些许安慰，觉得他在人前简直是个大人物了，于是他在马上坐得更挺直、更威风了。

王龙的墓前有一棵枣树，在王龙刚选下这块墓地时，它还是一棵光溜溜的小树，如今已经长得枝繁叶茂，而且，从它的根部又繁衍出了几棵枣树。为了表示对已逝长辈的尊重，王虎在远处便下了马，缓缓地朝着这些枣树走去，士兵们站在原地牵着他的枣红马，他来到父亲的坟前，跪下磕了三个头。几个拿纸钱、香烛和供品的士兵上前来，替他在坟前摆好，王龙的墓前摆得最多，其次是王龙父亲的墓，再是王龙兄弟的墓，最后是阿兰的墓，对于这位母亲，王虎只依依稀稀地记得。

在祭奠了父亲王龙后，王虎又依次在其他已逝的先辈坟前点香烧纸，磕头祭拜。做完这些后，他在坟地肃穆地站了一会儿，看着银色和金色的纸钱烧成灰烬，看着香烛带着香味的烟在冬天的空气中缭绕。

这天没有太阳，没有风，天气阴冷阴冷的，像是要下雪的样子。士兵们都默不作声地站在那里，让他们的将军静静地祭奠他的父亲。一切完成后，王虎转身离开，来到马前跨上马背，沿着来时的路返回。

他边走边想心事，只是他现在想的不再是他的父亲。他在想他自己，等将来他死了躺在这里，没有儿子会来祭奠他这位父亲，想到这时，他觉得他这次的婚姻不失为一种明智之举，想到将来或许会有儿子，他心里又好受了些。

王虎现在走的这条路离土屋不远，经过它庭院门前的打谷场，士兵们的喧哗引起了跟梨花一起住的罗锅儿的注意，他急忙晃晃悠悠地跑出来，站在门口张望。他压根不认识王虎，也不知道现在经过的这位就是他的三叔，因此他只是立在那里瞪着眼睛观望。尽管他现在快十六岁了，不久后就是成年人了，可他的个头还没有六七岁的孩子高，他的背弓得像是身后挂着一个蓑笠。看到他，王虎很是惊讶，他勒住马问："你是谁？怎么会住在我的土屋里？"

小伙儿这时知道他是谁了，因为早先听说过自己有个当将军的叔叔，并且常常梦见他，很想知道他长什么样。此时小伙儿急切地喊了起来："你是我叔叔吧？"

王虎记起来了，他打量着小伙儿仰起的脸庞，缓缓地说："是的，我早就听说过我大哥有个像你这样的男孩。奇怪，我们弟兄个个长得身强力壮，腰板挺直，我父亲也是，甚至他上了年纪时，背也没有驼，还是壮实的老人，你怎么长成这样了？"

小伙儿回答得很简短，好像他对这种问话早已习以为常了。他一边用贪婪的目光瞧着那些士兵和高大的枣红马，一边说："是小时候摔的。"随后，他伸出手去探王虎的枪，抬起他那皱巴巴的脸和他那双满含忧伤的深陷的小眼睛望着那枪，语气中充满恳求地说："我从来没有拿过这种洋枪，我想把它拿在手里看一会儿。"

说着他伸出了手，一双枯干、发皱的小手，像是老人的手一样。见此王虎生出一种对这个可怜的畸形孩子的怜悯之情，他俯身把自己的枪递给了小伙儿，让其拿去看。在小伙儿抚摸着枪的当口儿，有个人从屋里出来到了院门，那人正是梨花。王虎即刻认出了她，因为她并没有太大的改变，只是比以前显得更加瘦削，苍白的鹅蛋脸上出现了丝线般的细纹。但她的头发依然和从前一样乌黑光亮。王虎在马上向她拘谨地躬了躬身子，梨花也微微鞠了一躬作为回礼，之后她本将马上转身回去了，王虎却喊住了她："傻子还活着吗？还好吗？"

梨花用她柔声细语的嗓音回答说："还好。"

王虎再问："你每月能拿到足额的生活费吗？"

她再次轻声细语地回答："能，谢谢你的关心。"她说话时低着头，看着打谷场，这次她一答完话就即刻转身离去了，留下他呆望着空荡荡的门廊。

之后，王虎突然对小伙儿说："她为什么穿着一件和尼姑一样的袍子？"因为他无意中看到梨花灰色长袍的领口像尼姑的衣服那样在脖子下面交叠着。

小伙儿的心思这时完全放在了那把枪上，正抚着它光滑的枪托，因此他几乎是毫不犹豫地回答："傻子死后她就要去咱们这里的尼姑庵做尼姑了，现在她已经一点儿肉都不吃了，而且背会了很多经文，她已经是个俗家尼姑了。不过，只要傻子还活着，她是不会剃掉头发遁入空门的，因为我爷爷把傻子交给了她照顾。"

王虎听到这话，隐隐感到有些心痛，有一阵子没有作声。然后，他又有些可怜起这个小伙儿，问道："到那个时候，你怎么办呢，可怜的孩子？"

小伙儿回答："等她做了尼姑，我就去庙里当和尚，我才十几岁，还有几十年要活，她不可能等到我死。做了和尚，就有饭吃了，要是我病了，因为背上这个东西我常常生病，她就会来照顾我，因为我们是亲戚。"小伙儿满不在乎地说着，之后他的声音变了，因激动而开始啜泣，他抬眼望着王虎说，"是的，我得去当和尚。噢，我也多想身板挺直，当个士兵，如果你要我的话，三叔！"

在小伙儿深陷的黑色眸子里好像有一团火，王虎不禁受到了触动，因为他本身是个心地善良的人，他有些难过地答道："我也很想要你，可怜的孩子，可你现在的身体状况，除了当和尚，还能做什么呢！"

小伙儿的脑袋耷拉了下来，他低低地应了一声："我知道了。"

他不再作声，把枪递回给王虎，转身一瘸一拐地穿过了打谷场。王虎继续踏上他回城结婚的路。

对王虎来说，这是一桩奇怪的婚姻。这一次，他没有了上次那样迫不及待的心情，白天和夜晚对他来说完全一样。他默默地遵规守矩地做着他不得不做的一切，只要他的火暴脾气还没有发作。不过，爱情和发怒似乎永远远离了他已死的心灵，身穿红衣的新娘此时像是一个与他毫不相干的模糊身影。来贺喜的宾客，他的两个哥哥，他们的妻子和孩子们，还有胖得需要杜鹃搀扶的荷花，都给他这样的感觉。不过，他还是看了荷花一眼，因为她的身子实在是太胖了，以致她的呼吸几乎变成了喘息，在王虎站着给两个哥哥以及新娘的伴娘和宾客们鞠躬时，他都能听到她这喘息的声音。

婚宴开始后，王虎几乎没有动过筷子，婚宴需要有喜庆的气氛烘托，哪怕是二婚也不例外。王地主开起了玩笑，当有宾客发出笑声时，他们的笑声会在看到王虎冷冰冰的面孔时变弱，甚至停止。他坐在桌前一声不吭，只是在酒端上来时会急切地给自己倒上，好像他很渴似的。但等他尝了口酒，就又会放下酒碗，粗声粗气地说："我要是早知道这边的酒是这味道，就会带上一坛我们那儿的酒了。"

婚宴的这几日一过完，王虎便骑上他的枣红马踏上归途，一路上他都没有回头看过新娘和她的女仆一眼，尽管她俩就坐在他后面一辆骡子拉的车里。返回时如同来时一样，他仍觉得自己形单影只，孤零零的，他的士兵跟在他后面，车隆隆地跟在士兵的后面。王虎就这样将新娘接回了他自己的地盘，一两个月后，他的第二个女人由她父亲送了过来，他当然也把她留下了，因为一个女人还是两个女人对他来说没有什么区别。

新的一年临近，元旦和春节很快过去，新春的元素开始在大地中涌动，尽管树上还没有长出一片嫩叶让人看到春天的迹象。然而，在阴冷天气降下的雪却因和暖的南风在地面上开始融化，田地中的麦苗虽说还没有开始生长，却已在变绿，家家户户的农夫们结束了他们在冬日里懒散的生活，开始动手整理他们的锄头和犁耙，给他们的牛吃些好点儿的饲料，好让它们有劲儿干活。路边的草开始长出绿芽，孩子们拿着小刀和削尖的木片、铁片，到处去挖可以吃的嫩芽。

整个冬天都驻扎在营地里的军阀们也开始蠢蠢欲动。士兵们舒展起他们养胖了的身体，厌烦了赌博、争斗和在城里的闲逛，他们振作起精神，憧憬着在春天即将到来的战争中会有好运气，每个士兵都梦想着他们的顶头上司战死，自己好顶替其位置。

王虎也在想着他将要做的事。是的，他有个计划，一个很好的计划，现在要实现它的机会已经到来，因为他觉得一直啃噬着他心灵的爱情似乎已经死了。如果说它没有死，那也被埋到什么地方去了，每当受到它的侵扰时，他便会到他的一个女人那里，有意识地用情欲麻痹自己。如果他的身体感到累了，就会酗酒让自己的身体再度兴奋起来。

作为一个正直的男人，王虎对他的两个女人是一碗水端平的，尽管她们的性格完全不同。一个有文化、十分整洁、端庄素雅，另一个有些粗鲁，可也是个善良诚实的女人。后者最大的缺点是她那一口的黑牙，挨近她时能闻到她嘴里呼出的臭气。虽说她俩性格迥异，可幸运的是这两个女人却能和睦相处。毫无疑问，他的一视同仁起了作用，他的考虑非常周全，他总是轮流去她们两人的房间，在他的眼里，她们俩完全一个样，没有什么不同。

现在，他不必自己一个人躺在床上了，除非是他自己想这么做。然而，他从未跟这两个女人变得熟悉起来，他屈尊降贵地去她们那里时，总是为着一个既定的目的，没有什么话跟她们讲。在他与她们之间，没有他跟已死的那个女人之间的那种坦诚和激情。

有的时候，他对男人在对待女人们的态度上竟会有如此大的差别而感到惊讶，在他这么想的时候，他常跟自己说，那个已死的女人其实从来没有跟他坦诚过，甚至在她看似一个妓女那样情欲四溢时也没有过，因为在她的心里她一直在计划着对付他的阴谋。每每想到这时，王虎便有意关闭了自己的心扉，用两个女人的肉体来麻痹自己的身体。在这两个女人身上，他还有着一个与他的抱负相关的希冀，那就是从她们两人中，他很可能会得到他的儿子。王虎因此再一次扬起了他理想的风帆，他发誓今年春天一定要去什么地方进行一场伟大的战争，为他赢得更大的权力和更广阔的疆域，他觉得自己已经胜利在望了。

第二十二章

春天开始绽放它的魅力，雪白的樱花和粉红色的桃花像轻盈的云朵那样飘浮在绿色的田野上方。此时，王虎和他的心腹们正商讨着今年的战事，等待着两件事情的结果。一件是看南北方之间的战争会如何再起，因为去年达成的停战本就脆弱，那只是因冰天雪地中不利于作战而搞的临时休战。此外，南北军阀的秉性迥异，北方的身体强壮、动作迟缓、凶狠剽悍，南方的行事狡诈、足智多谋、善打埋伏。无论是在性情上还是语言上，南北方之间都有着巨大差异，因此他们很难达成长久的停战。另一件是王虎和他的心腹们在等着他年初派出的各路探子归来。等待的间隙，王虎与他的心腹们探讨着去攻打何处，以扩大他们的地盘。

他们聚集在王虎的大房间里，按照职位依次坐开，只听老鹰说："我们不能向北进发，因为我们跟北边是同盟。"

屠夫像个粗鄙的传声筒，总是重复着老鹰说的话，因为他不希望别人认为他不如老鹰聪明，可他自己又很难想出什么新点子。此时，屠夫大声说道："是的，不能往北打，北边穷，土地贫瘠，养的猪瘦得即使宰了也没什么肉。我见过那些地方的猪，脊背尖尖的像是把大镰刀，母猪下崽前就能数出它肚子里有几个猪崽，没人会想着去争抢那样的地方。"

王虎这时慢悠悠地说："可往南也不能去，因为那样等于是攻击我自己的父老乡亲了，一个人不可能肆无忌惮地征自己人的税，而又做到心安理得。"

豁嘴总是在别的心腹都讲完后才开口，现在轮到他说了："有一个曾是我故乡的地方，现在它对我来说已经什么都不是了，就在我们东南面，位于这里和大海之间，是一片非常富饶的土地，它的一端紧靠大海。整个县区都是沿着一条入海的河流向前延伸，到处都是农田，只有一些低矮的山丘，河中盛产鱼类。不过只有一座较大的城镇，也就是县城，村庄很多，小镇集市也不少，那里的人们勤俭耐劳。"

听到这儿，王虎说："像这样一个好地方，不可能没有军阀占着，那里的军阀是谁?"

豁嘴说出了军阀的名字，他曾做过劫匪的头儿，去年跟南方军结成了联盟。听说了这人的情况后，王虎决定立即去攻打该地，直到今天他仍忘不了他对南方人有多么仇恨，他们软乎乎的大米饭和放了太多辣椒的肉有多么难吃，他也忘不了他年轻时在那里度过的那些难熬的岁月。他喊道："咱们就去占领那块地方，这样既扩充了咱的地盘，又算是参加了反对南方的战争!"

讨伐该军阀的事定下后，王虎马上让侍卫端上酒来，他跟心腹们一块儿饮酒，同时下达着他的命令，要士兵们做好出征的准备，一旦首批派出去的探子回来报告了今年战事的情况，便即刻向新的疆域进发。心腹们起身离开去执行命令，老鹰没有跟他们一起走。他附到王虎耳边，口中呼出的热气扑在王虎的脸上，声音沙哑地说："等这一仗打完了，我们必须给士兵们几天抢劫的时间。他们私下里已经在埋怨了，说你管束得太紧，他们在你这里没有在其他将军那里时拥有的那些特权，如果不让他们抢劫，那他们也不想打仗了。"

王虎近日来蓄上了胡子，此时，他用牙咬着唇边又黑又硬的胡楂。尽管他也明白老鹰的话有道理，但还是不情愿地说："好吧，告诉他们仗打赢了以后，给他们三天的时间，不能再多了。"

老鹰满意地走了，王虎却又闷闷地坐了一会儿，因为他憎恶这种恣意劫掠的行为，可他有什么办法呢，谁让士兵们没有回报就不愿冒死打仗呢？尽管他同意了，心里一时还是有些不安，他能想象到人们被劫掠时的情景，他恨自己心肠太软，不争气，既然他已选择了这个职业，他就得有一副硬心肠。他跟自己说，在这种行动中毕竟是富人损失最大，因为穷人本就没有什么东西可抢，而且富人有钱、能承受得起。他为自己感到羞愧，他竟然这么懦弱，无论如何，他都不愿让他的手下知道他不忍心看到别人痛苦，免得让人瞧不起。

派出去的探子陆续返了回来，他们每个人都向王虎做了汇报，他们说，尽管战争还没有爆发，可南北方的军阀们都在从国外购置军火，战争必将到来，因为各处的武装都在扩充人马，加强自己的力量。王虎听后决定不再耽搁，当天就把他的人集合在城门外的田野上——因为人数太多了，城里集合不下。他骑着高大的枣红马，身后是他的卫队，右侧是他的麻脸侄儿，他如今骑的可不是驴子而是一匹骏马了，因为他早已有了官衔。王虎笔挺地坐在马背上，浑身透着傲然之气。他的士兵们默默地注视着他，确实，像他这样威武英俊的将军不多见，他的两道浓眉和新近唇边长出的胡须都增添了他的威严，显得比他四十岁的实际年龄更加老成。他就这样一动不动地骑在马上，让他面前的士兵们瞩望了他一会儿，之后他突然提高嗓门，向在场的所有士兵喊道："士兵们，勇士们！六天以后，我们将朝着东南方向进军，去占领那边的一个地区。那是一片肥沃富饶的土地，它的一面靠着大河，一面靠着大海，我在那里所获得的一切都会与你们分享。你们将被分成两队人马，由我的亲信老鹰和屠夫分别带领，老鹰所在部从东面进攻，屠夫所在部从西面进攻。我将率领五千精兵等在北面，等你们从两边发动进攻，包围县城，此县城是该地区的中心，我将冲杀进去，彻底铲除他们残余的抵抗力量。坐镇城里的那个军阀只是个强盗，而勇敢的你们早已向我证明了你们是如何完胜强盗的！"

接着，尽管他让自己硬起了心肠，还是很不情愿地补充道："如果打胜了，允许你们在城内自由行事三天。但一到第四天早晨，你们的这一自由就被取消了。届时，我将让号兵吹响集结号，如果有谁听到军号仍不归队的，我就毙了他。我不惧怕死亡，也不惧怕杀人。这些就是我下达的命令，你们都给我听好了！"

在场的士兵们都群情激奋，他们喊着跳着，等王虎一走，他们也迫不及待地离开了，每个人都急着回去检查自己的武器。他们擦拭枪支，磨快刀剑，清点子弹，因为那时许多士兵会拿子弹去换钱，然后去买酒喝或是找女人，所以他们在看剩下的子弹够不够用。

第六日拂晓时分，王虎率领着他的部队浩浩荡荡地出了县城。尽管这是一次大规模的军事行动，他还是留下了一小半人守卫县城。现如今老县长已经弱不能支，躺在床上再也起不来了，王虎去他那里告诉老人，他留下了一部分人保护他和他的院子。老县长用谦恭微弱的声音表示了感谢，可他心里清楚这支队伍留下来也是为了提防他的。豁嘴是这支留守部队的头儿，这个头儿不好当，因为留下来的士兵们心里都不满意，王虎只得答应他们，如果他们尽职尽责，干得好，会额外再给他们一些银圆，并且下一场仗一定让他们去打，这样那些留下来的人才不再抱怨了。

王虎走在队伍的最前面，准备向南进发，他让这则消息在城中传播开来：南边有敌人在向我们这边进犯，他要率领士兵前去抵抗。人们心中害怕，都急切地想讨好他，为此商会赠给他一笔钱，那天许多人都跟着王虎一起出了城，来到大军的出发地，观看升旗以及宰猪和焚香等祈愿有好运相随的祭祀活动。

祭祀结束，王虎率队出发。这次征战他不仅人枪充足，而且还带了大量的银钱，因为他是个非常聪明的将军，到时不会马上投入战斗，他会先进行谈判，等待，看钱能不能起作用，即便一开始看着不行，到最后或许用钱就能买通某个关键人物，为他们打开城门。

现在已是阳春时节，地里大片的麦子差不多长到了两尺高，就快抽穗了，王虎一边骑行，一边眺望着绿油油的田野。它的美丽和丰饶令他感到骄傲，因为这是他统治的土地，他爱它就像国王爱自己的疆域一样。然而，他又足够聪明，尽管他眼里都是这美景，但他敏锐的洞察力告诉他，他需要开拓新的领地来征税，以维持他庞大军队的开支，增加他的资金储备。

在一直向南走出了他统辖的地域后，部队来到一片石榴林前。当看到石榴树多节的灰色枝条上才长出嫩黄色的新叶时，这比其他树的叶子出来得都晚，王虎意识到他已经在别人的地盘上了。他四处眺望着，满眼看到的都是丰饶肥沃的田野、健壮的牛羊、胖嘟嘟的孩子，他为这一切感到欢欣鼓舞。只是他带着士兵一路走过时，田里干活的农人看到他们都蹙起了眉头，妇女们刚才还在谈笑，一下子就变得鸦雀无声，许多女人用手遮住她们孩子的眼睛。要是像他们平日里行军那样唱起歌，农人们会因乡野祥和的氛围被打破而骂声连连。村里的狗都跑了出来，本来是想咬人的，可看到这浩浩荡荡的人群，便灰溜溜地夹着尾巴躲开了。不时地，有被拴着的牛挣脱绳子，飞快地奔跑，因为这鼎沸的人声惊着了它。如果是正拉着犁的牛，那它会拉着犁和后面的赶牛人疯跑。

这个时候，士兵们会哄堂大笑，而若是王虎见到这种情形，他会很有礼貌地停下来，直到农人再次控制住自己的牲畜。

在这些小镇和村子里，人们看到士兵们冲进院门，笑着嚷着，要茶要酒，要馒头要肉，都被吓得不轻，不敢作声。站在店铺柜台前的小老板们也是愁容满面，担心他们的货被拿走而没人付钱，有的铺子干脆上了门板，还不到晚上就打烊了。王虎事先就下过命令，任何东西都要付钱，他给了士兵们所需要的买吃喝的钱。不过，他也清楚，再优秀的将军也不可能把这成千上万的无法无天的士兵完全管束住，尽管他告诉过各连队的头头们要他们对各自的队伍负责，可他知道这类鸡鸣狗盗的事情哪里能避免得了，他只能喊上几句："如果让我听说谁有不法行为，我就毙了谁！"他相信他的人总会因此而收敛一些，他并不想就这些事情一味地深究。

王虎也想出了一些办法，在某种程度上使士兵们的这些行为得到了控制。每抵达一个镇子时，他会让大部队停在郊外，只带几百人进镇，去找当地最富有的商人。找到商人后，王虎命令他去召集其他的商人，他就等在那个最富有的商人的店铺里。等他们都战战兢兢、恭恭敬敬地来到他面前时，王虎会很客气地对他们说："不必害怕，我不会勒索你们的，也不会向你们提出过分的要求。我确实有上万人的兵马驻扎在郊外，不过，你们只要给我一笔说得过去的款项支持我这次的征战，我就只在这里待一个晚上，次日早晨便带着我的人走。"

吓得面色苍白的商人们将他们选出的一个代言人推了出来。他支支吾吾地说出了一个数目，以他们的实力，王虎知道他们这是在敷衍他。他冷冷地笑了笑，蹙起他的两道浓眉说："我看到了你们琳琅满目的店铺，看到了供应充足的粮油市场，还有各种颜色的丝绸锦缎等，我看到百姓丰衣足食，你们的街道宽阔整齐。你们就这样为你们的这个镇子哭穷吗？给出这么小的一个数目，你们不觉得脸红吗？"

王虎就用这些不软不硬的话逼着他们往上加钱，他从不像有些军阀那样粗暴地威胁他们，叫嚣如果他得不到什么什么，就让士兵们在城中大肆抢劫。不，王虎从不用那样的手段，他总说人家也得生存，索要的钱财数目不能过大，不能超出人们能承受的范围。他这客客气气的做法取得了成效，他得到了他想要的数目，商人们也乐得这么轻易就摆脱了他和他的军队。

王虎率领着他的人就这样一路朝着东南方，向着海边行进，每当停在一个镇子上时，他总能从那里的商人们手里得到一笔钱。一到早晨，他就再次出发，很少扰民。到了又小又穷的村子时，王虎从不跟那里的人索要任何东西，即便是食物，也不会多要。

王虎带着他的军队就这样行走了七天七夜。到第七天的行程结束时，由于一路上让当地的商人们纳贡，他钱袋子里的钱又增加了不少，他的人一路上吃得好，都情绪高涨，满怀希望。此时，王虎离他要攻打的城池已剩下不到一天的行程，它位于该地区的中心地带。他骑马跃上一座小山丘，去观察这座城市。整座城像一块珍宝被坚固的城墙环绕，城墙周围是绿浪滚滚的田野，看到它在晴朗的天空下被烘托得如此美丽，王虎的心头一阵喜悦。正像人们所说的，有一条大河流经这一沃土，城墙的南门边紧贴着河水，远远望去，这座城市像是一条银色的链子上缀着的一块珠宝。王虎当即派出一名信使去往这座有上千人守卫的城池，向城中的军阀头子宣告北边的王虎已经率军兵临城下，前来将百姓从强盗的铁蹄下解救出来，如果这个强盗不愿收下钱然后乖乖撤离此地，那么，王虎将率领他数万勇敢无畏的士兵攻下这座城市。

该地区的这个军阀头子是强盗出身，非常强悍，他皮肤黧黑，长相凶狠，很像寺庙里的守门神，人们称他为"黑面门神"，又因他姓刘，所以叫他"刘门神"。听到王虎让人捎来的这充满挑衅的口信后，刘门神气得火冒三丈，在愤怒地呼呼喘了一阵子后，才张开口回答道："回去告诉你的主子，他想打就打，谁怕谁呀，我还从未听说过一个叫王虎的狗崽子呢！"

信使返回后如实向王虎做了禀报，这一次轮到他怒气冲天了，他的自尊心同时也受到了伤害：这个军阀头子说自己从未听说过王虎这个名字，他暗自思忖是不是他高估了自己。可表面上他还是气得把遮掩在浓黑胡须下面的牙齿咬得咯咯直响，他召集起他的人马，于当日便抵达了这座城市，并沿着城墙四围安营扎寨。城门紧闭，无法进入，王虎便吩咐他的人宿营休息，等待天明，士兵们驻扎的帐篷将护城河整个儿围了一圈，他的人可以随时监视敌人的动向，并向他汇报。

次日清晨，王虎很早就起来了，他叫醒了他的卫兵，随即军号和鼓声响起，士兵们被召集在一起，王虎发布命令，要他们随时做好战斗的准备，等待他的召唤，即便这一等待可能是一个月或者两个月。之后，卫兵跟着他去到城东的一座小山上，那里有一座塔，他爬上塔顶，下面有卫兵警戒着，他的这一举动吓坏了庙里几个老和尚。他在塔上眺望整座城市，这个城市并不算大，人口也许不超过五万，房子的屋顶上铺的都是清一色的黑瓦，宛如鱼儿脊背上的鳞片。王虎下来后带着他的士兵越过了护城河，结果迎来从城墙上射出的一排子弹，他赶紧退了回来。

眼下王虎只能等待，他与各连队的头儿们商量，他们建议围而不打，因为围比打更保险，反正城里的人是必须吃饭的。王虎也觉得这个办法好，因为如果现在攻城，他的士兵肯定会死伤惨重，各个城门都非常坚固，都是用铁板将粗圆木固定起来后做成的城门，王虎一时还不知道如何攻克它们。再说，只要他们封锁了紧闭的城门，不让粮食运进去，一两个月后，敌人一定就饿得没劲儿，只得投降了。如果现在攻城，敌人还兵强马壮，谁胜谁负尚不好说。这样一想，王虎也觉得等是上策，一直等到他能取胜的时候。

于是，他命令士兵们把四面的城墙都围了起来，当然要与城墙保持一定的距离，让子弹徒落进护城河里，而不会伤到他们。士兵们封锁了整座城市，任何人都无法进出，王虎围城的士兵有吃有喝，当地的土特产管够，各类家禽、蔬菜，以及农民种植的各种粮食，因为他们吃东西都是付了钱的，所以当地的农民并没有联合起来反对他们，王虎的军队吃得膘肥马壮。夏季来临，土地肥沃，风调雨顺，尽管有传言说在大山那边一直没有下雨，可能会有灾荒。王虎听到此消息后跟自己说，他的好运气又来了，他在的这里可是五谷丰登啊。

一个多月就这样过去了，王虎坐在帐篷里一日又一日地等着，没有一个人从闭着的城门里出来。在又等待了二十天之后，他变得有些不耐烦起来，他的士兵也是，可敌人仍很顽强，只要他们一越过护城河，子弹就会从城墙上扫射下来。王虎很是纳闷，他气狠狠地说："他们怎么还有吃的？怎么还有力气端得动他们的武器呢？"

站在旁边的老鹰对这么勇敢顽强的敌人也不得不表示钦佩，他往地上唾了一口唾沫，用手抹着他的嘴说："他们现在一定在吃狗肉、猫肉以及各种动物的肉了，甚至包括在他们家中逮住的耗子。"

时间一天天过去，被围困的城里没有任何动静，直到夏季的第二个月行将结束时。事情是这样的，一天早晨，王虎像平时一样走出帐篷，去看是否会出现哪怕是最细微的变化，结果发现在北城门上有人摇起一面白旗。他急忙吩咐他的人也亮起白旗，他一阵激动，认为终于要有结果了。

接着，北城门打开了一点儿，足够让一个人从里面出来，紧接着门又关上了，发出了铁门闩被插上的嘎吱声。王虎在他营地这边屏息望着护城河，他看见一个年轻人慢慢朝他走了过来，拿竹竿挑着一面白旗。王虎叫他的人列成两队，他自己站在队列的尾端，等着那个人的到来。在快要走到这边时，那人喊："我是来讲和的，如果你们同意撤走的话，我们愿给你们一笔款项，只要我们有的，都可以给你们。"王虎冷冷地笑了笑，不无嘲讽地说："你以为我这么大老远跑来就只是为了钱吗？我在我的地盘就能弄到钱。不！你的主子必须向我投降，我需要得到这座城市和这个地区，它将会成为我的版图的一部分。"

那个年轻人倚着那根竹竿，望着王虎，他哀求道："发发慈悲吧，带着你的人离开吧！"说着他在王虎面前跪了下来，脸也贴在了地上。

王虎见不得人们反对他，此时他不由得怒火中烧，大声吼道："在这片土地没有属于我之前，我决不撤离！"

听到这话，年轻人从地上站起，他的头也高傲地向后仰着，说："那你就待着，把你的生命耗在这儿好了，因为我们能坚持的！"说完便转身朝着北门走去。

王虎觉得他那无法改变的暴脾气又要发作了，他跟自己说，真是奇怪了，这么死缠硬磨的敌人居然派了一个这么不懂礼貌的信使，他甚至没有遵循起码的礼节，他觉得这是他所见过的人中最冒失的年轻人了。他越想越气，容不得他再想，便猝然向他的一个士兵喊道："举枪射杀那个家伙！"

士兵立即开了火，那个年轻人应声倒地，一头栽倒在护城河的窄桥上，他的旗帜落在水中，竹竿漂荡在河面上，浑浊的河水让白旗也变成了土黄色。王虎随即命令他的人去抢回那个年轻人的尸体，他们迅速地跑去又迅速地跑了回来，担心城墙上会有人向他们射击，却没有一颗子弹从上面打下来。王虎对此感到诧异，不知道敌人的葫芦里到底卖的是什么药。而更令他惊讶的是，从躺在他面前的这个已经死了的年轻人身上，一点儿也看不出他有饿过肚子的迹象。当他命令士兵把他的衣服脱掉，看看他的身体时，王虎发现此人虽说不胖，可也不瘦，肚子没有瘪下去，显然是吃了东西的。

看到这一情景，王虎一时不免感到有些气馁和沮丧，他喊道："这个家伙看来并没有挨过饿，他们有多少粮食啊，几个月过去了，他们好像什么事情都没有？"在骂了几句后，他又说，"好吧，他们能坚持，我更能坚持！"

王虎为此恼羞成怒，从这一天起，他不再管束他的士兵，看到他们从市郊的人们或是农民家里白拿食物和东西，他也睁一只眼闭一只眼。当有农民前来告状埋怨说有士兵跑到他家里抢东西时，王虎便恼怒地说："你们这些人活该被抢，我相信你们在偷着给城里送粮食，不然的话，里面的人怎么还有吃的？"

农夫们都发誓说他们没有，有些人更是可怜巴巴地哀求道："我们会在乎是哪个军阀骑在我们头上吗？你觉得我们会喜欢那个收重税，让我们饿得半死的老强盗吗？你只要待我们仁慈一点儿，不要让你的人作恶，我们愿意让你代替他。"

随着夏天一天天过去，王虎的心情变得越来越糟。炎热的天气，从士兵粪便中繁殖出的成群结队的苍蝇，从护城河水中飞来的蚊子，都令他和他的士兵们苦不堪言，他不禁想到了他所驻扎的那个城市，他那两个等待着他归来的妻子。恼怒、不耐烦的情绪使他变得鲁莽，他的人也更加地肆无忌惮，他对他们也听之任之了。

一个炎热、明月高悬的夜晚，王虎睡不着觉，为了凉快，出来在他的帐篷外面散步。只有贴身侍卫跟在他身后，困得连连打着哈欠。跟平日里一样，他习惯地望向对面的城墙，月光下的城墙显得高又黑，好像不可征服似的。望着望着，他的火气不由得又上来了，的确，这些日子

里他的怒气从来没有平息下来过。他在心里发着毒誓，要让城里的每个
男人、女人和孩子都为此吃些苦头。就在这个时候，王虎看到在黑魆魆
的城墙上有个黑点在移动，正从上面下来。他静静地看着，起初他以为
是自己眼花了，可仔细地看了一会儿后，他发现是个螃蟹似的黑黢黢的
东西在移动，移动在攀附于古老城墙上的藤蔓和树枝之间。最后，他终
于看清楚了，那是个人。是的，他滑落到了地面，走进了月光里，王虎
见他手里挥舞着一块白布。

王虎随即命令他的士兵也举一面白旗迎了上去，叮嘱说一定要把那
个人带到他面前。他站在那里等着，眼睛望着那边，极力想看清楚那个
人的样子。此人被带到后，一下子便跪伏在王虎的脚前，不住地磕头求
饶。王虎大声喝道："把他拽起来，让我好好瞧瞧他！"

两个士兵上前扶起了那个人。王虎瞪眼瞧着，瞧着瞧着，火气又上
来了，觉得自己嗓子里一阵干涩，因为此人看上去也没有挨过饿。他人
虽显憔悴瘦削，可黧黑的脸庞并没有显出饥色，王虎怒吼道："你来是
要献城的吗？！"

那人说："不是，我们的首领还不愿意投降，他还有粮食，我们作
为与他比较亲近的人，每天都能得到一些食物。百姓开始挨饿了，这是
真的，可这不关我们的事，我们还能坚持一段时间，我们希望得到南方
的驰援，已经派人偷偷地翻下城墙去求援了。"

王虎听了，顿时感到一阵不安。他强压怒火，满腹狐疑地问："如
果不是投降，那你为何而来呢？"

那人愤愤地说："我来只是为了我自己，我效忠的这个将军待我非
常刻薄。他只是一介莽夫，蛮横，没有教养，而我出身书香门第。我父
亲是个学者，我从小就知书达理。他常常在我的士兵面前羞辱我，一个
人可以对许多事情宽容，但绝不能原谅一个一再羞辱他的人，这不仅是

对我的侮辱，也是对我历代祖先的侮辱。他的祖先，如果他还知道他们的话，也许还是我家祖先的奴仆呢。"

"他是怎么羞辱你的？"王虎问，他暗暗为事情出现的意外转机而感到高兴。

那人闷闷不乐地回答："我打枪弹无虚发，这是我最拿手的本领，他却笑话我拿枪的姿势。"

王虎的脑海里出现一道希望的光。因为他十分清楚嘲笑和鄙视最容易激起一个人内心的仇恨，甚至对朋友也是如此，一旦蒙受了侮辱，一个人会不惜一切代价地去报复，尤其是像此人这样自负高傲的人。王虎直截了当地说："说说你的条件。"

那人看了看四周，见有不少王虎的士兵在张着嘴听，他附在王虎的耳边小声地说："让我跟你进你的帐篷讲，行吗？"

王虎转身大步进入他的帐篷，命人把那人也带进来，他身边只留下五六个警卫，以防来自此人的刺杀行为。不过，正如王虎所发现的那样，此人没有刺杀他的意图，只是想要复仇，他说："我恨透了他，我愿意再从城墙上爬进去，为你们打开城门。我只求你一件事，请你把我还有追随我的几个人纳入你的麾下，并且保护我们的安全。如果这个匪首没有被杀死的话，我将会被他疯狂追杀，因为他是个非常凶残的敌人。"

王虎并不愿意白白接受人家如此慷慨的帮助，因此，他直视着站在他面前的这个由两个士兵挟持着的投诚者，说："你是一个真正的男子汉，当然受不了这种侮辱，没有一个正直的人愿意被人侮辱。能有你这样勇敢优秀的人加入，我很高兴。那你就再回去一趟，告诉你的同伴，告诉所有的士兵，我愿意接收你们所有的人，凡是带着枪来投诚的，我都要，并保证他们的安全。至于你，我会任命你做我军队里的一个队长，我将赏给你两百块大洋，对跟你一起过来的每个带枪的人都发五块大洋。"

那人脸上的疑虑一下子消散了，他激动地说："你是我这一生中一直在寻找的将军！现在已是黎明，我一定会在今天正午太阳当空的那一刻为你打开城门的！"

那人说完便转身离去，王虎起身步出帐外，望着那人像个猴子一样，攀着多节的树根和藤蔓，身手敏捷地爬上了城墙，消失在那边。

这时，太阳像一面铜锣似的在东边田野的地平线上冉冉升起，王虎叫他的人悄悄起床，以免对面的敌人看见这边的活动，以为这边要有新的行动了。其实，许多士兵已经知道有个人从城里出来到这边，他们连夜摸黑就起来准备了。当夜的月亮亮得像是个苍白的太阳，无须点灯，士兵们就能看见枪栓和扳机，能把鞋带穿进鞋眼里。待太阳升高时，王虎下令让每个士兵都吃大块的肉，喝大碗的酒，使他们浑身是劲，浑身是胆，酒足饭饱之后，士兵们静等着冲锋的战鼓擂响。

太阳升到了半空中，炙热地照射着整座城市和周围的平原。王虎从他站着的地方大声喊着发出命令，他的人迅速排成六长列，回应着他们将军的喊声，每个士兵都发出震耳的吼声。他们一手举枪，一手举刀，呐喊着像潮水般地冲上前去。有些从桥上越过了护城河，但更多的人涉过了水浅的护城河，浑身滴着水爬上堤岸，逼近到城墙下，簇拥在北城门那里。队长们不愿让王虎太靠近前线，因为他们不知道在最后一刻那人还会不会信守他的诺言，这会不会是个圈套。可王虎对那人深信不疑，因为他知道复仇的想法是刻骨铭心的。

他们就这样等在城下，城内没有任何动静，城墙上也没有人开枪射击。少顷，太阳当空，在王虎定睛望着的当口儿，他看见沉重的铁门稍稍开启，有一个人探头向外张望，城门顶部泻出一道光。王虎再次大声喊着发出命令，随后同士兵们一起挤开了城门，宛如决堤的洪水，冲入城里的街道，围城战役结束了。

王虎一刻也没有迟疑，立即命令他的士兵跟他直奔匪首的老巢，他对他的人吼道："在找到匪首之前，谁也不能擅自行动。"抢劫心切的士兵们拥着他急奔匪首住的宅院，一路上逮着人便问匪首的住处。可是当王虎于战鼓军号声中率领着士兵冲进他的宅院时，院落里已空无一人，匪首已经逃跑了。不知道他是如何获悉有人已经背叛了他的，当王虎的人从北门拥入时，匪首和他几个忠实的走狗已经出了南门，逃往乡下。王虎从没逃走的士兵那里得到这一消息后，便冲上了南城墙，举目远眺，只看见一团扬起的飞尘。有那么一会儿，他拿不定主意是追还是不追，后来一想，他已经得到了他想要的东西，就是这座城市，这一地区的要塞，一个匪首和他的几个喽啰又算得了什么呢？

于是，他下了城墙，回到那座被丢弃的院子，那里有许多留下来的敌人的士兵等在外面。看到有这么多的投诚者，王虎心中甚喜，他坐在大厅的高台上，他们成群结队地进来向他跪拜投降，个个面黄肌瘦，憔悴不堪，像逃荒的饥民。他们都带来了武器，在他面前举手下跪，表示愿意降服。王虎接受了他们的投诚，下令让他们每个人都饱餐一顿，并赏给每个人五块银圆。当那个背叛匪首的小头领带着他的人进来时，王虎亲自把答应给他的两百块银圆赏给了他，并让士兵拿来一套队长的军服给他，任命他为自己的一名军官。

在做完了这一切之后，王虎知道他该兑现他对士兵的承诺了，因为他管束他们已经管得够久了，不得不给他们松开一点儿了。于是王虎下了给予他们几天自由行动的命令，尽管做出这样的命令他也不情愿。说来也怪，如今他已经得到了他想要的，他对当地人的怨气也没有了，他不忍心看到他们遭受损失。然而，对他的人，他也必须履行他的诺言，在给了他们三天的自由时间后，他便把自己关在这个住宅里，闩上了所有的院门，除了他的卫兵，就只有他一个人。可就连这百十来个卫兵也变得烦躁不安起来，要求有人替换他们，给他们也放放假，最后，王虎只得给他们也放了假，叫回另一批人做守卫。这些回来替换的士兵，个个抢东西已抢红了眼，眸子里都是贪婪的光，脸也涨得通红，他们面上狂野的神情还没有散去。王虎抑制着自己不去看他们，也不愿去想城里正在发生的劫掠。总待在他身边的侄儿觉得好奇，想出去看看热闹。王虎顿时把他的怒气发泄到了侄儿身上，他庆幸终于有了一个出气的对象。他冲侄儿吼道："难道我的亲人也要像这些粗鲁、庸俗的士兵一样出去抢劫吗？！"

他不让小伙儿离开他的视线，一会儿让小伙儿给他拿这个吃，一会儿让给他拿那个喝，一会儿又说要换衣服，让小伙儿去取。当士兵们在街上劫掠的噪声隐隐约约地传进大门紧闭的庭院时，王虎对他侄儿的火气就变得越发大了，弄得小伙儿战战兢兢，时时捏着一把汗，一句话也不敢说。

事实是王虎这个人唯有在生气时才能变得无情和残忍，只有在发怒时才能杀人，对一个靠生死拼杀才可能获得荣耀的军事首领来说，这确实是一个很大的弱点，王虎知道这是他的一个缺陷：他不能无所顾忌、无动于衷地杀人。他觉得他对当地人不再记恨是他的弱点，他告诉自己应该仍然恨他们才对，因为他们是如此愚钝、如此顽固，没有想着法子去给他打开城门。然而，当士兵们晚上回来嗫嚅地说想要吃饭时，王虎又把他心中的气和痛发泄到了他们身上："什么？你们在外面抢劫了一天，还得我给你们提供晚饭吗？！"

对此，士兵们回答说："城里很难再找到几粒米了，金银和丝绸又不能吃。街上有金银和丝绸，可是没有食物呀，农民们还不敢把他们的农产品拿进城里来。"

王虎只得默默地认了,因为他心里清楚他们说的是实话,他让人去给他们安排饭食,尽管在这么做的时候,他又把他们训斥了一顿。之后,他听到一个心直口快的士兵粗鲁地嚷着:"城里的女人瘦得像拔了毛的鸡,玩她们一点儿乐趣都没有!"

听到这话,王虎突然间觉得他再也无法忍受这种生活了,他独自离开去了一间屋子,坐在那里叹息了一阵子,直到让自己再次变得坚强起来。他又一次坚强了起来,因为他想到这片丰饶的土地,想到在这一战中他的权力得到怎样的增长,他的土地得到了数倍的扩张,他告诉自己这是他的事业、他获得荣耀的途径。最后也是最美好的,他想到了他的两个女人,在这两个人中肯定会有人为他生下儿子,他冲着自己的内心喊:"为了自己的儿子,难道我还忍不了让别人遭受短短的三天的苦吗?"

他就这样硬着心肠让自己熬过了三天,他遵守了他对士兵们所许下的诺言。

但到了第四天黎明的时候,王虎早早地从他辗转难眠的床上起来,他对散布在全城的士兵发出信号,吹响号角,告诉他们抢劫时间已经结束,他们必须听从命令马上回来。那天早晨的他神情比平常更加阴沉严厉,两道黑眉毛拧在一起,没有一个人敢违抗他的命令。

没有,除了一个人。在王虎大步走出锁了三日的宅院后不久,他听到就近的一条巷子里传出微弱的叫声,最近几天他对街面上的喊叫声变得很敏感,他转身赶往那里想看个究竟。在那条巷子里,他看到返回营地的一名士兵跟一个正路过的老妪纠缠,老妪手上戴着一个又小又薄的金戒指,她只是一个干活的,不可能有太值钱的东西。欲望上头的士兵想抢到这最后一点儿金饰,贪念驱使着他去扯拽老人的手,老妪哭喊着说："它戴在我的手上已经三十年了，我怎么舍得放弃它呢？"

集结的号声正在吹响，这个士兵一时情急，掏出刀子割下了女人的手指，他不知道王虎正目睹着这一幕，血从断指处淌了出来，尽管老人体内也没有太多的血可流了。只听王虎大吼一声，一个箭步跨上去，拔剑刺穿了那人的身体。尽管这是他自己的士兵，但王虎还是这么做了，因为看到这位可怜的、已经饿得没有力气的女人遭受如此对待，他的愤怒已经达到了顶点。那个士兵连一声也没吭便倒了下去，他殷红的鲜血从胸口喷涌了出来。尽管是为了救她，老人还是被这凶残的场面吓坏了，她用身上的旧围裙裹起断指处，跑走了，王虎再也没有见过她。

他在这士兵的衣服上擦掉剑上的血迹，告诉身边的一个卫兵把死者的枪带回去，随后便转身离开了，他担心他会后悔自己的行为。其实，后悔也没有用了，因为那个人已经死了。

王虎在整个城里转了一圈，对自己所看到的景象感到无比震惊。街道上冷冷清清的，几乎没有行人，人们从屋子里爬挪到门口，有气无力地坐着凳子靠在门槛上，当王虎在秋日明媚的阳光下大步走过时，他们甚至连抬头看他的力气都没有。他们坐在那里一动不动，没有一丝生气，好像死了一样。王虎心中涌起一股特别的羞耻感和诧异感，让他不愿意停下跟任何人交谈。他高昂着头，假装只看着店铺而没有看到各家门口的人们。商店里的商品琳琅满目，有些他从未见过，城市的南面有条入海的河流，因此有不少货物是从国外进口的。王虎确实看到了许多他不曾见过的新奇的外国玩意儿，现在却都被随意地搁在货架上，蒙上了一层灰尘，仿佛好长时间都无人问津了。

在这座城市里，有两样东西王虎没有见着。他发现城市各处都没有食物出售，市场里空荡荡、静悄悄的，街道上既没有叫卖的商贩，也没有固定的摊贩，但这些是一个富有活力的城镇的标志。此外，他也看不见有小孩。起先,他并没有留意到这街道有多么安静,后来他注意到了,并纳闷为什么会这么静,后来,他才突然想到是缺少了往常每家每户中孩子们的喧嚷声和笑声,缺少了他们在街上的玩耍和奔跑。顷刻之间,他再也不忍心去看那些还活着的男人和女人的黧黑、呆板的面容。他做得并不比其他军阀过分,这不能算作是他的罪过,因为他再没有任何别的途径去获得成功了。

可王虎又确实是个宅心仁厚的人,他不忍心再继续看这座已经属于自己的城市,于是转身回了他的宅院。他的心情变得很糟,很低落,他叱骂士兵,冲着他们吼叫,让他们滚得远远的,免得听到他们那得意的大笑声,免得看到他们那闪烁着贪婪目光的眼睛。王虎一见到他们手上的金戒指、身上挂的怀表,还有抢来的其他首饰时,他就怒火中烧。他甚至在他两个心腹的手指上看到了金戒指,老鹰一双粗糙的手上全是金戒指,屠夫大拇指上有一枚玉戒指,他的大拇指又粗又大,戒指推到关节那里就再也戴不进去了。即便是这样,他也戴着它。目睹这种种的情景,王虎觉得他跟这些人之间的关系似乎变得更加疏远了,他跟自己说他们是一群低俗野蛮的人,他的内心感到从未有过的孤独,他独自去了自己的房间里生着闷气,只要有人走近他,他便破口大骂。

他就这么坐了一两日,看见他动了大怒的士兵们都吓坏了,于是慢慢地都冷静下来。王虎也再一次硬起心肠,他对自己说这就是战争会产生的结果,他已经选择了这条路,这是命中注定的事,他必须顺着这条道走下去。他站起身洗了洗脸,他已经三天没有洗脸和刮胡子了,他换上衣服,派出一名士兵去告诉这里的市长,必须来向他投诚,表示对他的归顺。随后,王虎去了接待大厅,坐在那里等着市长的到来。

一两个小时后,市长赶来了。他进来时由两个人搀扶着,情况看着确实不好,他的面色显得非常苍白。他给王虎鞠了一躬后就等着回对方的话，王虎见此人颇有教养，像是温文尔雅的读书人。于是，他起身回了礼，并请市长落了座。随后，王虎坐了下来，有一会儿他没有说话，只顾盯着对方看了，因为这位市长的手和脸的肤色太怪、太吓人了，颇似猪肝在风干一两日后的颜色，而且瘦得只剩下皮包骨头了。

为此深感纳闷的王虎蓦然地说："怎么，难道你也挨饿了？"

那人简单地回答："是的，我的百姓也挨饿了，这已经不是第一次了。"

"可他们第一次派出和谈的人看不出面有饥色呀。"王虎说。

"他们从一开始就给予了他特别的关照。"市长回答，"这样，到他去跟你们谈判时，你们便以为他们还存有粮食，能坚持很长的时间。"

王虎不得不由衷地赞叹他们用计用得巧妙，可他还是感到好奇，他说："那个翻墙出来的队长也没有挨饿呀！"

市长简短地回答说："他们把最后的粮食全留给打仗的士兵吃。而老百姓在挨饿，上百人都饿死了，所有的老弱病残，所有的孩子，都饿死了。"

王虎叹了一口气说："确实如此，我在街上没有见到一个小孩。"他在盯着市长看了一会儿后，终于谈到了正题，"现在，你得归顺于我了，因为我已赢得了那个军阀头子的权力和地位，以前是他统治你和这整个地区，我现在是这儿的统治者了，我将把这一地区纳入我北方的版图。从现在起，征收的赋税都得交到我的手中，我先给你定个固定的数额，除了这个数额，每个月还要按照比例给我缴纳别的赋税。"

讲完他的主要意思后，王虎又说了几句客套话，因为他并不缺少这方面的教养。市长嚅动着他的两片干瘪的嘴唇，相对于他干瘪的嘴唇，他的牙齿显得又白又大，他用空洞又微弱的声音说："我们可以在你的统治下，只是需要给予我们一两个月的恢复时间。"他停了一下，随后又颇为无奈地说："只要我们能平平安安地过日子，做生意，哺育我们的孩子，谁当统治者对我们来说都是一样的。我保证我的百姓愿意向你缴税，只要你足够强大，让别的军阀不敢前来，让我们能过安生日子。"

这些话正是王虎想要听到的，此时，这位市长颤巍巍的虚弱语声触动了他的怜悯之心，他向他的士兵们喊："快把食物和酒端上来，好好款待市长和他的人！"安排完这件事情后，他召集来他的心腹，再次给他们下达命令："现在就叫上士兵到乡下去，让农民带着他们的粮食和其他农产品进城来卖，这样城里人才能买到吃的，才能恢复元气。"

在这一点上，王虎表现出他对全城百姓的责任感，市长为此向他表示了感谢，这种感谢也多少触动了他的内心。他发现这位市长竟仍能如此彬彬有礼、温文尔雅，尽管早已处在饥饿当中，市长看着自己面前桌上的食物时眼睛都在放光，可依然控制着自己，没有马上坐到桌前去，两只发颤的手仍紧紧攥在一起。直到客人对主人客套了一番后，直到王虎在他的椅子上落了座后，这个可怜的人才动起了筷子，吃的时候身子仍然挺得笔直。王虎实在不愿意看他这样，于是找了个理由离开了，好让他一个人独自吃得自在一些，他的手下是在另一个房间吃的。事后，王虎听他的人惊讶地说，这些饥饿的人所吃过的碗碟根本不用洗，因为早被舔得一干二净了。

很快城里的市场上就充满了生机，货架和柜台上摆满了食物，小贩们又将菜筐摆在路边叫卖了。看到这逐渐繁荣的景象，王虎喜在心头，他想，用不了多久，城里的人们会渐渐地胖起来的，脸上的蜡黄色也会褪去，会变得红润光亮，健康的。整个冬天，王虎都住在那个城市，安排税收上的事，振兴城里的各行各业。看到又有婴儿出生，女人又有孩子可以喂了，他内心的那种感动是他以前从没体会过的。触景生情，此时的他想起了他的两个女人，他渴望回到自己的那座宅院去了，他计划好了在年底时返回自己的家。

在王虎围城得胜之后，他早先派往各地的密探也都回来了，他们报告说南北方之间又打了一场大仗，北方再一次获胜。王虎听后立即派了一队人马，带着银子和丝绸给省里的督军送去，并附书信一封。信是王虎亲自写的，并盖上了自己的红色大印。他现在也颇有名气，有了自己的印章了，由于军阀里很少有能识文断字的，他还颇为自己有这点儿文化而得意呢。在信中，他述说了自己如何与南方的一个军阀头子作战并打败了他，为北方夺回了这片位于大河边的土地。

督军给他回了封对他大加赞扬的信，并祝贺他的成功，给他封了个新的好听的头衔，只是督军提出了一个要求，要他每年为省府的军队缴上一笔款项。王虎知道以他现在的实力还不能拒绝，于是便答应了这个数目，就这样，王虎让自己在政府里站稳了脚跟。

到了年底时，王虎估计了一下自己的处境。他发现他的疆域扩大了一倍还多，除了一些荒山外，都是能稻麦兼种的良田，而且，这儿还盛产食盐、花生油、芝麻油和豆油。尤其令他高兴的是，他如今有了自己的海运通道，可以直接从海外运进他所需要的货物，等他再需要武器时，他便用不着靠他二哥王掌柜了。

王虎特别想要拥有外国的大炮，自从在这个老强盗留下的东西里，发现有两门体积特别大，从未见过的火炮以后，他的这一愿望变得越发强烈。它们是由纯钢铁制成的，上面没有任何小孔或是气泡，那样的光滑程度唯有最好、最聪明的铁匠方能做到。这两门炮非常重，得二十多个人使尽全身的力气才能把它抬起来。

王虎对这些炮十分好奇，他很想看看它们是如何发射的，可谁也不知道怎么操作，也找不到炮弹。后来，在一座旧仓库里找到两个圆圆的铁球，王虎蓦然想到这些铁球就是给这些大炮准备的。他心中大喜，叫士兵们把一门炮搬到了一座旧庙前的开阔地上，庙的后面是一片荒野。起初，没有人敢上前去试，为此王虎开出重金，最后是翻城墙投诚过来的那个队长希望得到这个机会，赢得这笔钱，他以前曾见人开过一炮。在一切准备就绪后，他将一支火把固定到一根杆子的末端，从远处给大炮点火。人们看到炮捻开始冒烟后，便都远远地跑开等着，大炮射出它膛里的铁球，大地震颤，天空里发出隆隆的回响，烟和火光从炮筒里喷出，这场景甚至使王虎也惊呆了，心脏有一刻几乎停止了跳动。硝烟散去后，人们都望向对面的破庙，那里已成为一片废墟。这个时候，王虎又默默地笑了，他太兴奋、太高兴了，世上竟有这么好的战争武器，他激动地喊："要是我早先就有这种武器，便不需要用数月去围城，因为咱一炮就能把城门给轰开了！"他停了停，然后问那个队长，"你的头儿为什么不用这大炮对付我们呢？"

那个队长回答说："我们都没想到，这两门炮是从另一个军阀那里夺来的，它们被运到这儿后，从未被使用过，我们不知道这几个铁球是什么，也没有想到这些东西就是武器。因此，它们一直被扔在前院，无人问津。"

王虎却非常珍惜这两门大炮，他计划着为它们买来更多的炮弹，他让人把它们搬到了他常能看到的地方。

在审视了这几个月所取得的成绩后，王虎心中十分满意，准备返回他的宅院了。他留下一支庞大的队伍，由他原来的部下领导，新兵和新近提拔的队长跟随他回去。几经考虑后，他挑选了他能信得过的两个人作为这儿的最高长官。这两人就是老鹰和他的侄儿，他的侄儿现在已长成了一个很棒的小伙子，膀阔腰圆，除了脸上有着这辈子都无法去掉的麻子外，长得还是不错的。在王虎看来，这是一对很好的组合，因为侄儿还年轻，很难独当一面，而老鹰又不能完全信赖。因此，王虎把他俩安排在了一起，他悄悄跟小伙儿说："如果你认为他有任何背叛的行为，就火速派人来告诉我。"

小伙儿答应了，能得到叔叔的重用和提拔，这样独当一面，他高兴得眼睛里都放出光。王虎可以放心地离开了，因为一个人是可以信任自己的亲人的。在做好了这一切安排后，王虎返回了自己的家。

至于该城的百姓们，他们再一次投入了重建家园的事业中。商店重新开张，他们的机杼又开始织布，各种贸易活动又如火如荼地展开，他们口中谈论的都是未来和重振家园，过去的已经过去，一切皆为天意。

第 二 十 三 章

  王虎日夜兼程地往家赶，说是想快点儿看看他的军队是否还像他离开时那么安然无恙。他也真以为这是他急着回去的主要原因，因为连他自己都不太清楚还有比这更深层的一个原因，那就是看看他有没有儿子了。他离开家已近十个月，尽管在这期间他曾收到过他有文化的大老婆的两封信，两封言辞得体，字里行间充满对丈夫尊重的信，信中除了说家中一切安好外，很少再提及其他。

  顺利回到家的那一刻，他即刻看出自己仍是福星高照，好运相随，因为在风和日丽的庭院里坐着他的两个老婆，每人怀中抱着一个婴儿，两个孩子从头到脚都裹在大红缎袄里，不住摇晃的小脑袋上各戴着一顶红色的小圆帽。乡下老婆生的孩子的帽子上绣着几个金菩萨，城里老婆生的孩子的帽子上绣了几朵花，因为她有文化，不相信菩萨保佑之类的说法。除了这一点，两个孩子身上再也看不出有别的不同。王虎眨巴着眼睛看呆了，他怎么也没有想到会有两个。他结巴着说："这是——这是——"

  他能识文断字的妻子说话一向利落文雅，时不时地还能来上一句格言或是诗词。这时她站了起来，露出一排洁白发亮的牙齿，笑着说："这是你走后我们为你生的孩子，他们都是结结实实、健健康康的。"她抱过来她的孩子让王虎看。

可另一个妻子也不甘示弱，因为她生的是儿子，而城里老婆生的是闺女。尽管她牙齿黑，又露齿，平时很少说话，可这时也着急地站起来，说："我生的是儿子，老爷，她生的是闺女。"

王虎听了，什么也没说。他真的不知道该说什么，因为他怎么也想不到自己一下子有了一对儿女。他怔怔地站了一会儿，默默地看着这两个似乎对自己毫不在意的小东西。他们都在平静地看着他，好像他是一株树或一面墙总在那里似的。阳光照耀着他们，他们的眼睛不住地眨巴着，男孩打了个响亮的喷嚏，令王虎更是感到了惊讶，如此小的一个婴儿竟然喷出这么一股子气。那个小女孩只是像只小猫咪那样张着嘴，大大地打了一个哈欠。他从来没有抱过小孩，此时，他也没有抱他们。鉴于以前他的言谈总是与打仗有关，他真的不知道在这个时候该跟这两个女人说些什么。他只是傻傻地笑着，他的人看到他喜得贵子，高兴地向他祝贺，他虽心中欣喜，却只嘟囔出了这么一句："哦，我想女人就是生孩子的！"说完他便赶忙回到自己的屋子里去了，好一个人细细品品这幸福的滋味。

他在房里洗了脸，吃了饭，脱了军装，换上一件藏蓝色的丝绸袍子，待这一切做完后，已经是傍晚了。夜色带着寒气静静地降临，王虎坐到了火盆旁，回想着这一年来发生的一切。

在每个关键点上他觉得都有好运在眷顾他，他吉星高照，想要得到什么，便得到了什么。现在，既然他有了儿子，他的抱负和奋斗便具有了意义，他所做的一切都有了目的性。这一思绪令他心潮澎湃，他全然忘记了他曾经历过的所有悲伤和孤独。他突然在寂静的屋子里大声喊道："我将把我的这个儿子培养成一个真正的勇士！"他站了起来，激动地拍着自己的大腿。

他在屋子里大步踱了一会儿，脸上挂着由衷的笑容，他有了自己的儿子，这是件多么令人欣慰的事情啊。他想他现在再也不需要靠他哥哥们的儿子了，因为他有了自己的儿子可以继承他的事业，可以继续开疆拓土。随后，他又想到他还有了个女儿。他思忖着，他该拿她怎么办呢。他站在窗前，捻着他唇边的胡子，踌躇着，因为她是个女孩呀，临了，他有些犹豫地跟自己说："我想，将来我可以把她嫁给一个勇敢的军人，这就是我能为她所做的一切了。"

自那一天起，王虎在他的这两个女人身上有了新的目标。他将看到有更多的儿子从她们那里诞生出来，真正的，忠诚的，永远都不会像外人那样背叛他的儿子们。他再也不必用这两个女人去解放他的心灵和肉体。在看到他的儿子的那一瞬间，他的心灵已经获得了自由，至于他的肉体，他只希望用它去生出更多的儿子，更可靠忠诚的士兵，当他老了时能伴在他的左右辅佐他。他对自己的两个妻子仍旧不偏不倚，晚上轮流去她们的房间过夜。尽管她们俩暗中也会有争风吃醋的时候，他对她们两个却都感到满意，因为他从她们那里寻觅的是同一件东西，他并不在乎她们哪一个爱他多一点儿、哪一个爱他少一点儿。他并没有爱着哪一个女人的这一事实，不再烦恼着他了，因为他已有了自己的儿子。

整个冬天就这样心满意足地过去了，农历新年也过完了。王虎让这一年的春节过得格外喜庆，他赏给所有的士兵酒肉和银圆，并且发给每个人一些小玩意儿，比如说他们喜欢的烟草、袜子和毛巾等，也送给他的两个老婆许多礼物，整个庭院里都是喜气洋洋的。其间只发生过一件意外的事，而且发生在节后，并没有减少欢乐的气氛。老县长在一天夜里睡觉的时候去世了，他是因吸食了过多的大烟睡得太沉了，还是因为得了重感冒吃了太多的药昏睡过去了，对此谁也说不清楚。他的死讯被人报告给了王虎，他为这个性情一向和顺的老人定制了一口上好的棺材，并操办了后事。丧事办完的第二天，人们正准备把棺木运回他的老家时——老县长不是本地人，结果又有人来报告说他的老伴吃了他留下的鸦片，也随她的丈夫去了。她年事已高，常年有病，从没有走出过她的院子，王虎也从未见过她，因而也谈不上有什么悲伤。为此他又定购了一口棺材，并派了三个人将棺木送回他们的老家，邻省的一座镇子上。而后，王虎把这件事报告给了他的上司，他派他的心腹豁嘴带着一些士兵和他写的信去往省城，临行前私下跟豁嘴说："有些话只能嘴对着耳朵说，所以我没有写在信函里。你到了省里见机行事，争取把我的这层意思告诉上面——关于谁来做这里的县长，我也有发表意见的资格。"

豁嘴点头称是，王虎放了心。在这样局势混乱的时期，他并不希望上面急急忙忙地派个县长下来，他自己也能把这儿管理得很好。他就这样把这件事放在了脑后，不久，他和他的两个老婆搬进老县长以前住的那座最里面的院子，很快便忘记了老县长，好像这座宅院原本就是他自己的一样。

转眼又到了这年的春天，这一年多来王虎好运连连，他新占领的土地上不断传来好消息，各项税金源源不断地流入他的囊中，士兵们军饷充足，人人满意，都对王虎大加颂扬。为了感谢上苍给他的好运，感谢祖宗，王虎决定在清明节到来时回老家一趟，与两个哥哥一起去父亲坟前祭奠。对一个大家族来说，这是件该做并且非常值得做的事，尤其正值清明时节，是儿子们为他们的父亲修坟扫墓的时间。再则，王虎还有件事要跟他二哥说，他现在想要结清跟二哥的账，不想再欠着别人的钱了。于是王虎派了一些士兵前去告知哥哥们，言辞当然极为客气和礼貌，他和他的妻子们，还有孩子们以及他们的仆人会在清明节时返回家乡。对此，两个哥哥——王地主和王掌柜非常客气地表示了欢迎。

　　一切就绪后，王虎跨上他高大的枣红马，骑在队伍的最前头出发了。不过，这一次他们需放慢速度骑行，因为有两个女人和她们的丫鬟们乘坐的车跟在后面。王虎也愿意这么慢慢地骑行，因为他觉得这样更能够表达出他的自豪感。这样走在他的女人们和他的孩子们前面，他觉得在其家族脉系中便有了自己的位置。他觉得他的领地从来没有像这个春天这样美丽、富饶过，满眼都是桃花绽放，柳树抽芽。瞧着长出的那嫩嫩的绿色和漫山遍野的桃花，瞧着沐浴在阳光中的湿润的深褐色的土地，王虎突然记起了他的父亲。每当春天来临，父亲总喜欢折一枝嫩柳和一枝桃花拿在手中，或是把它们挂在土屋的门上。想着他的父亲和他自己的儿子，王虎感觉到了他在家族长河中的位置，他再也不像从前那样游离于家庭之外，再也不是孤零零的一个人了。平生第一次，他完全原谅了他的父亲，消除了他青少年时对父亲的深深的愤懑。他并没有意识到自己已原谅了父亲。他只知道自童年时起便郁积在他内心的愤慨和怨恨悄然逝去了，就像被一阵清风给吹跑了一样，他终于获得了内心的平静。

　　王虎就这样回到了他父亲的家，他是胜利而归，与其说是作为最小的儿子和最年轻的兄弟，倒不如说是作为一个功成名就并拥有了自己儿子的堂堂男子汉。大家都钦慕他取得的成就，他的两个哥哥待他相敬如宾，他哥哥的老婆们相互比着，看谁对王虎欢迎得更热烈，更殷勤。

　　原来是王地主的老婆和王掌柜的老婆在争谁来接待王虎一家。大嫂觉得理所当然应该住到他们家，既然王虎现在已经名声在外，那让他入住家中做客就是件很有面子的事。她跟王地主说："是我们给他找的老婆，给他找了个有文化又体面的女人，她跟老二家的那个粗野无知的女人是很难合得来的。要不，让老二家招待王虎的小老婆吧，可咱三弟和他老婆得住咱家。他也许会看中我们家的哪个儿子，或是给我们带了什么好处。至少，他可以不被老二的老婆纠缠着要这要那的。"

而王掌柜的老婆也在跟她丈夫死缠硬磨地叨叨着这件事，一副不达目的的誓不罢休的架势："咱大哥的老婆哪里能做得了这么多人的饭？她只会弄些素食招待尼姑跟和尚。"

两个女人为此事争执得面红耳赤，随着清明节的临近，见两人吵得越来越凶，嚷的声音越来越高，谁也不肯退让半步，两位的丈夫到茶馆常见面的地方去会面了，在他们妻子间的关系处在对立状态时，他们两人总能毫无例外地结成统一战线。两人在茶馆碰头商量，王掌柜心中已有个计划，他对他的大哥说："这件事最终当然还是由你来定，不过，如果我们把三弟一家安排在咱们父亲已经空了的那座院子里，你觉得如何呢？那座宅院属于父亲的妻子荷花不假，可她现在已经老得不怎么能动了，早已不再在那个院子里打牌了。要是我们把他们安排在那儿，他们的费用由咱俩分摊，我们可以用这来说服咱们两个的老婆，让她们再次安静下来。"

王地主本希望他自己也能想出个办法，但随着年事的增高，体重的增加，他变得越发慵懒，大白天也常常打瞌睡，他宁愿落得个清静，没有任何事情来烦他。在他看来，这个安排十分完美，他是想要赢得三弟的青睐，不过，只要二弟不比他得到的多，别的他也就不太在乎了。随着他日益增长的惰性，他已不再像过去那样喜欢招待客人，他很高兴不必再让他必须随时恭维的人住进自己的家里，省去了招待之苦。因此，王地主很痛快地同意了，随后兄弟俩各回各家，去将这一安排告诉他们的老婆。大家都觉得这是个好法子，因为谁也没有失去什么，各家都决定私下里去对三弟献殷勤，以赢得他的好感。大家都很满意，因为酒肉、宴席以及给仆人们买礼物花去的钱，两家各出一半，对他们所有人来说，这都不失为一个合理的安排。

于是，王龙在中晚年住过的旧院子被整理出来，又重新上了漆。其实，荷花从来没有进去过这些院子，有时丫鬟们会进到里面坐坐，仅此而已。荷花现在越发胖了，越发老了，除了她的丫鬟们，与她相伴的就只有杜鹃了，因为随着年龄的增加，荷花的眼睛看东西越来越模糊，最后连她爱玩的麻将的骰子上的点数都看不清楚了。常到这儿来玩的那几个老媪都相继去世，或是卧床不起了。唯有荷花还活着，跟服侍她的人一起活着。

荷花常常虐待她的丫鬟们，她的眼睛不好使了，可她的嘴却变得越来越刻薄，王家兄弟不得不支付给丫鬟们更高的工钱，否则的话，谁也不愿忍受她那张恶毒的嘴。至于那些被卖到王家不能离开就离开的丫鬟，已有两个因忍受不了她的残忍和侮辱寻了短见，一个是吞了自己的玻璃耳坠死的，另一个是在她做工的厨房大梁上吊自尽的。荷花不仅仅是用嘴骂粗话损人，羞辱人，让那些丫鬟无法听下去，而且她还会狠狠地掐她们。她的一双胖得什么都干不了的手，依然保持着一种异样的美，在别的美都从她身上褪去时，她的这双手依然光滑白嫩，这手掐着小姑娘的胳膊时绝不会放手，直到掐得人家的皮肤青一块紫一块的。有的时候，这也满足不了她施虐的欲望，荷花会用她烟袋锅里烧红的烟丝烫在姑娘们娇嫩的肌肤上。除了杜鹃，没有一个丫鬟逃过她这样的对待。她怕杜鹃，因为在任何事情上她都得依靠后者。

杜鹃还是那个杜鹃，性情一点儿没变。从年龄上讲，她现在也很老了，她似乎变得越来越瘦削，越来越干瘪，可在她这副衰老的骨架中还有着她年轻时的那股劲儿。她依然牙尖嘴利，尽管脸上布满了皱纹，可面色依然红润。她还像她年轻时那么贪婪，与其说她防着别的女仆拿她主子的东西，不如说她是偷荷花东西偷得最狠的人。荷花的眼睛现在不行了，杜鹃可以从荷花那里拿走她喜欢的任何物件，她藏着的好东西越来越多，荷花太老了，已忘记了她有多少首饰珠宝，多少毛皮大衣和多少锦缎丝绸衣服了，因此她并不知道杜鹃偷走了她的什么。要是她偶尔想起了什么，突然喊着要她的某件东西，杜鹃便会说起别的事情转移她的注意力，如果她执意要，不罢手，杜鹃就从自己的箱子里取来，把它给荷花。在把玩上一两次之后，荷花也就忘记了，于是杜鹃再次把它拿走放回到自己的箱子里。

没有哪个丫鬟或是女仆敢抱怨，因为杜鹃才是这儿真正的女主人，就连王家的兄弟二人也敬她三分，他们清楚他们再找不到一个可以替代她的人了，他们不敢惹她生气。因此，当杜鹃说荷花给了她这、给了她那时，丫鬟们谁也不敢说话，她们知道如果她们揭发了杜鹃的行为，杜鹃会面不改色地把毒药放进她们的食物里，甚至有的时候她会夸耀她在下毒方面的种种技巧来威吓她们。至于荷花，她干什么都得靠杜鹃，她的眼睛现在是越来越看不见了，由于她太过肥胖的身体，她只能从床边挪动到雕花的黑木椅子上，午后在那里坐一会儿，然后再回到床上。即便是移动这么几步，也得四个丫鬟搀扶着，因为她的这双曾让王龙骄傲和喜欢的小脚已经支撑不起她那庞大笨重的身体，那个身体在年轻的时候曾苗条得像根竹竿，被王龙炽烈地爱着。

一天，荷花听到她隔壁的院子里传来嘈杂声，当她得知是王虎跟他的女人和孩子们要来了，要在清明节跟两个哥哥一起到他们父亲的坟上祭奠，她的火气上来了，她说："我不能容忍有小崽子们在这儿！我一向讨厌小崽子！"

荷花说的是她的心里话，因为她一生没有生育，对小孩子总有种莫名的仇恨，尤其是在她过了生育的年龄以后。王地主闻讯跟他的二弟一块赶来，安慰她说："没事，没事，我们开院子的另一扇门，让他们走那边，惊扰不到你的。"

接着，荷花用她那苍老的、颤巍巍的声音喊："我忘记了，他是我那老头子的第几个儿子呀！我身边当时有个脸色苍白的丫鬟，他就是那个常常盯着她看，后来因为我那愚蠢的老头子自己要了她而离家出走的儿子吧？"

此时的兄弟二人面面相觑，荷花说的这件事令他们大为惊讶，因为他俩从未听说过。老了的荷花现在变得口无遮拦，满口污话，总是讲到她早年的娼妓生活，兄弟俩都不叫他们的孩子接近她，因为她这个人分不出体面与猥琐的区别，她过去的生活时不时地会从她的嘴里冒出来。因此，这个时候王掌柜赶忙接过话茬说："我们压根儿就不知道这件事，我们的三弟现在是个有权有势的将军了，对这种有损于他荣誉的话，他是不会容忍的。"

荷花听了却大笑起来，她往砖地上唾了一口唾沫，然后嚷着说："噢，你们男人满口的荣誉道德，可我们女人知道你们讲的荣誉道德是什么货色！"她停下等杜鹃也发出讪笑声，接着，她又喊道，"嗯，杜鹃？"总守在近处的杜鹃这时发出尖声细语的咯咯笑声，她自然乐于看到平日里道貌岸然的兄弟俩此时的狼狈样。兄弟俩急匆匆地离开，去忙着叫仆人们收拾院子了。

一切收拾停当后，王虎带着他的家人来了，他住进了父亲当年住过的那座庭院。现在，这里已焕然一新，清理干净了当年留下的痕迹，眼下这儿唯有他自己和他儿子的身影，除了他自己和他的儿子，他可以忘记曾经在这里住过的任何人。

紧跟着，清明节这天到了，王家这一大家子的人都暂且放下了他们之间的个人恩怨，甚至在老大和老二家的妯娌之间，这一天她们也变得客客气气，相敬如宾，一切都是按照长幼尊卑的传统礼仪来。在这个时候，王龙的儿子们对他们的父亲肯定是要尽孝道的。

清明节的前两天碰巧是王龙的生日，无论他在地下还是人间，这一天都是他九十岁的生日。既然三个儿子难得聚在了一起，他们决定好好地尽一下孝心。王虎欣然同意了，因为自从他有了自己的儿子，他对父亲的积怨就悄然消失了，他现在很乐意也很急切地想要在父父子子的传承中获得自己的位置。

于是，在王龙冥寿的这一天，他的儿子们邀请了许多客人，宴席的规模和饭菜的丰盛可口以及热闹的程度，就如同他们的父亲在世时那样，他们还一起站在父亲王龙的牌位前鞠躬缅怀。

也是在同一天，王地主花重金请来了和尚们，每个儿子都出了份子钱。和尚们集体诵经超度王龙的灵魂，整个大厅摆满了他们的祭品，足足有半天的时间，厅堂里不时传出抑扬顿挫的诵经声和木鱼单调的敲击声。

王龙的儿子们在家中祭奠完后，又带着他们的老婆孩子到祖辈的墓地上坟。他们清理了每座亲人墓上的杂草和杂物，给它们添上新土。每座坟头上都形成一个尖顶，每个尖顶上置着一个土块，土块下面压着剪成细长条的白纸，它们在和煦的春风中飘荡着。王龙的儿子们在王龙的坟前烧香磕头，也让他们的儿子们一个个地鞠躬。这中间最骄傲的就是王虎了，因为他带来了自己漂亮的儿子，他让儿子也低下他的小脑袋鞠躬，通过他的儿子，他跟他的父亲和他的哥哥们连成了一体。

在返回城里的路上，他们看到整个田野上都有人们在各家的祖坟前祭奠，在这一天他们跟王龙的儿子们做着同样的事情。此情此景不免让王地主有些感慨，他说："让我们以后年年都来祭拜一下吧，我们只有十年的时间了，到那个时候我们的父亲就一百岁了，届时他会重新投胎到这世界上的另一个人的身体里，我们便不能再为他过生日。因为那会是一个新人的诞生，将不会为我们所认识了。"

王虎带着身为父亲的那份严肃说:"是的,我们应该好好地祭奠父亲,就像等我们将来躺在这里了,我们也希望有儿子来祭奠我们一样。"

他们在肃穆的气氛中返回了家里,每个人都觉得他们彼此之间比以前更亲近了。

尽完孝道之后,大家的心情得以舒缓,想着如何快乐地度过这个节日,适值傍晚时分,温暖的空气中充溢着芬芳,一轮圆月洒下清澈柔和如琥珀色的光。在这样一个美好的晚上,大家都聚到了荷花的庭院里,因为这一天她突然变得感伤起来,她说:"我这个老太婆孤零零的没有人理,从来没有谁把我当作这个家里的人!"

她难过地呻吟着,一行老泪从几乎失明的眼睛里淌了出来,杜鹃把这情形告诉了王家的兄弟们,大家一听都动了怜悯之心,因为这一天他们都格外地怀念父亲,惦念与父亲有关的人和物。因此,他们决定放弃在王地主宅院里设宴的打算,一起来到荷花住的院子。这也是一座别致宽敞的庭院,在它的一角种着从南方移植来的石榴树,在它的中央是一座三角形状的池塘,水面上映出粼粼的月光。大家在那里赏月,吃月饼,喝酒,孩子们在月光下嬉戏,他们到处跑着捉迷藏,时不时地从暗处跑出来抓上一块饼或是喝上一口酒。大家吃着为这个节日蒸出的各种馍,有的里面包着猪肉馅,有的包着红糖馅或玫瑰馅。各种可口的食物太丰盛了,甚至丫鬟们都可以随便吃,仆人们也拿着躲在门后吃,或是在端来酒的路上吃。仆人们这样子拿,当然不可能不被看见,可即便被主子们看到了,在这样的一个场合,他们也不便说什么,不会让斥责声破坏了这晚和睦的气氛。

在大家吃喝的当口儿,王地主擅长音乐的大儿子吹起了笛子,他的三儿子用其敏捷细长的手指拨弄起了古琴,他俩一起弹奏歌颂春天的古典曲子,还一块儿唱了《春江花月夜》。他俩吹奏弹唱得如此美妙,他们的母亲十分自豪，她平时就常常夸赞他们，此时更是等歌声一停便嚷着说："孩子们，再弹唱一首别的，在这样的月光下弹奏真是别有一番情趣啊！"她为有这么可爱俊俏的儿子感到骄傲。

而王掌柜老婆生的儿子都只念了几年书，没有一个懂诗琴书画的，此时，王掌柜的老婆正哈欠连连，扯着嗓子跟她旁边的这个或那个人聊着，不过，她还是跟她给王虎找的那个二老婆说得最多。她有意冷落王虎的大老婆，那个有文化的女人，她几乎连看都不看王虎的女儿一眼，而是跟他的那个男孩亲热个没完，在他的脸上又是嗅又是拱的，让人以为这孩子是男孩完全是她的功劳。

不过，在这对妯娌之间并没有发生明面上的斗嘴，尽管王地主的老婆每每对弟媳投去不悦的目光，这位弟媳也都看在了眼里，却乐得装作什么也没有看见。在场的其他人似乎都没有注意到这一幕，王地主起身去吩咐仆人们在院子里摆宴，上酒上菜，酒菜很快端了上来。随后，大家落座开席，仆人们端上来一道又一道的美味佳肴。这晚的宴席是王地主主动掏腰包给大家准备的，不要三兄弟分摊。端上来的不少菜肴甚至是王掌柜和王虎从未听说过的，比如说五香鸭舌炖掌蹼等一些舌尖上的珍馐美味。

要说这一晚吃喝得最开心的，莫过于荷花了，她越吃越高兴，越吃越来了兴致。她坐在她的那把雕花的大木椅上，身边专门坐着一个丫鬟，为她把桌上的各种菜肴夹到她的碗里。有的时候她也会自己舀汤，让身边的丫鬟扶着她拿汤匙的手，颤巍巍地把汤匙伸进汤盆里，舀上汤送到嘴里后，还陶醉地发出啧啧声。各种肉和菜她都能吃得下，因为她的牙口还好。

荷花越吃越兴奋，时不时地还会停下给大家讲一两个粗俗淫秽的故事，乐得年轻人想笑又当着长辈们的面不敢太放纵地笑。听到他们哧哧的笑声，荷花更是受到了鼓励，讲起更多这样的故事。要不是王地主的老婆一声不吭，一本正经地坐在那里，王地主看着她的脸色不敢造次，他也早笑得脸上开花了。可王掌柜红脸庞的老婆却听得津津有味，不住地大笑着，尤其是看到她嫂子那张紧绷的脸时，笑的声音就更高了。甚至连王地主的二老婆也抿起嘴唇，她不愿意笑出来，因为大老婆没笑，不过，她也免不了有时把袖子掩在脸前偷偷地笑。

听到男人们的笑声，荷花变得越发放肆起来，以至为了保持这家人的体面必须让她住嘴了。于是，王家的老大老二开始不断地跟她喝酒，弄得她的头有点儿昏昏沉沉了，他们这么做的主要原因是担心她说出有损王虎声誉的脏话，免得惹得王虎生了气，他们都怕他发怒。也是因为荷花这张爱损人的嘴，他们没有敢敦促梨花前来赴宴。梨花回话说她不忍心丢下家里的傻子和罗锅儿，他们也就作罢了，认为这样更好，免得叫荷花又想起那段往事。

清明节的夜晚就这样快快乐乐地过去了，午夜时分，月亮升到了高空，穿行在棉花般的云朵里。婴儿都在母亲的怀抱中熟睡了，王地主大老婆的孩子都大了，最小的是个女孩，也十三岁了，已变得举止端庄，因为在不久前家里将她许配了人家。王地主的二老婆是个体贴的母亲，她的怀抱里躺着两个孩子，一个一岁多点儿，另一个刚一个多月。对这个小老婆，王地主仍然爱着。至于王虎的两个老婆，她们都各自搂着自己的孩子，他儿子的脑袋仰在母亲的怀里睡得正香，月光洒在他的小脸蛋上，王虎会常常看着熟睡中的儿子的脸发呆。

到了后半夜，欢乐的氛围渐渐消散了，王地主的儿子们一个个出了院子，去找别的乐子了，长时间地跟长辈们坐在一起，让他们感到了腻烦。眼巴巴地看着人家大摇大摆地扬长而去，王掌柜家的二小子干着急没办法，因为害怕他的父亲而不敢去。仆人们也都疲惫不堪，想去休息了，他们退下后倚在门廊上，连连打着哈欠，嘟囔着："他们的孩子天亮就该醒了，我们到时又该招呼他们了。现在伺候这些主子吃饭已经到了半夜，他们怎么还不散，难道不让我们睡觉了吗？"

宴席直到王地主醉酒后才告结束，他太太叫来男仆搀扶着他去他的房里睡了。就连王虎也喝得比他以往任何一次都多，好在他还能自己走回到他的院子里。唯有王掌柜还保持着他那副从容淡定的神态，他那张已有了皱纹的黄脸上几乎没有一点儿改变，甚至没有变红，因为他属于那种酒喝得越多，脸越白、话越少的人。

不过，在所有人中，谁都没有荷花吃得多，喝得多，尽管她现在已经老了，七十八岁了，可她还是能吃能喝的。从中夜到黎明的这几个小时里，她一直在床上呻吟，辗转反侧，因为她喝到肚子里的酒似乎在不住地往上翻涌，弄得她浑身发热，吃进胃里的荤腥菜肴如石头般沉重。她的脑袋在枕头上翻过来又翻过去，不住地喊着要这要那，可无论什么也不能让她安静下来。突然间，她发出一声怪叫，杜鹃闻声跑了过来，她听到杜鹃在喊她，跟杜鹃咕哝了些什么，视力模糊的眼睛直勾勾地瞪着，四肢在甩动踢腾了几下后就不动了。随后，她肥胖的老脸开始变青变紫，身体开始变僵变硬，她的呼吸也变得急促，吁吁地直喘，声音大得另一个院子里的人也听得到。要不是王虎喝多了，睡得比平时沉，也早就听到了。

可他那个有文化的老婆睡觉一向很轻，她听到叫声便穿上衣服过来了。她父亲是个郎中，她从父亲那里略学得一些医药知识，她进来拉开窗帘，让黎明的光拂在荷花那张可怕的脸上。此时的她不禁惊讶地喊了起来："如果不想办法把老夫人肚子里的肉和酒泻出来，恐怕她很难活过今天了！"

她叫人拿来热水和生姜，以及她所知道的这方面的药物。她一一都试过了，但毫无效用，因为荷花现在已经听不见任何呼叫声了，她的牙齿紧紧地咬在一起，就是他们扒开了她发黑的嘴唇，她里面的牙也还紧紧地咬着。这真是件奇怪的事情，在像这样一个衰老的躯体内，她的牙齿竟依然雪白，完好无损，只是眼下它们却危及她的生命了，因为如若她有牙齿脱落或松动后留下的洞或缝隙，他们就能把药从那里送进她的体内，杜鹃甚至可以自己含上药物，用嘴送进她的嘴里。可那坚实完好的牙齿却紧紧地咬着，一点儿也不放松。

第二天的整个上午，荷花就这样呼哧呼哧地喘着，待到中午，她突然断了气。她脸上的青紫色渐渐散去，开始变白，变黄。王家的清明节以荷花的丧事告终。

王地主和王掌柜去负责定制她的棺材，他们不得不让她在床上又躺了一两天，因为她的棺木需要比一般的大出一倍，现成棺材的尺寸都不够大，放不下她。

在等着入殓的这段时间，杜鹃着实为这位她照顾了多年的人感到了伤心。是的，她是真的为这位女人的逝世而伤心，尽管她在到处收罗属于荷花的东西，在荷花的屋子里翻箱倒柜，拿走一切值钱的物件，并从院子一扇隐蔽的后门秘密地把赃物都倒了出去。到荷花最终入棺时，伺候她的女仆们惊讶地发现，在她的衣柜里竟然再找不出一件合适的衣服做寿衣，她们纳闷，作为王龙遗孀的她把她的银子都干什么用了，因为在后面的一些年她早已不再赌牌。然而，虽说杜鹃偷窃了很多珠宝，但她仍真的为荷花的死感到伤心，为此她还哭出了几滴泪水，尽管不多却也是她平生为别人流过的唯一一次眼泪。由于荷花的尸体已开始发臭，她的棺木下面铺了石灰，在棺盖钉上，从院门抬出运往寺庙时——要在那里等到选定了安葬的日子为止，杜鹃迈着她那两条老腿，紧紧地跟在棺材后面，一直到棺木抬进庙里一间已置着不少棺材的屋子里。随后，杜鹃便转身离开了，去了自己事先找好的一个住处，此后，她再也没有在王家出现过。毕竟她跟荷花一块儿生活了几十年，她是真的为荷花的死感到悲伤，发自内心地悲伤着。

十日的假期还没有到，王虎已经对两个哥哥和他们的儿子们感到腻烦了，清明节当天所体会到的王家人之间的那种亲近感也已然消失。感到无聊时，他有时也到大哥家或是二哥家走走，看着他们的儿子们出出进进，晃来晃去，在他看来，这些个儿子都是些可怜的公子哥儿，没有一个有大出息的。王掌柜的两个小儿子看上去将来顶多也就是个店员，他们胸无大志，除了当他们父亲离开后在柜台前跟别的店员聊天取笑混日子，再没有别的本事，尤其是那个最小的，只有十二岁，也在商铺当学徒店员，一有时间便跟在门外等着他的一伙顽童赌铜板玩。他是老板的儿子，没人敢说他，当他跟账房要铜板时，也没人敢不给他。而且，他们还得给他盯着点儿，要是看见王掌柜来了，他们会让他赶紧跑回店里。王虎发现他的这位哥哥太专注于赚钱了，眼里面从没有他的儿子，也从不去想他的儿子们有一天将恣意挥霍掉他贪婪攫取下的财富，他们只会在他死前忍受这种当店员的生活，等他一蹬腿，将天翻地覆。

王虎也观察他大哥的儿子们，看他们在生活上有多挑剔，多时髦，他们必须穿质地最柔软最好的衣服，夏天是凉爽的丝绸，冬天是柔软暖和的皮袄。他们吃饭时也没有像普通年轻人那样旺盛的食欲，而是挑肥拣瘦，不是嫌这个太甜了，就是嫌那个太咸太酸了。他们把端到他们面前的饭碗一个个推开，丫鬟们为他们忙不迭地一会儿端来这，一会儿又端来那的。

将这一切看在眼里的王虎怎么能不生气。一天夜里，他独自在曾是他父亲的院子里散步，突然听到一个女子咯咯的笑声。一个小女孩，一位女仆的孩子，蓦地从他院子的一扇院门里奔出，她像是受到了惊吓，气喘吁吁的，看见院子里的王虎，低头猫腰想要跑过去。王虎一把抓住她的小胳膊，冲她喊："是哪个女人在笑？"

看着他闪着怒火的眼睛，孩子吓得直往后缩。可他紧紧地抓着她的胳膊，让她挣脱不掉。小女孩只得低下眼睛，支支吾吾地说："是少爷把我姐姐叫走了。"

王虎厉声问："叫到哪里去了？"

孩子指了指后院一间以前荷花放米的屋子，现在这个房子空着，用一条长链子锁着。王虎放开了女孩的胳膊，她便像兔子一样跑了。王虎大步走向女孩手指的那间屋子，他发现在链子锁着的那两扇门之间留着差不多有一尺宽的缝隙，一个苗条点儿的年轻人很容易就能钻进去。他站在夜色中谛听，听到一个女人咯咯咯的笑声，和一个男子热烈急促、卿卿我我、语焉不详的低语声。他那对情欲的憎恶感顿时在他心头涌起，在他正要踢开门时，他抑制住了自己，他在心里说："在这栋房子里，发生的这种声色犬马之事还少吗？它们与我何干呢？"

他心力疲惫地回到自己的院子。可即便他感到厌恶，一股异常的力量仍使他坐卧不安，他在院子里踱着步，在他这样等着的当口儿，月亮出来了。不久，他便看见一个丫鬟从那间空屋子拉开的门缝里钻了出来，她理了理她的头发，在月光下，他看见她脸上荡漾的笑容。她快速地往四下瞧了瞧，随后悄然快步地穿过了荷花住过的那座院子，脚上穿着双布底鞋。她在那棵石榴树下停了一下，将她的裤腰带往里束了束。

在这段时间里，王虎一直动也不动地站着，他的心脏因一种深深的憎恶而猛烈地跳动着。一个年轻人悠闲地走了过来，他那份悠闲仿佛是他出来仅是为了欣赏夜色一样。王虎这时突然喊住了他："是谁？"

一个轻快欢悦的声音答道："是我，三叔！"

王虎定睛一看，确实是他大哥的大儿子，这令他心头感到一阵作呕。他本想扑上前去，因为他平生最恨淫荡之事，尤其是他自己的亲人做这种事，更是他不能容忍的。可他放在身体两侧的手并没有动，因为他知道他不能杀掉他哥哥的儿子，他也知道自己这火暴脾气，一旦发起火来，他自己也无法控制。因此，他只是从鼻子里狠狠地哼了一声，气冲冲地回屋去了，边走边跟自己说："我必须离开这座宅院了，我的哥哥们一个是吝啬鬼，爱财如命；另一个是公子哥儿，拈花惹草！这儿的空气太叫我压抑了，我是个行伍之人，自由自在惯了，我不能跟这些鸡鸣狗盗的男女住在同一个宅院里，否则的话，我会憋死的！"他突然想要找点理由杀人了，仿佛唯有刺刀见红方能灭掉他心头莫名的怒火。

为了冷静下来，他强迫自己去想他的小儿子，于是溜进了他们母子的房间，孩子正在他母亲的床上睡着，他低头看着儿子。那个乡下女人睡得正酣，她的嘴张开着，呼出的气息带着很臭的味道，以至于当王虎俯身看着儿子时还想用手捂住鼻子。孩子安详恬静地睡着，望着儿子在睡梦中平静庄重的面庞，王虎发誓一定不能让他的儿子像他的那些侄儿一样。不，他要从小就锻炼这个孩子，把儿子培养成一个伟大的军人，精通各种军事技能，将会成为一个真正的男子汉。

次日早晨，王虎便带着他的两个老婆和孩子，还有他的一众随从，与他的家人辞行，踏上了归程。临行前，家里的亲人为他举办了告别宴。可在吃饭时他觉得，通过这次探亲，他跟两个哥哥的关系似乎更加疏远了。他发现他的大哥浑浑噩噩，胖得总是犯困和发呆，那呆滞的眼神唯有听到猥琐之事时，才能放出一点儿亮光；而他二哥的脸变得越发瘦削，他的眼神随着年龄的增长变得越发诡秘。他觉得他们就像是瞎子、哑巴和聋子一样，因为他们既看不清楚自己，也看不到他们已经毁了他们的儿子。

不过，他什么也没说。他阴沉着脸，默不作声地坐着，在想到自己的儿子，想到他将把儿子培养成一个怎样的男子汉时，他心中充满了自豪。

表面上看一切都顺顺利利，王虎与家人躬身言别，哥嫂们和丫鬟仆人们甚至把王虎一行送到了街上，并说了许多祝愿的话。可王虎在心里跟自己说，短时间内他是不会再回来了。

王虎一踏进他的驻地，士兵们就放起了鞭炮欢迎他的归来，到处都是欢迎他的笑脸，在他跨下马背时，一群士兵走上前来，接下他手中的缰绳，让他感到一阵暖意。他觉得这里才是他真正的家。

到了春末夏初时，王虎又开始天天操练起他的士兵。他再次派出探子四处打探消息，派人到他新占领的地方查看情况，并且打发他的心腹去各地收税，现在的情况已大不同从前了，以前一个人背个袋子就能把税金拿回来，现在得需要有一队全副武装的人员押送了。

当白天过去，晚春温暖的夜色降临后，王虎常常在院子里独自坐着。这种时候，人们往往会放任自我，去追求情欲与爱意，而王虎此时也渴望着跟他的儿子亲近。这个时候，他总是叫奶妈把孩子抱到他身边来，尽管他不知道怎么逗孩子玩。他吩咐奶妈坐在他能看到他儿子的地方，他坐在一边定睛看着孩子的一举一动，以及瞬间出现在他脸上的每个表情。他喜欢晚上没人时带着孩子学走路，奶妈给孩子腰上系了条带子，他拽着那条带子绕圈圈，领着儿子摇摇晃晃地学步。

如果有人问，当他看着自己的儿子时他在想什么，王虎会觉得很尴尬，因为连他自己也不清楚。他只是觉得要争得权力和荣耀的伟大抱负在他内心澎湃，他由此联想到在当下这个没有皇帝的时代，一个人只要有足够强大的力量，并能使人们畏惧他，他就能出人头地，就能打出一片天地，成就一番事业。在这么思量着的当口儿，他将着胡子对自己说："我就是这样的一个人！"

王虎的爱子之心，还引发出一件有趣的事儿。王虎那位有文化的妻子听说他每晚叫人把儿子抱到他那里去，于是有一天，在把女儿着意打扮了一番，给她穿上亮眼的新衣服，戴上银手镯，用一根粉红色的锦带扎起她乌黑的头发后，将女儿也带到了她的父亲面前。当王虎觉得有些难堪，不知该说什么，把眼睛看向了一边时，孩子的母亲用她那悦人的声音开口道："咱们这个小女儿也要得到你的关爱，她跟你的儿子长得一样结实漂亮。"

听到这个女人如此坦诚率直的表达，王虎暗暗有些吃惊，因为他还一点儿都不了解她，只在晚上轮替着会去她那里睡觉。出于礼貌，他咕哝道："在女孩里，她长得够漂亮的。"

可对这回答，孩子的母亲并不满意，因为他的眼睛几乎没有看她的女儿一眼。她继续不依不饶地说："不，夫君，至少你得好好看看她，因为她可不是个普通的女孩。她比你的儿子早三个月就学会了走路，她现在还不到两岁，可说起话来像个四岁的孩子。我来是请求你要让她接受同样的教育，给予她跟你的儿子一样多的好处。"

听到这话，王虎十分惊讶地说，"我怎么可能把一个女孩培养成一名士兵呢？"

母亲依然是一副和颜悦色的表情，说："如果不当兵，那就在学校里做事。现如今这样的女子还不少呢，夫君。"

王虎听到她喊他"夫君"，以前还从来没有女人这么叫过他。她不是像别的女人那样称他为"老爷"，让他感到有些发窘，慌乱中他把目光落在了孩子身上，因为他实在不知道该说些什么好。这时他才发现女儿确实长得非常迷人，圆圆胖胖的一张脸，红红的小嘴唇带着笑意微微地动着，胖胖的一双小手，指甲都长全了。他之所以看到了她的指甲，是因为她母亲给它们涂成了红色，像许多女人给自己的小亲亲所做的那样。孩子的脚上穿着一双粉红色的软缎鞋，母亲把孩子的两只小脚擎在一只手中，另一只手搂着孩子的腰，让孩子在她的手上不住地蹦跳。看到丈夫在看着女儿，她轻柔地说："我不会给她裹脚的，将来送她去学校吧，让她以后成为咱们现代社会中的一名现代女性。"

"可有谁会娶这样的一个女孩呢？"王虎颇为惊诧地喊。

对他的这个疑问，母亲平静地答道："我相信，这样的一个姑娘可以嫁给她喜欢的男人。"

王虎想着她说的话，眼睛看着这个女人。他以前从未仔细注意过她，认为只要她能满足服务于他的目的就足够了。现在当他细细打量着她时，他才第一次发现她有一张聪慧秀丽的面庞，有从容自信的神情和举止，在他望着她时，她并不胆怯，在回望着他时，她也没有他小老婆的那种不露齿的笑或是撇嘴的表情。他暗中诧异地跟自己说："这个女人比我想的要聪明得多，以前我没有好好地了解过她。"而他站起来时，很客气地说："等将来看吧，如果合适，我是不会对你说不的。"

说来也奇怪，这个一向镇定、一直满足于王虎如此不冷不热地对待她的女人，此时却因他罕见表现出的这种温文尔雅的态度，意外地变得有些激动起来。她的脸上泛起一片淡淡的红晕。她用真挚、热烈、深情的目光默默地望着他。看到她情感上的这种变化，王虎觉得他对女人的那种固有的反感又回来了。他转过身去不想再说什么了，只是咕哝了句"他有件事需要即刻去做"，便匆匆离开了。他不喜欢她用那样的眼神看他。

不过，他俩的那次谈话还是富有成果的。那就是当王虎叫人把儿子送到他那儿时，这位母亲同时也叫个丫鬟把女儿一起给他送过去，王虎便把女儿也留下了。一开始，王虎还担心她母亲也会跟过来，由此养成与他谈话的习惯，可是她没有，他会让女儿留在他身边一会儿，尽管她还只是个蹒跚学步的小女孩，可她毕竟是个女性，王虎只是呆呆地望上她一会儿，没有去抱或是亲她。然而，她真是个惹人喜爱的小东西，他常常无声地笑着看着她撒娇，听她咿咿呀呀地说话。他的儿子块头大，性情沉稳，不苟言笑；他的女儿娇小，敏捷，欢快，她的眼睛总在寻找着父亲对她的注意，要是父亲的目光不在她身上了，她就会迁怒于弟弟，夺走他手中的玩具，手快得很。不知不觉，王虎在某种程度上也开始关心他的女儿了。有时候，丫鬟抱着女儿在门口的街道上看热闹，周围也有其他人抱着自己的孩子，王虎一眼便能从中认出自己的女儿。有时候，他甚至会停下来，摸摸她的小手，看着她闪烁着光的眸子冲着他笑。

望着女儿这样笑，回到家中的他便有了一种满足感。他终于不再感到孤独，而是觉得他是他自己的女人和孩子们中的一员了。

第二十四章

现在的王虎念念不忘要为儿子扩充地盘和势力，为此他常常谋划着该如何行动，如何在一场大战行将结束时趁机加入即将取得胜利的一方，如何沿着他这边的河岸一直向南推进，趁着毗邻地区遭遇灾荒时再占领上一两个县。遗憾的是，最近几年没有大的战事，都是一个个平庸无能之辈走马灯似的把持了中央政府，既形不成和平稳定的局面，也没有大规模的战争爆发，没有军阀大展身手和脱颖而出的机会。

再说，王虎似乎已不能像从前那样全副身心地投入到壮大自己力量的事业中，因为他要操儿子的心，要培养儿子。此外，他还要管理他的士兵和辖区，自老县长逝世后，县长的位置就一直空着。上面曾不止一次送来新任县长的提名，可都被王虎拒绝了，因为他觉得像现在这个状况就不错。随着儿子一天天地长大，他有时候想，如果没有县长的局面能再多拖延上几年，这对他自己来说倒不失为一件好事，到时他老了、干不动军事了，就当县长，让儿子接替他的位置做军事首领。这个念头他暂且只能藏在心里，因为现在说出来为时尚早。事实也的确如此，他的儿子如今才六岁。然而，王虎太希望儿子快快长成一个男子汉了，尽管有时觉得光阴飞逝，可很多时候他又觉得岁月停滞不前了。在望着儿子时，王虎并没有把他当小孩，而是把他看成了一个年轻人，一个自己想让他成为的年轻武士。不知不觉中，他在许多方面都对儿子采取了强制措施。

儿子六岁时，王虎让儿子离开母亲身边，离开女人住的地方，搬到他的院子和他住在了一起。他之所以这么做，是担心儿子过多受女人的爱抚、谈话和行为举止的影响而变得软弱，还有一个原因，那就是他渴望儿子能随时陪伴在自己身边。起初，这孩子在他父亲面前有些腼腆，不知所措，眼中不乏畏惧的神色。当王虎极力表示亲近，伸出一只手把孩子拉到他跟前时，这男孩僵直地、畏畏缩缩地站着，紧张得不行。王虎能感觉到这孩子的害怕，想要抚慰他，却因不知道该说什么而沉默不语，无奈之下只好放开了孩子。王虎最初的想法是，切断儿子在生活上与他母亲以及任何其他女人的关系，只由士兵来管儿子，可很快他便发现，这样干净利落的一个切割，远远超出了这么小的一个孩子的心理承受能力。这孩子从不抱怨。他神情严肃，默不作声，耐心地忍受着他必须承受的一切，从未有快乐的时候。当父亲要他坐到身边来时，他就默默地坐在父亲身边；当父亲来到他在的房间时，他会即刻恭敬地站起来。有个老先生天天来教他念书，他从不主动开口讲话。

一天晚上，王虎就这样望着他吃饭，孩子觉得父亲在注视他，于是把头垂得很低，好像他正在吃饭似的，其实他根本咽不下去。看到儿子这样，王虎很生气。为了他的这个孩子，他已经做了他所能想到的一切，就在今天白天，他还带着这孩子去检阅了他的部队，他骑行时让儿子坐在他的前面，当士兵为他们的小将军欢呼时，王虎的心里涌起一阵热浪。孩子只是淡淡地笑了笑，便把头转向一边，让王虎不得不用强硬的口吻跟他说："仰起你的头来，他们是你的人，你的士兵，我的儿子！终有一天，你将会率领着他们去打仗的！"

孩子被迫抬起头，两边脸颊涨得通红。王虎俯身看了看他，发现他压根就没有看着士兵们，而是将他的目光越过演兵场，望向了它前面的田野。当王虎问他看到了什么时，他抬手指着远处田里躺在水牛背上的一个正在看士兵操练的光屁股小男孩，说："我希望自己是那个水牛背上的小男孩。"

听到这样低俗的一个心愿，王虎很不高兴，他神情严厉地说："我认为，我的儿子应该有比当放牛娃更高的志向才对！"

他声色俱厉地训斥儿子，要儿子注意看士兵们的训练，看他们如何举步、转身，如何举枪射击，孩子顺从地照着父亲的话做了，再没有去看那个小牧童。

王虎为他儿子的这个心愿已经心烦了一整天，现在看到这孩子的脑袋往下垂得越来越低，又因哭泣而咽不下饭，他不禁开始担心他的儿子有什么病痛。他起身来到儿子这边，拿起儿子的手，大声问道："你是不是发烧了？"

可这只小手湿润润的，凉凉的，孩子摇头表示否认。不过，不管王虎再怎么问，也再问不出一句话。无奈之下，他叫来了他的亲信豁嘴帮忙。此时的王虎焦急，担心，又因这孩子太执拗有些生气，他冲豁嘴喊道："把这个小倔头带走，看看他到底怎么了。"

孩子把头伏在手臂上，一直呜呜地哭个不停，王虎坐在那里干生气没办法，到后来他自己的脸抽搐得都快要哭了，还用手揪着自己的胡子。豁嘴抱起孩子出了屋子，王虎看着孩子那碗一口也没动的饭，焦虑地在那里等了一会儿。见豁嘴一个人返了回来，王虎冲他吼道："告诉我，这到底是怎么回事！"

豁嘴有些迟疑地回答："孩子什么病也没有，他吃不下饭，是因为他感觉自己太孤单了。他以前从来没有这么一个人孤零零地待过，他想他的母亲和他的妹妹们。"

"可他现在已长大了点儿，不能再那么玩，再跟女人待在一起了。"王虎一边激动地说，一边在椅子上扭动着身体，揪着自己的胡子。

"是的。"豁嘴平静地说，因为他知道头儿的脾气，所以他并不害怕，"可是，总得让孩子有时回去看看他母亲吧，或者让他妹妹来这边玩玩。因为他们毕竟还都是孩子，这样一来，这分离对一个孩子来讲就好忍受一点儿了，不然的话，他真的会生病的。"

听到这话，王虎闷闷地坐了一阵子，一股无名的妒火再度在他心中燃起，上一次还是因为那个已死在他剑下的狐狸精女人，她宁愿爱那个已死掉的强盗也不爱他。这一次的妒火中烧，则是因为他的儿子不全心全意地爱他，而是想着别的人，不想着自己的父亲。王虎心里难受，是因为他因他的儿子感到快乐，感到自豪，而他的儿子却回报不了这伟大的爱，也不珍惜它，尽管儿子沐浴在父爱里，可却仍然想着一个女人。王虎咬着牙跟自己说，他憎恨所有的女人，他愤愤地从椅子上站起来，对豁嘴喊："既然他是这样懦弱的一个孩子，那就让他去吧！如果他跟我两个哥哥家的儿子们一个样，那他做什么，还与我有何干？！"

可豁嘴仍是语气平和地说："司令，你忘了他还是个小孩子啊。"

王虎再次坐了下来，叹了一会儿后说："呃，我刚才不是让你带他走了吗？"

从这以后，每隔五天左右，孩子就会到他母亲的院子里看她。他每次去了后，王虎就坐在屋子里用牙咬着他唇边的胡子。等他一回来，王虎便问他听说什么、见到什么了："她们都在她们的院子里干些什么呢？"

孩子被父亲眼中流露出的激情吓了一跳，他总是回答说："没什么，父亲。"

可王虎会不依不饶地大声问："她们是在赌牌，还是在缝衣服，或者在做着别的什么事情？女人是不会干坐着，什么都不做的，除非在她们聊天的时候，而聊天也是她们的一件事情呢。"

孩子这时只得认真地回答了。他蹙起眉头，一边想着，一边缓缓地说："我娘裁着一块红花布，要给我最小的妹妹做上衣，跟我同父异母的大妹妹在坐着看书，看着很好学。比起别的妹妹来，我更喜欢她，因为我跟她说话，她能懂我的意思，不像其他的几个妹妹总是傻呵呵地笑。她有一双大眼睛，她的头发现在编起了辫子，长得已经到她的腰下面了。不过，她读不了很久，她坐不住，喜欢和人说话。"

王虎听到这里，有了一丝得意，他讪笑着说："所有的女人都这样，就喜欢整天扯闲话！"

王虎这种非常特别的嫉妒心理，使得他与家里其他成员的关系越来越疏远，他去他的两个妻子那里的次数越来越少。随着时间的推移，这个男孩成了王虎此生唯一的一个儿子了，因为有文化的老婆只给他生了个姑娘，就再没有生过，乡下老婆后来又相继生了两个女儿。年复一年，也不知是王虎的情感没有了热度，对女人失去了兴趣，还是对儿子的爱就足够他享用了，总之，他终于再也不去他两个老婆住的院子了。或者，也许是儿子过来跟他一起睡以后，碍于儿子的存在，他不好意思夜里起来去找女人了。王虎跟许多别的军阀不一样，在他有钱有势后，并没有在他的宅院里常常设宴，也没有妻妾成群。他把钱都用来买更多的枪，招更多的兵了。当然，他也蓄积了一笔数目不小的储备金，以防灾祸的降临。他过着节俭朴素的生活，只叫儿子跟他做伴。

有的时候，王虎让他的大女儿来陪他的儿子玩，她是唯一一个可以进到他们院子里来的女人。最初的一两次，是母亲带着女儿，来了后母亲会坐上一会儿。可有老婆在这儿，王虎觉得很不自在，因为他从这个女人眼神里看出她对他的责怪，她仿佛渴望着他身上的什么东西，又好像由于失去了什么而痛苦着，于是，他起身说了几句类似"有事情要办"的客气话便离开了。最后，她终于放弃了对他的任何念想，再也没有出现过，往后女儿到这儿玩的为数不多的几次，都是由丫鬟带着过来的。

一两年以后，连女儿也不再来了，母亲捎过话来说，她要送女儿去上学了。王虎听了很是高兴，因为女儿来时总是穿着鲜艳的衣服，头上插着红红的石榴花或是芬香扑鼻的素馨花，头发上搽着香味浓烈的桂花油。王虎最闻不惯这种桂花的香气，这惊扰到了王虎和他简朴的环境。而且，她天性快乐，任性霸道，而王虎最讨厌女人身上有这些品性，他也非常看不惯女儿来后，儿子脸上和眼睛里流露出的笑意和光泽。她一个人就能让儿子高兴起来，儿子会跟着她在院子里一块儿跑，一块儿玩。

这个时候的王虎觉得，对儿子的占有欲使他的心对他的女儿关闭了。他对她婴儿时的那份温存，随着她长成一个苗条淑女时消失了。他很庆幸她母亲准备把她带走了，他为母女俩备足了银两，一点儿也没有吝啬，因为现在他的儿子完全属于他了。

为了不让儿子再次感到孤单，王虎赶忙给儿子安排着各种事情。他跟儿子说："儿子，你和我，咱们都是男人，以后除了必要性的场合得去看看你的母亲，平时就不要再去你母亲住的院子了。因为整天与女人们厮混很消磨人的精神和斗志，甚至包括你的母亲和姐妹，因为她们毕竟也是女人，又愚蠢又无知。我要让你学习一个士兵所应该掌握的一切技能，包括老式的和新式的。我的心腹可以教会你需要了解的一切旧技能，屠夫教你拳脚功夫，豁嘴教你剑术。至于那些我听说过可没见过的新技能，我已经派人去沿海城市给你请新老师了。这位老师是在国外学的军事，他熟悉国外每一种武器的使用和每一种战术的运用。他首先是教你，教你之外的时间，他还将教我的士兵。"

孩子像平时一样，当父亲说话时，他总是默不作声地站着不回答。王虎和蔼地望着孩子的脸，看不出他脸上有任何反应。停下等了一会儿，当孩子只简单地问道"我可以离开房间了吗？"时，王虎点了点头，同时又不由得叹了口气，他不知道自己为什么会叹气，甚至都没有意识到自己在叹气。

王虎开始教他的儿子，除了吃饭和睡觉，他把儿子一天中的每个小时都安排上了学习的科目。他叫孩子早早地起床，起来后就跟他的心腹们一起操练格斗和攻击，这些都学完了后才是吃早饭时间，早饭后读一上午的书，午饭后的时间交给新来的老师，由他教授各种作战的技能。

这位新来的老师是王虎以前从未见过的那类年轻人。他身着西式军装，鼻梁上架着一副眼镜，他动作敏捷，身板挺直。他擅长跑步、跳跃、骑马跨越障碍，知道西方各种武器的使用方法。有的武器他拿在手里，扔出去就能爆炸，有的武器他扣动扳机就能像枪那样发射。王虎坐在儿子身边，一起学习各种各样的作战方法。虽然他嘴上不愿意说，可他还是学到了许多他从未听说或见过的事物，这使他想到他以前曾为有两门炮而感到骄傲，确实有点儿坐井观天了。他发现，即便是对战争他也知之甚少，因为有太多超出他想象的东西需要了解。现在，他常常跟儿子的老师在夜里坐到很晚，学习各种克敌制胜的方法，从空中的，从水上的，从海里的和从远程的方面进行的攻击。王虎无比惊诧地听着，临了他说："我看外国人在杀敌方面是很聪明的，他们的这些方法我都不知道。"

在思考了一段时间后，有一天王虎跟这位老师说："我统治的这片土地丰饶富足，这十多年来基本上没有遭受过饥荒，我还储备了一些银子。我现在发现我对士兵的要求有点低了，我觉得我儿子在学到这些新战法后，他得相应地有一支掌握了这些新战法的军队。我将购置一些国外用于现代战争的新式武器，你要教会我的人如何使用它们。等我的儿子成为统领时，他就有了一支现代化的军队。"

这位年轻人眼中闪烁着明快的笑意，他当然愿意这么做了，他说："我已尝试着教授过你的人，可一个令人遗憾的事实是，他们太自由散漫，太满足于整日吃喝。如果你买了新装备，给他们规定了每日学习训练的时间，到那个时候，我再看能不能把他们训练出来。"

听了这个令人遗憾的事实，王虎心中甚是不悦，因为他曾用大量的时间去训练他的人。他语气有些生硬地说："你必须首先教会了我的儿子。"

"我会一直教他到十五岁。"这位年轻的老师说，"届时，请你允许我向位高权重的你提建议，将他送到南方的一所军事学校去深造。"

"什么，人们在学校里就能学会打仗？"王虎好奇地问。

"南方有这样的学校。"年轻的老师说，"从那里出来的学员一进到政府军里就是连长。"

听到这里，王虎有些不屑地说："我的儿子不必去政府军里谋什么小连长的位置，好像他没有自己的军队似的。"过了一会儿，他又说，"再说，我不相信南方能培养出好人才。我年轻时曾在一个南方将军的手下干过，那人就是一个不学无术，贪图色欲的人，他的士兵个子瘦小得像毛猴。"

老师见王虎面有愠色，笑着告辞了。王虎又坐了一会儿，想着他儿子的事，在他看来他无疑已经为儿子做了他所能做的一切。他在心中苦苦回忆着他年轻时的点点滴滴，他记起他曾经渴望着有一匹自己的马。因此，在第二天他就给儿子买了一匹小黑马，一匹来自草原的健壮的马驹，是从他认识的一个马贩子手中买来的。

小马被牵进了院子，王虎叫儿子出来看看自己为他准备了什么礼物。一匹小黑马站在院子中央，马背上是一副崭新的红皮子马鞍，红色的辔头上镶嵌着黄铜，从今天起专门照料它的马夫在一旁牵着它，手里拿着一条用红皮子编成的新马鞭。王虎心中骄傲地想，这样的一匹马是他年轻时梦寐以求的，也是他那时难以实现的梦想。他急切地看向儿子，想捕捉到他脸上会洋溢出的笑容和快乐。

可这孩子依然是一脸严肃，他看了看小马，还像他平时那样很平静地说："谢谢父亲。"

王虎等着儿子做出进一步的反应，但孩子的眼中并没有闪出光，他没有跃上前去一把抓住缰绳，或试着跨上马背，他似乎在等着准许他离开的指令。

在几近于一种恼羞成怒的失望中，王虎转身回到屋里。他关上门坐下来，两手托着脸，为他对儿子的爱得不到回报而感到气恼和痛苦。难过了一会儿后，他又恢复了往日的坚定，他固执地跟自己说："他还想要什么呢？我在他这个年纪梦想得到的东西，他现在都有了。我为他找了这样一位精通军事的老师，给了他一把性能优异的外国枪，现在又是这匹油黑发亮的小马，崭新的马鞍，红辔头，银把的红马鞭。"

在这样安慰了自己一番后，王虎叮嘱儿子的老师一时一刻也不能放松对他儿子的教授，完全不要在意孩子可能会出现的疲惫乏累，这在孩子们的发育期是在所难免的。

夜晚王虎醒来时再睡不着了，他听到了屋子里儿子恬静均匀的呼吸声。这时一种近乎痛楚的温情便会充斥在他的胸中，他在心里一遍又一遍地跟自己说："我必须为他做更多的事情，我一定要再想出一些我能为他做的事情！"

要不是发生了一件突然的事，将沉溺于对儿子的爱当中的王虎惊醒，让他再次投入到战争和他的命运之中，对儿子如此关注的王虎很可能就这样把时间都用在儿子身上，不知不觉地步入他的老年了。

那是在他儿子十岁那年的春天，现在王虎以他儿子的成长来计算年月了。有一天，他跟孩子坐在一棵刚长出新叶的石榴树下，孩子被眼前石榴树上的嫩叶所陶醉，他蓦地大声说："我敢说，这些叶子甚至比任何花儿都更美丽！"

王虎凝神注视着它们，看自己能不能获得像儿子那样的感受，突然院门那边传来一阵嘈杂声，一个仆人跑到王虎跟前说有人来了。仆人话音刚落，王虎便看见他的麻脸侄儿一瘸一拐地走了进来，是由于长时间疾速骑行导致他这样的，他因日夜兼程地赶路，显得憔悴又疲惫，灰尘刺进了他的麻子里，样子看起来怪怪的。不生气时，王虎的话总是来得较慢，此时他只是盯着年轻人看。年轻人气喘吁吁地说："我马不停蹄地赶回来是要向你报告，老鹰正在策动哗变，要把你的军队变为他自己的，他已将你攻克的城市作为他的基地，他跟这些年一直寻求报复的那个盗匪首领串通一气。我发现他把最近几个月的税收都扣下留给自己了。我早担心会是这样，可我一直忍着，直到把这件事查实了，免得虚惊一场，惹恼了老鹰，把我秘密处决了！"

小伙儿急匆匆地说完了这番话，王虎一直用他深邃的眸子望着，没有吭声。在浓黑的眉毛蹙起时，他前额下面的眼睛似乎隐去了，他感觉怒火冲天而起，不禁脱口喊道："这个该死的窃贼，这个狗娘养的，我把他从一个普通士兵一路提拔起来！他的一切都是我给的，结果他反过来像条恶狗似的要咬我！"

这满腔的怒火顿时让王虎忘记了他的儿子，他大步走到他的那些心腹、军官和一些士兵住的外院，大声地命令道，在午前要集合起五千人马，准备跟着他出发，他喊士兵牵来他的马，拿来他锋利的宝剑。整个春天都处于静谧与祥和中的各个院落，现在就像一泓起了波澜的池水，住在女人院子里的孩子和丫鬟们用惊恐的眼神偷窥着外面忙乱的景象，人们的喊叫声、武器的撞击声响成一片，其间还夹杂着马嘶声和马蹄踏在院子砖地上的嗒嗒声。

看到大家都按照他的命令行动起来，王虎转身对着给他送回这个消息来的侄儿说："去吃饭休息吧，你做得很好，为此我将提拔你。我很清楚许多年轻人会跟着造反，因为造反是年轻的人的天性，但是你念及我们的血缘关系，坚定地站在了我的这一边！我一定会提拔你的！"

小伙儿朝左右望了望后，小声说："好的，三叔。不过，你会杀掉老鹰吧？他看见你来了会怀疑我的，因为我告诉他，我生病了，必须回我母亲那儿住上一阵子。"

"你用不着担心，我会用他的血来祭我的剑！"

年轻人满意地离开了。

随后，王虎率领着他的人急行三天，抵达他那年新占领的城市。这次跟他前来的都是他信得过的老兵，而把那次围城时投诚过来的士兵和军官们都留在了老营，免得他们到头来再背叛自己。他答应他的手下，只要他们勇敢作战，这一次就轮到他们抢劫这座城市，此外，他还会多给他们发一个月的军饷。因此，一路上大家都健步如飞，精神头儿十足。

他们来的速度太快了，老鹰还未来得及做出任何反应，就听说王虎已经到了。老鹰根本没有想到王虎的年轻侄儿会有这样聪明狡猾的计谋，因为这小伙儿整天都是乐乐呵呵的，嘴巴甜得像蜜一样，他的一张麻脸看上去似乎很蠢，他最多就是有时在士兵中间开个玩笑，或是打闹打闹，所以老鹰以为他做的这一切都还没有被人发现。当小伙儿说他的肝有病，要回他母亲那里养上一段时间时，老鹰听了很是高兴，他想他要宣布兵变的日子到了，他将挑选出那些对他忠诚的人，杀掉那些不服从的人。对于愿意跟他一起造反的人，他允诺他们可以恣意在城中抢夺财物。

近些天来，老鹰加强了城里的工事，命令将粮食多多地运进城里，因为他清楚地知道，以王虎的脾气肯定不会善罢甘休，城中无助的人们则恐慌起来准备再度遭受抢劫。就在王虎开进城门的那一天，他甚至看到农民们仍在赶往城里，他们挑着柴火和装着呱呱叫的鸡鸭的筐子，赶着驮着粮食的毛驴、骡子和牛，还有用扁担抬着被捆绑着的、拼命嘶叫的猪，它们脑袋耷拉着，四脚朝天。看着这番情景，王虎不由得咬紧牙关，他明白要是他没能及时得知了这一阴谋，这么充足的粮食储备会使他的攻城变得非常艰难。而且老鹰比起那个鲁莽的强盗头子要厉害得多，因为他不但狡黠还非常狠毒，况且他还有两门大炮，他可以将它们置在城墙上，冲着围城的人开炮。想到自己差点儿就陷入了那样的险境，王虎气得眼睛都红了，牙齿紧咬着他唇边的胡子。他心中的怒火越烧越旺，他一边快马加鞭，一边命令着他的人直接去往老鹰住的宅院。

已有人跑来向老鹰禀报大事不妙，王虎已经找上门来了。老鹰顿时感到祸从天降，犹豫了片刻，考虑了是否可能用计谋蒙混过去，或者最好还是秘密地逃走。现在他已经不敢指望他的人还会站在他这一边，因为王虎带来了如此庞大的一支军队，他知道他已是孤家寡人。可就在他迟疑的这一刻，他已失去了任何机会，王虎已经策马长驱直入，高喊着要不惜一切代价活捉老鹰，就地正法。他一边喊着一边跨下马背，他的人一窝蜂地冲进了院子。

老鹰见大难临头，急忙跑着藏了起来，虽说他是个勇敢的人，可还是躲在了厨房的一个干草堆里。面对不断冲进来急切地想找到他去领功受赏的士兵们时，他哪里还会有什么逃生的希望呢？另外，老鹰也不敢奢望他的人看到了他不会去告密。他钻进草堆里藏了起来，但他并没有发抖，因为他是个勇敢的人。

他一定会被发现的，士兵们到处跑着寻找他，急切地要捉到他去领赏，院子的前后门，还有出逃的小门，都有士兵把守，院墙又高。有人看见他蓝上衣的一角露在了草堆外面，于是跑到门口使劲地用手拍门喊人，有大约五十个人跑来小心翼翼地进了厨房，他们担心老鹰可能带着什么武器，其实他没有，只有一把很短的匕首，面对这么多人，一点儿用也没有。听到王虎攻过来的消息时，他正在吃早饭，火急火燎的，哪里顾得上拿枪。一伙人一拥而上，老鹰被灰头土脸地揪了出来，他神情狂乱，头发和衣服上到处沾着稻草。士兵把他带到了大厅，王虎正坐在那里等候，刹那间王虎的剑已出鞘，宛如一条细长的银蛇闪烁着寒光。他黑眉下的一双眼睛愤怒地看着老鹰，厉声说道："我把你从一个普通士兵提拔到现在这样的职位，而你却背叛我！"

老鹰一直盯着王虎膝上那把闪着光的剑，眼睛并没有抬起，他阴沉着脸答道："是你教会我如何背叛一个将军的，你不就是个离家出走的小子吗？如果不是那个老将军，你能有今天？"

听到这样粗莽的回答，王虎忍无可忍，他向围观的士兵们喊道："我本想用我的剑结果了他，可那样的死法太便宜他啦！把他拖出去，用刀子把他的肉从他身上一片一片地割下来，就像对罪犯，对那些十恶不赦的坏人，以及对不肖子孙和对国家的叛徒那样！"

见自己末日已到，老鹰趁人们不注意，从怀中掏出匕首戳进了自己的肚子里，又使劲搅了一下，让刀留在了肚子里。他踉跄着站立了片刻，死前一直盯着王虎，带着一种决绝无畏的神气说："我不怕死！二十年后，我投胎转世，又是一条好汉！"他倒下时，那把匕首依然插在他的肚子里。

王虎看着刹那间发生在他眼前的一幕，感觉自己的怒气也渐渐消了。他刚刚是受了复仇之心的怂恿，在他气愤之余，他也为自己感到惋惜，他毕竟失去了一员勇敢的虎将。在沉默了一会儿后，他低声对他的左右说："把他抬出去找个地儿埋了吧，他也是个无亲无故的人。我不知道他有没有父亲，有没有儿子，有没有家。"停了一会儿后他又说，"我知道他是个勇敢的人，可不知道他竟然有这样的勇气，给他买口好棺材吧。"

临了，王虎又坐着伤心了一阵子，这份伤心让他的心肠软了下来，使他把允许他的人抢劫的事又推后了一些时日。在他难过的这段时间，城里的商人们纷纷来他这，希望能见见他，为了了解他们的心愿，他答应了他们。这些商人带着银子恭恭敬敬地站在他面前，请求他不要让他的人在城中劫掠，说是会把大家都搞得人心惶惶的。此时心肠还没有硬起来的王虎收下了银子，答应把这银子发给他的士兵，让他们不再去哄抢。商人们听了很是感激，称赞他是青天大老爷。

可要安抚住他的那些士兵也不容易，王虎不得不给了每个士兵一笔钱，并每天好酒好肉地犒劳他们，他们脸上的阴霾这才散去。王虎要他的士兵忠诚于他，说等再打起仗来的时候有的是机会，他们这才安下心来，不再抱怨。实际上，为了结这件事，让他的人满意，王虎又不得不两次派人再去跟商人们索要银子。

之后，王虎准备再次返回家中，因为他很想快快见到他的儿子。他离开得太匆忙，几乎没有来得及去想他不在的这些天，儿子的学习该如何安排。这一次，王虎让他的心腹豁嘴和他带来的兵留守这座城市，等待他侄儿的归来，至于老鹰那边的人，他把他们统统带了回去。以防万一，王虎把那两门大炮也带上了，因为他发现老鹰已请城里的一个铁匠为大炮制作了一些铁球，并且还储备了放炮的火药，王虎带走它们，以绝后患。

王虎穿过市区街道，再次踏上了回家的路。马路两旁的百姓向他投来怀有敌意的目光，因为要奖赏士兵和弥补这次远征的费用，得需要一大笔钱，王虎向各家各户都征了税。王虎不愿去理会人们的敌意，他让自己狠下心来，私下给自己找理由：为了和平，这些人应该愿意支付这笔费用才对，如果他没有来把他们拯救出来，他们将会在老鹰和他的人的手中遭受极大的苦难。因为老鹰这个人非常凶残，百姓在他眼中根本什么都不是，他从小就受了战争的熏陶。打心底里说，王虎觉得这些人对经过三天的艰苦跋涉到达这里的他太不公平了，他们并没有意识到是他让他们避免了灾难。他不无郁闷地跟自己说："他们没有一点儿感恩的心，我的心肠太软了。"

他用这些想法让自己的心肠变硬，他以后再也没有像从前那样对百姓好过。他的心胸变得越发狭窄，在老鹰空下的那个位置上他再没有安排别的亲信。他闷闷不乐地跟自己说，对和他没有血缘关系的人，一个也不能信任。于是，他越发感到要更多地依赖他所爱的儿子，他这样安慰着自己："我有儿子，唯有他永远不会负我。"

他策马加快了行军的速度，渴望着早日见到他的儿子。

至于王虎的侄儿这边，直到他听说老鹰被杀了，心中的这块石头才算落了地。这条消息让他变得欢快高兴起来，于是他回老家住了几日，在那里他逢人便说他是如何如何勇敢机智，他有多么聪明，尽管老鹰是个聪明、有智慧的武士，年龄足以算是他的长辈了，可还是没有斗过他。他就这么到处夸耀，他的弟弟妹妹们高兴地围着他听他讲，他母亲说："还在他吃我奶的时候，我就知道我的这个儿子不简单。因为他一咬住我的奶头就使劲地扯，使劲地吸！"

王掌柜脸上带着微微的笑，坐在一边听，即便他为儿子感到骄傲，他也不愿意当面夸赞。"书上说得好，三十六计，走为上计。"他说，"一个好的谋略远胜于一件好的武器。"

他儿子那巧妙脱身的计策，才是王掌柜感到最为得意的。

麻脸小伙儿又到他大伯的院子去看望王地主和他的老婆，跟他们讲述他的英勇事迹，王地主听了，不由得心生妒意。为他死去的那个二儿子，也为他其他的几个儿子而心生嫉妒，尽管他赞赏他这几个儿子风流倜傥的外表和做派，他也隐隐约约有些担心，觉得他们身上似乎缺少了点儿什么。因此，虽然在侄儿讲的时候他显得挺客气，可其实他只有一只耳朵在听。小伙儿津津有味地说着，而这位年迈的大伯却是一会儿要茶，一会儿要他的烟袋锅，一会儿又是太阳下山了他觉得身上凉，要加一件单皮衣袍。王地主的太太把她的头稍稍侧向她的侄儿这边，好让自己不至于失去起码的礼节。她拿起件女红，假装在忙着刺绣，跟其他刺绣的图案做着对比，过了一会儿，又不断地打着哈欠，一边问起丈夫他们家里的佃农的事情。后来，小伙儿终于看出他大伯母是听烦了，于是住了口，有些失望地离开了。他还没有走远，便听到他大伯母抬高了嗓门说："好在咱们的儿子没有一个当兵的！那种低俗的生活会让一个年轻人变得粗鄙庸俗的。"

王地主有气无力地说："呃——我要到茶馆去坐会儿了。"

这位年轻人哪里想得到这老两口是在想他们那个死去的儿子，他只觉得心里一阵难受，走到院门口时碰上了王地主的二老婆，怀里抱着她最小的孩子。刚才她一直坐在屋里听他讲故事来着，在他之前先从屋里出来了，她很热情地跟他说："我觉得你的故事讲得非常好，你很英勇。"

小伙儿心满意足地回他母亲那里去了。

王虎的麻脸侄儿在家乡住了三十天，他母亲趁这段时间给他完了婚,他媳妇是早几年母亲为他挑的一个姑娘。这姑娘是一个邻居家的女儿,这家人以织丝绸为生,但不是受雇于人的那种普通的穷织工。女孩的父亲有自己的织机和二十个学徒,生产织成匹的彩色锦缎和绣花的丝绸,整个城里干这一行的不多,他的生意做得蛮不错的。这女孩聪明,也精于此道,在有春寒时,她用自己温暖的身体护着蚕卵,直到它们孵出幼蚕,她用学徒们采集回来的桑叶喂养幼蚕,她还知道如何缫丝。有关这些方面的技术,她样样精通,在这座城里实属难得。他们家是从上一代迁徙到这里来的。虽说她要嫁的这个小伙儿用不上她的技术,可王掌柜的老婆还是觉得一个姑娘家有这样的本领总是好的,这活计会使她勤快和节俭。

尽管对这个姑娘会做什么活儿,小伙儿根本不在乎,可他还是很高兴自己娶了女人,因为他已经二十四岁,常常受爱欲的困扰。他很满意这个姑娘十分整洁,五官端正,而且也没有太大的脾气,一个女人能这样,对他来说就足够了。

婚礼举办得热闹却不铺张,完婚后,他遵照王虎给他的任命,带着妻子返回那座新城去上任了。

第二十五章

　　每当漫长的冬季过去、春天来临时，王虎想打大仗的雄心便在胸中涌动，一到春天，他就思索着该如何再去扩展他的势力范围。他派出人去打听这一年可能会发生的各种战事，思考着如何能把他自己要打的仗跟大战中打胜的那一方沾上边。他跟自己说，要等到他的人把消息打探回来，等到天气转暖，等到他的命运之神召唤他的那一刻。然而，现实的情形是王虎已不再年轻，自从有了儿子，他开始变得持重和满足，他的内心不再那么躁动，不再那么急切地要外出征战。每个春天他都告诉自己，为了儿子他必须去奋斗，实现他以前为自己制定的目标，然而每个春天似乎都有适当的理由让他把他的行动推延到下一年。在儿子出生后的这几年没有爆发过大战。当时形成全国割据局面的都是些小军阀，每一个只控制着自己的那么一点儿地盘，尚没有能治得了这些小军阀的大人物出现。也是由于这个原因，王虎觉得还是等到下一年更妥，他确信总有一天他会取得他盼望已久的胜利的。

　　在他儿子即将十三岁的那年春天，从王虎的两个哥哥那边来了一个人。此人带来一个紧急、重要的消息：王地主的大儿子被送进了他们城里的监狱。两位哥哥恳请他们的弟弟王虎在省府找人帮忙，好让这个年轻人尽快获释。王虎听后，觉得他恰好可以利用这个机会，来测试一下他对省府以及对本省督军到底有多大的影响力。因此，他再一次将他想要进行的战争延期到了下一年，着手去办哥哥们交代给他的事情。同时他心中不免有些得意，这些当哥哥的也终于求到他这个做弟弟的头上了。他看不起他们，他们的儿子竟然能被投进监狱，这样的事绝对不会发生在自己儿子身上。

现在，我们先来看看王地主的大儿子是为何被关进监狱的。

王地主的大儿子今年已经二十八岁了，没有成家，甚至没有订婚。之所以发生这种看似奇怪的现象，是因为他曾在本城的一所新式学堂读过一两年书。他在那里学到了许多东西，其中的一个是，如果一位年轻人受父母之命，媒妁之言而跟一女子成亲，那就是对封建传统卑劣地屈从，所有的年轻人都应当是自己去挑选他们谈得来、看得上的女子。所以，当王地主经过千挑万选，终于给他大儿子选好一个他中意的对象时，大儿子表现得非常叛逆，他暴跳如雷，常常噘着嘴说，他一定要跟自己看中的女人结婚。

起初，王地主和他老婆听到大儿子的这一主张都极为生气，两口子终于在一件事情上达成了一致。王太太发着火跟儿子喊："谁家的良家女子让你凑上前去跟人家搭讪，并从说话间得知你是否喜欢人家？是你的父母养大了你，他们最了解你的心思和秉性，谁还能比他们更能为你选上个好对象呢？"

可这年轻人却来了脾气，嘴里一套一套的说辞，他把丝绸长袖子从他白皙光洁的手边往上推起，把垂在苍白额头前的秀发甩到后面，而后反唇相讥道："你和我爸只知道搬出那套僵死的传统说事，在南方，所有名门望族家的儿子都是自己找女朋友的！"当他发现他的父母面面相觑，父亲用袖子擦着额头，母亲的嘴巴噘了起来时，他又喊道，"如果你们一味地要给我定亲，我将离家出走，永远不再见你们。"

320

这话吓坏了父母，王地主急忙说："告诉我们，你喜欢什么样的姑娘，看看我们能不能给你找到。"

其实，这个年轻人还没有碰到过让他爱到可以做妻子的女人，因为他所熟悉的女子都是用一点儿钱就能搞到手的，可他不愿意说他还没有中意的女孩，他只是噘着红红的嘴唇，怏怏不悦地盯着他细长的手指看。他总是显得狂躁，执拗，因此当谈到这个话题时，每一次都是他的父母妥协，跟他一遍又一遍地说："好了，好了，不提这件事了！"至少有两次，王地主不得不拒绝他为儿子已物色得差不多的对象，因为这位年轻人只要听到给他找媳妇的事，就会发誓说他要像弟弟那样在房梁上吊死，次次吓得父母对他让步。

然而，随着时间过去，王地主和他太太越发盼着他们的儿子能快快娶个媳妇了。他是他们的长子，王家的主要继承人，他将来生的儿子在孙子辈中也是最重要的。王地主当然也晓得他这个大儿子常常进出于各个茶馆，在那儿消磨青春时光，尽管他知道所有无须劳动便能衣食无忧的年轻人都是如此，可差不多已过了拈花惹草年龄的王地主，却开始对他的儿子越来越感到担忧。王地主和他太太都害怕要是不赶快让儿子成亲，说不定哪天他会从茶馆带回一个不三不四的女子做老婆，像那种女人做妾还可以，做正房太太就有些丢面子了。只要他们一提到他们的担心，儿子就毫不客气地打断他们，跟他们大讲特讲如今的男女青年都已挣脱他们父母的束缚，男人和女人之间是相互平等和自由的。他说了许多这样的蠢道理，让做爹娘的只能闭上嘴听，因为这个年轻人伶牙俐齿，这对老夫妻根本插不进话，所以他们俩早就学会了默不作声地忍耐，任凭这个年轻人滔滔不绝地发泄他的不满，任凭他闪烁着埋怨的眸子在他俩身上扫来扫去，与此同时还不时地将他的长发往后甩去，并用他又软又白的手抚顺头发。在他慷慨陈词完，离开了之后，他躁动不安，在父母跟前根本待不长。王太太用责备的眼光看着丈夫说："你用你自己的行为教会了他去拈花惹草，他和你一样满足于跟那些艳俗的女孩子厮混，而不是与一个品行端正的女子相处。"

王太太一边说着一边用袖子抹着眼泪，觉得自己受了莫大的委屈。王地主这下惊得不轻，他知道这样一个较为温和的开场白很可能导致一场激烈的暴风雨，因为这位王太太是越老脾气越大，越觉得自己无论什么都是正确的。王地主见势不妙急忙起身，离开时语气十分温顺地说："你知道我已上了年纪，早不像从前那么放荡了。我愿意听你的，如果你有解决这摊子烂事的办法，我保证你怎么说我就怎么做。"

其实王太太自己也想不出任何法子，来管束这个桀骜不驯的儿子，她必须找个出气的地方来发泄情绪。王地主见她火气上来了，赶忙溜出了房间。穿过院子时，他碰上了他的二老婆在阳光下奶着孩子，他跟她说："快进屋看看太太需要什么，她正在生气。给她倒杯茶，或是拿给她一本她的经书，说些赞扬她的话，说说那些和尚是怎么夸赞她的！"

二太太顺从地起身，抱着孩子进屋去了。王地主来到街上，考虑着该去什么地方，庆幸他出门前碰见了他的二太太，有她替他去陪大太太，能免了他不少的麻烦。他的二太太随着年龄的增长，变得比以前越发温顺、平和，这可以说是王地主的福气，因为拥有一个共同男人的两个女人之间，很容易发生争执，搞得家里鸡犬不宁，尤其是其中的一个或是两个都非常爱她们的老公。

这个二老婆在各种小事情上都懂得体贴王地主，连仆人们不愿做的事，她也为他做。因为仆人们都知道谁才是王地主家里的主人，在王地主呼喊仆人时，不管是女的还是男的，这个仆人都会连声哦哦哦地应答，可就是拖延着不来。要是王地主因此生气了，仆人便会借口说："太太要我去办事。"以此来堵住男主人的嘴。

可这位二太太却会暗中体贴他，抚慰他。每当王地主从城外的土地那里筋疲力尽地回来，二太太总会给他泡好一壶热茶，要是夏天她还会把西瓜放在井里让它变凉，他吃饭时坐在他旁边为他扇扇子，或是端来热水让他泡脚，给他拿来干净的鞋袜。他把他一肚子的苦水说给她听，尤其是对他的那些佃户的怨气和他们骗他的那些小伎俩。他会说："种咱西边那块田的佃农，就是那个老太婆，往咱管家正在称重的粮筐里注水了。管家真是个蠢货，要不就是个无赖，收取了好处后，装作看不见，我看见那个秤是怎么一下子翘上去的！"

她听后安慰他说："我不相信他们能骗得了你，你那么聪明，是我所知道的最聪明、最有智慧的男人。"

他把大儿子不听话的烦心事讲给她听时，她也安慰他。现在他走在街上，想象着他该如何告诉她关于大太太那么恶狠狠地责备他的事，回忆着她回他话时让他感受到的那份甜蜜，以及她这一次又会如何劝慰他。也许她会说："在我眼里，你就是最棒的男人，我不会再去要求更好的。我敢肯定，大太太不甚了解男人们都是些什么东西，不了解你如何比他们所有的人都强！"是的，由于他不争气的儿子，他颐指气使的大太太，以及他还剩有的那些土地带给他的诸多烦恼，王地主把二太太这当成了他温馨的避风港，在所有他追求过的女人里，他跟自己说，唯有这个最合他的意，因为"在所有花我钱的女人里，只有她最了解我是个什么样的人"。

这一天，王地主心里充满了对儿子的怨气，因为儿子又给他这个做父亲的添堵了。

在王地主沿街走着想着事情的时候，他的儿子正在去往他的一个朋友家的路上，碰巧的是就在这一天，他遇上了让他心动的那个姑娘。小伙儿现在要去见的这个朋友是本城警察局长的儿子。王地主的儿子常常愿意跟他一起赌，而不是跟别人，因为最新出台的法律不允许赌博，如果有麻烦，警察局长家的儿子能逃得掉，他的朋友们也能逃得掉，因为他父亲是城里鼎鼎大名的人物。这一天，王地主的儿子想玩上一会儿，散散心中的火气，让自己暂时摆脱父母的纠缠，因此他前往他朋友的家。

　门打开后，他报上了姓名，坐在客厅里等候，这所有的事像是一团乱麻缠绕在心头，让他感到很是烦闷。突然间里屋的门开了，出来一位年轻漂亮的女子。若是一般女孩看见一位年轻男子独自坐着，她一般会用袖子掩住脸，急忙地退回去。然而，她却没有这么做。她十分从容地看着王地主的儿子，她的眼睛缓缓地毫不避讳地打量着他，眼神中没有一点儿献媚的意思，也没有丝毫的扭捏之态。与这样大胆镇静的目光相遇，让这个小伙儿最先垂下了眼睛。看得出来，这个姑娘举止端庄，落落大方，是属于新时代的女性。她黑色的秀发剪得短短的，她的脚没有缠过，身着新女性们穿的那种很挺的旗袍，此时已是晚春，旗袍是由一种质地柔软的淡鹅黄色丝绸制成的。

　尽管王地主的大儿子讲起恋爱婚姻自由来振振有词，可实际的情况是他几乎没有机会遇到他希望娶的女孩。在他不赌博、不赴宴或是没到某处去潇洒作乐时，他会读爱情小说。他不喜欢那种古老的爱情传说，而是沉迷于那些新近创作的爱情故事，那些描写男女之间自由恋爱的故事。他梦想着出身于名门望族的女子，她们虽没有高级妓女的做派，可在男人面前却也毫不羞怯腼腆，虽为女子却能跟男人们自如地交谈和相处，他要寻觅的就是这样一个女子。然而，他并不认识此种女子，因为男女间的这样一种自由交往多出现在书本而不是现实中。但现在他觉得眼前的这位似乎就是他日夜找寻的人，她从容大胆的目光点燃了他心中的爱情之火，因为他的心就像是一颗蛰伏的火种，等着火炬刹那间将其燃成熊熊大火。

这一刻，他对这个姑娘的爱强烈到无以复加。可以说，他一下子怔在了那儿，尽管他什么也没说，姑娘也从他身边走了过去，可他还发蒙地坐着。当他的朋友进到客厅时，他仍觉得自己口干舌燥，呼吸急促，激烈的心跳似乎使胸腔都要炸裂了。

"那位刚过去的女士是谁？"他急切地问。

他朋友很随意地说："是我妹妹，还在一座海边城市的教会学校读书，她是回来过春假的。"

王地主的儿子忍不住又支支吾吾地问："她结婚了吗？"

这位做哥哥的笑着说："没有，她是那种最不受束缚的女孩，她总是在这件事上跟我的父母争吵，她不愿意要他们为她挑选的任何男人！"

王地主的儿子听了这话，像是有一杯美酒送到了干渴的唇边。他再没说什么，去赌牌了。可他却怎么也玩不到心上，因为觉得好像有团火在胸腔内燃烧。不久，他便借故离开，急匆匆地回家把自己关在了屋子里。他觉得，这样独自待着，他跟那个姑娘之间似乎就离得更近了。他默默地跟自己说，她一定也像他一样在忍受来自父母的纠缠，他对自己说，他要与她自由地、无拘无束地交往和恋爱。他不要媒人，不要父母甚至不要她的哥哥夹在他们俩中间。他拿出他以前读过的那些书，如饥似渴地读着，看看从中能不能找到男女主人公们写作的情书。而后，他给那个姑娘写了封情书。

信的开始先是一些最得体、最礼貌的言辞。后来，他谈到他是一个追求精神和思想自由的青年，他觉得她也是，因此，对他来说，她就是太阳之光、牡丹之色、长笛之音，在刹那间她已把他的心魂勾走了。写完后，他署上自己的名字，打发他的仆人送去了女孩家。信送走了，在家中的等待却叫他变得火急火燎，以至于让他的父母以为他是什么地方又出了毛病。仆人回来说，对方之后会给他回信。这个年轻人只得继续等待，可他厌恶了等待，看着家里的什么都不顺眼，弟弟妹妹们只要靠近他，他便狠狠地扇他们耳光，还时不时地训斥仆人们，甚至连他父亲的小老婆都惊呼："你这样子简直像条快要疯了的狗！"说着把她自己的孩子拽走了。

三天后，一个信差带来了一封回信，这个年轻人近几日一直在院门口转悠着，此时他把信抓过来，回到屋中急忙打开了它，他将两张信纸一起抽了出来。她的字迹豪放、漂亮，在说了一些礼节性的、大大方方的言辞后，她进而写道："我也是一个追求精神和思想自由的青年，我不愿父母强迫我做任何事情。"

她这样巧妙地表达着对他的钦慕之意，年轻人高兴得忘乎所以了。

就这样，一对男女开始了他们的恋情，渐渐地甚至频繁地通信也无法满足两人了，他们都急切地想要见对方，于是他俩在女方家门边处见了一两回。二人都有些害怕，尽管谁也不想让对方看出来。短暂的会面，诸多书信的往来，对仆人的贿赂，假名在他们书信中的频繁使用，所有这些都将他们的爱情之火扇得越来越旺，于是他们这样子的偷偷摸摸就变得越发难以忍受。第三次会面时，小伙子情感热烈地说："我无法再等下去，我必须娶了你，我这就去跟我父亲说。"

姑娘也语气坚决地说："我要告诉我父亲，如果他不让我嫁给你，我就毒死我自己。"

于是，他们都告诉了各自的父亲。王地主听了，高兴得不得了，儿子竟然能搭上这么一个大家闺秀，开心得准备马上安排定亲事宜。而女方家的父亲则坚决不同意，不让年轻人娶他的女儿。因为作为警察局长，各处都有他的眼线，他知道许多别人不知道的有关这个年轻人的情况。他冲女儿喊道："什么？你要找那个游手好闲、整日泡在娱乐场里的花花公子？"

这位父亲命令仆人们，把她锁在她自己住的院子里，一直锁到她返校的时候。她气冲冲地跑来跟他理论，央求他，他完全不予理会。他是个性情冷静的人，在她跟他争论时，他哼着小曲，读着一本书；当她气得说出了一些当姑娘的不该说的话时，他朝她转过身来说："我早知道不该让你去上学，就该让你待在家里。就是像你在的这样的学校带坏了现在的女孩，如果让我重新选择，我会让你待在家里，像你母亲一样做个目不识丁的本分女人，早早地把你嫁个好男人。是的，我会这么做的！"他突然冲着她这样吼道，以致吓得她一时说不出话来。

这对恋人只好又开始给对方不断地写信，互诉衷肠，来往于两家之间的仆人们由此收到的小费越来越多。尽管如此，这位少爷在家中还是日渐消瘦，他再无心思出去赌博或是玩乐。他的父母见他日渐憔悴，一时不知怎么办才好。王地主通过各种渠道想暗中贿赂警察局长，尽管此人一贯是来者不拒，可这一次却油盐不进，弄得王地主夫妇也没了办法。至于这位大少爷，他连饭也不吃了，一直嚷嚷着要上吊，弄得王地主没了办法。

一天傍晚，这位大少爷走在他恋人的屋子后面，他看见有扇小门开了，一个手里拿着信的丫鬟从门缝里挤出来，她向他招手让他过来。受内心的驱使，他壮着胆子战战兢兢地走了过来，看见他的恋人就站在小院的门口，她有主见，任性，脑子里有的是想法和计划。当这对情人面对着面时，他们反倒语塞了，不像在信纸上那样滔滔不绝了。其实是大少爷有些心虚，害怕被人发现他到了他无论如何都不该来的地方。可那姑娘依然我行我素，作为一个有文化的青年，她就是要去实现自己的愿望，她说："我才不在乎这些老顽固呢，我们俩私奔吧，当他们见我们走了，觉得面子上挂不住，就会让我们结婚了。我知道我父亲爱我，因为我是他的独生女，我母亲也不在了，而你又是你父亲的长子。"

还没待小伙儿把他的情绪提高到姑娘这样的热度，警察局长突然出现在院子里正屋的门口——原来是一个跟小姐丫鬟不对付的仆人，为了报复那个丫鬟，故意告了她的状。警察局长向他的扈从们喊："把他绑起来，送到监狱去，他损害了我姑娘的声誉！"

也该王地主的大儿子倒霉，正巧他恋人的父亲是警察局长，可以把任何他想要关的人扔进监狱，换作另一个人，他就没有这么大的权力，必须得行贿才能把这个年轻人抓起来。听到命令，他的扈从拖走了年轻人，姑娘尖声叫着，拽着小伙儿的胳膊不放，喊着她绝不嫁给别的男人，她宁愿吞下她的戒指。

可这位一向冷静的父亲转身对丫鬟说："看好她，如果发现你们让她一个人待着，让她有机会做了她说的事，那么，我将因为她的死把你们关进牢房。"

说完他就走了，好像压根没有听到她的哭闹，几个丫鬟不敢离开她的左右，担心稍有闪失会给她们招来麻烦，因此这位小姐只能继续活下去。

警察局长派人去通知王地主，他的儿子因为企图损毁局长家千金的名誉，已被关进监狱，而后他等在家中的厅堂里。为此王地主家乱作了一团，王地主本人已经慌得六神无主，他立刻拿出身上和家里所有的银圆，派人去贿赂，他哆哆嗦嗦地穿上他最好的长袍，到警察局长家去道歉。可局长正在气头上，岂能让这事轻易了结，他派人传出话来说他心情极差，身体有恙，不能见人。当贿赂他的钱拿进来时，他又把钱退了回去，说王地主错看了他的人格，他可不是那种见钱眼开的人。

王地主一路呻吟着回到家中，他心里清楚这点钱是不够贿赂人家的，可恰好赶在麦子还没收上来，他手头紧，他知道他必须寻求二弟的帮助了。他的儿子还在监狱，这让他既心疼又难过。他得去送点儿吃的和被褥，免得儿子在里面太受罪。这些事做完不久，王掌柜来了，王地主这时正待在屋子里等二弟，他老婆此时早忘记了她惯常的举止和仪态，带着痛苦的神情走了进来。王地主手托着脸坐着，王太太则拜求诸神，请他们见证她在这个家中所受的种种苦难。

王地主破天荒地第一次坐着没有动，尽管他太太进来的时候又是哭又是骂的。因为把这么一个根本吃不了苦的儿子置身在警察局长的强大权力之下，可以说这已经突破了他的最后一道心理防线。王掌柜进来时却是一副从容淡定的样子，脸上一副平静的表情，好像什么也没有发生似的。尽管此事已经传得沸沸扬扬，这种丑事甚至连仆人们也都知道了，王掌柜的老婆也知道，是她详细地讲给了王掌柜听，她津津有味地，一遍又一遍地说："我就知道那个女人生的儿子都是些豆腐渣，他们的父亲也是个老色鬼。"

王掌柜坐在那里，听着年轻人的父母亲讲述事情的经过，他们尽量掩饰着儿子的错，王掌柜也是一副公允的神态，似乎认为年轻人当然是无辜的，现在要考虑的只是要想出个巧妙的办法能让他获释。王掌柜心里清楚得很，他这个哥哥是想跟他借一大笔钱，他私下盘算着如何能避免此事。在夫妻俩讲完，王地主的老婆也哭了一气后，王掌柜说："无论跟何处的官员打交道，银钱无疑是非常有用的，不过，还有一样更管用的东西，那就是枪杆子的力量。在还未把家产败出去之前，我们不妨先求求三弟，他现在可是位高权重的将军了，让他在省府里利用一下他的影响力，从省里给咱这儿的市长下一道命令，让他命令警察局长放了你们的儿子。之后，再用少量的银子打点打点，事情也就成了。"

大家都觉得这是个很好很妙的主意，令王地主遗憾的只是他自己怎么就想不出这样的法子。他丝毫也没有耽搁，马上派了个信差去找王虎，将这件事告知给王虎。

把帮助他的哥哥们视为己任的王虎，从中看出这也是一次测试他的权力和影响力的好机会。因此他给本省的督军写了一封措辞恭敬的信，还备了礼品，让他的亲信前去，并派了一名卫兵护送。督军收到礼物读了信件后，思忖了一会儿，在他看来，如果他这次帮了王虎，一旦战事爆发，这会有助于他将王虎绑在他的战车上，王虎会觉得自己欠他的。如果通过命令监狱放掉一个年轻人，便可到时得到王虎的相助，似乎是件很划算的买卖，再说，他根本不在乎一个小镇里的区区警察局长怎么想。于是，他答应了王虎求他做的事，找了省长，省长随后给那个县的县长下达了命令，县长又给王家住的那个镇子传达了命令。

现在的王掌柜是越来越有计谋，越来越狡猾了，他在自己经商道路的每个环节上都用银子来铺路，与他打交道的每个人都觉得从他这里得到了回报，这回报的数额不是太大，足以刺激起他们想要进行下一次合作的欲望。最后，这位警察局长也接到了指令，王地主和王掌柜一直在关注、等待着这一刻的到来，在得知他也得到了命令后，兄弟俩带了厚礼去见局长，他们说了许多道歉的话，乞求局长大人高抬贵手，装作好像完全不知道上面颁布的那条命令，因为他们知道人都怕自己当众出丑。他们俩连连鞠躬作揖，求他开恩，最后他大大方方，毫无愧色地把钱收下了，仿佛是给了对方恩典似的。警察局长随即下令释放年轻人，在训斥了他一顿之后放他回家了。

兄弟俩大请了警察局长一顿，事情就这样了结了。年轻人被释放之后，他的爱情似乎因为其牢狱生活而冷却了不少。

可局长家的小姐却越发任性了，她又跟父亲嚷嚷起她的婚姻大事，这一次，局长开始有些同意这门亲事了，既然他现在知道了王家的势力不可小觑，兄弟三人中有一个是实力强大的军阀王虎，还有一个是富甲天下的商人王掌柜，他让媒人到王地主家提亲说："让这两个年轻人喜结良缘吧，让我们两家成为好朋友。"

于是，两人订婚后，又马上定了在接下来的第一个黄道吉日举行婚礼，这一下王地主和他老婆的愁云一扫而光。至于新郎，尽管这一突然到来的转变弄得他有点蒙，不过，他还是觉得自己以前的满腔激情回来了一些，他心里满意了，姑娘那边更是充满了一种胜利感。

不过，对王虎来说，这整件事情只是因为下面这一点才具有了重要的意义：现在，他知道自己也是省里一个举足轻重的人物了，知道督军有多么看重他，这让他心中充满了自豪感。等到整件事情圆满结束了时，春季已转入夏季，王虎跟自己说，今年以来他一直在忙，现在一年已过去了大半，因此他得把计划要打的仗推迟到明年了。对这一次的延期他觉得心安理得，因为他已经确信他地位的稳固和影响力的强大，再则，初夏时，他派出去的密探逐渐返了回来，他们说传闻南方有战事，可他们还没有打探清楚究竟是一场什么样的战争，双方领头的都是谁。王虎听了这消息后，完全明白了他的军队对于督军所具有的价值，明白了他为什么会受到督军的青睐。他等待着下一个春天的到来，到那时再看看会是一种怎样的局面。

王虎像往常那样与他的儿子又朝夕相处在一起。儿子在他眼皮底下进进出出，总是一脸严肃地做着吩咐给自己的学习任务，王虎很喜欢看着儿子沉静的表情。他常常注视着儿子，看着那副严肃的面孔，带点稚气，又带点成熟的气质。有许多次，当他端详着儿子看书或是做功课时的面庞时，他总能在孩子高而宽的颧骨上或是在坚毅的嘴唇上，捕捉到一种他既陌生又熟悉的神情。那张嘴说不上好看，但显得异常坚定。

一天晚上，王虎突然想到儿子的长相是像他的奶奶，也就是王虎的母亲。对，就是像他的母亲，尽管他只清楚地记得她死在床上的模样，而且，孩子的红脸庞也和她死灰般的面孔迥异。比任何清晰的记忆更深地进入他内心的是一种这样的感觉，这感觉告诉他，他儿子的步态、动作跟他母亲的一样沉稳缄默，她的庄肃也刻在儿子的嘴唇上和眼睛里。当王虎在儿子身上感觉到这种熟悉的，有时又是模糊的东西时，他的心里觉得更加温暖了，他更加深深地爱他的儿子了，也不知道是什么原因，他与儿子的关系更加亲密了。

第二十六章

　　王虎的儿子是这样一种类型的男孩：他在他做的每件事情上都会尽职尽责，吩咐给他的任务他也都会做完。他学习操演战场上的佯攻，模仿老师示范给他的各种姿势，他马也骑得很好，尽管不如王虎骑得那么自如娴熟。然而，在做着这一切时，似乎看不出他有丝毫的乐趣，仿佛把这一切都当成任务，在强迫自己做。王虎问老师，他儿子学得怎么样，老师有些迟疑地回答："我不能说他学得不好，他学得中规中矩，他严格按照我布置给他的去做，可他好像只是机械地做着一切，缺少了热情。"

　　这个回答令王虎感到很不安。在此之前，王虎就隐约觉得儿子心中没有虎气，他从没有生过气，对任何事物既没有憎恶，也没有欲求，他只是默默地，耐心地做着他必须要做的事。王虎知道做武士不能这样。一个武士必须有血性，有生气，有野性和激情，他为此感到有些悲伤，不知道如何才能让儿子在这些方面得到改进。

　　一天，他坐在院子里看着儿子在老师的辅导下练习射击，尽管他站姿很稳，举枪很快，在命令下达后扣动扳机也很果断。然而，王虎发现他的儿子似乎在强撑自己，此时出现在他平静面容上的神情好像表明他要让自己的内心变得坚强，好完成他不得不做的事，因为他憎恶这一切。王虎叫住了孩子说："儿子，如果你想让爹高兴的话，就把你的全副身心都投入进去！"

孩子快速地看了父亲一眼，手中的枪还在冒着烟，他眼睛里流露出一种奇怪的神情，他张开嘴像要说话。可坐在那儿的王虎此时不可能有什么好脸色，他浓黑的眉毛，又硬又黑的胡子下面紧绷着的嘴唇，也许他自己并没有意识到他表情很严厉，这让孩子的眼睛再次看向了别处，他轻轻地叹了口气，缓缓地答道："好的，父亲。"

王虎看着儿子，心中隐隐作痛，尽管他声色俱厉，可他的心肠是软的，然而，他又不知道如何表达他的内心。在接下来的时间里，他叹着气，一直默默地看着儿子的训练课上完。课毕，孩子有些犹豫地看着父亲说："我现在可以走了吗？父亲。"

王虎这时突然想起，他的这个儿子常常独自出去，好几次偷偷地就溜了，除了知道自己派的那个卫兵尽职尽责地跟着他，不离他的左右外，王虎压根不知他去哪儿了。这一天，王虎看着儿子，心里起了疑心——这孩子会不会去了他不该去的地方，他发现儿子已不再是个小孩子，这让他顿生妒意。王虎尽量让自己的语气变得温和，他问："你要去哪里？儿子。"

孩子迟疑了一下，低下了头，片刻后怯生生地说："没有固定的去处，父亲。我喜欢到城墙外面，绕着田野走走。"

如果孩子说他是到了什么淫秽场所，王虎也不会比现在更感到惊讶了，他疑惑地问："那儿有什么值得一个士兵去看的呢？"

孩子仍然低着头，用手抚弄着他腰间的皮带，他像往常那样用低缓的声音说："没有，可在恬静的乡野，看看开满花的果树，就觉得心情好起来了。有时候，我爱跟农夫聊天，听他们讲种植上的事。"

王虎的惊讶到了无以复加的程度，他真不知道他该如何对待他的这个儿子了，他自言自语地说，真是件怪事，一个军事首领竟有这么一个儿子，他与从青少年时代起就厌恶农活的他的父亲迥然不同。王虎有些失望了，可他又不知道他为什么失望，他更为生气地喊道："做你愿意做的事去吧，这些都与我何干呢？"他心情低落地又坐了一会儿，因为他的儿子在这之前已经从他身边溜走，行动快得像只放飞的小鸟。

王虎继续那么坐着，痛苦地冥想着，他不知道他的心为什么会这样痛。最后，他终于想得不耐烦了，让自己回过神来，他跟自己说，有这么个儿子他应该知足了，因为这孩子既不挥霍，又很听话。于是，王虎再一次把这件事抛在了脑后。

在接下来的几年里，不断有传闻说某某处有大的动乱演变成了战争，王虎派出去的探子也回来报告说，南方学校里的男女学生在组织学生军，还有种地的庄稼汉们也在组建农民军，这样的事情在从前闻所未闻，因为打仗向来都是军阀们之间的事，与普通的百姓无关。听了后惊讶不已的王虎问，这些普通的农民、学生为什么要打仗，他的探子们摇头说不知道。王虎跟自己说，一定是有的学校里的老师太浑蛋了，如果是普通的百姓起事了，那一定是某个县长太坏了，让人们无法再忍受下去，他们才举事杀了县长造反的。

而王虎这边，在他看出新的战事会如何演进以及他该如何加入战争之前，他是不会行动的。他在积极地储备资金，购置他想要的武器装备。他现在已不再需要他二哥王掌柜的帮忙了，因为王虎在河流的入海口有了自己的码头，他雇用了船只为自己走私武器。如果在他上面的人知道了此事，他们也会保持沉默，因为他们知道他是他们这边的一个将军，他拥有的每一支枪在未来的战争中都是为他们服务的，和平总是短暂的。

在等待期间，王虎就是这样壮大着自己的力量，同时他的儿子这一年也长到了十四岁。

在王虎做军阀的这十五六年里，可以说他在许多方面都是幸运的，其中一个主要原因是他管辖的整个地区没有出现过大面积的饥荒。零星的地方出现过，有这么个无情的老天爷，这种情况难以避免，不过整个地区没有出现普遍的饥荒。要是有哪一小片地区出现了饥荒，王虎便不再逼迫他们交税，而是抬高那些没有闹灾地区的赋税。他乐于这么做，因为他是个正直的人，跟许多别的军阀不一样，他不愿意从快要饿死的人们手里拿走他们仅剩的那点东西。为此当地的人们感激他，称颂他，他们说："我们见过不少比王虎坏得多的军阀，既然哪儿都是军阀统治着，我们遇到他这么个军阀是我们的福气，他征我们的税只是为了养活他的士兵。他生活不奢侈，没有三妻四妾，和大多数军阀的喜好都不一样。"

对于普通民众，王虎确实是在用心地、尽可能地做到公正。直到今天，新的县长也没有被派来。曾经任命了一个新县长，可此人听说王虎的凶悍后，迟迟没有来上任，推说他父亲已年迈，他必须等给父亲养老送终后才能来。在他没有到来之前，王虎常常自行在县衙大院里办案，他聆听来人的申诉，为许多穷苦人辩护，反对富人和放贷者。王虎无须怕那些富人，如果那些富人不支付他跟他们索要的赋税，他就把他们关进监狱，因此城里的富人和放高利贷者都恨透了王虎，他们想方设法地避开他，不敢把案子提交到他手里。王虎根本不在乎他们恨不恨他，他手里有军队，不需要怕任何人。他定期给士兵们发放军饷，如果他有时候对某些太过放肆的士兵进行了处罚，仍然会按月发给他们军饷，这是许多军阀都做不到的，他们必须凭靠抢劫才能把士兵聚在他们的麾下。而王虎则不必因为士兵的缘故而被迫卷入一场战争，他可以一直等，等到机会的来临。现在，他无论是在老百姓还是在他士兵中的地位都已非常稳固了。

　　然而，不管人们如何努力拼搏，他们都有个恣意作为的老天爷需要应对，王虎也不例外。在他儿子十四岁那年，那时他正准备下一年送儿子到南方的军校学习，王虎统治的整个地区都遭遇了一场非常严重的饥荒，像场可怕的瘟疫一样，从一地快速地蔓延到了另一地。

　　这一年的春雨在它该来的时候来了，可在它该停止时，雨却还在继续下，日复一日，周复一周，一直下到了夏季。长起来的麦子都发霉腐烂了，被淹在水里，所有的田野都变成了泥泞的池塘。小河里平时只是一些缓缓流淌的河水，现在却翻滚着水浪，发出怒号，它们漫过泥岸，摧毁内堤，一泻而下，把它们冲下来的泥沙一起带入大海，大片碧绿的海洋因此变成了黄色。人们开始还住在家里，在水面上方支上木板，把桌子、床等都置在木板上。但随着水位升到了屋顶，用土坯砌的墙都坍塌在了水中，人们便只能生活在小船或大木盆里，或是栖居到还露在水面上的堤堰和土丘上，或是爬到树上待着。不仅人会这么做，连野兽和田里的蛇也会这么做，这些蛇成群地爬到树上，将它们的身体盘绕在树枝上，它们不再害怕人类，滑行着生活在人们当中，以致人们不再弄得清是该更怕水，还是更怕蛇。随着时间过去，水位并没有下降，接踵而来的是另一种恐怖——饥饿的恐怖。

　　这是件令王虎非常头疼的事，他以前从未经历过。他的境遇比许多普通人的都更糟，因为普通人只有他们的家人要养活，而他则有一支庞大的军队要养活，这些士兵都是些非常无知的人，动不动就发牢骚，唯有在好吃好喝、拿到不菲的军饷的情况下才会满足和效忠于人。在王虎统辖的地区，接连出现了交不上来税金的情形。水从夏季滞留到秋季仍然没有退去，没有任何的收成，到了冬天时，一点儿税金都交不上来了，除了那点儿对走私到本地区的烟土所征的税，就连这个税金也比从前少多了，人们现在买不起烟土，烟贩子们便暂时把烟土运往别地去了。甚至连食盐的税也停了，因为大水冲走了盐井，陶工也不再做酒坛，因为那一年没有再酿新酒。

王虎现在处于一种极端的困境中，这么多年来作为该地区的统治者和军阀，他在这一年的最后一个月第一次发不出军饷了。面对这种现实，他知道唯有使用严厉的手段才能保全自己，而且他不能显出丝毫的怜悯，免得让他的人以为这是他身上的一个弱点。他召集来各队的队长，冲着他们喊话，好像他们做了什么坏事，他在叱骂他们似的："这些个月来，你们，我的士兵，都有吃有喝，有军饷，而其他人却在挨饿！从现在起，你们的薪水就只有一日三餐了，因为我的银子已经用尽。各种赋税在灾荒过后才能收上来。再有一个月，我甚至连供给你们吃饭的银子也没有了，为了让你们不挨饿，为了让我和我的儿子不跟你们一起挨饿，我必须到什么地方去借一大笔钱了。"

在讲这番话时，王虎紧绷着脸，浓眉下的一双眼睛怒视着他的手下，还生气地用手揪着他的胡子，可暗中他却在观察着队长们的反应。他们中不乏有情绪极端不满的人，在他们默不作声地出去后，王虎安排在他们中间的密探返回来跟他说："他们说，在把欠他们的军饷给到他们手里之前，他们不会去打仗。"

听了密探的汇报，王虎在大厅里沉郁地坐了一会儿。他想着人心的叵测，想着人们是多么不知道感恩，在闹饥荒的这些个月里，在百姓挨饿死去的当下，他一如既往地让他的人吃得好好的，可他们却并没有因此而多爱戴他几分。有一两次，他甚至跟自己说，他可以从他的个人储备金中拿出一些来应急，这些钱本是他为万一将来打了败仗退到山里时用的。可现在他发誓说，他的人可以挨饿，他不会为了他们而花光他自己和他儿子的积蓄。

灾荒还在持续。王虎治下的地区仍是一片汪洋，人们在挨饿，因为没有干地可以埋葬死者，人们的尸体都被抛在水中，在水面上漂荡着。其中有许多孩子的尸体，因为大人们厌烦了挨饿的孩子没完没了地啼哭，他们没办法给他们喂奶，所以在月黑风高的夜晚，一些父母就把孩子扔进了水里。有的大人这么做是出于对孩子的怜悯，认为痛快地死去能让他们少受点罪；有的这么做则是由于剩下的粮食越来越少，不愿再跟其他任何人分享。当一个家庭里只剩下两个人时，这两个人便会暗中算计，看谁能战胜对方活下来。

新年到了，没有人还将它看作是个节日，王虎给士兵的食物量减少了一半，他自己家中也没有肉，吃的都是些米粥之类的饭食。一天，他正坐在自己的屋子里，闷闷地想着他现在所陷入的这一窘境，想着他的好运气是否已不再眷顾他，这时他的一个贴身警卫走进来说："有六个士兵来找你了，他们说他们代表了所有的士兵，他们有话要说。"

王虎沉郁的眼神顿时变得犀利，他问："他们带枪了吗？"

卫兵答道："我没看见他们身上有枪，可谁知道人的心里是怎么想的呢？"

王虎的儿子此时坐在他自己的小桌前，正埋头读着一本书。王虎看了看儿子，想着打发走他。这孩子也在那一瞬间站了起来，像是准备要离开。王虎看到儿子这么巴望着走开，他的心肠突然硬了起来，他思忖道，他的儿子必须学会如何去对付那些凶悍和有反骨的人，于是，他喊道："你留下！"孩子缓缓地坐了下来，不知父亲留下他是何用意。

王虎转身对卫兵说："叫卫队都来站在我周围，让他们子弹上膛做好射击的准备，放那六个人进来吧！"

王虎坐到了以前属于老县长的那把大椅子上，椅背上搭着一张暖和的虎皮。待王虎坐定，卫队也进来站在了他的左右后，那六个人走了进来，他们都很年轻壮实，易激动，有一般青年人的那种冒失。见他们的将军坐在中央，前后左右都是卫兵，枪尖都闪着铮亮的光，他们也不敢造次，那个选为代表发言的人在恭恭敬敬地鞠了一躬后说："将军，士兵们选我们几个前来，要求再多供给一点儿食物。我们的确在饿肚子了，现在我们再不提军饷的事了，时局这么艰难，我们也不要欠的那些军饷。现在的问题是给我们的吃的太少了，我们的身体在一天天变得虚弱，我们当兵的就是靠身体挣饭吃的。我们一天只有可怜的一个馍，我们这次来，就是跟你说这件事的。"

王虎知道他的人有多无知，知道必须让他们心存畏惧，否则他们是不会服从的。因此，这个时候，他愤愤地拽着他的胡子，诱着他心中的怒气往上升。他想着他对他们的种种好处，打仗时是如何珍惜他们的生命，在围城取得胜利后如何违背自己的意愿允许他们在城中抢劫，总是如期给他们发放军饷，让他们穿得好，吃得饱，而他自己又是怎样的一个好人，不像许多军阀那样好色又追求奢华。在他想着这一切时，他觉得他的火气开始上升，他觉得当天灾人祸降临时，他的这些人不能与他同甘共苦，他越想越气。当他感到类似这样的怨气在心中升起时，他旋即去使用它的力量，他清楚他必须做些什么。他大声吼道："你们来这里是要拔老虎的胡须，是吗？我会让你们挨饿？我让你们挨过饿吗？我已经做了安排，从国外买的粮食随时都可能运到。但是，你们要造反——你们不愿相信我！"他聚起他所有的怒火，用震耳的声音对卫兵喊，"杀掉这六个叛贼！"

那六个士兵连忙跪地求饶，可王虎不敢宽恕他们。为了他的儿子，为了他自己和他的家以及这整个地区的人们，一旦他失去对士兵的控制，他们会转过头来去劫掠百姓的，他不敢宽恕他们，他不能在这个时候发慈悲。他喊道："你们，给我一起开火！"这些卫兵一阵射击，整个房间里枪声隆隆，硝烟弥漫，六个士兵倒在了血泊中。

王虎立即起身，命令他的卫兵道："把他们抬回到派他们来的那些人中去，告诉他们这就是我的回答！"

在卫兵们弯腰去抬这些年轻人的尸体时，发生了一件奇怪的事。平时一贯庄重，对其周围的一切都很少关心的王虎的儿子，此时突然像发了疯似的冲上前去，他的父亲还从没见过他的情绪这么失控过。他先是俯身盯着一个年轻人的尸体，后来一一地看过了他们，抚摸着他们，呆视着他们已经松弛下来的四肢，他的神情变得狂乱，待站起身来时，他似乎忘掉了一切，冲着父亲哭喊："是你杀了他们，他们都死了！这一个我认识——他是我的朋友！"

他用充满绝望的眼睛直视着父亲，儿子的眼神让王虎不知怎的突然生出一丝惧意。王虎低下眼睛，为自己辩解道："我这也是迫不得已，不然的话，他们会煽动其他人一起反对我，最终把我们都杀了。"

孩子抽噎着说："他只是想多要个馒头吃——"说着他哭着跑出了房间。他父亲惊呆了，愣愣地看着儿子离去的背影。

之后，卫兵也去忙他们的了，屋子里再次留下了王虎一个人。因为他将两个白天黑夜总跟在他身边的侍卫也打发了出去。他双手抱头，独自坐了一两个小时，痛苦地呻吟着，他真希望要是没有出现这种他非得杀人的情况就好了。他再也不想独自忍受这种痛苦的滋味了，他喊卫兵叫儿子到他这儿来。不一会儿，孩子慢慢地走了进来，低着头，眼睛躲着父亲的目光。王虎叫他靠近些，孩子过来后，他拿起孩子有力的小手抚弄了一会儿，这是他以前从没有过的，他低声说："我这么做都是为了你。"

孩子一个字也没有回答。在这件事上他还无法原谅自己的父亲，他有些不自然地默默地承受着父亲的爱。王虎叹了口气，让孩子离开了，因为他实在不知道该跟他的儿子说些什么，也不知道如何才能让儿子理解他的一片苦心。王虎的心里非常难过，在他看来，他似乎是这个世界上最孤独的男人，他这样难过了一两天才缓过劲儿来。之后，他让自己再次振作起来，既然不知道该怎么做，他索性放下了这件事，想着以后弥补些什么，好让儿子把它淡忘了。是的，他会给儿子买一块外国手表，或是一把新枪，或是别的什么，来赢回孩子的心。这样，王虎的心情变得平静下来。

然而，这六个士兵代表的到来，也的确说明了形势的严峻和王虎处境的艰难，他清楚要想保住他的军队，他必须找到粮食。他之前谎称他已在国外为他们订购了粮食，现在，他意识到他必须出去到什么地方找粮食了。于是，他又想到了他二哥王掌柜，他跟自己说，在这种时候，兄弟们一定要齐心协力。他要回老家一趟，看看那边的形势如何，看看他能得到怎样的帮助。

王虎告诉他的士兵，他将去为他们找钱找粮食，他们以后的待遇会更好，士兵们又都高兴了起来，觉得有了希望，重表对他的效忠。他挑选了一队卫兵来保护他的家院，然后命令他的卫队准备跟着他出发。择日，他调来了船，他的儿子、士兵还有马匹都上了船，渡过水面去往没有被水冲垮的堤坝路上，在那里他们将骑马前往王虎哥哥们所在的那个镇子。

他们的马匹缓慢地行进在狭窄的堤堰上，因为他们的两边都是宽阔的水面，堤坝上又挤满了一堆一堆的人。不光有人，还有老鼠，蛇和其他各种野生动物，它们在与人们争抢着这点儿空间，这些野兽忘记了害怕，拼命用它们的那点儿力量跟人竞争。当蛇和野兽越来越多时，人们嫌恶地驱打它们，而这也只是他们一时生气下的无奈之举。在多数时候，人们甚至放弃了跟野兽去争抢地盘，蛇自由地到处乱窜，人们只是无力地呆呆地坐着。

王虎行进在这些百姓和野兽中间，全靠他的卫兵们和他的枪保护着，因为不然的话这些人就会扑上前来。常常是走着走着，一个男人或是一个女人，便会悄然不顾一切地，不过，尚抱着最后一丝的希望，上来抱住他的马腿。王虎从心里同情他们，他勒住缰绳，不让马儿踩着他们。他绝不会让马踩到他们，他会等，直到他的一个卫兵上来，把这个可怜的人拖回他原来待的地方。有的时候，那个被拖的人会就势躺在了那儿，可有的时候他会发出一声号叫，一头栽入水中，就这样结束了他的生命和痛苦。

一路上，孩子一声不吭地骑行在父亲身边，王虎也没有跟他说话，因为那六个死去士兵的阴影还笼罩在他们中间，王虎害怕问儿子任何事情。孩子的头一直低着，除了有时会偷偷地瞟上一眼那些饥饿的人，在这之后，一种极端恐惧的神情便会出现在孩子的脸上。王虎忍受不了儿子脸上的这副表情，于是他开口道："这都是些很普通的百姓，灾荒每隔几年就会有一次，他们对此都已经习惯了，这样的人有成千上万，过不了几年，这些死去的人便不会再有人记得了。他们又会像新稻一样再度繁衍成长起来。"

孩子突然开口了，由于内心充塞着的情感，又由于担心在他父亲面前哭出声来，他此时的声音变得像是幼鸟的尖声鸣叫："我觉得，如若他们是政府官员，或者是像我们这样的人，他们就不会这么轻易地死去了。"他说话时极力控制着自己，可不管他怎么做，这些悲惨的景象还是使他的嘴唇发颤了。

王虎本想说些安慰的话，可没料到儿子竟然有这种看法，他自己从未这么想过他也可能会像那些百姓一样受苦，因为人生下来就不一样，谁也代替不了谁，也就是说人各有命。他不喜欢儿子的这种说法，因为对军阀来说，他们是不能对人的苦难轻易发慈悲心的，那样会显得他们心肠太软。王虎想不出任何劝慰的话，因为在没东西可食的这些日子里，唯有缓缓盘旋在水面上方的食人肉的乌鸦，才有吃不完的食物。于是，王虎只说了一句："我们大家都一样遭受着老天爷残酷狠心的对待。"

之后，王虎没有再吭声，既然已经知道了孩子的想法，王虎便没有再问他什么了。

第二十七章

　　一路上王虎多次在想，他要是把他的儿子留在家里就好了。可实际上他又不敢这么做，万一士兵中有因六个死去的人而怀恨在心的呢。在为儿子生死担心的同时，他也对把儿子带到他哥哥们家中这件事有所顾虑。他担心哥哥们家的年轻人的娇嫩以及商人的铜臭味，会影响他的儿子。他一再叮嘱儿子的老师和他的亲信豁嘴，他把这两人都带上了，让他们一刻也不能离开小主人的左右。另外，他还告诫十个有经验的老兵，要他们日夜守护在他儿子的身边，他告诫儿子要像在家里一样勤奋地钻研书本。不过，他没有敢贸然跟儿子说："儿子，你可不能往女人们待的地方跑啊。"因为他尚不清楚在这孩子的脑子里动过这种男女之事的念头没有。在王虎把儿子带在身边一起住的这些年里，他们爷俩的院子里从来没有住过女人，没有女仆，没有丫鬟，也没有高级妓女，除了他的母亲和他的姐妹们，这孩子再不认识别的女人。近几年，王虎甚至不让儿子单独见他母亲，去时总叫个卫兵跟着，尽管母子一年也见不上几次。王虎就是这样管束着儿子，他对儿子的嫉妒心理远胜于男人对他们所爱女子的嫉妒。

　　尽管他私下有这么多担心，可当王虎和他的儿子并肩骑行到他哥哥家门口时，在那一瞬间他心头还是涌起一种甜蜜的感觉。此时的王虎很是得意，他的儿子简直就是他的翻版，他叫裁缝给儿子做的服装完全跟自己的一模一样，孩子身着国外样式的外套，金色的纽扣和金色的肩饰，帽子也和王虎的一样，上面缀有标志。孩子过十四岁生日时，王虎派人买回来两匹外形几乎完全一样的马，只是一匹比另一匹体型稍小些，两匹马都十分强健，呈黑红色，眼神灵动，黑白分明。街上的人们看到了，停下来看着他们说："看这一个老帅，一个少帅，相似得就像是两颗门牙！"这话在王虎听来，如同最美的乐音。

他们来到王地主家的院子门口，孩子像父亲那样跃下马鞍，像父亲一样用手拍着腰间的剑柄，表情庄重地走在父亲身边，完全没有意识到他的举止和父亲如此相似。当被迎进他哥哥们的家中，当他的两个哥哥和他们的儿子们听说他们回来了，纷纷前来问候时，王虎环视着所有在场的亲人，从他们的眼神里看出他们对他儿子的钦羡之情，这令王虎像一个饥渴的人饮了香醇的酒一般陶醉。于是接下来待在哥哥们家的日子里，他总是留意着哥哥的儿子们，他几乎没有意识到他在这么做，非常急切地想要证实他自己的儿子是最棒的，他为自己有这样的一个儿子感到欣慰。

令王虎欣慰的地方还有很多。王地主的大儿子现已与那位女子如期结婚，但还没有生子，他和妻子现跟他的父母住在一起。这个大儿子有些地方已经开始像他的父亲了，小肚子已微微有些鼓出，他修长的身形已经长了一层厚厚的、软软的脂肪。脸上有了慵倦的神情，他也的确有些令他劳心的事情，因为他的妻子与他母亲之间的关系有些紧张。他的妻子是新女性，不愿遵守传统的道德礼仪。他俩单独在一起时，他曾试图劝诫她，可她一副完全不服气的样子说："什么？难道我是那个傲慢的老女人的奴仆吗？难道她不知道现在的年轻女性是完全自由平等的，我们不再有伺候公婆的义务吗？"

这个年轻女人一点儿也不怕她的婆婆，当婆婆摆出她长者的架势说："我年轻的时候，服侍婆婆是我做媳妇的职责，每天早晨给婆婆端茶，在她面前总是恭恭敬敬的，我从小我的父母就是这么教育我的。"这位大儿媳妇把她的短发往后一甩，用她那双漂亮的大脚跺着地板，很是任性地说："但是，我们今天的女性不会在任何人面前低头弯腰了！"

婆媳之间的争吵常常弄得这位年轻的丈夫身心疲惫。而且，他又不能像从前那样出去消遣，因为他年轻的妻子时刻盯着他，知道他每一个作乐的场所。她的胆子很大，她并不怕追他追到街上，大声嚷着她也要去，嚷着现在的女性不能被关在家里，男人和女人都是平等的，她的一些言论引来了路人的围观，为了不丢人现眼，年轻的丈夫不得不放弃他以前的那些娱乐活动，因为他相信她敢跟他到他要去的任何地方。这个年轻妻子的嫉妒心极强，她要戒掉她丈夫以前的那些嗜好和本能的欲望，他不能对一个漂亮的丫鬟瞟上一眼，她不允许他和他的朋友们去妓院，他要是去了，回来后家中一定会掀起一场风暴，一场她哭闹的大戏在等着他。有一次他跟一个朋友发牢骚，说起这件事，他的朋友建议他说："你可以威吓她，再闹腾就娶个小老婆回来。这对任何女人来说都是件非常羞辱的事！"

可当年轻人试着这么说时，他妻子丝毫没有屈从的意思，她用大眼珠子狠狠地瞪着他，嚷道："在现在这样的时代，我们女人绝不容忍这些旧习！"

他还没有弄清楚是怎么回事，她已经向他扑了过来。她的一双小手像猫爪子一样抓起他的脸，他两边的脸颊分别出现了四道鲜红的深痕，明眼人都明白他这是怎么弄的，但他怕丢人，五六天没有出门。他也不敢公开跟她叫板，因为她的哥哥是他的朋友，她的父亲是警察局长，一个在城中掌有实权的人。

可到了夜晚时他仍然爱她，她蜷曲着身体温柔地依偎着他，哄他高兴，好像她真的充满了懊悔。那个时候他又全身心地爱她了，他不再绷着脸，而是认真地听她说话。

在那些恩恩爱爱的时光里，她谈得最多的是，他必须跟他父亲要一笔钱，他们俩将离开这个家，去到某个沿海的城市，生活在跟他们一样的人们中间，在那里过一种新式的生活。她会用她秀美的手臂搂着他，亲他哄他，要不就是使性子，哭闹，或躺在床上不起来，不吃不喝，逼他答应，她这样不断地变着法子跟丈夫软磨硬泡，直到他终于答应了。他去找父亲要钱，王地主听了，抬起他滞重的眼皮说："我到哪里去给你找这么一大笔钱呢？我办不到。"说完，已经年迈的他又陷入平日里打瞌睡的状态，过了一会后，他才又说，"作为男人必须得让着一点儿女人，因为就连最好的女人也是爱争，爱闹腾的。不管是有文化还是没文化的，都是如此，可以说，有文化的更糟，因为没有什么是她们怕的。我总是说，让女人管家，我好到别处去找我的清闲。你也得这么做，儿子。"

可这位年轻的妻子岂肯善罢甘休，她逼迫丈夫一次又一次地去找他的父亲，被弄得不得安生的王地主最后只好同意他想法子凑钱，尽管他心里清楚办法只有一个，那就是把他还剩的地卖掉一多半。至于这个年轻的妻子，虽说事情才有一半的眉目，她已在整日念叨着要走的事了，做着种种的安排，喋喋不休地谈论着海滨城市里的各种娱乐休闲方式，那里女人的穿着有多华美，她必须买件新旗袍和皮外套，又说她现在的衣服有多破旧，只配在这样的乡下穿。她这样无休止地说着说着，终于煽动起丈夫的热情，他也渴望着离开，渴望着看看她所说的那种种的美好了。

王地主的二儿子现在也已长成了大小伙儿，他紧随哥哥的脚步，日常只惦记着一件事，那就是在任何东西上，他都不能比哥哥少一分一毫。他暗中对漂亮的嫂子充满爱慕之情，他早已下定决心，等他哥哥一离开，他也旋即前往那座海滨城市，那里的许多女性都像他嫂子一样既漂亮又新潮。他很聪明，在哥哥走之前他只字不提他的计划，只是在家里和城中闲荡，等着那一天的到来，因为他现在已经知道那座海滨城市有多美，知道那里到处都是新事物以及熟悉外国一切的新派的人们，他便开始嫌弃他现在所拥有的和所见到的一切。在看到王虎的儿子时，他几乎摆着一副鄙夷的神情，王虎注意到了他的这种目光，也因此恨这个年轻人了。

王掌柜家中的后辈们倒是显得更谦和些，他们晚上从店铺回到家中，规规矩矩地坐在凳子边上，眼睛注视着他们的三叔和他们的小堂弟。从这些年轻生意人羡慕的眼神里，王虎感到了一丝得意，他留意到他们在看他儿子时专注的神情，留意到他们是如何盯着他儿子所佩带的那把宝剑的。有的时候他儿子把剑从腰间解下来放在膝上，让他们用手去抚摸。

每当这种时候，王虎便会因儿子感到自豪，他会忘记了儿子对他的冷淡。见儿子站起的动作敏捷利落，恰如老师教他的那样，每次进来时都会给父亲或伯父行礼，长辈们落座后才自行坐下，这一切都令王虎的心中分外欣喜，越发喜爱他的这个儿子。比起他二哥那些当伙计的儿子来，他的儿子在其同龄人里长得更高挑、结实和挺拔，不像他的那些堂兄弟总是佝偻的身躯，苍白的面容和懒洋洋的样子，这些都令王虎比以往任何时候都感到高兴。

在他待在哥哥们家的这段日子里，他小心地看护着自己的儿子。吃饭时王虎总让儿子坐在他旁边，管着儿子不让多喝，在仆人斟过了三次酒以后，他就不让再给他儿子倒酒了。当堂兄弟们喊他出去一块儿玩时，王虎让儿子的老师和亲信豁嘴还有十个老兵跟着。每天晚上王虎总会找些借口先去儿子的房间，看他独自在床上睡了，才会放心。

他的两个哥哥现在依然舒适地住在父亲的宅院里，从这里似乎根本感受不到周围在闹饥荒，感受不到收获季节的田野被大水淹没，好像无论何地人人都丰衣足食似的。然而，王地主清楚地知道，王掌柜也清楚地知道，在他们一派祥和的家乡之外发生着什么。因此，当王虎向他们讲述了他的窘境，他为什么而来，并以这样一句"帮我摆脱危境符合你们的利益，因为我的权力也在保你们安全"结束了他的讲话时，哥哥们的心里非常清楚，王虎说的是事实。

因为在这座城的外面也已出现饥民，他们中的许多人对王家兄弟俩恨之入骨。他们恨王地主是因为他霸占着土地，那些在这些土地上干活的农民不得不把他们辛辛苦苦从地里打下的粮食，交给这个不劳而获的王地主，在他们看来，他们在刮风下雨，寒冬酷暑下耕种收获的庄稼，理应属于他们自己。令他们感到心寒的是，他们必须将劳动成果中的一大半交给一个在城里坐享其成的人，即便是灾年也不例外。

这些年来，王老大确实一直做着地主，而他也在断断续续地卖着他的土地，他这个地主其实当得并不容易。是的，不容易，对一个像他这样性格软弱的人来说，他有时也不得不骂人，跟佃户们争吵，于是他将他对土地的仇恨发泄到了为他种田的人们身上。他恨他们不仅是由于土地的缘故，而且是因为他从土地上得来的钱常常不够满足家人和他的需求，更令他感到可恨的是，他觉得他的佃户们在有意地克扣下他父亲给予他的和他应得的地租。后来双方的关系竟然发展到当佃户看到他来了时，便会望着天空念叨："天要下雨了，因为有鬼出来了！"

他们常常骂他："你不是你爹的好儿子，你爹就是在老了富了时，仍然是个慈悲心肠的人，他没有忘记他跟我们一样劳作过，他从来没有逼我们交过租，遇到灾年也没有逼我们交过粮。而你从没有吃过苦，不会有好心肠！"

这种仇恨在灾年的夜晚表现得更为明显，在高宅大院紧闭的大门前常有人前来敲院门，他们躺在门外的石阶上呻吟着："我们在挨饿，而你们仍然有大米吃，有大米酿酒喝！"也有路人经过门前时在街上大声地喊："噢，让我们杀了这些富人，把他们从我们这里抢走的，重新夺回来！"

起初，王家兄弟俩对此并没有理会，可后来他们雇了城里的几个士兵守在门前，驱散那些惹是生非的人。的确，随着灾情的蔓延，无论是城里还是乡下，许多富人都遭到了洗劫，世事艰难，盗贼四起，贼人变得越发张狂。不过，王龙的两个儿子还是安全的，因为有警察局长的女儿嫁到了王地主家，还有军阀王虎就驻扎在不远的地区。因此，在王家的大门前，人们尚且不敢造次，只是发发牢骚，骂上几句而已。

人们也没有去抢劫属于王家的那座土屋。它坐落在小山丘上，随着水位的下降，土丘渐渐地显露出来。梨花和她的两个伴儿都安然度过了这个萧瑟的冬季。如今大家都知道梨花善良，富有同情心，知道她跟王家要了粮食，许多人划着小船或木盆到她那儿，她便给他们东西吃。有一次王掌柜特意来她这儿劝她说："时局这么动乱，这么危险，你还是搬到城里的大院里住吧。"

可梨花用她惯常的平静语调回答说："不，不用，我不怕，我还有这两个人要照顾呢。"

进入隆冬季节，天气变得越发寒冷，这时梨花渐渐地也有些担心起来，因为饥饿和冰面上吹刮的凛冽的风使人们变得不顾一切，他们开始生梨花的气，因为她还养着傻女和罗锅儿。他们手里一边拿着她刚给的吃的，一边在她面前抱怨说："为什么要给这两个人东西吃，而让壮汉和他们还活着的健全的孩子饿肚子?"

　　这类不满的话越来越多,梨花开始想是不是应该把这两个人送进城里,免得因为他俩有东西吃而被人杀了,她一个弱女子根本保护不了他们。就在这时,可怜的傻女突然死了,她已经五十二岁了,可智商仍然停留在孩子阶段。一天,她像往常一样吃了饭后拿着一块布玩,她溜达出院门,落入外面的水中,她根本没有意识到她平时坐着的那个地方现在是水,而不是块干地了,梨花追出去时她已掉入水里,拽上来时已被冰水冻得浑身发抖。她因此着了凉,尽管梨花精心照顾着她,可几个小时后她还是死了,她的死就像她活着时一样一无所求,没有让任何人跟着她受累。

　　梨花给城里捎去信,要王地主定制一口棺材。因为王虎恰好也在,于是兄弟三人一起来了乡下,王虎把他的儿子也带上了。他们看着可怜的傻女装殓入棺,她躺在里面,平生第一次显出唯有死才能带给她的庄严、理智和尊严。格外伤心的梨花瞧见傻女的那副庄严神情,得到了些许安慰,她以她那平静轻柔的语调说:"死亡治愈了她的病,使她最终变得跟我们一样,像是恢复了理智。"

　　鉴于她的情况,兄弟们没有为她举行葬礼。王虎让儿子留在土屋,他与他的两个哥哥和梨花还有佃农的老婆、一个工人乘小船,去往他家位于高地上的祖坟。在那里,他们于祖坟边儿上找了块较低的地,埋葬了傻女。

　　事后,大家返回土屋,在他们就要动身回城里时,王虎看着梨花,第一次跟梨花开口说话,他用他冷静淡漠的口气说:"你往后可怎么活呢?"

　　梨花抬起头看着他,她平生第一次变得有了勇气,因为她知道她的头发在变白,她的面容也不再年轻光洁,她说:"我早就说过,当我照顾的这个人走了后，我会到离这儿不远的那座尼姑庵去，那里的尼姑们已经为我做好了准备。这些年来，我跟她们处得很近，我已经多次许过愿，要入尼姑庵。尼姑们都认识我，我在那儿不会不快乐的。"随后，她转身对王地主说，"你和你太太为你们的这个儿子已做了安排，他要进的那座庙离我的尼姑庵很近。我现在已经老了，老得足够做他的母亲了，我会继续照顾他的，要是他病了，发烧了，我会过去照料他。和尚和尼姑，早晚都是在一块儿念经的，我一天能有两次见到他，即便我们没有机会说话。"

三兄弟的目光现在都落到了依偎在梨花身旁的罗锅儿身上，傻女死了后他也感到很失落，因为他常常和梨花一块儿照顾她。罗锅儿现在已是成年人了，在大家的注视下，他勉强地笑了笑。看到自己的儿子长得那么健壮高大，而他因不了解老家的情况感到惊讶时，王虎心中不免顿生感触。在留意到罗锅儿的脸上有着和他儿子一样的笑容时，王虎非常和蔼地说："我愿你一切如意，可怜的孩子，如若你身体健全，我会很高兴收下你的，就像收下你的堂哥一样，我怎么对待你堂哥，就会怎么对待你。不过，既然天不遂人愿，我会给你所在的那座寺庙捐点钱，也会给尼姑庵捐点钱，太太，因为有钱总好办事一些，我敢说，这在寺庙里还是寺庙外都是一样的。"

但是梨花低声却很坚决地说："我什么也不要，我不需要任何东西，尼姑们认识我，我也认识她们，等我去了那里，把我的命运跟她们的联系在一起时，我所拥有的一切也是她们的。可我将为这个孩子要上点儿钱，因为这会帮助到他。"

梨花说这话含有对王地主的责备，因为在他和他老婆决定把他们的儿子送去当和尚时，他们给这个儿子的安置费少得可怜，不过，即便听出梨花的话中有责怪之意，王地主也不会表现出来。他只是坐在那里等着他的兄弟们，自己肥胖的身体让他觉得怪累赘的，即便现在让他起来站一站他都不愿意。王虎的眼睛此时还盯在罗锅小伙儿身上，他再一次问小伙儿："你现在还是宁愿到寺庙，而不愿意去任何别的地方吗？"

小伙儿贪婪的目光这时从他高大的堂弟身上移开，他耷拉下脑袋看着自己扭曲低矮的身体，慢慢地说："是的，看我这个样子，还能做什么呢？"他停了一会儿后，又沉重地说，"一件和尚的长袍或许能遮住我的背。"

他的眼睛再次看向他的堂弟。随后，不知怎的，他似乎突然忍受不了对堂弟的瞩望，甚至连他腰间镀金的剑也不忍再看，他低下眼睛，转过身，一瘸一拐地匆匆离开了房间。

那天晚上，王虎他们便返回了他哥哥城中的宅院。他进到屋里时，看见儿子已躺在床上，还没有睡着，眼中露出急切的眼神，问父亲："父亲，那座土屋也是爷爷的房子吗？"

王虎不知儿子怎么会突然问这个问题，他回答说："是的，我小时候就住在那里。直到你爷爷建了这座宅院，我们才都搬到这儿来。"

孩子的后脑勺正枕在其交叠的两只手上，这时他抬起眼睛，急切地望着父亲，热情地说："我喜欢那座房子，我愿意生活在乡下，生活在一个像那座土屋一样的房子里。田野中有牛，有树，多么安静！"

王虎下面的回答显示出他有点儿不耐烦了，他也不明白他为什么会这样，毕竟他的儿子并没有说什么太出格的话："你都不知道你在说什么，儿子！可我知道，因为我从小就在那里，那是一种非常令人厌恶的愚昧的生活，我每时每刻都盼望着离开那儿！"

可这孩子有着一种奇怪的执拗，他说："我喜欢它，我知道我喜欢它！"

儿子说这句话时，流露出那么热烈的情感，以至让他心中升起一股莫名的怨气，他起身离开了屋子。而他的儿子那天晚上却梦见那座土屋成了他的家，他生活在了田野中间。

不久，梨花去了尼姑庵，王地主的儿子进了寺庙，三个曾经在那里生活了多年的人都离开了那座老土屋。王龙的家人再没有一个留在他置下的那片土地上，只有一个老佃户和他的妻子依然生活在那里。有时候这位老妇人会拿着她藏在土里的干白菜和她省下的一点儿食物，用块手巾包起来送去尼姑庵给梨花吃，因为在对主家多年的服侍中，她早已习惯了去照顾和体贴这位温柔恬静的女人。是的，甚至就在这样艰难的日子里，这位老媪还是拿出她仅有的一点儿东西，等在尼姑庵门口，见梨花出来了，就小声地跟她说："我还养着的那只母鸡新下了蛋，我留给你吃！"

说着老媪把手伸进她衣服的前襟里，掏出一颗不大的鸡蛋，用手捂着，悄悄地递到梨花的手中，哄劝着她说："吃了它吧，太太！我敢说，尽管她们发了誓，许多尼姑还是会这么做的，我见过许多吃肉喝酒的和尚。站到这边来，别人不会看到你的，趁新鲜吃了它，你的脸上一点儿血色都没有！"

可梨花不愿意吃，她已经发过誓了，她摇着已剃度了、戴着一顶灰帽子的脑袋，轻轻地推开了老妇人的手说："不，你吃了它，你比我更需要它，因为我在这儿吃得够好了。即便我在这儿吃得不好，我也不能吃，因为我已经立下誓言了！"

可老媪怎么也不答应，她硬是将鸡蛋从梨花尼姑袍前面的领口那里塞了进去，之后急忙进到木盆，划离了门前，让梨花无法再追上她，老媪满意地笑着离开了。不过，没过一会儿，梨花便把鸡蛋给了一个饿成皮包骨的可怜人。她刚从寺庙门前的水中上来，是一位母亲，她怀中抱着的饿婴紧紧地贴着她干瘪的乳头，她指着自己曾经丰满的乳房，求梨花给她点儿吃的。梨花听到她微弱的呼喊，她说："看看我的奶头吧！它们曾经又圆又丰满，孩子也胖得像个小神仙！"说着她的眼睛看向她怀中快要死去的孩子，他的嘴此时还紧紧咬着那挤干了的奶头。梨花从怀中取出鸡蛋，把它给了那个女人，为自己有这样好的东西给人而感到欣喜。

从那以后，梨花便过着这样一种平静遁世的生活，王虎再也没有见过她。

王掌柜其实完全有能力帮助王虎度过这一年的灾荒，因为他储有大量的粮食，在他看来，饥荒给别人带来贫困，给像他这样的人们带来的却是更多的财富。当他看清当前的局势后，他便开始大量地储备粮食，尽管他也不时地以高价卖给一些富人粮食，即便抬高了价格，富人们也能买得起，可他也同时在从其他地区购进大米和面粉，他甚至派出人员到邻近的国家去购置粮食，他的仓库里堆满了粮食。

他现在拥有的银子比以往任何时候都多，当他的粮食运出去，到了富人家或是粮市时，银子也就哗哗地向他流了回来。这一年，王掌柜的银子在快速地增加，他不得不开动自己的脑筋想一想，他该如何处置这些银子，如何保证它们的安全。作为商人，他不想再要土地，可是人们在向他借钱时除了拿淹在水下的土地做抵押，再没有什么别的东西可抵押了。因此，他只能冒险，将贷款利率提得很高，他把注押在了来年的收成上，这样一来，等水退去，来年播种后，整个地区产下的粮食似乎都会收进王掌柜的粮仓里。谁也不知道现在的他有多富有，因为他仍不让他的儿子们乱花钱。他在每个儿子面前都装成一副穷酸样，让他们到商铺和粮食市场上去当学徒，做店员，所以他的儿子们没有一个不盼着他们的老爹早点死去的——除了去了王虎部队上的麻脸老大，那样他们便可以不再去商铺和粮市，而可以去享乐，穿绫罗绸缎了，而这些都是王掌柜不允许他们做的。

不光是他的儿子们痛恨他对他们的这种奴役，还有乡下的一些农民也是如此，这其中便有那个长龅牙的人，在王龙死的时候他买了王龙的不少地。现在他的地大部分被淹在水里了。他陷入困境在挨饿，如果不跟王掌柜借钱，眼看着他的孩子们也要挨饿了，他等着水慢慢地退去，在等待的期间，他带着一家老小去了南方的某座城市，他宁愿背井离乡，也不愿意让王掌柜掌控他的土地。

在王掌柜看来，他自己无疑是正确的，因为他总对自己也对前来和他借钱的人们说，人不可能指望在灾年用平时的贷款利率或是平时的价格，买到粮食或是贷出款来的。要是那样的话，对于一个商人来说，他要挣得的利润又在哪里呢？

不过，王掌柜毕竟是个聪明人，他知道人们在灾年是不讲公道的，知道很多人都对他恨之入骨，知道就凭王虎是个军阀这一事实，便对他有用。因此，他在积极筹划，答应借给王虎大批量的粮食，并以不太高的利息贷给他一大笔钱，贷款利率不超过百分之二十。一天，兄弟三人在茶馆里签借据时，坐在一旁的王地主叹着气说："三弟，我真希望我也像咱们做生意的老二那么富有，可事实是我在变得越来越穷。我不像他有那么好的生意做，我只有一点儿放贷出去的钱和一些咱们父亲留下的土地。我们兄弟中有个富商，是件好事！"

听到这话，王掌柜不禁有些不自在地笑了笑。因为他的谈吐根本谈不上优雅，又不擅长委婉客套之辞，所以他只是很直白地说："如果说我有点钱，那也是因为我辛苦工作，让我的儿子们一直在店里干活，不给他们穿好衣服。而我呢，也只有一个女人。"

王地主有些忍受不了这样太直白的表述，尽管他的脾气在后来的这些年里已经磨掉了不少，因为他知道二弟的话里有责怪他的意思，怪他为了顺从两个儿子的意愿卖了很多地，以便让他们到海滨城市安家，他坐在那里又生了一会儿闷气，然后，他站了起来大声说："哦，不管怎么说，我觉得做父亲的总得养活自己的儿子吧，我心疼自己的儿子，不愿意让他们把大好青春时光都消磨在商铺里的柜台前。如果我看重咱们父亲的孙子，我会让他们挨饿吗？我觉得，养活他们是我的责任，不过，或许我不该把他们当公子哥儿供着！"王地主有点儿说不下去了，这些年他的咳嗽病变得严重了，此时他又咳得上气不接下气，带动着他的身子也在来回地摇晃。咳得说不出话来，他只能气鼓鼓地坐着，眼睛深陷在肥胖的脸颊里，他粗胖的脖子也慢慢憋得通红。王掌柜枯瘦的脸颊上浮现出一丝得意的笑，因为他发觉哥哥已经听出了他话里的责备之意，再无须多言。

王掌柜要将借款借粮之事写成字据，签字画押，对此王虎嚷道："什么？难道我们不是兄弟吗？"

王掌柜带有歉意地说："这样做只是因为我最近的记性越来越差了！"

他把毛笔给王虎递了过去，后者不得不接过来签上了他的名字。接着，王掌柜依然是笑着说："你的章带着的吧？"

于是，王虎不得不从他的腰带中取出石刻图章，盖在了那张借据上，这之后，王掌柜才拿过借据，将它折叠起来小心地放进他腰间的口袋里。看着王掌柜的这副德行，尽管王虎已经得到了他想要的，还是气从中来，暗暗发誓一定要再扩大他的地盘，心想：要是这些年他有些建树，也就不至于得再次依靠他的这位二哥了。

不过，王虎的人毕竟是得救了，他叫儿子准备行装，告诉卫兵们集合好准备回家。现在已是春季，田野里的水很快退尽了，人们都盼望着把新的种子播撒进泥土里，他们忘记了冬天和所有死去的人，又再次满怀希望，准备迎接即将到来的春天。

王虎也期盼着有个新的开始，他跟哥哥们告别，两位哥哥为他饯行，之后，王虎去了王家的祠堂，在祖先的牌位前焚香祭祀。他点燃香烛时，儿子站在他身旁，在香烟缭绕上升之际，王虎向他的父亲和先辈们深深地鞠了一躬，他叫儿子也这么做。看着儿子挺拔矫健的身姿弯腰鞠躬时，王虎觉得他心中涌起一股甜甜的强烈的自豪感，他仿佛觉得已逝的祖先此刻都聚集在了这里，望着他们王家这样一个优秀的、年轻的后继者。他觉得他已经完成了他在这家族中的使命。

在祭祀结束，香也在香炉中燃成了灰烬时，王虎跃上了他的枣红马，儿子也跃上了自己的马。他们与卫队一起，沿着干了的道路，朝家的方向走去。

第二十八章

转眼到了王虎的儿子满十五岁的春天，一日，王虎正独自在院子里散步，他给儿子雇的那个老师来和他说："将军，我已经把我个人能教给小将军的东西都教给他了。他需要到一所军事学校继续深造，在那里他可以和他的同志们一起训练行军打仗的技能。"

尽管他知道这一天总要到来，可他还是觉得这一天来得太快了，仿佛这十多年就是弹指一挥间的事。他派人去叫儿子来他在的院子里，他突然感觉自己老了，有了疲惫感，他在刺柏树下的一张石凳上坐下来等儿子。他看着儿子穿过庭院间的门，迈着稳健的、稍显缓慢的步子走过来时，倏然觉得儿子长大了。小伙儿的个子几乎长得和成年人一样高，脸上显出线条分明的轮廓，嘴唇抿着。可以说，这是张男子汉的而不是孩子的面庞了。在王虎这样望着自己唯一的儿子时，他不禁记起当时他是多么迫不及待地想让儿子长大成人，那时觉得儿子的婴儿期长得没有尽头。现在，儿子却好像从婴儿期一下子长成了一个男子汉。想到这里，王虎叹了口气，默默地跟自己说："真希望这学校不在南方，真希望儿子不必到小个子南方人中间去！"他大声问站在一旁，捋着上唇几根短胡子的儿子的老师，"你觉得，他一定得去南方的学校吗？"

老师肯定地点了点头，王虎不无痛苦地盯着儿子，半响，他问小伙儿："你自己呢，儿子，你希望去吗？"

王虎鲜少有问儿子喜好的时候，因为他觉得他太了解他的儿子需要什么了，可这一次他却破例问了，如果儿子拒绝去，他便能以此为借口把儿子留在身边。孩子刚才一直看着长在刺柏树下的一簇百合，这时他很快地抬起头来说："如果能上另一种学校，我是很想去的。"

这个回答丝毫没有令王虎觉得满意，他蹙起眉头，揪着胡子，气呼呼地说："除了军校，你还能上什么学校呢？对于将来要做军事首领的你来说，书本上的那些东西对你有什么用？"

孩子怯生生地小声答道："我听说，现在有学校教授如何耕种等与土地有关的知识。"

王虎从没听说过有这样的学校，这么愚蠢的回答令他一下子火冒三丈。他突然吼道："即便真有这样的学校，那也是蠢话！呃，在当今这时代，难道每个农民都得学习如何耕地，如何播种，如何收割？我清楚地记得我父亲常常说，一个人根本没有必要专门学种地，因为他只要看一下他的邻居怎么做就行了！"他接着厉声说道，"可这跟你和我又有什么关系呢？我们是军人，你要上就上军事学校，要不什么学校也别上，就待在这里等着接替我的位置。"

他的儿子叹了口气，只要王虎一发火，他的儿子就会变乖一点儿，只见小伙儿平静且极有耐心地回答："那我愿意去上军校。"

孩子表现出的耐心使王虎感到不满，他看着儿子，用手捋着他的胡子，希望儿子把自己心里的话都说出来，可他也知道一旦听了儿子的想法，他便会生气。于是，他只能喊道："你准备一下，明天就走！"

孩子像平时所教给他的那样敬了个军礼，再没说什么，转身走了。

可到了晚上，当王虎独自待在他的房间里，不由得想到儿子将离开他时，还是感到一阵担心，担心儿子在那些狡黠和诡计多端的南蛮子中间会遇到什么危险。他叫卫兵把他最信赖的人——豁嘴找来。豁嘴来了后，王虎转过身望着他那张忠诚而又丑陋的脸，用像是恳求而不是主人对部下的语气说："我的儿子，我唯一的儿子，明天要去南方的军校了，尽管有他的老师跟着，可谁知道一个在国外待了这么多年的老师心里想的是什么呢？他的眼睛藏在他的眼镜后面，他的嘴唇隐在他的胡子里。当想到要把儿子完全托付给这样的一个人时，我心里就越发没底了。现在，我要你跟我的儿子去，因为我了解你，可以说，在这个世界上我最了解的人就是你了，你从我穷困、单枪匹马的时候就跟着我，一直到我变得强大富足，始终不离不弃，忠心可见。我的儿子是我最珍贵的宝贝，你得替我照看他。"

此时，出乎意料的是，王虎的话音刚落，豁嘴就用坚决的、带着忠诚的语气说："司令，在这件事情上，恕我难以从命，我要留在你身边。如果小将军一定要去的话，我愿意挑选五十名有经验的士兵，嘱咐他们对小将军的职责，而我将留在你这里。你不知道你多么需要一个忠诚的人留在你身边，因为在咱们这样一支庞大的军队里，总是存在着不满和骚动，不是这个士兵愤怒了，就是那个士兵说想要个更好的司令来领导他们。而且，现在到处有传闻说，南方那边正在酝酿一场完全不同以往的战争。"

对此，王虎固执地回答："你把自己看得太重要了，我不是还有屠夫吗？"

豁嘴脸上开始出现不屑的神情，他的脸因焦急而可怕地抽搐着，他说："就那个——那个笨蛋！是的，他能夹住飞着的苍蝇，如果我告诉他打谁，他能用他粗大的拳头给予对方致命一击，可如果你不告诉他往哪边看，凭他的智力他什么都发现不了！"

王虎看怎么也劝服不了豁嘴，于是，改成了命令他，并且破例宽恕了他之前不服从自己意愿的行为。可直到最后，豁嘴还是没有妥协，他一遍遍地说："好吧，我可以自刎，我的剑和我的头都在这儿了。"

最终还是王虎让了步，豁嘴一看头儿同意他留下了，马上变得高兴起来，尽管刚才他还垮着一张脸，说着死呀什么的。他当晚便跑到军营挑选了五十个人，把他们从睡梦中喊醒。当这些人懵懵懂懂地站在院子里，于料峭的春寒中打着哈欠，发着抖时，他大声地斥责着他们："哪怕小将军哪天牙痛了，那也是你们的过错，噢，也是你们该死，你们的职责就是跟着他，他走到哪儿，你们就走到哪儿，时刻站在他的周围，保护他！晚上，你们要躺在他床铺的周围，白天，你们不能相信任何人，或是听任何人的话，甚至也不能听他的话。如果他变得任性，说不要你们了，说你们碍了他的事，你们就要回答'我们是在执行老将军的命令，他付给我们军饷，我们只听他的'。是的，你们要保护他，哪怕是违背他的意愿。"他狠狠地训斥着这五十个人，以引起他们的警觉，让他们明白他们的责任有多么重大。然后，他说："如果干得好，你们将得到奖赏。因为你们也知道我们老将军有多么慷慨，我也会为你们美言几句的。"

之后，士兵们都纷纷叫嚷着发誓要忠实地履行他们的职责，因为他们知道除了将军的儿子，这个亲信就是王虎最亲近的人了，何况，他们也非常乐意去外省转转，见见世面。

次日，一夜未眠的王虎一大早便从床上起来，他要送儿子一程，因为他实在有点儿舍不得儿子。然而，送行只是暂时延缓了注定要来的分别，在他骑马与儿子并行了一阵子后，他突然勒住缰绳说："儿子，古人早就说过，送君千里，终须一别，你与我之间也是如此。咱爷俩就此别过吧！"

他僵直地坐在马背上，接受了儿子的一拜，他看着儿子再次跨上马鞍，同他的五十个士兵和他的老师一起骑远了。王虎掉转马头回去，再也没有朝儿子走的方向望上一眼。

回来后，王虎难过得什么事情也做不了，什么安排也筹划不出来。直到儿子离去的第四天，他为儿子派出去的最后一个信使回来汇报了情况，他的心才安了下来。这些信使从路上不同的地方每隔几个小时返回来一个，每一个都带回各自的消息。头一个回来的人说："小将军心情很好，看着比平日里高兴得多，他曾两次下马，走进田里跟干活的农民聊天。"

"他跟农夫有什么可聊的？"王虎有些诧异地问。

那人一五一十地回答："小将军问他播下去的是什么种子，并细细查看那些种子，还观察牛是如何被套在犁上的。他的人都笑他，他也不在乎，一直看着牛。"

王虎颇为困惑地说："我不明白一个军人为什么会对种子或是对牛如何被套在犁上那么感兴趣。"他停了一下，然后很不耐烦地说，"你还有什么别的要汇报吗？"

那人想了想，回答说："晚上，他停在一家客栈里，开心地吃着馒头、肉、米饭和鱼，酒只喝了一小碗。之后，我就离开客栈，回来报告消息了。"

信使陆续地返回，带回他儿子的消息。他知道他儿子做了什么，吃了什么，喝了什么，直到有一天这孩子到达了河上乘船去往海边的地方，此后，王虎便只能等着信件的到来了，因为他的信使无法再跟随。

要不是发生了两件事转移了王虎的心思和注意力，他真不知道他能否忍受没有儿子在身边的焦躁情绪。第一件事是他的密探们从南方带回了奇怪的消息，他们说："我们听说南方正在兴起一场很特别的战争，那是一种推翻旧政权的革命战争，而不是往常那种军阀之间的混战。"

王虎近日来的脾气一直不好，此时他带着些嘲讽说："这一点儿也不新鲜，我年轻时就听说过这种革命战争，我曾经参与其中，以为自己进行的是崇高的事业。其实，跟以往的战争没有什么两样，是军阀们暂时联合起来，反对旧的王朝，当他们获得成功，推翻了旧王朝后，他们的联盟便会土崩瓦解，他们又再次为自己而战了。"

然而，后面的探子们带回的仍是同样的消息，他们说："不，这是一种新的战争，被称为'人民的战争'，一种为普通百姓谋利益的战争。"

"普通百姓怎么能打仗？"王虎冲着他的这些探子扬起他浓黑的眉毛问，"他们有枪吗？难道他们要用棍棒、叉子和镰刀去打仗？"他用眼睛瞪着他们，看得他们不好意思起来，他们干咳了几声，互相望着，之后，有一个士兵谦恭地说："我们只是把我们听到的说了出来。"

王虎很是大度地宽宥了他们，他说："的确，你们只是在履行你们的差事，不过，你们听到的都是些废话。"随后，他打发走了他们。然而，他却也没有完全忘记他们说的，他跟自己说，他一定要关注这场战争，看看它到底是场什么样的战争。

他还没有来得及对此细想，他治下的地区就出现了另一件事，这事紧急，让他再也无暇他顾。

夏日渐渐临近，要说变化无常，再没有人们头顶上的老天爷那么变化无常了。正在到来的是一个美丽的夏天，雨日和晴日交替，水完全退去了，露出了肥沃的土地，只要人们把一颗种子埋入这温暖湿润、在阳光下冒着热气的土壤中，嫩芽便会从泥土中顶出来，到处是一片丰收在望的景象。

就在人们等待收获季节到来的时候，还有不少人在挨饿，那一年强盗又在王虎的地盘上猖獗起来，比以往任何一年都更加肆无忌惮。甚至在他屯兵的地方，也有人在铤而走险，组成了一伙伙的盗匪，公然与他对抗。待他派的士兵赶到时，他们早已跑得无影无踪。他们就像一帮幽灵一样，王虎的侦探常会跑回来告诉他："昨天，强盗们去了北边，他们放火烧了荆家庄。"再一天，他们又会回来汇报说："一帮强盗三天前袭击了商人们，把他们全杀了，抢走了他们的烟土和丝绸。"

王虎听到这种无法无天的行为非常气愤，更令他愤慨的是他们断了他从商人那里征税的财路，他急需用这笔钱来还上王掌柜的借款，这让他气得恨不得马上就杀上几个人。他站在院中，召集来各队的队长们，让他们带着人分头去各处追捕，带回一个强盗人头的，他会奖赏一块银圆。

他的士兵受着奖金的诱惑前去抓捕盗贼，却一个也未能抓着。实际的情形是，许多强盗本身就是农民，他们只是在不被追捕的时候，才出来抢劫。如果看到后面有士兵跟着了，他们就在田里挖地、锄禾，和士兵们讲他们如何受强盗的欺负，他们谈到这帮或那帮盗匪，唯独不提自己，如果有人提到了他们，他们便茫然四顾，说从不知道有这么一伙强盗，从没听说过这个名称。一则是因为王虎答应给奖金，二则因为他的许多士兵很贪婪，因此士兵们杀了不少落到他们手里的人，带回他们的人头，说这是强盗的，谁也不能说他们不是，于是他们得到了奖赏。许多无辜的人就这样被杀了，而谁也不敢有怨言，因为人们知道王虎派出他的人是出于善意和维护法律的目的，如果他们抱怨了，很可能会惹恼一些士兵，把他们的注意力吸引到埋怨的人们身上，让士兵们想起这些抱怨的人也有一颗项上人头。

仲夏时节，高粱长得比人还高，盗匪们像突然烧起的大火一样，向四处蔓延开来。这令王虎非常恼火，他决定亲自挂帅剿匪，尽管他多年都没有这么行动了。他听说有一小股强盗在某个村子里，他的探子在那里进行侦察，发现这些村民白天时是农民，到了晚上就成了强盗。这些村民的土地都处在低洼地带，因为整个村子就位于一个大的山洼里，因此水退得慢，没能像别的地方那样可以及时耕种，所以他们现在还没有打下的粮食，已经饿了一春一冬。

当王虎得知这些村民是如何作恶，如何晚上出去到别的村子抢劫，并且杀死那些反抗的人时，他怒火中烧，亲自率领他的人去了那个村子。他命令士兵包围了村子，不留下任何逃跑的路。然后，他带着其他人冲了进去，他们抓住了所有的村民，一共一百七十三人，其中包括老人和孩子。他们被用绳子绑在了一起，王虎让士兵们把他们带到村长房子门前的一个大的打谷场上。在那里，王虎怒视着这些可怜的人。一些村民哭泣着，一些村民在瑟瑟发抖，另有一些被吓得面如死灰，还有一些阴沉着脸，因为绝望而变得无所畏惧。唯有老人表现得非常安静，安然接受要到来的任何命运，因为他们已至耄耋之年。

然而，在见到他们被带进打谷场时，王虎觉得他杀人的怒火却在心中渐渐地熄灭了。他不能再像从前那样痛快地杀人。他不能，自从杀了那六个士兵，看见儿子当时脸上的表情后，他的心便不知不觉地在变软了。为了掩饰这个弱点，他蹙紧眉头，冲着村民吼道："你们中的每一个人，都应该被处死！这么多年了，难道你们还不了解我？在我的地盘上我不容许有强盗，可我是个有慈悲心的人。我念你们上有年迈的父母，下有小孩，这一次我不杀你们，要是下次你们胆敢再抗命进行抢劫，我将绝不轻饶！"随后，他喊来围村的士兵，对他们说，"拔出你们锋利的腰刀，割下村民的耳朵，以示惩戒，好叫他们能够记住我今天跟他们说的话！"

于是，王虎的士兵跨步走上前来，在他们的鞋底上磨了磨刀，割下了这些强盗的耳朵，把它们都堆在王虎面前的地上。每个盗匪的脸侧都有两道鲜血淌下来。王虎看着他们说："让这些耳朵帮着你们长记性吧！"

　　说完他策马奔驰而去。路上他转而又在踌躇，他是不是该杀了那些强盗，对他们斩草除根，以使他管辖的地区长治久安，因为他们的死会给其他人一个警告。或许是随着他渐渐变老，他变得软弱，慈悲了。不过，他临了还是安慰自己道："我是为了儿子，才赦免了这些人的性命的，将来的某一天，我会告诉儿子，我是因为他的缘故，才没有杀掉那一百七十三人的。他听了一定会高兴的。"

第二十九章

　　王虎就这样过着儿子离开他后的寂寞岁月。该地区的强盗再一次被他镇压下去，接着收获的季节来临，人们又不愁吃喝了。在这秋高气爽之际，他带了一队人马巡视其治下的地域，他跟自己说，在儿子归来之前，他要把一切都为儿子安排好。王虎计划着等儿子一回来，就把这些区域的统领权移交给他，把自己这支庞大的军队也交给他，自己只留下一些卫兵就可以了。届时，他就五十五岁，儿子也二十岁、长成大人了。骑行在自己地盘上的王虎就这样梦想着，梦想中他似乎看到了自己的孙子，而他眼见到的则是路边的人们和田野，一个胜利在望的好收成和丰厚的税收。饥荒过后，土地再一次恢复了生机，尽管在田野和人们身上还残留着两年饥荒留下的阴影，麦穗和稻穗尚不如从前长得那么丰满，人们还面容憔悴，孩子和老人还很少见到。不过，生命已开始繁衍，看到许多妇女又挺起了大肚子，王虎欣慰地自言自语道："真是苍天有眼，或许老天爷让灾荒降临，是想再一次将我的命运昭示给我。因为这些年来我太安逸，太满足于现在已有的。饥荒降临，就是为了激起我的斗志，我有这么个儿子来继承我的事业和财富，我应该做得更好才对。"

　　如果说王虎比他老父亲聪明，不信土地神的话，他却信命信天。他常说所降临到他头上的一切，无论生还是死，都不是巧合，人的生死都是天注定，都是上天安排好的。

在这一年的九月，王虎骑马带着他的士兵到处查看。每到一处都有人们跟他打招呼，因为他们知道他是个有本领、有实权的人，他统治他们多年，执法还是比较公正的，因此人们对他总是笑脸相迎，如果他停在某座镇上了，那个镇或是村里的长者便会为他设宴。唯有那些普通的庄稼人不懂礼貌，许多农民见士兵们过来了，故意转过脸去，在他们路边的地里埋头干活；待士兵一过去，便往地上啐唾沫，以泄他们心中的愤恨。可一旦有士兵凶狠地问他们为什么啐唾沫，他们就装出一副无辜的样子回答说："你们经过时马蹄扬起了土，我们吸到嘴里了。"

无论在城里还是在乡下，王虎都不需要忌怕谁。

在巡查期间，王虎来到他曾经围攻过的那座城市，也就是让麻脸侄儿留下镇守的那座城。王虎先是派出信使前去通报他的到来，然后他左右敏锐地观察着，想看看在侄儿治下的城市有了什么变化。

这个麻脸侄儿早已是成年人了，他的妻子，那位织工的女儿为他生下了两个儿子。当听说他叔叔来了，且已到城门口了，他大为惊讶。这许多年来他在这里一直生活得很安逸，几乎快忘记自己还是个军人的身份。他一贯是个乐天派，性情随和，追求快乐和新事物，他喜欢这里的生活，因为这儿他说了算，人们都对他毕恭毕敬的，除了收税，他再没有其他重要的工作，于是渐渐地发福了。最近几年他甚至脱掉了军装，穿上宽松的大褂，看上去俨然像是个生意兴隆的商人。的确，他跟城里的商人们都是好朋友，当他们把给王虎的税金交到他手上时，他也像生意人一样挣得了一点儿薄利，例如有时以他叔叔的名义对一种新商品增收点儿税金。即便商人们知道了也不会怪他，因为他们明白他们中的每个人都会这么做的。他们喜欢麻子，有时候也会给他送礼物，因为他们知道他在他叔叔那儿说得上话，能不让厄运降临在他们头上。

王虎的麻脸侄儿就这样过着一种快乐的生活，他的妻子就能愉悦和满足他。因为他并不那么好色，很少有夜不归宿的情况，除非是有朋友举办盛宴，还额外请了漂亮的小姐陪夜。由于他在城中的职位，也由于他本人的缘故，他是个爱插诨打科的人，常常逗得人们哈哈大笑，尤其是在人们醉意上来以后。每当有这样的宴席时，麻子总在被邀之列。

听说他叔叔来了，他赶忙吩咐老婆到箱子里找他的军服，叫士兵赶紧集合，这些士兵跟他一样平日里养尊处优惯了，更像是他的仆人而不是兵了，在把他的两条粗腿塞进军裤时，他都感到纳闷——他以前是怎么忍受得了穿这种又僵又硬的服装的。他的肚子也比他年轻时大了许多，衣服系不上扣，以至于他不得不束了一条很宽的腰带，遮住他的肚子。在这样穿戴了一番，把队伍也集合起来后，他们等着迎接王虎的到来。

通过几天的观察，王虎已基本上了解了这里的情况，明白商人们和地方官们多次给他举办盛宴的用意。他看得很清楚，那套裹在侄儿身上的军装在让侄儿出汗。一天，太阳炙热地照着，没有风，他的侄儿脱了外套，由于腰带没有系好，露出了那胖得扣不上纽扣的肚子。王虎看到了，不禁冷冷一笑，他在心里想：真庆幸我的儿子长成了仪表堂堂的男子汉，不像我二哥的儿子，只是块做商人的料！

他没有多跟侄儿攀谈，也没有怎么称赞对方，只是冷淡地说道："你为我带的这些兵恐怕已经忘了怎么射击了，毫无疑问，他们需要再有一场战争。你何不在明年春天带他们出去打上一仗，让他们适应一下战争？"

听了这话，他的侄儿支支吾吾的，浑身直冒汗。这是因为，虽说侄儿不是个贪生怕死之辈，而且命运让他选择了当兵，他也能做个好兵，可他却不是个能做统领，能令士兵对他生畏的人，他就喜欢他现在的这种生活。王虎看出了侄儿的局促，暗自笑了笑，用手拍击着佩剑，突然吼道："哦，侄儿，既然你的日子过得这么好，这座城也这么富足，毫无疑问，我们可以提高我们的赋税！为了在南方的儿子，我需要大笔的钱。另外，我还想在他回来之前，再为他扩展一下咱们的地盘，所以，牺牲一点儿你的利益，把上交我的税增加一倍吧！"

他的这个侄儿早已私下跟当地的商人们商量过，如果他叔叔要抬高税收，他就哭穷，诉说世事艰难，要是他说服了叔叔，商人们会因此给他一大笔钱作为对他的奖赏。现在他开始慢慢地诉苦了，可王虎毫不为之所动，他终于怒斥道："我是看清楚你们这里面的门道了，你们对付我的方法比老鹰的多得多，不过，我纠错的办法是同一个。"

奖赏是挣不到了，侄儿哭丧着脸向商人们汇报了情况。他们只得自己送来了他们的申诉，他们跟王虎说："我们要缴纳的不只您的这一份税金，我们还要交城市税和国家税，您的税额已经比其他的税额都高了，这让我们很难再开展其他的业务。"

王虎觉得是他该用威吓手段的时候了，在客气话讲完了之后，他直截了当地说道："枪杆子和权力都在我这边，对于那些我客客气气跟你们要不来的东西，我将诉诸武力要来。"

王虎以这种方式责罚了侄儿后，还让他继续坐镇该城，他就是这样巩固着对这座城市和他的其他属地的统治的。

在一切安排妥当后，他返回了他的家，在那里等待冬天过去。他一边连连派出密探打听消息，一边做筹划，梦想着来年春天进行一场大规模的征战，尽管已是这个岁数，但他仍然梦想着为儿子拿下全省作为自己的地盘。

整个漫长的冬季，王虎都怀揣着这样一个梦想。这是他最为孤寂的一个冬天，他甚至一反他多年的习惯，间或又往他女人们的院子里跑了。可那里没有他需要的任何东西，因为他那个乡下老婆和她的几个女儿生活在一起，王虎跟她们都无话可说，所以他去了那里后，只是苦闷地一个人坐着，几乎感觉不出她们是他的亲人。有时候，他会想起他的那个有文化的老婆，可她已经多年没有回来过了，她一直在外地陪女儿读书。她曾给王虎寄回一张她和女儿的照片，王虎曾拿着它端详过好一会儿。女孩很漂亮，她有一张看似很任性的小脸蛋，从照片中大胆地望了出来，短短的头发下面是一双乌黑发亮的眼睛，他无法感觉到她是他的女儿。看得出来她是那种快乐健谈的新女性，对这种女孩，他是没有话说的。随后，他又看着照片中他有文化的妻子。他压根一点儿也不了解她，甚至在他晚上去她房里的那段时间也不了解她。他看她的时间，比看女儿的时间长，她从照片里回望着他，这使他又一次感觉到他在她面前时常有的那种不安感，仿佛她有话跟他说，而他又不愿意听；仿佛她跟他索要什么，而他又给不了她。他放下照片，默默地跟自己说："在一个男人的一生中，他没有时间做这些事情，我一直都很忙，我没有时间花在女人身上。"

他欣慰地想，这么多年来他甚至没有和自己的妻子们同房，这本身就是一种操守。他从来都没有爱过她们。

独自坐在火盆前的夜晚，是他最感孤独的时光。白天的时候，他还能让自己忙些什么，但一到天黑，漫漫长夜降临，它们又像从前那样压迫着他。每到这时，他会怀疑自己，感觉到自己老了，怀疑他还能否在春天到来时进行新的征战。他会痛苦地笑着望向火盆，在心里跟自己说："或许，没有人能够实现他给自己制定的所有目标。"想了一会儿后他又说，"我想，一个人一旦有了自己的儿子，在他这一生能为他以后的三代做出筹划，就很不错了。"

　　王虎的心腹豁嘴这些天来一直关注着他的老主人，当看到王虎在夜晚望着火盆出神，白天也不再操士兵的心，任他们闲荡散漫时，这位跟随了他多年的亲信便默默地走了进来，给他端来一壶温热的好酒和几块鲜肉，想着各种法子哄主人开心。一会儿后，王虎终于回过神来，他先是喝了一点儿酒，随后，一杯一杯地喝起来，酒酣耳热时他的心情转好，能入睡了。睡前他想着：噢，我有儿子，我这一生没能做到的，我的儿子将会去做。

　　这个冬天，王虎不知不觉地比他以往任何时候都喝了更多的酒，这对于一直热爱着他的老亲信来说，无疑是一种很大的安慰。如果王虎有时推开了酒壶，那么，这位老人便会很真诚地哄劝着他说："喝吧，将军，人老了，总得有点儿能安慰自己的东西，总得有点儿快乐，你对你自己太苛刻了。"

　　为了让他高兴，为了表示自己看重他，王虎总会喝。于是，甚至在这个寂寞的冬天，他也能睡着了，因为酒使他变得安静下来。每当他喝多了后，他就把希望寄托在了儿子身上，把他与儿子之间的分歧也都忘在脑后了。在这些日子里，王虎从未曾想过，他儿子的梦想可能会与他的不一样，他等待着春天的来临。

　　在春天还未到来的一个晚上，王虎坐在他暖和的屋子里，处于半睡半醒的状态，他身边桌上的酒渐渐变凉了，他解下腰间的剑，将它放在了酒壶旁。就在这时，他听到从异常寂静的深夜中，传来一阵马蹄和士兵们急奔的脚步声，他们冲到院子里时停下了。他站了起来，手还搁在椅子的扶手上，一时弄不清这是谁的兵，怀疑自己是不是在做梦。还没待他向前走上几步，一个人进来高兴地喊："是您的儿子，小将军回来了！"

　　那晚因为天气冷，王虎喝了不少，这让他几乎没有一下子回过神来。他把手在嘴上抹了抹，咕哝着："我刚才还在梦里，以为是敌人来了！"

他极力让自己从睡梦中醒来，起身来到院门那里。众人手中的火把将院子里照得像白昼一样亮，他看到他的儿子已从马上下来，站在那儿等着，看到父亲后，深深地鞠了一躬，不过，在鞠躬时，投向他的目光里却有着陌生感和敌意。王虎在寒风中瑟瑟地抖着，他把外套往紧裹了裹。在迟疑了片刻后，他诧异地问儿子："你的老师呢？你怎么回来了，儿子？"

年轻人不动声色地回答，他的嘴唇几乎没怎么动："我们出现分歧了，我离开了他。"

王虎的脑子此时清醒了一些，他看出儿子是遇到麻烦了，不方便在这些普通的士兵面前道出，他们都挤在周围，巴不得听到一场争吵呢，王虎转过身去让儿子跟着他走。他俩到了王虎自己的屋子，他命令屋里的人都出去，只留下他和儿子两个人。他并没有坐下，而是站着，儿子也站着，王虎从头到脚地打量儿子，好像从没有见过这个儿子似的。然后，他终于缓缓地说："你穿的这身奇怪的制服是哪个部队的？"

儿子抬起头，平静地答道："这是新革命军的军服。"他用舌尖舔了舔嘴唇，站在父亲面前等着。

在那一瞬间，王虎明白了他的儿子做了什么，他的儿子现在是什么人了，明白这是南方军队在他听说的那场新的战争中穿的军装。他着急地喊道："这军队是我的敌人！"

王虎突然坐了下来，有口气堵在嗓子眼里，让他觉得喘不上气来。他坐在那里，以前的那股杀气又在他心头升起，自从杀了那六个士兵后，他就再没有这么愤怒过了。他抓起他那把细长而锋利无比的剑，发出像从前那样的吼叫："你是我的敌人，我应该杀了你，儿子！"

他开始急促地喘着，因为这一次他的愤怒来得太奇怪，太快了，使他突然觉得想要呕吐，他不由自主地一个劲儿地咽着气。

可这个年轻人却不再像他小时候那样顺从、退缩了，他静静地、固执地站着，用手解开了他的衣服，在父亲面前露出他光洁的胸脯。当他开口说话时，他的痛苦似乎深不见底："我知道你想杀了我，这是你最惯用的也是你唯一解决问题的方式。"他盯着父亲的脸，木讷地说，"杀了我吧。"他站着等在那里，他的面庞在烛光下显得清晰而又刚毅。

可王虎怎么舍得杀了他的儿子呢，即便他有这个权利，即便他知道任何一个人都可以杀掉背叛自己的儿子，对他来说，这么做是无可厚非的。然而，他不能这么做，他觉得他的怒潮被阻遏了，渐渐地退了下去。他把剑丢在砖地上，用手捂着嘴咕哝着："我太软弱了，我总是软弱，我太软弱了，不配做个军阀。"

看见坐下的父亲用手捂着嘴，剑丢在了地上，这位年轻人系上胸前的扣子，用平静理智的声音说话，好像是在劝着一个老人："父亲，你不明白，你们上了年纪的人都不明白。你们没有看到我们整个民族的情形，没有看到我们的民族有多羸弱，多么让人看不起——"

王虎哈哈大笑起来，他一改往日的习惯，笑出了声音，笑声一停，他便大声地说话，捂在嘴上的手依然没有移开："你以为这样的话以前没有人讲过吗？在我年轻的时候，你们这些年轻人，你们以为只有你们才年轻吗——"

王虎这一奇怪的不同寻常的笑声，是这个年轻人以前从未听到过的，像是件陌生的武器刺痛了他，这让他心中升起一股他从未有过的愤怒，他突然喊道："我们和你们不一样！你知道我们怎么称呼你们吗？你是个逆贼，一个强盗头子！如果我的同志们知道你，他们会称你为叛徒。不过，他们甚至都不知道你的名字，只是称你为一座小县城里的一名小军阀!"

这个一直忍气吞声的王虎的儿子，在激昂地讲出这番话后眼睛看着父亲，可就在这一瞬间他感到羞愧了。他不再吭声，脖颈那里出现一片红晕，他低下头，动手缓缓地解开他腰间的皮带，让它掉在了地上，子弹散落一地。他沉默了。

王虎没有再争辩，他一动不动地坐在椅子里，手还掩在嘴上。他儿子的这些话打动了他，他身上的力量开始减退，在永远地退去。他听见儿子的话在他心头回荡。是的，他只是一个小小县城里的小军阀，他低声地嘟囔道："我可从来都没有做过强盗头子。"

他的儿子现在是真的感到惭愧了，很快地回答说："你没有，没有，没有。"然后，仿佛是要掩饰自己的愧疚似的，他说，"父亲，我应该告诉你的，当我们的部队北上去打胜仗时，我得藏起来。我的老师这些年辛苦地训练培养我，他很器重我。他是我的上级，可我选择了你，他是不会轻易原谅我的，父亲。"年轻人的声音低了下去，他迅速地扫了父亲一眼，眼神中暗含着柔情。

王虎没有作声，他坐在那里好像什么也没有听到。年轻人的眼睛不时地窥视着父亲，仿佛有什么事要求他似的。

"我可以藏到咱们的那座老土屋里，我可以去那儿。如果他们到那里找到了我，他们会发现我只是个普通的农民，而不是什么军阀的儿子!"说到这儿，年轻人笑了笑，仿佛是希望通过轻描淡写的玩笑话，来劝诱父亲同意什么似的。

王虎没有吱声，他并不明白儿子说的"可我选择了你，他是不会轻易原谅我的，父亲"这句话的含义。王虎依旧坐在那里，他一生的悲苦在他心中翻涌。他仿佛蓦然间从他的梦中醒了，就像一个长时间待在迷雾中的人一下子从迷雾中走了出来一样，他望着儿子，看到了一个他不认识的年轻人。是的，王虎曾希望忠实地按照他的梦想去塑造儿子，现在儿子就站在他面前，王虎却不认识他了。一个普通的农民！王虎看着他的儿子，在看的期间，他觉得一种他老早就熟悉的无助感再次包裹了他。这是当时正值青春年华却被锁闭在那间土屋的他常常会陷入的无助感，他的父亲，那个已葬在泥土中的老人，这一回是把他沾着泥土的手伸向了他的孙子。王虎睨着儿子，自言自语地说："不是军阀的儿子！"

突然间，王虎觉得他自己的手似乎再也不能控制他战栗的嘴唇。他忍不住要哭出来了，要不是房门突然打开，他的心腹豁嘴走了进来，手中拿着一壶刚刚热过的冒着香气的酒。

老亲信进来后像惯常那样看着他的主人，他快步走来，给桌上的空碗里斟上了酒。

王虎终于把手从嘴上移开，他急切地端起酒碗，放到唇边，大口地喝起来。真好——热热的——又醇又香的酒。临了，他拿着空了的碗，咕哝道："再倒满。"

——不管怎样，他都不愿哭出来。